中国电力作家协会"2024年度重大题材立项的长篇报告文学"

江苏省作家协会"2024年重点扶持文学创作与评论工程"扶持项目

光明之路

张　俊　缪红芹　包玉树　汪奕彤　著

国网江苏省电力有限公司———组编

中国电力出版社

CHINA ELECTRIC POWER PRESS

图书在版编目（CIP）数据

光明之路 / 国网江苏省电力有限公司组编 ; 张俊等著 . -- 北京 : 中国电力出版社 , 2024. 12. -- ISBN 978-7-5198-9439-9

Ⅰ . I25

中国国家版本馆 CIP 数据核字第 2024G04Q55 号

出版发行：中国电力出版社

地　　址：北京市东城区北京站西街 19 号（邮政编码 100005）

网　　址：http://www.cepp.sgcc.com.cn

责任编辑：胡堂亮（010-63412604）

责任校对：黄　蓓　常燕昆

装帧设计：张俊霞　永诚天地

责任印制：钱兴根

印　　刷：北京瑞禾彩色印刷有限公司

版　　次：2024 年 12 月第一版

印　　次：2024 年 12 月北京第一次印刷

开　　本：710 毫米 ×1000 毫米　16 开本

印　　张：24.75

字　　数：376 千字

定　　价：98.00 元

目　录

第
三
章

新"神器"的新使命

第
四
章

更高　更远　舞者无敌

第五章　情守光明

第八章　新时代呼唤"新能源"

第九章　"智"时代

第
十
章

"碳"春天

第十一章　苏电群英掠影

序　章

万里长江奔腾而来，穿越万水千山，最终在江苏省域绽放出它中下游的壮美画卷，蜿蜒432.5公里，波涛汹涌，气势磅礴，汇入汪洋大海。这条大江养育了万物生灵，也孕育了吴韵汉风，滋养了金陵文化、淮扬文化、吴文化、江海文化等地域文化。

清雅长江尾闾，自古人文之渊薮。两岸山川秀丽，胜迹星罗棋布，数不胜数的文人骚客写下华丽诗篇，使人文鼎盛与江天胜景相辉映。从"余霞散成绮，澄江静如练"到"春江潮水连海平"，从"京口瓜洲一水间"到"我住长江头，君住长江尾"，长江江苏段不但奔腾着浪潮、流淌着灵动浪漫的画意诗情，更是长三角区域一体化发展的示范区和风向标。

大江流日夜，慷慨歌未央。在长江经济带远航的蓝图中，在建设"强富美高"新江苏的征程上，电力无疑是最闪亮的引航灯塔。进入新时代以来，江苏电力一直保持强劲态势，电网规模、管理水平位居全国前列，服务能力强，服务水平高，成为国家电网公司综合标杆、管理标杆、业绩标杆。

从1905年江苏电力工业创建，到如今电网规模超过欧盟诸国以及韩国和澳大利亚等国家，江苏电力在中国电力史上书写了浓墨重彩的一笔，创造出国内领先的多项壮举和奇迹。

能源是经济社会发展的重要物质基础，是人类文明进步的强大动力，能源保障和安全事关国计民生，是须臾不可忽视的"国之大者"。"十四五"

至"十五五",是新型电力系统建设的关键期,也是技术创新窗口期,能源电力结构加速转型,新型用电模式不断涌现,电力消费需求快速增长,供电服务标准持续提升,对电网高质量发展提出更高要求。党的十八大以来,习近平总书记站在统筹中华民族伟大复兴战略全局和世界百年未有之大变局的高度,高瞻远瞩,运筹帷幄,创造性提出"四个革命、一个合作"能源安全新战略,作出碳达峰碳中和、构建新型电力系统、规划建设新型能源体系等重要部署,并强调"加快构建清洁低碳、安全充裕、经济高效、供需协同、灵活智能的新型电力系统",这一系列新思想和新要求,为我国能源清洁低碳转型指明了科学方向、擘画了具体路线图,开辟了中国特色能源发展新道路,也为全球电力可持续发展提供了中国方案。江苏电力以此为根本遵循,深入践行能源安全新战略,进一步深入推进能源消费革命、能源供给革命、能源技术革命、能源体制革命,深化国际合作,更好支撑和服务中国式现代化,为共建清洁美丽的江苏作出更大的贡献。

历史的车轮滚滚向前,时代的潮流汹涌澎湃

江苏电力深入学习贯彻党的二十大和二十届二中、三中全会精神,全面落实国家电网公司党组"六个牢牢把握"工作部署,努力做到"五个奋勇当先",迎着时代的浪潮,一张蓝图绘到底,以豪迈的气概,励精图治,为推动国家电网高质量发展和"强富美高"新江苏现代化建设作出积极贡献。电网建设方面,主动对接长江经济带、长三角区域一体化等重大战略部署,连续49年无电网瓦解、稳定破坏和大面积停电事故,以可靠的电力供应推动经济社会发展。2012年12月至2022年12月10年间,110千伏及以上输电线路长度从5.1万公里增长至9.2万公里,变电(换流)容量从3.2万亿千伏安增长至6.8万亿千伏安,江苏电网形成"一交四直"特高压混联、"七纵七横"500千伏输电网的坚强网架。能源绿色发展方面,新能源并网和消纳得到快速发展。2023年12月,新能源并网容量达5090万千瓦·时,装机容量居国网第二,累计消纳省内新能源3929亿千瓦·时。有力支撑江苏GDP年均增长7.5%、突破12亿元大关。电动汽车充放电网络高速公路全覆盖,建成城区3公里充电圈。乡村振兴方面,积极支撑乡村振兴战略,投入 648 亿元完成新一轮农网改造升级，推广乡村电气化项目 2.8 万个，农网户均配电容量达到 5.6 千伏安。优质服务方面，客户服务满意度连续多年稳居全省公共服务行业榜首。科技创新方面，勇攀科技高峰，锐意创新突破，攻克大规模海上风电并网、统一潮流控制、直流配用电等核心技术，建成苏通 GIL 综合管廊工程、大规模源网荷储友好互动系统等创新示范项目，投运一批国际首创工程，建成全球规模最大行业无线专网、企业级数据中台。同时，拥有国网、省政府实验平台 19 个，国网重点实验室 3 个。人才培养方面，拥有国家级人才 29 名、国网首席专家 14 名，高端人才数量位列国网系统第一。国网江苏电力在国网系统率先实现"全国文明单位"省市公司全覆盖，并在中央企业中率先开展新时代文明实践工作，获得中共中央宣传部肯定。

一路风雨壮歌行，饱蘸翰墨录光明

江苏电力人以大地作纸、以奋斗为笔，将"强富美高"新江苏宏伟蓝图从"大写意"一笔一笔绘制成"工笔画"。

江苏电力人认真践行"人民电业为人民"的企业宗旨，不忘初心，在保供之路、转型之路、创新之路上不断探索，砥砺前行，为绘就"强富美高"画卷注入充沛动能。2012 年至 2022 年 10 年间，全省全社会用电量由 4580.9 亿千瓦·时增至 7399.5 亿千瓦·时；江苏电网最高用电负荷由 2012 年的 7231 万千瓦增至 2023 年夏的 1.32 亿千瓦。这是江苏电力担当作为、全力保障电力供应、满足全社会生产生活用电需求的一个缩影。

作为能源消费大省和传统能源资源小省，江苏是国内典型的受端省份。为改变能源严重不协调的窘境，江苏电力率先吹响了打造"引领长三角、领先全中国、影响全世界"的新型电力系统的奋进号角。

构建新型电力系统是一项极具挑战性、复杂性的系统工程。在实践中，江苏电力结合各地的能源资源禀赋，从电网建设运行实际出发，逐步适应高比例新能源、多元负荷广泛接入后的挑战。基于此，江苏电力提出以主干网、配电网"两个战场"统筹推进江苏新型电力系统建设的发展思路。相较于主干网发展已达国际领先水平，配电网发展仍有较大提升空间。江苏电力主动扛起使命，加快推动配电网形态、功能、技术等方面转型升级，全面提升现代智慧配电网的网架承载能力、运行控制能力、经营管理能力和政策保障能力，奋力开创配电网建设新格局，更好地支撑新型电力系统建设。同时，推动微电网建设，实现智能微电网加快发展，形成荷端资源调用的有效抓手，推动构建江苏新型电力系统。

浓墨重彩勾文华，不用扬鞭自奋蹄。讲中国故事是时代命题，讲好中国故事是时代使命。报告文学是承载这一时代使命，实现价值引领、思想融入的载体。岁序更替，华章日新。长篇报告文学《光明之路》以重大典型、宏大现场、感人故事，诠释国网江苏电力始终以保障可靠供电、推动能源转型、服务"强富美高"新江苏现代化建设为责任担当的深刻内涵。

集涓滴之力，方成澎湃之势。《光明之路》记录十年来江苏电网建设和能源清洁低碳转型的生动实践，展现江苏电力争先领先率先、矢志走在前做示范的昂扬风采，全面描绘江苏电网紧扣绿色、安全、经济高效"综合最优"，推动能源电力高质量发展的追梦之路，充分彰显江苏电力人牢记初心使命、胸怀"国之大者"，忠诚担当、感恩奋进、奉献光明的奋斗之姿。

枕着光的波涛入眠，踏着光的印记前进。光明引领着未来，电力承载着一个又一个不再遥远的中国梦，踔厉奋发，砥砺前行……

雄关漫道真如铁，而今迈步从头越。当时光跨入二十一世纪的第三个十年，江苏电力适应形势，又对自己提出了新的要求，他们的目光，始终在远方的那座高峰。

第一章

电从远方来　架起大动脉

　　江苏，地处长江三角洲地区，东临黄海，地跨长江、淮河两大水系，是中华民族和中华文明的重要发祥地，京杭大运河贯穿其中，省域经济综合竞争力居全国前列。

　　发展离不开能源的支撑。然而，江苏是用能大省，却又是能源小省。全省能源资源匮乏，省内的发电水平远远不能满足自身发展需求。步入 21 世纪，江苏经济社会的发展持续行进在"快车道"上。面对江苏能源紧张形势，大规模区外受电能力提升成为破题关键之一，政府主导、国家电网公司统筹谋划，建设长距离、大容量输电的特高压工程，引入区外来电，为江苏电网"输血"。2012 年至 2022 年 10 年间，江苏境内建成投运一条交流、四条直流特高压输电工程，形成"一交四直"特高压受电新格局。2014 年至 2023 年 10 年来，特高压电网已向江苏输送区外清洁电能 7824 亿千瓦·时。

　　这些"电力大动脉"的建设，在国际上"无标准、无经验、无设备"。中国特高压成功实现从"白手起家"到"大国重器"，从"中国制造"到"中国标准"，从"装备中国"到"装备世界"。可以说是我国电力发展史上，艰难而又极具创新性、挑战性的重大成就，更是中国乃至世界电力行业发展的重要里程碑。而江苏电网，在特高压大动脉建设中，既是受益者，也是探路者。五条特高压"电力大动脉"，将犹如新鲜血液一样的区外清洁电力源源不断注入江苏，为江苏经济社会发展提供强劲动力。

第一节

千里"白鹤"入苏来

金沙江，长江的一条重要支流。

从巴山蜀水，到江南水乡，长江以巨大的能量，为沿途城乡发展带来无限可能。

白鹤滩，金沙江畔的一个荒滩，却因一座超级水电站而声名鹊起。

罗家浜，一个与白鹤滩远隔千里的无名村落，却因一座超级换流站而与白鹤滩"血脉"相连。

苏州望虞河畔，落霞满天，孤鹜难寻。白鹤滩—江苏 ±800 千伏特高压直流输电工程，是我国"西电东送"重大战略工程，犹如一只展翅飞翔的白鹤，起于四川凉山，止于江苏苏州，途经四川、重庆、湖北、安徽、江苏五省（市）。线路越岷江，过汉江，跨长江，经过高海拔、重覆冰地区，最终落地苏州。

从高山密林，到平原沟壑；从蜀道山川，到阡陌水乡，白鹤滩—江苏 ±800 千伏特高压直流输电工程，将人们对长江的千古遐想化作推动发展的绿色动能，通过一条长达 2087 公里的"电力高速公路"，跨越山海，一路向东，让四川凉山的清洁水电，一路欢腾，奔赴江南。

姑苏换流站，建设阶段称"虞城换流站"，白鹤滩水电入苏工程的江苏引接站，犹如一只硕大无朋的舰船物流港，源源不断地把凉山的水电"吃"进来、供出去。

白鹤滩—江苏特高压直流输电工程姑苏换流站（董小强/摄）

为"白鹤"筑巢

为白鹤滩水电入苏建设引接站，犹如为白鹤筑巢，要做的第一件事就是找寻筑巢点。

2023年3月26日，星期天，拂晓时分。

江苏省苏州市，常熟市辛庄镇，罗家浜村望虞河畔。

四野静谧，天地无声。在沉沉夜色里，农田在安睡，村庄在酣梦，就连风儿也不知躲去哪里歇息了，只有蜿蜒的望虞河水被远处光亮映射得波光粼粼。

3时40分，就在这静谧之中，在这黎明即将到来的黑暗之中，突然响起轻微的"啪"的一声，随之，一个亮点在空中划出一道弧线，射向远处。紧跟着，只听到"砰"的一声巨响，几乎同时，夜色中突然现身一条十余米长的火龙，映照得半边天如同白昼。就在这一瞬间，只见龙头上方数十米高的输电线横空穿越，龙尾下一片青青的麦田绿得逼眼，几个屏气凝神的人影仰头注目。火龙惊现只一眨眼的工夫，一阵白色烟雾像长长的棉袍一样缠住火龙，随即，火龙、烟雾、输电线、麦田，整个儿又都消逝在暗夜之中，四野陷入比先前更黑的黑，犹如墨染一样。

远处一片庞大的建筑群里，一幢幢身披"国网绿"的方方正正的箱式建筑，在亮眼的灯光照耀下散发着绿意盎然的勃勃生机，一双双聚精会神的眼睛透过屏幕，穿过长长的数据线缆，将火龙的一呼一吸、一静一动尽收眼底。

那条巨大的火龙从何而来？那闪着绿光的建筑群是什么地方？那些不肯安歇的是何许人也？黑更半夜，他们不睡觉又在干着什么伟大事业？

不猜谜语。

这里就是白鹤滩—江苏 ±800 千伏特高压直流输电工程的引接站——姑苏换流站，此时已经建成投运 9 个月，即将迎来白鹤滩水电站丰水发电期，即将迎来水电传输高峰期。他们正为迎接即将潮涌而来的清洁电能，进行直流特高压受端配套送出 500 千伏交流电网单相接地短路试验。那条巨大的火龙正是短路试验激发形成的电弧。这项试验在华东区域是 2013 年起 10 年来首次进行，为我国混合直流输电技术应用积累了宝贵经验。

白鹤滩水电接入工程，从最初的工程谋划，到申请立项、项目核准、建成投运，历时 7 年。这里，开响第一炮的是江苏电力主网规划人员。

说起来，当初为能迎请这只美丽的"白鹤"在江苏安家落户，江苏电力人不知花了多少心血。这一项目是国家能源建设的一次重大投资，项目落点既要考虑项目建设的经济合理性，还要考虑最佳投资回报，更要考虑公益民生效益的最大化。

2020 年，是申报"十四五"规划国家重大项目的窗口期。白鹤滩水电入苏工程是在中期滚动进去的，那时山东、浙江等周边省份都想争取换流站落点。

在全国 30 多个省级 GDP 排行中，江苏省 GDP 常年保持第二。从重工业到轻工业，从运行速度最快的"银河系列计算机"等高科技到手工艺，从传统农业到高附加值农业，在这里有着完备的生产体系，有着丰富多样的能源需求，这是实现项目公益民生效益最大化的坚实基础。将这些内容转化成可以比较的数据，成为项目落点的有力依据，需要规划人员的大量调研分析。

相对于项目其他阶段，那种竣工就有高低可观的成就来说，这种项目可研阶段的规划工作不显山不露水。它的成就是一百分？九十分？还是八十分？可能要到十年、二十年后才能体现出来。所以国网江苏电力发展部主网规划处处长汪惟源说："干电网规划，不但要实行终身负责制，而且要有责任心和使命感，更要有情怀。"

什么是情怀？情怀是不计得失，情怀是物我两忘。他们一旦开启规划模式，往往就丢掉了时间概念，甚至是夜里睡不着觉，还在盘算。半夜爬起来，铺开图纸看看，这个变电站布点是否科学，那条线路路径合不合理，还有没有更优选择，想着第二天再去现场察看，这都是常事。

"项目建设的经济合理性"不光是算出来的，还是跑出来的。人们常说"跑项目、跑规划"，关键词是"跑"。磨破嘴跑断腿，软磨硬泡，归根结底只为一句话——"请给我一块地，给我一条合理的路径。"

跑项目时，常常是每天早晨，规划人员往政府领导办公室一坐就是一整天。没有捷径可走，就是人等人，人盯人，人堵人。然而，电力线路穿城而过，换流站占地一大片，势必要打破原有城市规划，影响村镇建设。市县乡村，未必都能够理解，未必都会支持。"跑项目"的人明明是一心为公，有时却处处碰壁，其中的委屈与无奈，苦楚与辛酸，只有"跑"的人自己知道。

已退休的国网江苏电力计划处老处长周南章，江苏"北电南送"的主干通道都是在他手上奠定的格局。那一年，规划 500 千伏山西阳城—江苏淮阴工程路径时，因为工程系江苏全额出资，所以线路路径也由国网江苏电力派人现场踏勘。周南章从山西到山东，再到河南、江苏，不知跑了多少路。在山东菏泽段，他不幸遭遇车祸，伤势严重，一直到工程竣工时才得以康复。有同志说，老周处长为了这个工程去阴间走了一遭，工程建成后他才还了阳。

2020 年 11 月 3 日，在国网江苏电力人锲而不舍的努力下，凭着有理有据、丝丝入扣的落点理由和路径规划，白鹤滩水电接入项目终于获得核准，落点江苏。

白鹤滩水电入苏确定落点只是个开端。说是万事开头难，其实，开头过后的每一步都不容易，尤其是规划前期的关键点核查。时任国家电网公司发展部副主任张政陵到现场一处一处地跑，一处一处地核查。时任国网南京供电公司发展部主任刘晓东拖着带病的身体，咬咬牙赶往一个个乡镇商谈。时任国网常州供电公司总经理龚斌，也是天天跑，追着市领导汇报。毕竟一天跑几趟，跟几天跑一趟，效果是天壤之别。时任国网溧阳市供电公司总经理陈杰，从市长办公室追到会议室，他就在会议室外等，趁着市长出来上个厕所的工夫，都要抓住时机追上去汇报。

正是这群有担当、有情怀的主网规划人，以脚为笔，以汗为墨，在江苏电网规划布局的大幕上，画出"一交四直"特高压混联，画出"七纵七横"500千伏主干网架，为江苏电网建设搭起骨架。

白鹤滩水电入苏的终端——姑苏换流站成为世界特高压领域的顶流。其规模超大，占地503亩，有47个足球场大。其设备体量远超一般特高压站，仅换流变就有33台。其技术领先，建设中产生14项"世界首次"创新技术，集成特高压直流输电大容量、远距离、低损耗、高可靠性的优势，以及柔性直流输电控制灵活、适应性强、电压动态支撑能力强的优势。如果把常规直流比作一列火车，只能在平整轨道上循规蹈矩地行驶，柔性直流则像一辆越野车，山路、水路等较差的路况也能从容应对，显著提升华东电网接收区外来电的安全性与灵活性。

姑苏换流站航拍夜景（曾斌/摄）

签"军令状"，出现在两军开战时不足为奇，出现在电网工程的施工现场，令人称奇。

在姑苏换流站工程这艘超级巨轮上，每天有几百人、上千人，最多有12家总包单位、26家分包单位、32个作业面、近3000人在同时作业。如此庞大、繁杂的施工现场，人员进出、场地划分、作业交叉、专业协调、物资供应、安全管理、质量监督、资料归档、后勤保障等，稍不留意，就会出现意想不到的问题。现场的统筹协调，是摆在工程管理人员面前的一大难题。

2019年6月1日，那是一个星期六，又是"六一"儿童节，距离起初预计的姑苏换流站项目核准日期2019年10月还有4个月。当时谁也没想到，直到2020年11月3日项目才获得正式核准，比预期足足晚了13个月，但是竣工投产的时间不变，这也使得后来"工期紧"这三个字，一直压在所有建设人员的心头。

虽然是休息日，虽然是儿童节，可许多人没有休息，更没能陪孩子过节。这一天，姑苏换流站"四通一平"施工项目部组建成立，共有成员10人，大多是年纪轻、学历高的骨干人员，平均年龄32岁，项目经理是张必亮。面对施工范围广、人员管理压力大的特点，年轻人开启发散思维模式，结合传统的"直线式管理"，引入"矩阵式管理"模式。除了项目经理张必亮，9名成员都被列入专业组和区域组。专业组中，下设技术组、质量组、安全组、资料组。而区域组还是这9个人，再被分到A、B、C区域。

张必亮，1987年6月生，当时正好32岁，是施工单位江苏省送变电有限公司土建施工分公司的C级项目经理。作为施工现场管理第一责任人，他全面负责土建A包施工各项管理，协调区域组、专业组之间"管理交叉"及"管理真空"。同时，借鉴"矩阵式管理"模式，项目经理下放部分权力，让各区域具有一定决策权。重大决策，要提前报告；一般决策，只需事后报备。区域组和专业组既直接服务于项目经理，又能充分发挥专业特长，在各自区域拥有一定自主管理权，积极性和工作效率得到很大提高。一年365天，他360天干在工地。那少得可怜的5天休息时间，一次是在工程空隙正儿八经地休假2天；一次是回南京开会，顺道回了趟家；一次是工地上过完春节后，大年初六回家待了 2 天。

2021 年 1 月 17 日，桩基工程开工不久。夜里，空旷的工地上无遮无挡，天上一弯冷月，与工地上雪亮的灯相互映衬。打桩机、搅拌机、振动泵在隆隆低吼，大货车和工人在交错穿梭。晚上 9 时许，还在工地忙碌的张必亮忽然接到妻子忧心的电话："儿子好像不大舒服，精神状态不好，我很担心。"此时流行性肺炎正盛，孩子的任何异常都牵动全家人、甚至整个社区的心。

"我在工地上忙，一时走不开，你多注意观察！"虽然张必亮心里一紧，表面回答得却还很平静，他知道没有商量的余地。

"那你，帮我叫辆出租车吧。"其实，妻子本来就知道，他十有八九是赶不回来的。

"好，好，我这就叫。马上马上。"他仿佛抓住了一个将功补过的机会。

这会儿，姑苏换流站高端阀厅灌注桩正在 24 小时不间断施工，张必亮在 3 天前签下军令状，确保在 2 月 8 日前完成高端阀厅 1024 根灌注桩。目前，留给他们的时间却只剩 21 天。此时，每一分每一秒都是如此宝贵，而灌注桩质量又对现场人员施工经验要求很高，张必亮不敢有任何闪失。

江苏送变电公司总共有 13 台钻孔灌注桩机，一次性就开过来 12 台，72 名桩基工人，几乎把打桩的全部家底儿都搬来了。两班倒，24 小时连续作业，总共历时 22 个昼夜，终于在 2 月 5 日下午 3 时，高端阀厅最后一基灌注桩宣告完成，比军令状定的日期还提前了 3 天。

施工单位用的是"矩阵式管理"，而业主单位，面对的是更大的盘子，仅靠"矩阵式管理"显然是不够的。业主项目部常务副经理赵会龙说得朴实："我们主要抓住施工总包单位，抓住监理单位，一层抓一层。层层把自己管的那块抓牢抓实，就能为整个工程建设做好支撑。"

电网施工"遭遇"古墓群，该如何应对？

在桩基施工过程中，一个意外不请自来。

2021 年 1 月 28 日，天空云层低压，暮冬的最后一阵西北风在工地上漫无目的地转悠。当天最低温度还在零下，可太阳一出来，阴寒之气渐渐消散在望虞河上空。挖掘机的轰鸣一如往常，施工人员的忙碌一如往常，500 千伏交流场的围墙施工一如往常。可是在那么多的寻常之中，又有些不寻常。

　　陆陆续续地，有一两个、三五个，附近的居民在挖出的堆土上扒拉、搜寻。这不由得引起了工程技术员周太臣的注意。"难道挖掘机挖出了狗头金？"他连忙上前仔细问询察看。原来，在围墙基坑三四米深的地方，挖出了一些铜钱、瓷片。"莫非这里有墓葬？有文物？"想到这里，周太臣是既惊喜又惊慌，既期待又担忧。如果因为施工而意外发现古墓葬，发现珍贵文物，这就是一个无心之功，于国于民自然是好事。可如果真是那样，对姑苏换流站的建设，可不是什么好消息。轻则要延误工期，重则还可能要变更站址。

　　不管怎样，发现疑似文物，按照法律规定必须在 24 小时之内进行上报。

　　让周太臣没想到的是，他上报的电话才撂下，文勘人员就到了。原来他们已经接到村民举报，说这里挖出了文物，并且有村民窃取、私藏文物。这还了得，这比剜他们的心头肉还疼。一到现场，经过详细勘察，文勘人员确认，站址地下存在古墓群，具有一定考古价值。

　　"请立即暂停施工，暂停令随后送达。"文勘人员不容置疑的话，仿佛是给高速运转的机器突然踩了刹车。希望有文物，又害怕有文物，可到底文物还是来了。怎么办？文物的级别？文勘的时长？影响的面积？一连串的问号砸过来。这些，都得等待文物主管部门的回答。可是工期不能等，也等不起啊！

　　对于这个突发状况，业主项目部和施工项目部立即商定并实施了应对方案。一方面，积极配合属地单位，与文物主管部门紧密沟通，并提供一切可提供的资源，辅助文勘人员加快现场勘察进度，进行保护性发掘。五六十号人间隔着站成一排，用洛阳铲作地毯式勘探。探一块，没有东西的就排除一块，有东西的，就圈起来。就这样，根据文勘结果，逐步缩小范围，最终将文物范围缩小至站址西北角，交流滤波器场1—6轴、交流滤波器9—10轴，以及备品备件库区域。另一方面，从技术层面，采用预制电缆沟缩短施工工期、用围挡隔离文勘区、修改设计、将涉及建筑一分为二分期建设等措施，缩小影响范围和影响程度。这期间，在古墓群里，又陆续出土了更多的陶器、瓷器，还有金银器等，这里被确认为唐朝零星墓葬群。

2021年10月下旬，文勘保护性发掘通过验收，终于可以全面复工。项目部早已提前安排，立即组织相关施工单位返场，一周内完成桩基，两个月内完成土建，并交付电气安装，如期保证工程的整体投产时序。

都知道三维立体电影好看，可你知道电网三维模拟交底、模拟施工吗？

在这里顺便普及一下建筑施工上的"四通一平"。四通就是通水、通电、通路、通信，一平就是场地平整。这里面通路一块，不仅指工地与外场的交通，也包含施工现场内部的道路。而这一次，姑苏站太大了，施工场地内纵横交错的长短道路就有30余条。

"喂，我都到了，你人呢？"

"我也到了，没看见你啊。"

"我在主控楼朝东数，第二个路口。"

"东？呃，那个，我在主控楼大门右手方向，第二个路口，是你说的地方吗？"

"那你把方向搞反啦！"

在2021年5月的一次工程例会上，当听说这个小小乌龙事件时，俞越中心里为之一动。

俞越中，姑苏换流站工程业主项目经理。他听见那个走错路的小乌龙事件时，心里一动，当即提出建议："得给站内每条路起个名字，不能再像以前那样，什么'主控楼南边那条路，变压器东边那条路'。那样太模糊了，容易搞错，耽误事儿。"

业主项目部建设协调专职陆勇立即着手，按照施工区域，组织各项目包负责人"起路名"。很快，各个施工单位根据自己所属地域或者队员来处，起出了一串颇具家乡特色的路名。江苏送变电起的是南京路、苏州路、紫金山路……辽宁送变电起的是沈阳路、长春路、长白山路……江西送变电起的是南昌路、井冈山路、武功山路、三清山路……中建一局因为四川人较多，起的是成都路、凉山路、贡嘎山路……就这样，一张道路交通图成形。再立起杆子，装上路牌，跟常规道路上的交通路标一样，不但清清楚楚，而且让远离家乡的外地施工人员有了一种归属感、亲切感。晚上再开协调会时，第二天在哪条路上干活，每个施工单位提前报备，什么时段，用哪条路，哪条路不能占用，多家单位占用时如何错开，再特别设立占道申请机制，家家清楚，人人明白。

道路交通搞清爽了，但是工程里面的技术难题呢？毕竟这是全世界第一个"常规直流＋柔性直流"混合级联的超级换流站啊。每一位管理人员进场后总会一直嘀咕这个问题。

电气A包的项目经理金振强说："主要靠的是年轻人，因为是常规加柔性直流，阀厅数量是常规换流站的两倍，图纸也非常多，设备原理、安装、接线，许多都与以往不同。电气包的年轻人白天处理现场问题，晚上闲暇时就看图纸。施工现场的年轻人个个都是好样的。"

业主项目部常务副经理赵会龙也说："晚上，我们跟施工人员一样，也要看图纸，看方案，看规范。混合级联是个新型的东西，我们自己首先要搞懂，要吃透。"

就连总监理熊兵先也说："监理不但要看图，而且要看得比施工人员更细，要吃得更透。不但要搞清该怎么干、干成什么样，还要搞清楚为什么这么干。如果你说人家搞错了，那么错在哪里？你要让人家信服。"

2021年10月1日，古墓群勘察的包围圈越来越小，包围圈外恢复施工的区域不断扩张，土建施工已进入高峰期，1700多名参建者坚守现场。自8月28日阀厅钢结构开工以来，要在2个月内完成3000余根、近2000吨的钢结构安装。不单工程量大、工期紧，同时还面临施工场地的"局促"。高端阀厅紧邻主控楼和45米高的防火墙，现场需要多台吊车配合作业，施工难度和施工风险被再次拉高。

这样的"局促"作业、交叉作业，在整个姑苏换流站不足为奇。作业点多面广，在姑苏站建设工地是一个普遍现象，最多时有32个作业面同步开工，这对现场管控能力是很大的考验。怎样能又快又安全又保证质量呢？"矩阵式管理"是一个办法，抓住总包单位也是一个办法，现场借助BIM（建筑信息模型）和全程三维模拟技术又是一个办法。

在高端阀厅施工中，一方面，搭建钢构件及其安全辅助设施的三维模型，早在工厂制造阶段就一次成形，减少了现场拼装工作量。另一方面，对复杂工序和重点设备安装进行三维动画模拟，向班组长、施工人员进行可视化交底，理顺工序衔接步骤及管控要点，再根据安装阶段进行分期培训，直观指导现场施工。

换流变基础、GIS（气体绝缘封闭组合电器设备），以及户外分支母线安装等核心设备的技术交底也都用上了三维动画。

三维动画演示出构件之间的相互关系，使原本需要一定抽象思维能力的技术交底，变得形象、生动、直观，突破了技术管理的"最后一公里"，大大提高了现场交底效率和安装效率。"就像看动画片一样，学得快，干得也快。"45岁的施工人员韩连之第一次接触三维模拟交底，笑得皱纹挤成了堆。

傍晚时分，夕阳隐没在换流站围墙后头。忙碌一天的工人三五一群通过闸机，走出换流站，把一天的疲惫扔给身后的庞然大物。

在江苏送变电公司食堂，红烧肉仍然是特色主打菜，今天不同的是，每个人的面前竟然还放了一瓶啤酒。"哎，什么情况？有什么好事儿？"这时，一个扎着缎带的生日蛋糕被端了上来，原来今天是施工人员盛春斌过生日。江苏送变电公司把所有工人的个人信息都登记在案。一份生日祝福，对于那些长年在外施工，没有亲人陪伴，特别是那些离家几百几千里的外省施工人员，也算是一种难得的慰藉。

智慧"千里眼"

在姑苏换流站施工现场，活跃着一帮专业"找茬"人。

外行人看，一座换流站的建设，分为土建和电气施工两部分。而从专业角度讲，需要征地、拆迁、"四通一平"、打桩、基础施工、建筑施工、接地网施工、构支架施工、电气一次设备安装、电气二次设备安装、单体调试、分系统调试、站系统调试、端对端系统调试……看着都让人眼晕。

一般的电气工程，施工单位最多一个土建、一个电气两家。姑苏换流站因其体量庞大，且工期又只有18个月，比标准工期整整缩短22个月，因此，施工单位工作量和数量也比一般工程翻了几番。

运输的组织，人员的安排，设备的进场，安装的顺序，哪个地方先干，哪里要预留通道，哪里要穿插进行……在全面开花的施工工地上，行差踏错一步，就要"打架"。

"监理则负责对项目的安全、质量、工艺等进行全过程、全方位监督，就像个杂家。"换流站总监理工程师熊兵先说，"出了问题，首先会揣测监理不到位。施工单位也把我们看成专业'找茬'，睁大一双眼，整天挑毛病。"

姑苏换流站高峰时共有监理人员 42 人。听着是一个不小的团队，可是把 42 个人撒到相当于 47 个足球场大的施工现场，就算你 24 小时脚不沾地，也很难实现全场监控无死角。

针对这个问题，业主项目部项目经理陈兵胸有成竹地说："我们现场应用'精卫在线'智慧工地系统，在线监测人员、机械、材料、技术、环境等，有力保障工程各项工作安全高效推进。"

其实，早在 2020 年 9 月，"智慧工地"建设就被提上议事日程。同年 12 月，工程开工的同时，"精卫在线"监控指挥中心也同步投入运行。

离换流站站址大约 500 米的地方，就是工程办公区。工程开工前，这里已是白天人员穿梭、夜晚灯火通明。走进办公区，三合院映入眼帘，正对面是两层办公用房，每层 25 间。左手边除了大会议室和接待室外，一间约 40 平方米的房子，就是"精卫在线"监控指挥中心，这是智慧工地的"大脑"。房子的一面墙上是拼接大屏，工程现场和办公区域的情况在大屏上一览无余。

这项工程是众多单位、人员、机械的"大会战"。如何让管控更高效、更安全、更有序？"精卫在线"系统侧重于实用性，工作场地和加工区域等的人员、车辆能否进入，取决于是否录入人员管理库、是否有每天作业票和是否进行了临时报备，三者不具其一，人员、车辆就不可能进到现场。

当你一脚踏进姑苏站施工现场，东南西北，四面八方，17 个覆盖各个角落的摄像头，"精卫行者"自主巡查无人机，亿级像素复眼全景相机，360 度云台可控布控球机，只要你在工作面上，不管你在干什么，总有一双眼睛在看着你，在捕捉你的一举一动。

"我们通过'精卫在线'系统，实现施工现场全天候全方位监控，对人员、机械、物料、工艺工法、环保等五大环节，实施全流程、全时段、立体化的精准管控。"说这话的，是智慧工地项目负责人陆勇，他带领团队，还将施工培训、工程进度、物资供应信息与BIM三维模型相融合，实现"精卫在线"对建设质量、进度和物资的过程管控。项目人员只要用手机扫一扫二维码，随时随地就能查看施工BIM三维动画。智慧闸机将人、车分流管理，利用人脸识别、图像识别等AI技术，实现进场人员实名可控，进场机械合格合规。

"特别是在安全质量监督方面，发挥了巨大作用。"陆勇说。针对安全风险巡查、质量验收及实测实量等环节，常态开展的风险隐患排查、监理质量验收、安全技术方案校核等，无人机激光雷达测量技术闪亮登场，通过获取厘米级精度激光点云数据，建立高精度三维模型，并通过三维软件处理，可以直观观察到目标物的空间位置，精确获取位置信息。

2021年5月15日10时20分许，在两层办公用房和围墙之间，从一平方米的专用"停机坪"上，一架黑色四旋翼无人机缓缓升起，这就是"精卫行者"巡查无人机。机上搭载高清摄像机、红外云台相机、探照灯等设备，发挥其空中机动快、范围广、大视角、超视距特点，突破基建天眼、移动布控球机数量有限的限制，实现对多个作业地点关键部位及关键工序的实时监控。它每天数次，按照既定路线，从工程项目部飞至站内施工作业区域，精准捕捉违章，查找隐患，有效提升安全质量的巡查效率、巡查广度和巡查深度。

"'精卫行者'能够自动精准起飞、降落，20分钟完成一次作业现场巡检，具有对现场违章行为捕捉识别、安全质量隐患提醒等五大功能，效率是人工巡检的4.5倍。"无人机飞手高洋洋说，"有了这些智能设备，特高压工程建设更加高效、智慧了。"

其实，姑苏换流站施工并非一帆风顺，在土建打桩过程中，就有过一次也是唯一的一次"断桩"。

上有"精卫在线""精卫行者"远程监控，下有现场监理人员实地巡查，施工人员的每一道工序、每一步操作，谁的安全帽戴没戴好，甚至谁偷偷掏出一根香烟，都在掌控之中。起初，少数施工人员对时时处处被"监视"，还感到有点不适应。

2021 年 1 月下旬，天下着雪，但是桩基施工一刻不停，打桩人员三班倒，监理人员也跟着三班倒，一刻不停，一步不离。现场三十几个桩基作业点同时施工蔚为壮观。为了节省投资，根据地质不同，桩基有静压桩和灌注桩两大类。静压桩属于"拿回家就能吃的熟菜"，静压桩运到现场就可以"开打"，不过一栋 GIS 室的静压桩，桩长有 10 米、11 米、12 米、13 米四种型号，稍不留神，就容易打错桩。

另一种是灌注桩，这种"菜"需要厨师现场烹饪。桩是在现场打孔，然后灌注混凝土。炒菜讲究火候、出锅速度等，这种桩的制作过程有严格的工艺要求，也需要丰富的实操经验。特别是在混凝土灌注完成后，有一道将灌注混凝土用的导管提拔出来的工序，这时必须控制好提拔速度，快了不行，慢了也不行。

上午 8 点多钟，熊兵先在工地巡查一圈后，走进"精卫在线"监控中心，站到监视屏前，他拉开棉袄拉链，眼睛在大屏上扫视。一处灌注桩作业的异动引起了他的注意："不好！"他抓起鼠标，拉近镜头："不好不好！"他抓起对讲机对现场喊话："注意注意，7 号桩提得有点快，请立即减速。"随即，他又通知桩基施工队长和现场监理，可还是慢了一步。

灌注桩导管的提拔必须在混凝土初步凝结时间内完成，所以不能太慢。但是过快也不行，那样导管容易对灌注好的混凝土桩体产生扰动，从而形成断桩。为了确保后续施工的可靠和顺畅，这根工艺没控制好的疑似"断桩"就得按照断桩进行处理和核算。

"经过设计单位重新计算，如按断桩考虑，就必须在旁边补一根桩。"熊兵先将审核过的整改通知单交给施工队长，然后拍拍他的肩说，"吃一堑，长一智，经验都是有代价的。"

"我们一定吸取教训，也希望监理'多来找茬'。"说这话时，施工队长是一脸的诚恳。

姑苏换流站土建有 4 家施工单位，为确保各家质量工艺统一，业主项目部推行"样板评审"制度。以围墙清水压顶、防火墙清水混凝土、门窗防水、吊顶、坡道等为抓手，建成一个个示范样板。经专业评审，组织各单位参观学习，最终实现不同的施工单位，统一的质量工艺。

"钢筋材质、规格、间距、绑扎工艺，都不能有一丝一毫差错，我这个总监是签了质量终身制承诺书的。"

"哎呀，这电力工程跟民用建筑真不一样，你们要求太高了。民用建筑干3个月，眼看着高楼一层层起来。这里呢，干了半年，啥也看不出来。"

"确实不假。我们讲究的是标准工艺，就像做菜一样，我们对菜的要求不但要好吃、健康，还要好看，要色、香、味俱全。民建反正有外部粉刷，内瓤对美观性要求没那么高。我们这里，比如高达45米的防火墙，可都是清水混凝土工艺，要的是素面朝天的美。"

其实，就算智慧工地系统这么厉害，也仅仅是众多谋划中的一项。

姑苏换流站工程当时是国内外建设规模最大、技术水平最高的工程。由江苏电力咨询公司负责建设管理和监理。开工之前就已完成业主项目部、监理项目部的组建，完成"一纲八策划"，完成整个工程桌面推演等一切前期准备。拉开开建大幕前，他们早已下好决胜"先手棋"。

姑苏换流站工程建设的谋划，早在2019年6月初就已经开始。江苏电力咨询公司在全公司挑选精兵强将，60多名责任心强、管理水平高、技术水平过硬、有特高压实战经验的骨干进入工程人才库，走进工程现场。

这片荒草萋萋、河沟纵横的土地，开工3个月后变成一马平川，31000根桩基在这里落地生根，16万方土填平3条河道，40余家建设、施工、调试单位在这里鏖战……这里是战场，又是舞台，因为一切都在"硝烟弥漫"之前，就有过无数次的桌面推演，就像演员排练一样，参建各方在这个大舞台上闪亮登场，施展"拳脚"，亮出绝活儿。

"一纲八策划"及特高压工程"三个标准化"管理制度、标准工艺清单、质量通病防治任务书和创优亮点策划，在开工前都已装订成册，分发到每个工作人员手上。"一纲八策划"，即建设管理大纲和项目管理、安全文明施工、环保、创新技术应用、绿色施工、依法合规管理、重大施工方案管控、党建引领等八项策划，内容翔实、具体，就像一本操作指导书。

这本操作指导书，就是姑苏换流站建设的蓝本。随着书页一篇篇翻开，姑苏换流站也一步步从书页走进现实。

"低碳"无死角

入苏的白鹤滩水电,对经济大省和经济强省江苏来说,是服务"强富美高"新江苏建设、助力能源清洁低碳转型的能源大动脉。这项工程是继±800千伏锦苏、雁淮、锡泰特高压直流工程之后,第四条落地江苏的特高压直流输电工程,与1000千伏淮上特高压交流工程合称为特高压"一交四直"。工程建成后,每年有超过300亿千瓦的清洁水电横跨半个中国,从西南送至华东用电负荷中心,为长三角地区经济发展提供绿色的动力支撑。相当于替代原煤消耗1400万吨,减少二氧化碳排放2500多万吨。这些数字,听着让人没什么概念,简单来说,相当于植树2.3亿棵,近1700万辆经济型轿车停开一年,同时减排二氧化硫62万吨,氮氧化物125万吨。

它是一项清洁能源的传输工程,是一项助力碳达峰碳中和的绿色工程。那么,在绿色工程建设过程中,能不能采用新办法,把施工、办公和建设人员的生活用电,也采用清洁能源供应,让低碳不留死角呢?

答案是能,肯定能。于是,江苏首个"低碳临建"项目应运而生。

姑苏换流站大,其中,供参建人员办公、生活的临时建筑区也不小,占地将近一个足球场大小,一共60多间,包括办公室、宿舍、食堂等。"低碳临建"项目建成之前,临时建筑区采用临时电源从35千伏配网供电,月均用电约5万千瓦·时,相当于一个小型工厂的月用电量。按照18个月的工期算,总共要消耗电量90万千瓦·时。

吴巍,姑苏换流站工程业主项目部技术专职,"90后"博士,戴一副无框眼镜,斯文的理工科学霸。

在姑苏站工程建设现场,博士为数不多,可也并不算太少见。国网江苏电力有12位博士组成的党员攻关团队,国网江苏电科院继保自动化通信技术中心有8位博士组成的直流调试阵容。吴巍正属于博士行列。

在"低碳临建"的设想之上,吴巍第一时间展开可行性研究。换流站项目部的临时建筑比较低矮,四处旷野河塘,无遮无挡,光照资源丰富。加上员工宿舍、办公室、餐厅都是标准集装箱,屋顶面积较大,非常适合建设分布式光伏。等工程结束后，光伏板和支架等还可以重复利用。所以建设分布式光伏是降碳减排的首选方案。

"低碳临建"方案获得核准后，吴巍立即着手制订施工方案。从可研到实施，从选定材料到监督施工，从精确设计"直流—交流—并网逆电箱—供电"的整个流程到监控中心大屏的实时呈现，吴巍5次修改设计方案，用时21天定稿。

方案一定，说干就干。随即，他组织相关单位，在办公区U形的屋顶上加装光伏板，在空置绿化带上布置两块落地的光伏区域，在车棚顶上安装光伏组件……随着时间一天一天过去，一块块黑色的光伏板在屋顶、在草地、在灯塔上铺陈开去，仅用时14天，就完成支架安装、一次设备吊装就位、电缆敷设、设备接线、设备及云端后台调试等工作。2021年5月11日，历时一个多月，全省首个"低碳临建"项目顺利建成投运。

学霸属性，不仅体现在学历层面，还体现在吴巍创新工作的"解题密钥"。"我们在办公区里采用的是分区发电、集中并网的方式。在屋顶布置338块光伏板。光伏板发出的电能分别经逆变器接入并网箱，实现自发自用。光伏板的发电量能满足80%以上的用电。"2021年6月初，站在U形布置、占地约8000平方米的项目部办公区前，对首次亮相的"低碳临建"项目，吴巍如数家珍。

"低碳临建"完整涵盖了分布式光电组件、移动储能、用电侧设备。所有设备采用无线组网，接入云端能量管理和监控系统，汇入并网柜供电。在办公区和站前区，项目还分别布置了不同功率的移动储能智慧方舱，即插即用，易于搬运，可用于错峰供电、应急电源和施工临时电源。

经测算，姑苏换流站"低碳临建"项目投运后，年均清洁能源发电量达31万千瓦·时，节省标准煤95.8吨，减少碳排放270吨，实现了工程的建设过程和建设成果的"双绿色"。

临时办公区"低碳"了，再把目光转向站内建筑。任何能促进"低碳"的有利条件和资源都不能忽略、不能浪费。姑苏站综合能源项目，利用站内综合楼、GIS室、继电器室、围墙等建筑物、构筑物的顶面、外立面区域，根据各自特点，因地制宜，也布置安装了光伏发电系统。就连站内六个用于夜间施工照明的灯塔上，也安装了光伏组件和储能电源，白天光照储能，夜间供电照明。其中，综合楼南立面采用BIPV，即光伏建筑一体化方式布置光伏幕墙，容量40.6千瓦峰。全站光伏总装机容量838.8千瓦峰，年发电量73.32万千瓦·时，碳减排684吨，相当于造林686亩。

调试也"疯狂"

可能许多人都听过"打耐压"这个词，可你知道怎么给GIS"打耐压"吗？

"GIS"，就是气体绝缘封闭组合电器设备。简单地讲，就是把断路器、隔离开关、互感器、避雷器等用金属接地的外壳完全封闭起来，其内部充满绝缘性能和灭弧性能优异的六氟化硫气体。

"展开试验装备支撑腿。"2022年5月2日7时30分，姑苏换流站第一阶段高端设备调试现场，各路人马已然严阵以待。国网江苏电力科学研究院"电博士"共产党员服务队队员刘咏飞发出遥控指挥令。距其3米远处，一辆车身上写着"特高压GIL一体化耐压系统"的车子开始"变身"：后车厢四个轮胎处缓缓伸出四只"脚"……

待车子站稳"脚跟"，驾驶员驾驶车头驶离。这时，操作人员通过遥控器不断调整四只"脚"，使车身调平。紧接着，车身厢体中缓缓升起一个柱状的超大电抗器。电抗器最上方的均压罩充气后，并然有序且精准高效的"变身"终于完成，一个12米高的红色"大话筒"矗立在现场。

这个最显眼的大家伙，就是对工程关键设备进行试验的装置——特高压GIL一体化耐压系统。这是2019年自主研发，专为检验1000千伏苏通GIL综合管廊工程设备绝缘性能的尖端设备。与传统的"拼装型"试验装置相比，它的现场拆装工作量减少了三分之二，大大提高了工作效率。

通过这个"大家伙"，对550千伏GIS设备施加最高至740千伏的电压，并保持一定时长，观察其整体绝缘性能，排查潜在的绝缘缺陷隐患，这就是GIS耐压试验，俗称"打耐压"，是设备投运前最重要、最有效的试验项目之一。

当天，将对550千伏GIS户外分支母线进行交流耐压及局部放电检测试验。为消除现场施工器件及噪声对耐压及局放检测的影响，保证现场人员安全，试验必须在其他参建人员离场后进行。因此，11时至13时的午休时间成为最佳选择。他们早早做好试验准备，专等其他参建人员离场后开始试验，可谓是人家下班他上班，人家午休他"充电"。由于"打耐压"工作的特殊性，这也成了他们的工作常态。

12时20分，再三检查确认现场试验条件后，刘咏飞与叶方勇一同走进"话筒"旁的高压试验指挥舱。刘咏飞拿起对讲机，遥控指挥现场试验人员打开绝缘电阻测量仪，对被试设备进行绝缘电阻测量，确认绝缘电阻阻值正常。

随着一声"试验启动，开始调频！请各监护人员保持警惕！"的号令响起，"打耐压"正式开始。

这时，叶方勇开始调节变频电源控制系统，逐级对被试设备升压至150千伏并保持20分钟、300千伏并保持20分钟、450千伏并保持10分钟、600千伏并保持10分钟。他表情严肃，精神高度集中。

这个阶段叫老练试验，目的是利用高电压，烧掉设备内部可能存在的细小微粒或毛刺等。试验时要时刻关注电压测量仪上的示数变化，仔细聆听被试设备附近的异常声响。

一个小时后，试验进入关键的一分钟耐压试验阶段。叶方勇把电压由600千伏缓慢升至740千伏。

这个阶段容易出现设备击穿，除了要关注示数是否突然大幅下降，还需要特别留意是否出现击穿导致的异常响声。现场所有人员的表情愈发凝重。

耐压一分钟，没有异样，随即将电压降至381千伏，持续近20分钟，进入局部放电检测阶段。

这一次还算顺利。但是"打耐压"并不是每次都一帆风顺。如果设备无法耐受740千伏电压而发生击穿放电，就要用'听诊器'来定位故障。他们对此早已做足了准备，专门研制了"智慧耳"，就是电力声纹故障定位系统。试验之前，就在GIS设备区安装了70余个高密度"智慧耳"阵列系统。通过架设在GIS各气室处的阵列式声学传感器，他们可以在试验操作台远程监测，并诊断 GIS 击穿后的声学信号。不用 1 分钟，就能定位到击穿放电点。

姑苏换流站 GIS 的用量是普通特高压换流站的三到四倍，分支母线总长度接近 26 公里。调试团队共对姑苏换流站的 550 千伏 GIS 进行 141 次耐压试验，直到 5 月底全部完成。

人从生下来到长大，基本都有过几次验血的经历，可是你听过给变压器"验血"吗？

换流站的调试项目总共超千项，特别关键的是，除了"打耐压"，还要给变压器"验血"。

"对电网来说，变压器就像心脏，绝缘油就像血液。保证通往心脏的血液纯净，是油化验人员的责任。"2022 年 5 月 19 日，姑苏换流站会议室内，江苏送变电公司油化试验团队正在研讨，关于搭建绝缘油和六氟化硫气体实验室项目的细节。这已经是他们第五次研讨了。此次油气试验项目，是 2015 年在 1000 千伏淮南—上海特高压交流输变电北环工程—盱眙站项目中首次研发的，叫作"移动油化试验技术"。这一次是它的升级版，因为姑苏站的油、气检测工作量位居系统内变电工程之最，合计需要检测绝缘油约 3500 吨，GIS 累计近 26 公里，六氟化硫绝缘气体约 300 吨。试验难度、强度翻倍。

早在 2015 年建设的特高压盱眙站，不仅是 1000 千伏淮上线工程连接线上的"咽喉要道"，也是当时现场特高压设备使用绝缘油数量最大的工程，用油量高达 1200 吨，入场、注油、耐压试验前后以及局部放电后，都要进行油化检测。

可是，盱眙站距离江苏送变电公司油化试验室 110 公里，单程油样送检时间需要一个半小时，工程共需开展绝缘油检测 300 多次，反复送检不仅耗费人力、物力，还可能影响试验数据的精准性。

经过几番商讨，油化试验团队决定提前进驻盱眙站。通过分析试验环境，研究试验方案，他们大胆提出并建造了车载绝缘油集中测试试验室，打破了传统绝缘油试验必须在基地试验室检测的限制。现场车载试验室满足了工程现场全部检测试验的要求。最终，"现场试验室"共对 8 台 1000 千伏变压器、高压电抗器等设备开展了 320 次油样检测试验，分析试验数据 3858 个，节约送检时间 960 小时，节省送检里程 7 万公里。这套"绝缘油现场检测"工作方案，实现了绝缘油从入场到运行的全过程监督，最终还整理形成一项发明专利和六项实用新型专利。

这一次，姑苏换流站工程现场设立的油气试验室，不光要检测绝缘油，还要检测六氟化硫气体。天道酬勤，功夫不负苦心人，他们成功研制油气试验综合体，并首次在特高压工程现场运用。24 小时连轴运转，实时进行油气检测化验，共完成 1000 多项油气试验项目，节约送检时间 520 个小时，节约送检里程 3.5 万多公里。

可以说，姑苏站电气调试的体量、难度并不亚于任何专业施工。不信，就来看看这一场深夜大调试会战。

2022 年 10 月 1 日，国庆节，姑苏换流站第二阶段低端设备调试，江苏送变电公司调试分公司调试项目组，七人七天三班倒，24 小时不间断，轮班值守。

调试分公司总工程师、驻站总指挥汪向军介绍，作为白鹤滩入苏工程的受电端，姑苏换流站不但是世界首座混合级联特高压工程，而且是国内换流变和阀厅数量最多的换流站。设备之多前所未有，采用技术之先进前所未有，给调试工作增加了不少难度。

调试分公司作为分系统调试单位，在施工现场更像是"黏合剂"，需要与系统调试单位、设备供应商、各个施工团队等进行沟通协调。不仅流程庞杂繁琐，安全风险管控压力也大。年底前，调试团队要配合完成的试验项目就有 918 项。国庆长假对于他们而言，是抢抓试验进度的"黄金时期"。时间紧，任务重，标准高，必须争分夺秒。

谁没有诗和远方？但大家更珍惜机会，渴望在大项目中快速成长。

许超，姑苏换流站调试项目总工程师。他把手中的螺丝刀比喻成手术刀——"将基建屏柜与投运屏柜之间的回路联系，精准剥离开来"，分阶段隔离安全措施如同外科手术一般，容不得丝毫差错。姑苏换流站所有分系统的调试方案都由许超编写而成，面对那些全国乃至全世界首台首套的设备，在没有任何参考的情况下，他不畏挑战，从书本中消化原理难题，在实践中进行技术攻关。整个分系统调试过程中没有发生一起误动作事件。

10月2日凌晨，旷野静谧。劳碌一天的人们正在酣睡，而换流站主控室内却人头攒动，灯火通明。中国电力科学研究院、国网江苏电力科学研究院、国网江苏省超高压公司等单位，共约450名工作人员仍在现场，虽然也累，但他们没有一点睡意，在进行姑苏站第二阶段的设备调试。

作为世界首座混合级联柔性直流换流站，设计没有先例可循，施工没有先例可循，调试依然没有先例可循。调试人员没有退路，他们更不愿意退缩。他们协力齐心，在前进中探索，在探索中前进。此前，第一阶段高端直流系统启动调试，已在他们手中交出优异答卷。2022年7月1日，高端直流系统投运即投产，迎峰度夏期间连续86天满负荷运行。9月25日，因低端直流系统调试，暂时中止高端直流系统送电，截至此时，82.66亿千瓦·时的清洁水电已直通江苏。

9月25日起，为期63天的第二阶段，即低端设备调试启动，姑苏换流站进入全面投运倒计时。涉及低端站系统调试项目有62项，端对端直流系统调试项目有857项。"低端直流场的柔性直流换流器，是高端直流的三倍，此外还多出启动区和直流交接区，整体调试工作量增加了一倍。"姑苏换流站站长沈明慷介绍。

"各单位注意！各单位注意！准备试验！"10月2日凌晨2时，随着现场调试总指挥的发令，极Ⅱ低端2号柔性直流换流器的空载加压试验开始。凌晨3时结束。下一项，静止同步补偿器模式运行保护校验试验随即展开……

"虽然辛苦，但是值得。"来自国网江苏电科院的试验人员郑俊超说，"我们院这次是参与第二阶段调试的，都是像我这样不到35岁的青年人。全站12月底投运，我们信心十足、干劲十足。"

白鹤滩入苏工程第一阶段投运工作于2022年7月完成后，即刻具有400万千瓦的输送容量。由于7月份金沙江水源充沛，白鹤滩水电站抓住丰水期发电送至江苏，姑苏换流站暂停设备调试。丰水期过后，12月，第二阶段调试投运，输电容量达到800万千瓦。当年即向江苏输送清洁电能95.27亿千瓦·时，以后每年均可输送超过312亿千瓦·时的电量。

2024 年 3 月 1 日 1 时 30 分，交直流混联技术再次突破，姑苏换流站首次实现功率互济方式满功率运行，最大互济功率 200 万千瓦。标志着我国交直流混联电网灵活潮流控制技术、柔性直流输电控制与协调技术、柔性直流装备国产化及相关产业链取得重大突破。

所谓功率互济，是指在电力系统内，当各个节点的负荷变化不确定、不平衡时，有些节点功率需求得不到满足，需向其他节点申请。申请后发生功率互助，给负荷不足的节点增加功率，以达到全网平衡。换言之，当负荷变化不确定时，各个节点间可以互相支援和帮助，使得电力系统能够更高效、更稳定地运营。

作为华东电网负荷中心之一的苏州地区，负荷和电源总体呈逆向分布。其北部电网电源较多，电力相对富余；南部电网则是负荷中心，电力相对紧缺。

为缓解电力供需矛盾，提升新能源电量消纳能力，2023 年 4 月 21 日，姑苏换流站首次成功实现功率互济方式运行，从苏州北部电网抽取 20 万千瓦功率电力注入苏州南部电网。截至当年 6 月 27 日，互济功率最大已达 100 万千瓦。在此基础上，国网江苏电力进一步挖掘和提升柔性直流输电功率互济能力，推动姑苏换流站功率互济方式全额满功率运行，实现最大互济功率 200 万千瓦。

据悉，200 万千瓦级潮流大范围快速转移，是目前世界上最强大、最灵活的功率控制手段，是继柔性交流输电技术后的新一代大功率灵活潮流控制技术。

当"用能大省"遭遇"能源小省"，白鹤滩水电入苏工程为化解能源危机打开一条高速路，建立一条能源输送大动脉。它与其余特高压工程一起，在服务"强富美高"新江苏建设，助力能源清洁低碳转型之路上，为保障江苏经济社会发展和人民美好生活的用电需要提供坚强保障，在助力能源结构优化，推动大气污染防治，促进生态环境保护和美丽中国建设方面，功不可没。

在此，有必要列出白鹤滩水电入苏工程重要时刻表，即工程推进节点，由此感受工程建设者激荡的脉搏和奋进的步伐。

2020 年 11 月 3 日，工程核准。

2020 年 11 月 17 日，正式开工。

2021 年 1 月 5 日，桩基工程开工。

2021 年 1 月 23 日，线路工程动工。

2021 年 3 月 1 日，土建工程开工。

2021 年 9 月 25 日，电气工程开工。

2022 年 4 月 15 日，江苏段线路全线贯通。

2022 年 7 月 1 日，换流站工程竣工，高端设备投运。

2022 年 12 月 19 日，工程全面投运。

第二节

万里长江第一廊

横亘在长江两岸的苏通大桥，犹如一条巨龙飞越长江。

站在桥上，极目四望，只见江面平阔，舟楫如梭。但在目不能及的地方，在大桥上游一公里处，行船之下，江水之底，却潜卧着另一条巨龙。一个超大管廊——苏通 GIL 综合管廊，在长江之底横贯南北，百万伏高压电流穿江而过，打通华东特高压交流环网的最后一个卡口，为我国经济最发达的长三角地区，匹配了与其负荷水平相当的强力能源支撑。

华东特高压交流环网分南北两个半环，是世界首个特高压交流双环网。南半环，为淮南—浙北—上海 1000 千伏交流特高压工程，已于先期投运。北半环，为淮南—南京—上海 1000 千伏交流特高压工程。南北合环之处，万里长江拦住去路。苏通 GIL 综合管廊工程，就是打通长江天堑的关键节点。

苏通 GIL 综合管廊的建成投运，显著提升了华东地区吸收区外来电和消纳清洁能源的能力，对江苏电力转型升级，推动"强富美高"新江苏建设，促进经济社会与生态环境和谐发展，助力实现碳达峰碳中和目标都具有重要意义。

百万电压过大江

输电线路过江，常规方案都是竖立超高塔，采用架空线。为什么这一次不从江上跨越，而是选择江底隧道？

立高塔跨越长江，电网设计人不是没想过。可是工程跨越长江之处，宽度有5468.5米。如果采用常规架空线路过江，必须在江心竖起高达455米的输电铁塔，仅铁塔塔基就要两个足球场那么大，而且造价相当高。就算撇开造价不谈，单单是在江心突兀地铺开那么大的塔基，立起那么高的铁塔，不但严重破坏长江黄金水道的物流和交通运输，也会严重影响长江水利运势。这样的设计构想，不但政府不会批，老百姓不能答应，就连电网人自己这一关都过不去。

上天行不通，那就入地。

2017年6月28日，苏通GIL综合管廊工程现场，长江南岸，盾构机开启巨大转盘。次年8月21日，管廊工程隧道实现全线贯通。11月，工程正式进入电气安装阶段。

过江隧道千万条，GIL管廊第一条。在长江江底安装世界上电压等级最高、输送容量最大、距离最长、落差最大的超长距离GIL，电气施工没有任何经验可循，挑战巨大！

2017年7月5日，江苏送变电公司变电施工第一分公司经理李刚接到通知，任命他为1000千伏苏通GIL综合管廊工程电气施工项目部经理。面对信任和挑战，他既感自豪，可内心里却又有些忐忑，这是全世界第一次使特高压从江底通过。

时年李刚43岁，已在施工一线摸爬滚打了20年。由他担任施工项目经理的1000千伏特高压盱眙（南京）变电站，是江苏省特高压交流工程的开篇之作，获得了国内建筑行业工程质量最高荣誉——"鲁班奖"。

2018年8月，"卓越号"盾构机历时近14个月穿越长江5468.5米，标志着淮南—南京—上海1000千伏交流特高压输变电工程苏通GIL综合管廊工程盾构隧道全线贯通（曾斌／摄）

GIL综合管廊工程隧道于苏通大桥上游一公里处过江，起于南岸苏州引接站，止于北岸南通引接站，通过2回敷设于管廊中的GIL穿越长江。江底隧道直径12.07米，长5468.5米。隧道分成上腔和下腔两层，电气安装共分上腔辅助系统安装、下腔辅助系统安装、管廊内GIL安装和地面及垂直段GIL安装4个阶段。管廊的最低点标高 –74.83米，相当于从江面向下25层楼高。最大坡度5%，最大水土压力高达9.5倍大气压，相当于指甲盖大的一块地方，要承受10公斤的压力。它是国内埋深最深、水压最高的地下通道，犹如一条巨龙横卧江底，被誉为"万里长江第一廊"。

为了挖掘这条足足5468.5米的江底隧道，中铁十四局专门定制了一台强大的钢铁利器——"卓越号"盾构机。自2017年6月28日始发，从掘进到贯通，历时14个月，不仅穿过了长达1800米的有害气体层，还克服超过0.8兆帕的水土压力，难度史无前例。工程师们顶着巨大的压力迎难而上，完成了全球首次将大直径盾构隧道应用于电力管廊工程的任务，造就了穿越长江GIL送电的世界奇迹。

到底什么是GIL？GIL就是"气体绝缘金属封闭输电线路"的英文缩

写。GIL 与前面所说的 GIS 相比，二者不同的是，封闭在金属管道里的一个是输电线路，一个是断路器、隔离开关等组合电器。

苏通 GIL 综合管廊工程，总长 34.2 公里的 GIL，由 1832 个 GIL 标准单元连接，形成一条长长的金属管道。管道里面充满高压六氟化硫绝缘气体，中间的输电线路不是常规的导线，而是长长的空心金属导电杆。这样的 GIL 标准单元，就像一段段粗壮的水管，每一个长 18 米，直径 0.9 米，重达 2.2 吨。

如果是在室外，在露天作业，这样的长度，这样的重量，真算不了什么。可将作业现场转移到水下，转移到长江江底 70 余米深处，再放进一条内径只有 10.5 米、总长却有 5468.5 多米的隧道里，行吊无法架设，大吊车开不进去，施工抱杆立不起来，那么，如何在隧道有限的空间内，实现 GIL 单元的平稳运输和精准就位？

工程计划 2019 年 9 月投运。从 2018 年 11 月隧道南北贯通，电气安装开始，留给电气施工人员的时间只有 10 个月。这期间，不仅要完成 GIL 母线管的运输、就位、对接和调试等所有施工任务，还要完成照明、消防、信号等辅助系统 800 多公里的电缆敷设、设备安装调试，难度可想而知！

"螺蛳壳里做道场"，这是时任江苏电力咨询公司副总经理俞越中对管廊施工的生动比喻。他是管廊工程业主项目部经理，他有这个发言权。"自 2017 年上半年，我们就组建专业技术团队开始课题研究，对管廊的空间布局、终端管线位置、施工工艺、非标设备研制、施工作业面的运输等进行了研究、设计和试验。"

在内径 10.5 米的隧道内，对于长 18 米、直径 0.9 米、重 2.2 吨这样一根根又长又粗又重的 GIL 单元，如何运输和就位？运输过程中还不能调头，不能有任何磕碰。

几十次的科技攻关会议，仅仅为了管道的运输问题，可是仍没有找到一个令人满意的答案。

一次出差，站在高铁站台上，看着鳗鱼一样的车身在铁轨上平滑游动，李刚的灵感被触发了——何不在管廊里也铺上铁轨？

灵感很快搬上了攻关团队的研发日程。他们对隧道走向、上下腔宽度进行详细研究，反复到现场勘查，最终决定在隧道中间位置铺设钢轨，设计轨道运输车进行 GIL 单元的运输和预就位，再设计专门的类似叉车的机具，对预就位的 GIL 单元进行微调和精准就位。

管廊里没办法调头，他们就给轨道运输车设置前后两个驾驶舱。管廊里空间小、自然通风差，他们就给轨道车用上绿色电。特高压交流线路有 ABC 三相，他们就在轨道车上安装三组可以同步升降、同步平移 GIL 的托举支架。就这样，经过专家技术人员的共同努力，终于攻克了隧道内的 GIL 单元运输就位问题。

春寒料峭，冷风低唱。2019 年 3 月 28 日，凌晨 2 点，北段运输队母线管堆放场，施工人员已在夜色中完成集合。每一个工作面三相，从运输到安装完毕，需要 18 个小时。

5 月 9 日，凌晨 2 点，南岸隧道口仍然灯火通明。"这都是我们的大宝贝！要轻轻提，慢慢移……"虽然这个点谁都想睡觉，但是 GIL 运输必须等隧道内拼接工作完成，场地清空才能进行。所以运输只能在这个时间点进行。不论是白天还是夜晚，隧道内照明都完全依赖于电灯。连续两个多月不间断的 GIL 施工，这一群自诩"追光者"的电力施工人员，别说沐浴阳光，就是跟"太阳公公"照个面都不太容易。

2017 年，世界上运行的 GIL 最长的在日本，275 千伏，单回，3.3 公里。而苏通 GIL 管廊，1000 千伏，两回，34.2 公里，且垂直方向高差近 80 米，水平方向最大移动近 1000 米，基本没有水平段。不论是电压等级还是线路长度，不论是垂直高差还是水平移动，都甩了"当年最长"的日本 GIL 好几条街。

这意味着什么？

意味着巨大的挑战，前所未有的挑战！

管廊建设者必须摸着石头过河。没有经验可以借鉴，没有标准可以遵循，没有工艺可以参考，没有方案可以套用。意味着他们要在没有路径的荒野上，去摸索，去探寻，去求证，用自己一步步坚实的脚印，踩出一条路。用自己的"踏破铁鞋"，换得后来者的"不费工夫"。

一个人的力量是渺小的，团队的力量才是无穷尽的。在这个前所未有的新项目的建设过程中，不仅锻炼了队伍，还诞生了一大批新技术，出台了众多新规范。

除了 GIL 轨道运输车、"卓越号"盾构机、GIL 专用安装机具，他们还创新设计场地平板运输车，配置遥控驾驶、电动驱动避震、近距离碰撞预警、坡道速度控制，并在每一个 GIL 单元上都装上冲撞记录仪，使得 GIL 单元从设备堆场到隧道口，到轨道运输车，到安装支架，在一路转运过程中保障"大宝贝"毫发无损。

他们编写《隧道内 GIL 支架高精度定位方法》，使得 GIL 单元安装效率大幅提升，由最初两天安装 1 个单元，变成一天安装 3 个单元。

他们不断完善《特高压管廊工程气体绝缘金属封闭输电线路施工及验收规范》《苏通 GIL 管廊工程安全防护措施研究》等技术标准，并编印成册。

他们总结提炼经验，撰写论文 8 篇，发表在专业核心期刊。

这些首创的安装机具和工艺标准，满足了 GIL 运输、安装施工冲击度和"毫米级"精度的要求，将为今后特高压 GIL 穿山越海提供宝贵经验，也为节约 150 天的工期打下坚实基础。截至工程安装结束，GIL 管廊工程共申请专利 129 项，其中包含发明专利 50 项，刷新行业标准 18 项。

不失毫厘　行至千里

大千世界，哪里能没有一粒灰尘？

尘埃无孔不入，无处不在。可是长 18 米、直径 0.9 米的 GIL 母线筒，这么大一个物件内，竟然不允许有一粒灰尘。因为在 1000 千伏高电压环境下，一旦有灰尘、毛刺，就会形成污闪和尖端放电，对设备造成严重危害，威胁到电网安全运行。

谁能想到，电气安装过程中的"洁净"要求如此苛刻。不能有一粒灰尘，在食品行业、医药行业和精密仪器制造业，都没有过如此严苛的标准。

清晨，进入母线筒对接工作区时，所有安装人员身着防尘服、头戴防尘帽、脚蹬防尘套。打开除尘设备，用吸尘器仔细清理母线筒法兰的对接面和内腔，再用专用清洁布擦洗三遍，最后经项目经理检查验收，目标就是一尘不染。

然而，要想确保母线筒内无尘，首先要解决管廊大环境的洁净问题。进入 GIL 单元安装的关键阶段，四个作业面同时展开。在管廊有限空间内，如何保证设备安装时环境的清洁无尘，特别是解决灰尘的源头问题，始终是摆在施工人员面前的焦点问题。毕竟母线筒是这"尘"世中有形有体的大物件。

管廊共有 1267 副支架，安装固定这些支架，需要钻出的螺栓孔超过 1 万个。螺栓孔平均直径 24 毫米，钻深 500 毫米深。如果不经过任何处理，打孔过程将会产生大量的灰尘。虽然有高压吹风系统，虽然电钻上配有除尘系统，但如此大数量、如此分散的井喷式的灰尘，仍然使得管廊内部粉尘的飘散难以控制。

这些四处飞散的小小尘埃，叫人抓不着、捂不住，让人伤透脑筋。

面对这棘手的难题，施工人员也在思索。起初，他们相互配合，一边打孔，一边吸尘。但许多粉尘还是如漏网之鱼，溜到空气中游荡。怎么才能起到事半功倍的效果？你也想，他也想；白天想，夜里也想。盯着那电钻的钻头，望着那吸尘器的吸头，一个想法在施工人员心中产生——为什么不在钻头位置就彻底将灰尘罩住，让它们想跑也跑不掉呢？

说干就干。一个利用真空吸盘原理制成的吸尘塞，在集思广益下诞生了。将吸尘塞直接和吸尘器口相连，然后盖住钻孔部位。这样不仅扩大了吸尘面积，同时吸尘塞的橡胶头和地面紧密吸合，不给灰尘逃逸飞散留任何出路。这个小小改进，不但能堵死尘埃飞散，大大提高除尘效率，同时还省下一个专门操作吸尘器的人力。在打孔作业面再加上一个防尘棚，对灰尘进行二次隔绝。这双重的防护，彻底让打孔产生的灰尘不再飞扬，真可谓小革新解决大问题。

谁能想到，管廊施工精度要求要比常规提高一百倍。

5468.5 米的管廊，上下起伏，左右摇摆。蛰伏江底的巨龙酣睡久了，总难免有些小动作，伸伸腰，摆摆尾，舒展一下筋骨。这么长的管廊天长日久地在江底复杂的地质环境下，如何减少地质沉降、恶劣天气、温度变化等外界因素对 GIL 的影响？因为一旦 GIL 发生扭曲变形，将导致母线筒绝缘气体泄漏的严重后果。

按照施工方案，母线筒的固定支架每隔 72 米安装一副，两副固定支架之间，偏移度必须控制在 ±2 毫米以内。而建设人员自加压力，要求自己做到"零误差"。

"这是我们公司的天字一号工程，集中了所有精兵强将，不仅要圆满完成，还要打造精品工程。"江苏送变电公司副总经理凌建讲得满怀决心和信心。其实，不光是施工单位派出精兵强将，建设管理单位、监理单位、运行维护单位，都派出了最精干力量，他们决心打造精品，他们确实也做到了。苏通 GIL 综合管廊工程获得全国质量奖卓越项目奖，同时还获得国家优质工程金奖，这是国网江苏电力首次作为建设管理单位获得国家优质工程金奖。这些都是后话。

2 毫米的误差，这是螺栓和母线筒穿孔的间隙。因为母线筒的位置在隧道内是固定的，如果误差大于 2 毫米，将导致母线筒无法安装。由于隧道内接收不到 GPS 定位信号，为了精确安装，项目部引入一套测量精确控制网系统。基轴线设在隧道口，向隧道内每间隔 50 米标出一根基准线。每副固定支架的安装，只要从相邻的基准线控制尺寸即可。

2019 年 5 月 10 日下午 3 时许，GIL 管母拼接施工现场，电子水准仪放在刚刚完工的拼接管母上，当数字稳定下来后，屏幕上"0.00"字样映入眼帘。总共 153 套固定支架，最大误差只有 1 毫米，更有一大部分实现零误差，圆满完成全隧道母线筒的准确固定。

支架安装时，需要在母线筒基础上打孔。可是母线筒基础的内部，却密密麻麻布满钢筋，打孔时极易损坏钢筋。这又是摆在施工人员面前的一个难题。

他山之石，可以攻玉。经过多方咨询比较，项目部与湖南大学合作，引入钢筋探测装置，打孔时可以成功避开所有钢筋，难题迎刃而解。可新的问题又随之而来。为了避开钢筋，孔洞就可能不在设计位置，造成螺栓移位。不过这个问题可就不用请外援了，他们早已预判到这种情况，提前将支架设计加工成长条形孔。工程 1267 副支架，整个安装过程没有伤及一根钢筋。

"吉祥，过来帮我拍个照。"

古有城墙砖上留人名，今有施工现场拍照片，都是为保证质量。在 GIL 管廊工程的每个关键节点，李刚总是扶正安全帽，抚平工作服，让同事给他在现场拍个照。

"我要把我和工程的合影保存起来，将来放到工程竣工资料里。我们团队要把它建设成百年工程！"

1000 千伏淮南—南京—上海特高压交流输变电工程苏通 GIL 管廊（史俊／摄）

安装的精度前所未有，调试的精度同样令人赞叹。

"工程主回路接触电阻测试要求，误差必须控制在万分之零点五以内，换算成百分制，就是控制在 0.005% 以内，比常规的精度要求提高了 100 倍。"对此，调试负责人马泉很是焦虑。

业内人士都知道，测量的精度取决于测量装置的精度。可当时行业内所有的测量装置，精度都根本无法满足要求。这下又轮到科研攻关小组闪亮登场了。科研小组由调试分公司经理周健担任组长，研制出 GIL1000 主回路接触电阻测试装置。该装置具有宽量程、高精度、大容量、高线性的优点。经过专业计量机构检测，完全合格，完全满足工程测量的高标准、高要求。

调试的难度更是前所未有。

以耐压试验来说，作为考核设备绝缘性能的重要手段，是保障设备安全投运的最后一道防线。可是如何验证最后一道防线可不可靠，就面临三大难题。

第一方面，对于苏通 GIL 综合管廊，因其距离太长，电容量高达 250 纳法，试验时高压侧电流最高可达 100 安，而当时国内已开展的同类试验电容量大多不超过 20 纳法，试验电流一般仅在 10 安以内。因此，研制能承受大电流、散热性能满足要求的高压电抗器成为迫切需要。

第二方面，国内外尚没有特高压、长距离 GIL 现场交流耐压试验的应用先例，试验过程中，还需要解决击穿过电压准确分析、击穿定位装置可靠性提升、局部放电快速化测量等应用难题。

第三方面，就是工期问题。用传统试验模式，需要 42 天左右，可他们接到的通知是——12 天！没错，就是 12 天。传统试验就像搭积木一样，需要把各种试验设备在现场连接组装，就算 24 小时连轴转，也没办法在 12 天完成。

虽然困难和挑战巨大，但是试验团队没有一个人打退堂鼓。国网江苏电科院组织徐阳、刘咏飞等 12 名博士，成立"电博士"攻关团队，设立耐压、避雷器、接地网、气体、互感器试验等五个调试攻关小组。

针对上面三个难题，耐压试验组十个人每天碰头一次，前前后后六套方案都被推翻再来。一天晚上，耐压试验负责人赵科，无意中在手机上看到阅兵仪式，顿时在脑子里泛起涟漪。夜里，他辗转难眠，头脑中反复闪现阅兵画面。能否将电抗器安装在汽车上，就像导弹车一样。如果要开展试验，试验车将电抗器直接立起来，这样就可以极大提高试验效率。他骨碌从床上爬起来，连夜开始制订方案。第二天，整个团队对这个方案进行讨论，大家意见统一，能行！

能行就行动，马上行动！

团队立即派员赶往各个电抗器厂调研。之后的整整一个月，所有人完全沉浸在试验模拟和方案修订中。从理论方案到最后生产成形，一气呵成，毫无耽搁，成功研发可自动升降电抗器的特高压 GIL 一体化耐压车，与地面 2 组重约 18 吨、高约 12 米的大容量电抗器组协同，形成国内首套特高压 GIL

一体化耐压系统，用于满足江底巨龙"惊人的胃口"和特殊的"身体结构"，一天就可以完成单相 6 公里的 GIL 耐压试验，确保 12 天完成全部耐压试验。遍布于"巨龙"周身的近 370 个击穿定位传感器，则能在第一时间实现"病灶"的准确定位，为后续"医护治疗"争取宝贵时间。

2019 年 8 月 15 日近正午时分，GIL 管廊工程南岸，骄阳似火。现场已完成试验用通信光缆敷设长达 20 公里，连接无数附着在苏通 GIL 这条大动脉上的"听诊器"，时刻监测着 GIL"脉搏"的律动。

试验已到了最关键时刻。

11 点 24 分，"升压至 1150 千伏，保持 1 分钟……"，一声令下，屏息凝神。这一刻，仿佛一切都已停止，只有发梢的汗珠如沙漏一般记录着时间的流逝。

嘀嗒，嘀嗒，嘀嗒……

"局部放电测量检测完毕，开始降压……"前一秒还仿佛停止了的时间再次流动，现场爆发出热烈的掌声和欢呼——世界上最高试验电压的 GIL 现场耐压试验成功完成！

精细施工和调试还远不止这些。隧道隆起沉降、水平位移、垂直位移和收敛都不超过 1 厘米，隧道施工期间零渗漏，是当时国内唯一未发生渗漏水现象的过江隧道工程。母线筒加装 503 个伸缩节，吸收管廊沉降，吸收包括竖井段在内所有母线轴向、横向、角向热伸缩，调节安装误差……在管廊施工过程中，他们共自行研制新设备 16 项，采用新技术、新工艺近 30 项。

2019 年春节，隧道中，200 多名电力建设者没有回家过年，仍忙碌在现场，一刻不敢停歇。可是今天，他们的心情有些不一样，再怎么努力克制，也还是想家，想念亲人。让他们万万没想到的是，"你不回来，我就过去"。有几个建设者的爱人竟然带着孩子来到工地，和他们一起过年。

江苏送变电公司变电施工第一分公司项目总工吴勇的女儿吴思默跟着妈妈来到工地，当被问起"多长时间没见到爸爸了？"，她像是在回想，"很长时间"。

"想不想爸爸？"

"不想。"

"怎么会不想爸爸呢?"

小思默停了一下说:"一想爸爸我就想哭,所以就使劲忍着,不想!"

李刚的经历更让人酸楚。往往施工难度越大,在管廊里待的时间就越长。而管廊施工的一个特点,就是不受天气影响。无论刮风下雨,无论白天黑夜,整个施工是24小时倒班不间断,回家就成了一种奢侈的享受。"记得小孩一两岁时,对爸爸的概念还模糊不清。有一次我从工地回家,到晚上的时候,他突然跟我讲,说他要和妈妈睡觉了,问我怎么还在他家呢?"

就是像李刚这样的500多个电力员工,经过300多个日夜的奋战,用无数个与亲人分离的日子,换来了淮上特高压环网的成功贯通,新增受电能力3500万千瓦,每年可节省发电用煤2亿吨,减排废气和烟尘160万吨。

贴心用心不"丢人"

2018年8月21日9时12分,苏通大桥北岸上游1公里处,直径12.5米钢环洞门前,冻土立壁慢慢倒塌,盾构机前置重达280吨的刀盘旋转着、低吼着、切削着,向前挖掘挺进。泥水和混凝土砂石块裹挟搅拌着,被管泵系统迅速控干,输送至长江南岸6公里外的泥水分离池。全球施工孔径最大、工作压力最高的泥水盾构机"卓越号"随即破土而出。

2018年11月,幽深的隧道内尚未接入施工照明,一片黑暗。为了赶紧开始电气施工,施工人员戴着头灯,将电缆线、配电箱等临时照明设施运进隧道。100多名施工人员分成3组,24小时施工。他们如散落的棋子分布在隧道内,就着微弱的光亮,安装支架,敷设电缆。

11月11日至13日,是下腔设备、材料运输的窗口期。在这3天里,必须将北段85面屏柜、3000副支架、16公里长的槽盒、1100盏灯具全部运进隧道下腔。北段负责人韩鸣说:"过了这个窗口期,管廊的入口竖井就要浇筑混凝土,一个多月材料不能进出。这时间可耽误不得。"施工人员与时间赛跑,人员两班倒,机具72小时不眠不休,没有停歇一分钟。3天的运输量超过平常10天的运输量,终于在窗口期把前期施工设备和材料运进隧道。竖井口浇筑时,人员就在隧道内同步施工,一下就节省了一个月的时间。

在隧道内施工，有一个好处，就是不受天气影响，任外面暴雨狂风，隧道内仍在作业。可是也有两个缺点，就是看不到日升日落，辨不清东西南北。到了下班的点儿，如果不看手表或手机，往往浑然不觉，有时还是自己咕咕叫的肚子提醒了自己。在一些安装时段，站在隧道内朝两头看去，相似的场景，熟悉的画面，竟一时茫然，忍不住要问自己一个深奥的哲学问题——我从哪里来？要到哪里去？

为此，项目部将隧道分成南北各6段，分别命名为S1–S6、N1–N6。以管片长度2米为单位，为隧道纵深长度标上编号。例如上面写S1，下面写15，就意味着，这里是南岸第1段，30米处。制作醒目标牌，编号下面画上更直观的隧道剖面图，用红贴纸剪成小圆点，标出当前所处位置。一看见标牌，施工人员就能清楚地知道哪边是南，哪边是北，知道自己站在隧道的什么位置——看标注，不迷路。

刚开始安装辅助设施的时候，隧道只有微弱的临时照明。200多个施工人员在隧道内一撒开，根本见不着，走很远才能看到三两个。有时候外面天黑了，里面有的人还不知道下班。南段项目总工毕涛介绍，为了解决这个问题，他们就实行班长负责制。在隧道入口设置门禁系统，将施工人员信息录入，对施工班长与班员的进出实行关联卡口。

上班进入隧道时，必须班长先刷卡进入，其他班员才能进入；下班出隧道时，必须班员全部出去后，班长才能刷卡出去。如果班里还有哪怕一个人仍在隧道里，班长就会听到"刷卡失败，刷卡失败"，他就过不了门禁。"喂，下班啦，你们还没出来呀？肚子不饿啊？"就这样，小小一道门禁关，强行使班长对班组每一个成员进出负责，保证每天下班不"丢人"，一个不少地回到宿舍。

不能"丢人"，更不能伤人。整个隧道5468.5米，贯穿江底，最深处距离江面达74米多，交叉作业多，运输支架、母线管、屏柜，还有消防器材、通信设备、照明设备、检测设备、环境监测设备等，如何让运输车合理避让人员，保障运输过程中不发生碰擦，保人身、保设备，这始终是现场安全管理的重中之重。

为了运输时准确知道每个施工组的位置，施工人员身上配备了终端定位系统。运输人员可以实时监控，避免在有限的空间内发生碰擦事故。

其实，为了最大化保证人员安全、设备安全、工程质量，最大化发挥工程成效，针对隧道施工的实际，建设人员可谓使出了十八般武艺——

为了防止隧道内有害气体伤害，他们给每个施工人员配备了便携式气体探测器，能够实时监控有害气体；他们在隧道内安装了多台大功率风机，加强空气流通。

为了防止隧道积水，他们在隧道最低处设置大功率排水水泵。

为了减少火灾隐患，避免电焊、气焊等动火施工，他们预埋螺栓，注入化学制剂，对母线筒支架进行强化固定。

为了避免六氟化硫气瓶在运输中碰撞、漏气，他们在地面建造集中供气站，通过压力管道向隧道内的母线筒远程注气。

为了实时掌握 GIL 单元安装进度，他们安装可移动的 GIL 作业面视频监控，GIL 安装到哪里，视频监控就跟到哪里。

为了最大化利用好管廊，他们还预留了两回 500 千伏线路通道，为中国移动、联通、电信三网光缆信号和有线电视等市政管线也预留了空间。为了内部通信需要，他们还安装了不用电、免维护的泄漏电缆。不用电的电缆，听着都感到很神奇。

为了施工人员用餐方便，避免人员进出浪费时间，他们把热饭热菜送进隧道。

为了解决施工人员的生理问题，他们甚至给每个人都配备了一次性尿袋和一次性马桶。

……

你能想到的，他们做到了；你想不到的，他们也做到了。

一次意外跳闸

2019 年 10 月 28 日，阴历十月初一。这是进入冬季的第一天，但是白天最高温度也有 21 摄氏度，宜人的气温让人感觉凉爽又舒适。然而，一个载入案例教材的危机不期而至。

中饭时间到了。钟文冬拿起值班的公用手机，揣进右边裤兜，轻快地迈出监控室，坐电梯下到一楼，走向职工小食堂。冬季里的第一缕西北风，也可以说是秋季里最后一缕秋风，既没有一点凉意，也毫无恼人之意，拂过脸庞时只有一丝惬意。

钟文冬，1992年生，湖北浠水人，2018年入职，管廊运维班运行一值值长，兼任正值班员。与他一起的共有11人，组成管廊运维班，负责管廊的就地运行维护。管廊的远方监视由南岸的特高压东吴站运维班负责。协同负责管廊日常维保的，还有隧道专业、电气专业维保队伍，甚至还配备有专职的消防人员。

这是平常的一天，一段平常的正午时光。

正当钟文冬与汇集而来的几个小伙伴点头致意准备跨进食堂之际，裤兜里的手机响了。右边裤兜，是公机。

他没多想，侧身站到门廊边，掏出公机一看，是监控室。

"喂！"

"值长，这边好像有个跳闸。"是同值的王生阳。

"什么跳闸？"钟文冬有些疑惑。

"信号上看，是泰吴Ⅱ线的地刀动作，T2167、T2267合闸。"

"严密监视，我就到。"

来不及多想，他瞥了一眼手机屏左上角，11时48分。

钟文冬调转方向，奔向生产楼。在电梯口，碰见正要出电梯的陈明星。

陈明星，1986年生，江苏阜宁人。2012年入职，管廊运维班专业工程师。

"快上去，可能跳闸了。"

跨出电梯的同时，他的工作手机再次响起，是站长戴晨榕："是不是跳闸了？什么情况？"

这时，他的手机也响了起来，是班长王中秋："是不是跳了？哪边跳了？怎么回事？"

还没跨进监控室，已听到了此起彼伏的电话铃声，调度专线在响，行政电话在响，对讲机也在响。

班长来电，站长来电，东吴站来电，省电力调控中心来电，故障信号所及的各类人员纷纷来电……

值班监控人员神情紧张。

对于 GIL 管廊运维，调试的时候模拟过事故预想，但现场实战，谁都没经过这样的阵仗，谁都是头一遭。

"文冬，我们留在这里。你们，立即去现场核对。"陈明星神情严肃，话语迅速而果断。

"管廊还有人，做隧道结构维保的，需要马上疏散。"作为值长，钟文冬对管廊内的情况很了解，一旦六氟化硫气体泄漏，可能会危及人员生命。

钟文冬三两步跨到监控台前，打开应急广播："紧急通知，紧急通知，所有人员请注意，所有人员请注意，线路跳闸，线路跳闸，所有人员请立即撤离，所有人员请立即撤离。"

放下广播，看向监视屏：泰吴Ⅱ线路跳闸，地刀在合闸状态，线路负荷为 0。泰吴Ⅰ线负荷几乎翻倍，运行正常。

早在 2018 年 6 月隧道贯通之前，新组建的管廊运维人员就已陆续进场。虽然离建成投运尚早，但是世界首个特高压过江 GIL 综合管廊，不但

智能巡检机器人在苏通 GIL 管廊开展日常巡检（曾斌／摄）

施工建设没有经验可循，同样地，运行维护也毫无经验可以参考。他们必须提前介入，收集工程资料，了解设备布局，掌握工作原理，编写和熟悉操作流程和工作规范，为工程投入运行做好生产准备。

养兵千日用兵一时，在短暂的紧张过后，故障应对按照运维规范流程高效运转起来。

其间，为互通信息，通过短信工作平台、微信工作群，5分钟一个快报，15分钟一个详细汇报：

泰吴Ⅱ线，两套线路差动保护动作。

苏通GIL管廊内，泰吴Ⅱ线两套小差保护动作。

东吴站（南引接站），T031、T032开关三相跳闸，闭锁重合闸。

泰州站（北引接站），T013开关三相跳闸，闭锁重合闸，T012开关故障前断开状态。

苏通GIL管廊，泰吴Ⅱ线快速电流释放装置动作，T2167、T2267正确合闸。

显然，这不是简单的一个跳闸信号，而是真真切切发生了线路跳闸。

当前首要任务，排查故障点。

管廊共设有三套故障定位系统：接地电流法，在每个接地排上安装1个监测装置，共310个；超声波法，在每个GIL标准段安装2~3个超声波传感器，共937个；陡波法，安装在东吴、泰州站内。

故障定位系统显示，故障点位于泰吴Ⅱ线G325气室。故障段GIL产品型号为GXL5-1100，2019年9月26日投运，至跳闸时投运32天。

管廊现场查看人员抵达现场，开始不断反馈信息。

现场核实情况与监控信号相符，初步确定故障点位于泰吴Ⅱ线G325气室。

这里解释一下，GIL标准单元共有5种，根据其所处位置和功能，分为直线、转角、竖井、隔离、补偿单元。一个标准直线单元长度为18米。一般6个标准单元组成一个气室，单个气室长度为108米。整个管廊共有401

个气室，气室内总共充有 800 吨六氟化硫绝缘气体。在 GIL 外壳里面，环状导电棒外身，套有一只只三支柱绝缘子，形似向三个方向伸出的触角。在绝缘子外围，包裹着一层微粒捕集器，用于捕捉新生或遗漏的细微颗粒。

从收到跳闸信号，到派人现场核对，疏散其他工作人员，进行保护逻辑、跳闸逻辑判断，最后确定故障点，仅用 1 小时 10 分钟。

可是他们来不及歇一口气。运维人员马上兵分三路：一路收集资料，撰写详细汇报。一路对在运的泰吴 I 号线展开特殊保电。因为泰吴 I 号线、泰吴 II 号线属同塔架设，II 号线跳闸后，其输送的所有电能，已瞬间自动转由 I 号线输送。虽然暂未影响华东环网供电，但必须立即对 I 号线进行更高级别的监视和巡视。还有一路，直奔故障点，架设安全围网，设立警示标识，隔离故障点，做好安全措施。

此时此刻，变电检修人员已在路上。

15 时 39 分，气体化验组抽取 G325 气室及相邻气室的气体，首次进行气体组分检测。

检测结果显示，相邻两气室的气体没有异常。只在 G325 气室发现 SO_2、H_2S、CO 气体。这三种气体为电气故障特征气体，它们的出现，多数伴随着短路或放电。根据检测结果，进一步推断气室内部存在放电。

17 时整，19 时 4 分，气体化验组进行第二次、第三次检测，三种气体逐渐减少，分析是特征气体在气室内扩散稀释所致。毕竟一个气室有 108 米长呢。

气体检测分析结果，G325 气室内部存在放电现象，与故障定位系统的结果以及现场勘查结果一致。

G325 气室故障，确认无疑。

气室投运仅 32 天，尚处于厂家质保期。检修方案是拆卸故障气室，运回生产厂家，由厂家技术人员和电网检修人员一起，对气室进行解体分析，查找故障原因。同时，立即调用或生产同规格气室单元，及早恢复送电。

从故障发生，到完成故障单元更换，前后历时 17 天，泰吴 II 线恢复送电。

2019 年 11 月 29 日，在气室生产工厂，厂家的技术人员和电网检修人员对故障单元进行解体检查。发现三支柱绝缘子、导体表面、微粒捕捉器等有多处放电烧蚀、炭化，外壳内壁有金属熔化造成的深坑。

可以确定，气室内确实发生了放电。这是现象。原因呢？国家电网专家组经过反复勘察、讨论和论证，最后一致认为，该三支柱绝缘子内部发生贯穿性放电，导致上支柱炸裂。缺陷形成原因，疑似存在残余内应力或受异常外力作用，最终引发故障。专家一致认为，此次放电为设备偶发事件，不作为考核性事故，不纳入安全考核，不打破连续安全生产纪录。

虽然不纳入安全考核，但是国网江苏电力并没有就此放过。运行、检修、安装调试、安全监察、生产厂家人员，把这次跳闸作为特殊案例，反复研究，联合讨论，模拟推演，共同探讨和论证避免类似事件的方法措施。

至 2024 年 1 月 12 日，苏通 GIL 综合管廊已连续安全运行 1500 天。

2021 年 3 月 4 日，苏通 GIL 综合管廊工程年度检修现场（江艺／摄）

在此，有必要列出苏通 GIL 综合管廊工程重要时刻表，由此可以再次感受到工程建设者激荡的脉搏和奋进的步伐：

2017 年 2 月 22 日，隧道第一块管片下线。

2017 年 6 月 28 日，南岸盾构始发工作。

2018 年 8 月 21 日，隧道全线贯通。

2018 年 11 月 15 日，电气工程开工。

2019 年 9 月 26 日，工程竣工，正式投运。

2022 年 6 月 22 日，连续安全运行 1000 天。

第二章

银线通南北　天堑变通途

如果引入区外来电，是为江苏用能"输血"，那么发展省内清洁能源，就是自己"造血"。不管是"输血"还是"造血"，电网都必须有强大的主干网架支撑，才能真正实现清洁能源"受得进""并得上""落得下"目标。

江苏不但是用能大省、能源小省，同时，省内南北发展差异明显，南北能源资源及用电负荷呈逆向分布。特别是风电、光伏等新能源发电主要集中在长江以北，而用电负荷中心却在长江以南，十分依赖"北电南送"，江北富集的清洁电力必须送至苏南消纳。为此，早在2012年前，江苏便陆续建成4条500千伏"北电南送"过江输电通道，但过江输电能力仍待提升。怎么办？

第一条路，利用原有过江输电通道增容，如500千伏江都—晋陵双线增容改造、扬州—镇江±200千伏直流输电工程（以下简称"扬镇直流工程"）。

第二条路，新建高等级过江输电通道，如1000千伏苏通GIL综合管廊工程。

10年间，江苏500千伏区域电网从"四纵四横"发展到"七纵七横"，500千伏变电站从40座增至73座；220千伏电网分区由22个增至31个，变电站由414座增至633座……形成以多电源为主供电源、安全可靠的环网结构，分区间互联互通，覆盖全省的网格型"电力高速公路"成形，事故支援、负荷转供、互济备用能力进一步提高。

第一节

世界最高大跨越

万里长江，逶迤而来，横贯江苏，奔流入海。

长江，不经意间把江苏分成了苏北和苏南。江苏区域经济发展特征明显，十三地市各有千秋，但南北能源结构差异较大。

截至 2022 年年底，苏南地区是全省用电负荷中心，用电量约占全省近六成，而苏北地区新能源发展较快，拥有全省 99% 的风电和 69% 的光伏发电。山西、内蒙古等区外来电大部分也落地苏北。为此，江苏已陆续建成 5 条高等级过江输电通道，将苏北承接的区外来电和自建新能源发电送往苏南，过江输电能力超过 1800 万千瓦。但是，随着新型电力和新能源装备等产业的大力发展，苏南制造业用电持续增长，苏北清洁能源建设规模不断提升，急需加强"北电南送"。

2023 年，500 千伏凤城—梅里输电工程建成投运，为江苏"北电南送"又开辟一条空中通道。此工程是我国电力"十三五"规划重点项目，线路起自泰州市凤城变电站，止于无锡市梅里变电站，线路总长 178.1 公里，新建两座 385 米高的世界最高输电铁塔，跨越长江档距 2550 米，是我国电力建设史上规模最大、技术难度最高的跨江联网输变电工程。同时，也是江苏境内第六条跨越长江的高等级电力通道。

工程建设中，创造了五项世界第一和三项国内首次，代表中国电网建设的新高度，也为世界输电特高塔组立、长距离跨越架线积累了中国经验。

在天地间立起擎天巨柱

一个"腿长"能有多大的舞台？

"腿长"是个什么官儿？不是"腿长（cháng）"，是"腿长（zhǎng）"。

这个官儿手下有几个兵？具体管着哪些事儿？

滚滚长江，绵延万里。

在500千伏凤城—梅里输电工程建设中，与以往不同，有一处"通天塔"。

长江江阴段大跨越塔。若论资排辈，它应该叫"江阴二跨"。因为20年前立起的江阴市第一处跨越长江的输电线路——500千伏"江阴一跨"，就站在他身边不远处。可是在建设人员口中，大家习惯称凤城—梅里为"大跨"，因为它跨越长江的两座输电铁塔不但是世界最高，而且包含许多创新、许多世界第一，堪称当今世界输电铁塔之最。

提起凤城—梅里"大跨"，业主项目部经理陈兵满怀自豪与欣慰："工程建成投运后，年最大输电容量约为330万千瓦，提升江苏'北电南送'过江输电能力近20%，每年减排二氧化碳约1000万吨。对提升长江两岸的电网互通互济能力，助力消纳特高压来电、风电光伏等新能源，助力实现更大范围的能源优化配置，助力长三角能源一体化发展等具有重要作用。"

这次电力线路跨越长江确实非同凡响，需要在长江南北两岸新建两基385米高的输电铁塔和四基锚塔。385米，相当于128层楼高，比埃菲尔铁塔还要高55米，是全球输电铁塔的最高纪录。一座将拔起于长江南岸的无锡江阴市利港镇，另一座将矗立在长江北岸的泰州靖江市新桥镇。输电线路总长178.1公里。

那么，为什么要建这么高的铁塔？385米这个高度是怎么得来的？

根据铁塔跨越距离、导线材质和重量，江苏省电力设计院经过反复计算，算出仅导线最大弧垂就有256米，加上挂线点与塔顶的距离，长江航务管理局审批的长江行船最高高度57.8米，最高通航水位5.54米，通航安全裕度4米，金具绝缘子串12.66米，还有电气安全距离和综合误差等，综合考虑这些因素，就算出一个全世界最高输电铁塔。这样，过江线路的自然弧垂高度之下，就可以让江面上所有类型的船只安全通过。

树大招风。如此巨型铁塔，犹如一座直穿云霄的擎天柱，必须扎下强壮庞大的根基。为确保"大跨"结构稳定，"大跨"塔基占地 100 米 × 100 米，相当于 100 个三室一厅。不到现场，着实难以想象。铁塔的根开，也就是塔腿与塔腿之间的距离就达到 75 米。

江苏电力设计院也是第一次设计这么高的输电铁塔。设计过程中，他们先后建立 21 种模型，针对 100 种荷载工况，进行 16 组迭代计算验证，对其双圈法兰、变坡节点、铸钢节点等核心部件开展了 5 轮优化论证，确保其结构科学、质量可靠。每条塔腿都立在承台之上。承台就是一块厚重的混凝土平台，长宽分别为 18.7 米、15.4 米，基坑深度 4.1 米。每个承台下面打下 30 根灌注桩。根据地质不同，南岸塔桩长 60 米，北岸塔桩长达 65 米。承台灌注桩，就是世界第一塔这棵大树的根基。

上面说的"腿长"，就是"大跨"组立铁塔过程中最小的官儿。每基大跨越塔有四条腿，每条腿由一个腿长负责。铁塔的根开设计，既需要确保支撑塔身稳定，又要合理节约土地、混凝土、钢筋等环境和材料资源，以达到安全质量与环境效益间的平衡。因此，设计人员通过反复计算，并利用仿真模型进行验算论证，最终确定 75 米的根开，其面积相当于 13.4 个篮球场。这就是腿长的舞台，从基础，一直到塔顶。

一个腿长手下带着十来个兵，上面比他大的官儿，有施工班长、施工队长、施工技术负责人、安全总监、项目经理、监理、总监理……

沈成泾就是"大跨"北岸铁塔组立的一个腿长。面对这个世界最高塔的施工，当问到他，有什么事让他记忆深刻时，他的回答却是那么平淡："确实，这是世界最高的铁塔。不过也没什么，对我们来说，就是干活儿。"他的业余爱好是看电影、唱卡拉 OK，不过在工地上可没有这些。下了班，顶多就是和工友们聚聚餐，喝喝小酒。他有三个孩子，老大老二在老家淮安读书，爱人带着才一岁多的老小在江西做事。而他，长年在各处施工。每到一个工地，短则三五月，长则一两年。"一家子在三个地方，逢年过节放假的时候，我都不知道该往哪里去。"

虽然他这个腿长不善于表达，但是这"最高的铁塔"他是抓住重点了。那么像沈成泾他们参与建设的这座世界最高铁塔，到底有哪些惊人之处？建设中用上了哪些"撒手锏"呢？

工欲善其事，必先利其器。

在管廊建设中，一批"金刚钻"诞生，成为工程保质保量保速度的利器。

建设 385 米高的世界最高塔，首先想到的，必须是比这高塔更高的起吊装备。可上哪儿去找那么高的起吊装备呢？找遍全世界也没有啊！

"没有枪，没有炮，我们自己造。"

2021 年 5 月 15 日，大跨北岸施工现场，"T2T1500 新型全液压顶升超大型全座地双平臂抱杆"——就称它为"大抱杆"吧，稳稳运抵。

这是江苏送变电公司自主研发，专门用于"大跨"铁塔组立的吊装神器。从前期策划到最终运用于现场，大抱杆的"诞生"历经两年，数十次方案修改，十余项性能测试。

陈彬，江苏送变电公司输电一分公司 B 级项目总工，"大跨"组塔技术负责人。那段时间，大抱杆成了陈彬最大的牵挂。施工现场和设备厂家之间 200 多公里的路程，他不知往返了多少次。一天晚上，他突然接到通知，大抱杆加工遇到了难点。可是组塔施工在即，第二天上午就要召开优化论证会。没有退路。他连夜反复斟酌修改方案。凌晨 4 点，当人们还沉浸在梦乡中时，陈彬已从江阴出发。天刚蒙蒙亮，他已经到达杭州，眼角虽挂着疲倦，嘴角却微微上扬，透着欣喜。

大抱杆共由 66 个标准节构成，整体高度达 432.4 米，自重 1000 多吨，采用下顶升方式，矗立在铁塔中间。两侧平衡起吊，其单侧最大起重力矩达 1500 吨·米，最大起吊作业半径达 50 米，最大起吊重量达 30 吨。这些关键技术指标，均创下了输电施工行业新的世界纪录。它不仅适用于 420 米以下各类特大型输电铁塔的施工，还为今后更高铁塔的组立预留了技术储备。

"这个大高个儿，无论是起升速度还是就位精度，较之前的抱杆都有很大改善。有了它，我们可以节约工期 3 个月，减少大概 8640 人次的高空作业人员投入。"谈到抱杆"神器"在现场发挥的作用，陈彬脸上露出满足和自豪，"这个大抱杆可以说是'硬件过硬，软件不软'。"它不但是抱杆界的世界第一高，上面还安装有 10 组传感器和摄像头，能实时将数据和图像传送至施工监控大厅，便于施工指挥员、抱杆操作员发送指令、集中控制。

经过研究和论证，跨越塔采用"分段式"组立：42 米以下采用履带吊和汽车吊相配合，42~117 米采用履带吊和抱杆相配合；117 米以上部分，则全部采用双平臂抱杆吊装组立。按照"顶升抱杆—地面组装—高空吊装—灌注混凝土"的步骤逐段施工。在组立过程中，最重吊件是最底段的主材，重 23.8 吨；最长吊件是这段的水平材，长达 66 米；还有长达 46 米的横担，结构不规则重心难确定的铸钢节点，一个个吊装中面临的巨大挑战被克服；100 米，200 米，300 米，一个个令人激动的历史时刻被牢记；117 米，197 米，385 米，一个个关键节点的高度被刻录。2021 年 12 月 22 日，"双子塔"中的北跨越塔率先封顶，用时仅 252 天。

北跨立塔比南跨开工早，没有任何可参考的经验。对于北跨的立塔负责人陈帮兵来说，率先在北岸组立起跨越塔，相当于实现从"0"到"1"的突破，同时也为南跨越塔的组立提供了宝贵的经验，为整个工程的组塔收官奠定了扎实基础。

除了大抱杆，现场施工的另一个大块头是斜线式施工升降机。

按照常规，超高铁塔组立过程中，施工人员每攀爬上塔 100 米，需耗时 15 分钟，中间还需休息 10 分钟。以"大跨"385 米的高度，单人单次上塔至少需要一个小时，一个作业组完成塔上集结至少需要一个半小时。如果每天上塔一个半小时，下塔再来一个小时，一天不吃不喝的，就先耗去了两个半小时。这不仅浪费大量时间，更严重消耗施工人员的体力。

怎么办？

每天清晨，当万物在晨曦中慢慢苏醒，"大跨"也挺直了身子，披着红白航标色，屹立在大江之畔。它同身边的草木一样，在一天天长高，一天天长大。一边是滚滚江水，一边是广袤田园。一拨一拨的施工人员迎着朝霞，走向作业舞台。仰望挺拔而起、巍然矗立的跨越塔，他们面容恬淡，脚步轻松，来到施工升降机跟前，有时还彼此调侃几句。

"哎，你们是四川来的客人，你们先上。我们本地的，应该礼让三分。"

"那好那好，那我们就客随主便，先上去啦。"

为解决施工人员每天攀登高塔这一难题，施工项目部早有准备。他们借鉴建筑施工的经验，提前研制出了SCQ90斜线式作业人员运输施工升降机。说得直白一点，就是沿着铁塔的一条塔腿，安装了一部斜线升降的厢式电梯。每天清晨，作业人员身穿工作服，头戴安全帽，最多可以有10个人同时迈进升降机，只要短短5分钟，就能轻松抵达铁塔332米高处，稍矮的作业面更不在话下。这不仅大大提高了工作效率，还减少了高空移动的风险，大大降低作业人员体力消耗，保障了人身安全。在输电线路超高铁塔施工中，斜线式运输升降机还是头一回应用。

他们还在铁塔200米的位置设置了空中厕所。这样，作业人员的吃喝拉撒都可以在塔上解决。

"怎么刚吃完饭，你就去'蹲坑'了？"

"呵呵，我就是想看看，在200米高空蹲大号是个啥滋味？"

"啥滋味？"

"嗨，还真不习惯，蹲不出来……"

施工升降机在工程结束后，也随之拆除。那么，工程投运之后，如此高的铁塔，运行过程中的检修和维护，对运维人员和工具的快速便捷上塔又提出了要求。此前同类工程所配备的均是齿条式电梯，不能满足世界第一高塔的需求。大跨越铁塔采用世界输电领域最高的曳引式电梯，安装在直径仅2米的井筒内。井筒位于四条塔腿正中间位置，与塔身格面通过水平钢管连接，沿高度方向设有13个停靠层。电梯提升总高度为378米。运维人员乘坐运检电梯，仅需3分钟，便可"一梯到顶"，检修和维护的安全性、人员舒适性和工作效率得到大幅提升。

管廊建设中，一票"数智"产品的应用，也为工程快速推进按下了"快捷键"。

听过躲在水泥浆中的温感器吗？

铁塔基础是"世界第一高"跨江塔的根基，铁塔越高，基础的承载力也要越大。单基长江跨越塔重约6500吨，需混凝土近1.4万立方米，钢筋1690吨，由5个矩形承台、4道连梁和143根钻孔灌注桩构成。其中单腿承台和局部连梁大体积混凝土一次性连续浇筑近 1100 立方米。1100 立方米，相当于 110 车斗容量为 10 立方的翻斗车装载的混凝土，混凝土体量是常规项目的 30 倍，而且要一次性浇筑成形。

由于混凝土在硬化过程中会出现水化热效应，放出大量热能，进行超大体量混凝土浇筑时，混凝土内外部温差极大，此时昼夜温差更加大了混凝土内外温差的控制难度。内外温差超过一定数值，会导致混凝土开裂，影响混凝土的强度和寿命。如不及时控制，承台的设计强度和设计寿命都难以保证，对整个"大跨"的安全性将埋下重大隐患。

怎么办？

为解决这一系列难题，应实时监控承台关键部位温度升降，特别是受风雨、极寒天气的影响，需及时调整混凝土养护策略，技术团队想到了数字监控。他们反复试验，开发出一套智能数字化云监控系统，并利用智能温度传感器，量身定制了温控算法，全过程跟踪铁塔基础重要受力结构部位的温度变化，指导施工人员实时调整保温养护策略。

2021 年 2 月 7 日，星期天，气温 –1℃—8℃。北岸跨越塔承台混凝土首次浇筑现场。大约 10 时 40 分，"注意，监控显示，承台混凝土内外温差接近临界，马上进行外部保温"。于是令人称奇的一幕出现了：一床床厚厚的棉被，盖到了刚刚浇筑、正在硬化的混凝土承台上。原来是数百个安放在混凝土重要受力部位的智能温度传感器发出预警，棉被、空调、电暖器，那些家用保暖装备被他们搬到了野外，搬到了浇筑现场。

这一天，从早上 6 点，到晚上 10 点多，作业人员连续施工超过 16 个小时，监控人员也一刻不歇，通过应用这套云监控系统，实现了承台浇筑一次成优。

见过装在钢管上的 B 超仪吗？

2021 年 8 月 19 日，北岸跨越塔组立至 100 米处，施工人员正在 4 条塔腿的主管法兰处，上下相隔 0.5 米的地方，加装 4 组超声波传感器检测仪。这是为什么？难道是要给钢管做 B 超？

北岸跨越塔于 2021 年 6 月 15 日开始组立，已经两月有余了。385 米的擎天柱，即将矗立在四野空旷的长江之畔，抗风，抗雪，减震，都对铁塔建设提出更高的要求。

如何让铁塔站得更稳，让它能"任尔东西南北风，我自岿然不动"？据业主项目部副经理王章轩介绍，他们对铁塔的 4 条塔腿实行了结构分段。最高一段，197 米以上部分，采用钢管结构；中间一段，197 米至 117 米部分，采用钢管浇灌混凝土结构；最底下一段，117 米以下部分，其施工工序尤为重要，也尤为复杂，必须让铁塔"头轻脚重"。所以，在钢管内不仅要浇灌混凝土，还要加装环状钢骨支撑。这样，将浇灌的混凝土分为内外两个部分，可以大幅提升混凝土的承载力，同时加强钢管与混凝土之间的黏结效果，增强钢管混凝土截面的整体性。

这跟超声波检测仪有什么关系？

有关系。

混凝土灌注进钢管后，看不见摸不着，如果里面产生了空隙而不被发现，那必然会给工程留下隐患。安装在钢管上的超声波检测仪，可以隔着钢管实时检测出钢管内部混凝土的密实度等，直观而精准地判断混凝土浇筑是否存在空隙等缺陷，保证工程质量。每条塔腿就有 250 个检测点，南北岸两个跨越塔的检测点总共超过 2000 个。现场人员通过周期性监测，最终得到 14000 多组采样结果并进行数据分析，确保了世界最高输电塔的安全和稳固。据悉，这是该项技术首次在电力工程施工中应用。

如果结构分段算作是"线"，那么铁塔钢管构件的交会之处，就是"点"。

2021 年 12 月 21 日，南岸跨越塔施工现场，施工人员正在 340 米高空安装铸钢相贯节点。跨越塔塔头部分的施工，也与以往不同，创新采用铸钢节点。这项技术以往只在大型建筑的关键部位使用，例如国家体育场"鸟巢"、上海新国际博览中心等，被引进到输电铁塔上还是头一回。由于跨越塔结构极为复杂，多钢管构件交会的节点不可避免。如果采用常规相贯焊接方式，不仅会造成应力集中严重，而且加工困难，很难保证焊接质量。王章轩介绍："铸钢材质具有良好的塑性、韧性及可焊性，整体浇注形成铸钢节点，可以使节点的应力分布更为合理，结构强度和刚度更好。"

给大江大船按下"暂停键"

江上行船可以被定格吗？

2022 年 5 月 3 日，原准备回家只休息两天的马昊，回到南京小家的第二天，施工地点江阴就发现流行性肺炎病例。

马昊，1993 年生，2016 年入职，江苏送变电公司输电一分公司 B 级项目总工，"大跨"架线技术负责人。为了防控病毒传播，马昊被隔离到河西某酒店。可是他人在曹营心在汉。此时，距离大跨封航放线还有 15 天，可他隔离的期限是 14 天。

封航放线不等人。

从住进酒店的那天起，他就把客房当成了临时办公室，他的手机就处于满负荷运行状态。当时正值架线施工准备阶段，跨江封航放线有大量工作需要他协调。跟海事部门对接，与放线人员协调，向建管单位汇报，工器具的协调调配，施工方案的交底，防疫措施的编制，封航手续的办理等，因为他是大跨架线技术管理，千头万绪的事情，如排山倒海一样地向他身上压下来。

人出不去，可是手机还在，笔记本电脑还在。他的电话从早上 6 点打到晚上 12 点。不是打出去，就是打进来。手机打得烫手烫耳朵，就改成免提放在桌上打；手机打到没了电，就插上充电线，边充电边打。

那天已是深夜，他的嗓子虽然已经干哑，可他的电话还没打完。"咚咚咚"，传来敲门声。他很意外，这么晚了，会是谁呢？

他对电话那头说了句："稍等一下，有人敲门。"隔着门板他问道："谁啊？"

"您好，服务员。"

"什么事啊？"

"对不起，您被其他客人投诉了。说您天不亮就打电话，半夜里还在打电话，影响其他客人休息了。麻烦您打电话注意下时间，尽量小点声，不要打扰到别的客人。谢谢配合。"

他感到意外，也感到过意不去。可是事情没协调好，封航放线日期在即，他没有时间等待。但酒店房间的隔声实在太差，最后，他跟酒店沟通，讲明了自己的特殊情况，得到了酒店方的理解和支持。他被连夜调整到三楼，整个一层楼只有他一个客人。这下他可以放开了打电话，再不用担心被投诉。

5月17日，隔离刚一结束，他就直奔工地。

5月18日，凤城—梅里大跨越工程封航放线正式开始。

此次放线，施工所在流域属于长江航运的黄金水道，船舶流量大，通航环境复杂。根据船舶交通流统计分析，施工断面日均船舶流量高达2000艘次。

为了确保封航放线的作业安全、航运安全，同时也为了将封航造成的经济损失降到最低，将该段水域分时段实施八次封航。封航放线得到了海事部门的大力支持，专门设置船舶管控水域，分类实施船舶交通管制，相当于给长江里的所有航船按下"暂停键"。

凤城—梅里长江大跨越工程架线施工现场（史俊/摄）

八次封航，这对长江航运部门和电力部门都是严峻的挑战。国家电网首席专家戴如章、江苏送变电公司副总经理夏顺俊坐镇封航放线指挥中心，江苏海事局指挥中心、通航处、江阴海事处、江苏海宇工程公司等累计出动海巡艇 366 艘次、维护艇 128 艘次、应急拖轮 42 艘次、执法人员 1212 人次。以两基跨越塔连线为轴线，向两侧江域扩展，东至南通，西至南京，分三段三级实行封航管理。即便如此，每一次留给放线人员的时间只有 4 个小时。

工程跨越长江段流域，水流快，暗流多，水文情况较为复杂。两岸大跨越塔相距 2550 米，含锚塔在内总长 4055 米。要在两塔之间架设 6 组 24 根导线，以及兼具地线和通信功能的 2 根光纤复合架空地线。其中，单根导线直径 36.5 毫米，导线总重量约 410 吨。

这是一根直径 24 毫米的迪尼玛牵引绳。别看它只有拇指粗，细细长长的并不显眼，可它却是迪尼玛牵引绳中的大哥大。今天，它肩负神圣使命。

一艘牵引拖轮由南岸铁塔缓缓出发，拖拽着这根细细长长的迪尼玛绳向北岸驶去。由于单根导线就重达 17 吨多，难以直接拖拽过江，需要先放一根较轻的牵引绳过江。到达北岸铁塔后，将牵引绳对接升空，施工人员通过两端的牵引机和张力机收紧引绳，使线体腾空至 57.8 米以上。这个 57.8 米，高于长江航道最高历史水位下最高行船的桅杆高度。此时，这一次的封航航运即可恢复。

航运恢复，但是放线工作并未结束。他们将较重的导线挂在牵引绳上，利用牵引绳向北岸拖拽。展放过程中，监控人员始终保持线体与江面的安全距离，不影响下方船只的航行。在导线到达北岸后，工作人员利用紧线滑车组收紧导线，直至达到计算的弧垂高度，将其固定于两端铁塔。铁塔两侧均需施放三相 12 根导线和一根避雷线，共八相线。从第一天上午封航，到第四天下午收工，才能完成一相导线的架设和附件安装。

不同于组塔阶段大型施工装备的大开大合，架线施工更加侧重于细节控制。在全长 4055 米、高差 240 多米的大跨越架线施工中，导线、地线的线长、弧垂控制等，都需要精确到毫米级精度，才能确保每相导线弧垂合规，平齐正直。加之与"大跨"平行的 500 千伏江阴一跨此时仍在带电运行之中，两跨线路最近距离仅 300 米。精度、安全、时间，都对施工作业和安全、技术人员提出了更高的要求。

在电力跨江线路架设现场，当你仰望天空，你看到的不仅有蓝天白云，还有在高空丝滑行走的"蜘蛛侠"，他们是跨江跨河的架线达人。

2022年6月13日，导线最后一个间隔棒安装完成，标志着凤城—梅里长江大跨越工程跨江架线工作顺利完成（史俊/摄）

封航架线时刻，肖长生一直盯着江面上的各方单位，耳边每10秒响起一次高度报数，他以自己的经验和技术，随时预判绳子的高度趋势，将所有跨江线缆限制在60米至80米高度之间。6月13日，随着最后一根导线缓缓越过江面，锚定在对面铁塔之上，最为关键的跨江架线施工历时28天圆满完成。

肖长生，江苏送变电公司输电一分公司C级项目经理，凤城—梅里大跨越工程项目现场总指挥。"大跨"是他从业以来，在全国各地干的第八个跨越长江的输电工程。他圆胖脸，面庞黝黑，身材粗壮，给人的印象就是"圆乎乎，胖墩墩"，他是大跨施工的"定海神墩"。"看到'肖七跨'在现场，我们心里就有底了。"在凤城—梅里"大跨"完工后，他的外号"肖七跨"成功晋级为"肖八跨"。

两塔封顶，导线、地线升空，面对弧垂高度的毫米级精度要求，传统的人工观测法，几乎不可能保证如此高的精度。

遇事不要慌，研发人员来帮忙。研发团队拿出早已准备好的一个个"新式武器"——智能牵引走板、弧垂测量小型机器人、划线机器人、长距离导引绳展放回收装置，还有高清视频监控、无人机等新技术……实现了对2550米特大跨距、大截面、大张力、多分裂导线弧垂观测的精确测量和控制，大幅提升了架线工作效率，大幅缩短了长江封航警戒时间，有效降低了安全管控风险。

如果把时间拨回到 2022 年的那个 5 月，把镜头对准两座世界高塔之间，两塔之间的导线仿若飞越长江的琴弦，作业人员像一个个流动的音符，从铁塔高约 330 米处丝滑走出，行走在高差达 240 米、最低距江面约 97.5 米的琴弦之上。他们更喜欢称自己为"蜘蛛侠"，在百米高空健步如飞，身后甩出长长的丝线。可是，几乎每一个高空架线人员都忘不掉，自己第一次登高走线的经历。

"爬得越高风越大，特别是在旷野之中、江面之上，那种又高又晃又眩晕的恐惧，终生难忘。"大跨越项目部南岸施工副队长吴家敏，在送电一线已整整二十年。他回想起那年在大胜关进行江面架线，印象最深刻。"当时我和队友坐上间隔棒安装小车，由卷扬机传输动力送到作业地点。没想到干完活后，赶上电网停电检修，卷扬机传输不了动力，小车无法往回走。那一天，我和队友坐在悬空的小车里，看了一整天的江景。"

提起第一次上塔，前面提到的"大跨"的腿长沈成泾有点不好意思："别看我现在高空作业如履平地，可第一次登塔，我两条腿抖得厉害，直接下不来塔。"

为特高压走廊打通经脉

电力工程开工，前提条件是完成政策处理工作，就是完成占用土地上的房屋搬迁和农、林、牧、渔等相关损失补偿。

如果不是交流得够深入，还真没想到，电力工程政策处理工作中，工作人员堪称集编剧、导演、演员于一身。搞政策处理有三大法宝——依靠政府、严格标准、及时公开。当然，在实际工作中，还要跑断腿、磨破嘴。可就算这样，事情也并不那么简单，除了严格执行赔偿标准，"一把尺子量到底"，有时候还要面对极少数居民期望值过高——"不给这个数，免谈"的死局。

2023 年 2 月 28 日，是既定的凤城—梅里输变电工程合闸送电的日子。

国网江苏电力建设部下达死命令,在送电之前,线下廊道内的所有房屋必须搬迁到位,确保人民生命财产安全和电网安全。然而,距离送电的日子只剩七天了,在49号与50号铁塔之间,仍有一处楼房不动声色地立在那里。属地承担拆迁任务的靖江市供电公司发展建设部主任陈玲压力巨大。夜里,她总是睡不了多一会儿,就不由自主地从梦中醒来。

陈玲,1975年生,国网江苏电力为数不多的女性发展建设部主任。在她胖乎乎的小圆脸上,虽然没什么皱纹,但是发根的雪白却暴露了她的重担和操劳。

其实,从距离送电二十天前开始,她每天都会接到上级各个领导的催拆电话。作为具体负责工程拆迁工作的部门负责人,陈玲承受着巨大的压力。她的脑子不停在转,几乎每时每刻想的都是——怎么弄?

这户房子里只住着一个老太太,但她只是看家的,儿子、媳妇都在河北保定做生意。这个家真正能做主的,是老太太那个善于经营的儿媳牟莉莉(化名)。然而,新桥镇政府拆迁科工作人员与牟莉莉多次商谈都谈不下来。"125万,同意就拆,不同意也无所谓,别耽误我回保定。我们又不是等钱用。"不知从哪里打听到的消息,她知道只要她家的房子不拆,就不能送电。于是她咬死125万元不松口,而按照拆迁标准,她家的房子拆迁款只有89.8万元。

这天下午,陈玲接到国网江苏电力建设分公司项目负责人车松阳电话,原以为又是催拆电话,没想到,却是明天上午有领导要来,现场督办拆迁进度。陈玲脑子里转的还是那三个字——怎么弄?夜里,她在床上翻过来,调过去,终于下定了决心:"看来我得请领导当一回'领导'了。"

第二天上午,车松阳陪同领导如约来到,陈玲打了招呼后,把两人拉到一间小会议室,关上门。"我们先不听汇报,直接去现场,边走边聊。"车松阳见状忙道。

"不是汇报,我想跟领导提个小小要求。"

"要求?什么要求?"

"现在线下只剩一户没拆。到地方后,二位领导不要开口,只听我一个人说话。说的什么,听得懂听不懂的,你们都别吱声。这事儿不宜声张,待会儿我还得另外带个人一块去。"

"你这个葫芦里卖的什么药?"

"待会儿就明白啦!"

一路沿着线路通道过来,春寒料峭,草木萌新,巍巍铁塔如巨人一般,将高擎的银线送向远方。线下的房屋都已经搬迁完毕,唯独 49 号与 50 号铁塔之间,还立着一栋两层小楼,虽然孤单,但很倔强。

下了车,陈玲就带着领导围着小楼转。屋里老太太见着他们,站在门口张望,却不见有人搭话,便有些忍不住了:"领导今天来什么事啊?""噢没什么,看看的。"陈玲冲老太太摆摆手,带来的工作人员拿着卷尺,这里测测,那里量量,还在本子上认真地画着、记录着。

老太太见状,扭身回屋。不一会儿,陈玲的手机响了,一看号码,牟莉莉。"陈主任,你在我家转来转去的,想干什么?"

"也不干什么。你不是不愿意搬迁嘛,我们也是没有办法,又不能强拆,只好变更线路走向,就是把线路往旁边挪一点点。我今天就是带人来勘察一下,准备在你家周围设置安全警示标识,还要实测一下安全距离,一定不会影响你们家人的安全和健康呀!"

"李主任,你们还没吃饭吧?"陈玲忽然转向领导,"要不你们先去吃饭吧,这里有我呢。"

"喂喂,牟老板,还在吗?没事我就先挂了。"

吧嗒,陈玲果断挂掉了电话。

电话那一头,这下牟莉莉坐不住了。难道传言不真?如果不拆房也能送电,那她家的房子就拆不成了,也就一分钱也拿不到了。

电话这一头,陈玲一行人上车离去。一路上,她内心忐忑,不时地看一下手机,铃声一响她就急忙看是谁打来的。一整个下午,电话依然不断,有几个还是上级催拆的,但没有她最想接到的那通电话。

直到晚上 8 点多钟,陈玲手机铃声响起的同时,屏幕上滚动着"拆迁户牟莉莉"。她按了按心跳,等铃声响了三次,按下了接听键,语气平静而淡定:"喂,你好。"

"哎哎,领导,我想跟你谈谈。"

最后，通过两个半天的谈判，牟莉莉终于在拆迁协议上签了字，"大跨"工程的最后一个"卡点"终于打通。拆迁款仍为之前的核算金额。

原来，建设征地方案一般都会有个"万一征不下来的备用方案"，就是人们常说的"B计划"。那天得知领导要来督办的前夜，陈玲想到，备用方案能不能现一现身呢，总不能在一条道上给堵死吧。不过她对"A计划"还想再努力一把。她要把"B计划"大张旗鼓地亮出去，让对方第一时间就得到这个信息，这样压力就会传导给对方，毕竟"B计划"是对建设方和动迁户均有不利的无奈之选。于是陈玲请了真领导本色出演"领导"。

那天签完字临分手时，牟莉莉对陈玲坦诚地说了一句："不管是吃亏也好，讨巧也罢，我蛮佩服你的。"

凤城—梅里500千伏输变电工程长江大跨越段（唐悦／摄）

这一天是2023年2月26日，离凤城—梅里输电线路送电仅剩一天。

以下的凤城—梅里长江大跨越工程重要时刻表铭刻着工程进展的节点，从中能够感受工程建设者夜以继日的精气神：

2020年9月25日，开工。

2021年5月15日，超大平臂抱杆运抵北岸。

2021年6月15日和7月30日，北、南两岸分别开始立塔。

2021 年 8 月 16 日，北岸立塔超过 100 米。

2021 年 9 月 28 日，北岸立塔达 200 米。

2021 年 11 月 13 日，北岸立塔至 300 米。

2021 年 12 月 21 日，南岸在 340 米高空安装铸钢相贯节点。

2022 年 5 月 18 日—6 月 13 日，跨江封航架线。

2023 年 3 月 2 日，大跨越线路投入运行。

2023 年 7 月 2 日，凤城—梅里全线投运。

第二节

中国首个交改直

　　浩瀚的长江，见证着时代的变迁和岁月的流逝，也见证着江苏电网人跨越江海、乘风破浪的勇气。进入工业时代，这条横亘江苏的母亲河，犹如一支长笔，记录了江苏社会经济文化的蓬勃气象，擘画了秀美江苏巨幅画卷。这画卷中，穿越历史、横跨天堑的一座座大跨越工程，为江苏各地发展输送着源源不断的电力，点亮了大江南北，照亮了前行路程。

　　五峰山，是位于江苏镇江大港的一座不算高的小山，主峰海拔只有 395 米，却因为江苏第一条电力线路在此跨越大江，又因为这条线路的无数次华丽转身，而必将成为江苏电力发展史炫亮的一笔。

铁锅炖木头

见过铁锅炖大鹅，见过铁锅炖木头吗？

1960 年暮春，山花尽谢，草木葱茏。

镇江五峰山段北岸，路边一溜排支着几口超大铁锅。锅下架着炭火，锅

上冒着热气。猛一看，难道这是公社大食堂？可这里分明是荒郊野外，并不
是村社田庄。再一看，那锅里冒着的股股热气，如黑沉沉的淡雾一般。走近
细看，大锅里墨黑的浓稠的黏糊的胶体慢慢翻腾着，吐着气泡，像黑糖稀，
又像是锅里躺着一只只大黑蛤蟆，肚皮朝上，生着气，一阵一阵鼓起咽下的
气囊。黑糖稀里面放着一段木头，正被旁边的工人翻来覆去，黑糖稀被均匀
地涂抹到木头上。

他们在干什么？那黑糖稀又是什么？

答案让人匪夷所思，又令人拍案叫绝。

20 世纪 50 年代末，广袤的苏中苏北大地长期处于缺电状态。苏南有发
电厂，发出的电却被横亘的长江阻断，苏中、苏北人民只能在黑暗中"望江
兴叹"。

转机出现在 1959 年 3 月，江苏电业局向所属电力设计院下达设计 110
千伏镇江至扬州送电线路的任务，建设跨江第一条 110 千伏线路，开启电力
线路跨越长江天堑的壮举。

这是 110 千伏五峰山镇江—扬州输电工程的第一次亮相。

线路全长 52.44 公里，其中跨江段 1593 米。经过反复勘察、计算、验
证，很快就选定跨江地点。南塔在镇江大港五峰山，为 27 米高的承力杆，
与北塔隔江相望。由于当时百废待兴，钢筋、水泥等工业产品奇缺，北塔，
在今人看来是不可思议的 84.5 米高的——木质高塔。

电力线路长期暴露在荒野，木质塔如何抵抗日晒雨淋风吹？

那个年代，国内还没有什么先进的防腐工艺。江苏省电力设计院"110
千伏五峰山木制塔身大跨越"设计主要负责人赵广仁带领设计人员想到了
沥青。

把沥青放在大锅里加热熔化，再把一段段粗壮的原木放进沥青里熬煮，
使沥青涂满原木表面，渗入木纹肌理。待自然冷却后，就仿佛给圆滚滚的木
头穿了一件黑色紧身衣，既防水防晒，又防腐防虫。再用一截截钢箍把一段
段木头连接起来，做成两根长长的黑色"金箍棒"，中间采用木棍交叉和三
层拉线固定，立起来，就是高大结实的门形木质黑塔。

立塔是因陋就简，架线也没有先进技术。跋山涉水，人拉肩扛，老一辈

电网人拿出战天斗地、锲而不舍的拼劲儿，勒紧还没吃饱的肚皮，挺起不算强壮的脊背，在五峰山上唱起雄浑强劲的战歌。那时，虽然出现了汽车绞磨紧线，但在工程现场，仍然以人力绞磨紧线为主；压接导线没有机械，全部依赖施工人员一双双大手；放线更没有时下的牵张引力机，靠的是封江——15 条小船躺成横排，垫在水面，展放牵引线……

1960 年 6 月，110 千伏五峰山镇江—扬州输电工程建成投运，长江两岸电网第一次连接在一起，这就是江苏第一条长江大跨越线路——110 千伏镇扬线，比南京长江大桥落成还提前了 9 年。它宛若一座耀眼明灯，照亮了江北地区工业化进程的起跑线，为苏中苏北发展注入源源不竭的动力。

可在当时，谁也没有想到，原本设计服役仅为 3 年的木质电塔，后来直到 1984 年才停运拆除。它是长江边上第一个站岗的电力哨兵！这一站，就是 25 年。25 年寒来暑往，25 年日晒雨淋，各种气象条件的考验，它以自己木质之身，尽心尽责，屹立不倒，令人惊叹。

大家都听过四两拨千斤，可大家听过"伏笔"顶千斤吗？

110 千伏五峰山镇江—扬州输电工程投运 6 年后，随着苏中、苏北的发展，需要更多电力输送到长江对岸。

1966 年，以陈同为代表的一批线路设计专业的老前辈、老党员，在对各种发电、输电方案反复斟酌之后，决定再次向滚滚长江发起挑战，建设一条 220 千伏的跨江输电通道。

当时，资源匮乏，钢材紧缺，以唐志强为代表的设计专家组，通过充分论证和严密计算，决定土洋结合，在钢筋混凝土烟囱上，嫁接钢结构塔头，建成二合一的"烟囱塔"。"烟囱塔"不但造价低，而且抗风性能好，受力和稳定性都非常出色。在保证工程质量的同时，大幅节约了工程投资。

虽然最初的需求是单回路，但是老前辈们考虑到五峰山大跨越占据了绝佳的跨江位置，一定要为远景通道做好预留。他们把原本只作防雷使用的 2 根地线，超前按照导线规划，以 110 千伏的安全间隙规划塔头。这样，在未来用电负荷继续增长后，就能把 2 根地线和 1 根备用导线，组成一回完整的 110 千伏输电线路。

1967 年 7 月，在木塔东侧，一座 106 米高的"烟囱塔"拔地而起。下部是 98 米高的水泥烟囱，塔顶装设 8 米高的钢材顶架。由于"烟囱塔"位于山顶，山坡较陡，施工时，老一辈电力人在山坡西南角，架设了一座 56 米高的升降塔，并用竹栈桥与山顶连接，采取人力和机械相结合的办法，将近 5000 吨施工砂石等材料运输至山顶。5000 吨材料，如果用满载的 25 吨卡车，需要运送 200 趟。

"烟囱塔"建成后，五峰山大跨越实现了第一次变身。塔身虽然是水泥做的，可在当时，已属于很高的建设水准。线路跨江段 2132 米，将镇江谏壁发电厂的电力源源不断送向苏北。这座"烟囱塔"，成为长江边上第二个站岗的电力哨兵。更没有人想到，这一站，就是 51 年。

虽然跨江塔身使用了当时国内最先进的混凝土烟囱塔结构，但还是由于物资匮乏，不得不采用输电效能较弱的钢丝绳作为输电导线。工程投运后，尽管悉心维护，1975 年，意外还是发生了。因长期超负荷运行，大跨越发生断线，断落的导线掉入长江。这对当时的电网来说，惊天动地。

情况紧急，断线沉入江底，如果不及时打捞上来，既是严重的浪费，也可能给江上行船带来潜在的威胁。没有打捞设备，工人就挽起裤腿，卷起袖子，蹚进浑浊的江水，用手抬，用肩扛。断线十分锋利，可他们顾不上；有人身上被割出口子，简单包扎一下，又跳入水中。他们勾着头，弓着腰，用自己身体的重量拖拽。光是从江底淤泥里打捞断线，就花了一个多月。

随着时间推移，钢丝绳导线电阻大的弊端愈发显现。1978 年 5 月，物质条件稍有好转，江苏省电业局决定，把钢丝绳更换为电阻较小的钢芯铝绞线。

1983 年，改革开放的春风吹遍神州，江苏大地春潮涌动，发展迅猛。此时的 220 千伏五峰山大跨越线路，又走到了不能满足负荷需求的路口。就在这时，埋藏了 17 年的"伏笔"，终于迎来四两拨千斤的高光时刻。

在当年设计团队老专家的提示下，新一代线路人找出泛黄的设计图纸，研读当年的设计计算书。当看到"将地线与备用导线一起，可以改为一个 110 千伏回路"时，对于如此精巧的构思，如此超前的眼光，无不啧啧称奇，深深折服。

但是新的问题来了。改造之后，地线就成了导线，线路就失去了地线保护，这在国内乃至全世界都没有先例。遇到雷雨天气，线路防雷又靠谁来承担？

新一代线路人穿越历史的烟云，接过接力棒。当年的设计负责人陈同，20 年后依然坚守在设计战线，任设计院副总工程师。他组织新生力量，提出防雷保护的具体构想——不设地线，以装设氧化锌避雷器和玻璃绝缘子串保护间隙，作为新的防雷保护。通过严谨推理，有力证明 17 年前设计思路的可行性，并得到时任江苏省电力工业局总工程师章德慎和防雷专业工程师汪闻涛的认可和大力支持。

1984 年 9 月 16 日，220 千伏老五峰山大跨越"单回路改双回路"竣工投运，不但输电能力翻倍，还成为国内乃至世界首个双回路无地线的大跨越工程。

在这次改造放线过程中，江苏送变电公司施工人员创新提出，用拖拉机绞磨与钢丝绳牵引导线，开创了输电线路施工用机械牵引导线的先河，很快就被全国同行借鉴，沿用至今。

时代的车轮驶入 21 世纪，江水不歇，发展提速。

《长江经济带发展规划纲要》确定的重大项目中，长江南京段以下 12.5 米深水航道建设工程先后建成投运。一期工程，将 12.5 米深水航道，从太仓上延至南通，于 2014 年 7 月投入试运行。二期工程，从南通上延至南京，于 2018 年 4 月底通过交工验收。工程建成后，长江南京以下航道水深从 10.5 米提高到 12.5 米，通航海轮从 3 万吨级提高到 5 万吨级，航道通过能力翻倍。

然而，大船通航不仅需要足够的航道水深，对航道净空也有明确要求。220 千伏五峰山跨江输电线路通航净高 37.46 米，已不能满足大型船只通航净高 50 米的要求。5 万吨级大型船舶航经此处，风险很大，需要海事部门派人派艇护航，引导船舶沿南岸一侧逆船流航行。

这里说明一下，当年的通航净空高度为什么定在 37.46 米。原来，这是根据东海舰队船桅的高度设计的。东海舰队是中国人民解放军的第一支海军，其前身为华东军区海军，于 1949 年 4 月在江苏泰州白马庙成立。

又到了升级换代的时候。

2018 年 6 月 14 日至 27 日，航道封航，江苏送变电公司分 6 次将 220

千伏五峰山跨江输电线路旧导线全部拆除。

7月11日10点18分，南跨越塔定向爆破成功。须臾之间，北跨越塔也成功爆破。106米高的"烟囱塔"，在长江之畔站岗51年之后完成使命，在基座扬起的滚滚烟尘中缓缓倒下。两塔爆破后不到一小时，马绍尔籍的"布莱恩"号，一艘7万吨海轮顺利通过长江五峰山段，满载一船大豆运往其上游一公里处的镇江港中储粮码头。

这条服役了51年的跨江输电线路，累计为苏北、苏中地区输送电力20多亿千瓦·时，相当于运输标准煤约70万吨，为江苏经济社会发展作出了巨大贡献。

2019年12月3日，就在烟囱塔倒下的山顶，通航净空53.96米的跨江新镇扬线竣工投入试运行，次年6月30日正式投运。新跨江铁塔全高162米，如同浴火重生的凤凰，重新展翅于长江天际，可实现5万吨集装箱船满载双向航行，航道总运力提高50%以上。

这次升高改造施工中，建设人员开始使用无线电对讲机，逐步建立和完善安全保证体系、质量保证体系、劳动防护措施。新线路导线采用特强钢芯铝合金绞线，强度是普通导线的3倍。每相由单导线改进为双导线，输电能力较老线路提升5倍左右。

极目长江两岸，熟悉的位置，相同的站姿，不一样的电塔——第三代电力哨兵雄姿英发，正式上岗。

交改直创意

发展的脚步从不停歇。

人民对美好生活的追求，以及经济社会健康的发展，都对能源保障提出更高的要求。清洁、可靠、高效，成为电网建设和电力供应的"热词"。

五峰山跨越线路再次面临新的挑战，即将迎来新一轮的"华丽转身"。

从1960年江苏第一条跨越长江输电线路建成并投运以来，经过一次次的升级改造，五峰山大跨越的导线从钢丝绳更换成更坚韧的钢芯铝绞线，单回路被巧妙地扩建成双回路；木塔、烟囱塔被更高更结实的全钢塔替代；输电能力增加 5 倍有余；跨越航段可容 5 万吨巨轮自由航行。

60 年间，更多更强的过江线路模仿五峰山大跨越的样子，在长江之上陆续建成；特高压"一交四直"、500 千伏"七纵七横"的输电主网架悄然形成；广袤的江苏大地上，高楼林立，灯火璀璨。五峰山上的铁塔，在越来越多更高大、更坚强的铁塔映衬下，渐渐失去了大众的瞩目，默默伫立在大江之畔。

涛声依旧，电流无言。

2020 年，能源转型掀起"追风逐日"的热潮。手握接力棒的新一代电网人勇敢担负起引领新型电力系统建设的重任。缺技术、缺材料、缺设备的年代早已远去，现在，他们面临的最大挑战，是如何突破常规模式，占用最少的资源，为清洁电能打造最宽的高速公路。

五峰山顶，倾听这条线路一次又一次"转世"的传奇经历，江苏电力经研院的青年们为电网前辈无与伦比的勇气与智慧赞叹不已。可仅仅是赞叹吗？不，他们也在思索，在讨论。思辨的火花激烈碰撞，迸发出耀眼的光芒。随之同时迸发的，是一个大胆的设想——能否利用现有铁塔，把线路从交流改为直流，运用载流能力更强、控制更灵活的直流输电技术，实现输电能力倍增？

2023 年 8 月 2 日，国内首个"交流改直流"输电工程"扬州—镇江直流输电工程"夹江大跨越北塔封顶（史俊／摄）

交流改直流，在直流技术相关的文献、书籍中都有介绍，在欧洲、非洲一些国家也有交改直的实例。扬镇直流工程的提出却是出自一次次的偶然。

2020年的一天晚上，时任国网江苏电力经研院副院长黄俊辉在《新闻联播》上看到220千伏五峰山跨江线路改造的新闻——由于修建五峰山大桥，五峰山跨江线路要将旧塔拆除，立起更高更坚强的新塔。出镜的是时任国网江苏电力发展部副主任程亮，他说这次改造线路电压等级不变，旧塔改为新塔，既是配合国家交通建设，也增强了过江通道输电能力。看到这里，黄俊辉心里一动，一个问号在脑海中闪了一下。

后来，黄俊辉碰到程亮，提起这事不禁问道："过江的地方，改造时为什么不改成500千伏呢？"程亮解释："因为当时申报的技改项目，只能在原来电压等级基础上做技术改造。"黄俊辉长长地噢了一声，觉得有点可惜，"这么好的过江点，应该更充分利用啊！"

一直以来，长江以北富集的光伏、风电需要送至苏南消纳。当时，江苏已建成1个1000千伏交流特高压和4个500千伏过江输电通道，加上计划次年投运的凤城—梅里长江大跨越，6条500千伏及以上过江通道输电能力有2200万千瓦左右。可是根据预测，到"十四五"末，苏北地区新能源装机量将超过5000万千瓦，"北电南送"过江输电需求将进一步提高，在过江通道资源有限的情况下，急需寻求更加高效的输电路径。

一个偶然的机会，国网江苏电力开展科技项目评审，请来的专家包括我国直流输电权威专家、浙江大学教授徐政，江苏省能源局电力处处长刘科。作为电力经济研究的专家，黄俊辉也位列其中。

专家就是专家，时时处处的话题，都是三句话不离本行。

评审结束，饭后闲聊中，不知是谁讲到过江塔改造的事。当时黄俊辉脑子里灵光一现，赶忙请教徐政教授："这个过江塔如果做成交改直，您觉得技术上有没有问题？"

"一点问题都没有。"徐政回答得非常笃定。

一石激起千层浪。几个人都是行家，讨论起来直奔核心问题。五峰山是220千伏的同杆双回线路，共有六根导线，当时降压为110千伏运行。理论上讲，可以改造成三回直流线路。或者把导线拼一拼，至少改成一回或两回……一时 A 方案、B 方案、C 方案一个个冒出来。

"这倒是个好主意啊!"刘科听出了门道,马上来了兴趣,"这样的话,'北电南送'能力就可以提高不少,关键还不用增加过江通道。现在这个过江通道可是极度稀缺啊!"

"当然了,"徐政兴致也上来了,"不增加通道的情况下,直流输电容量最起码能提高 3 到 4 倍,甚至有可能提高 6 倍。"

黄俊辉一听,也来劲了,他两手紧握,一副跃跃欲试的样子:"这个事,我们经研院可以研究研究,争取很快向各位领导专家汇报。"

刘科接茬说:"你们抓紧先研究论证起来。这个事很有意义。"

黄俊辉心里揣着"交改直"设想回来后,马上找到经研院做电网规划的张文嘉和韩杏宁,把五峰山"交改直"的想法跟两人一说,画了几张示意图。两人相视一笑,原来私底下,两人对利用线路"交改直"提升输电能力这件事也有大胆的设想。不过仅仅是设想,非常模糊。这下好了,既然政府领导支持,行业专家看好,规划人岂能不一马当先。

很快,张文嘉把江苏电力设计院线路设计的张瑞永请来,一起就大跨越交改直进行初步探讨。线路专家张瑞永,后来成为交改直工程设计负责人,当时他提出,如果实施交改直,首先要对改造后的直流电压进行验算。初步判断,按照交流电压 220 千伏,根据其现有塔高和空气间隙,估计改造后直流电压应在 ±180—240 千伏之间。不过具体数值还要进行详细地计算和校验。

讨论中,大家对五峰山交改直的意义认识也越来越明晰。这是促进新能源消纳的新路子,是提高输电容量的新方法,是提升电网投入产出比的新途径。工程建成后,将成为全球输电容量最大的交改直工程,将显著提升长江两岸电网互联互通能力,在较短时间内解决苏北中部新能源大幅增长后的消纳问题,对国内用电需求大、电网饱和度高、新建空间有限的区域电网结构优化,具有重要借鉴意义。

以往的电网规划和发展,基本上是一种"扩张式"规划,就是在原有基础上不断增加线路,增加变压器,这是一个线性的增加。随着交流电网越建越密集,投资越来越大,而投入产出比却并非呈线性增长,边际效益逐步下降。同时，随着电网越来越庞大，"扩张"的难度也越来越大。输电走廊紧张，站址土地紧张，特别是跨江通道极度稀缺。除去输电走廊物理因素外，还有一个技术因素，因为交流电网的特性，电网越密，电网的短路容量越大，设备抗短路能力已难以满足持续增加的电网密集度要求，整个交流电网的边际效益已经达到一个拐点。

这些，回答了"为何要对在运电网'动刀子'"的问题。除了"北电南送"和电网发展的需要，另一方面，长江沿岸生态保护，长江经济带发展，沿江密集城市群，沿线港口，产业布局等，都使得再建跨江铁塔变得难上加难。

"好，设计这块，麻烦你回去就赶快算。"黄俊辉接过张瑞永的话头，"我们这边，同步谋划，看看送受两端换流站的选址和形式。"

交改直的方向大家一致认同。那么线路改成直流，两边的换流站怎么来规划？送端站放在哪儿？受端站放在哪儿？关于受端站地址，英雄所见略同，就放在镇江大港新区的金东纸业厂区附近。一是站址紧邻五峰山大跨越，直流线路短；二是周边电网密集，功率释放和疏散条件好；三是不仅方便就近的供电厂区用户，还给用户负荷送上清洁绿电，一举多得。轮到送端站的选址，大家的思路产生了分歧。有的说，就在扬州靠近江边的地方建送端站。受端站放在镇江靠近长江处。这样选址的优点是直流线路较短，缺点是需要在发电端、送电端、受电端建三座换流站。而张文嘉考虑到当时苏北，尤其是扬州、淮安陆上风电和光伏较多，提出把送端通道放在新能源较多的地方，就是把发电端和送电端合二为一，将逆变侧与整流侧背靠背建在一个站里，既节省一座换流站的投资，又减少一次电流形式转换带来的损耗，确实是一个更优的方案。

什么是逆变，什么是整流？简单讲，整流就是把交流电的正弦波"捋直了、整平了"，使交流电变成直流电；逆变就是相反的过程，使直流电变成交流电。

当时送端站具体的选点在淮安、扬州宝应、高邮、盐城等地区反复比选。经过计算和综合比较，最后确定，直流线路起于扬州高邮市司徒镇少游换流站，止于镇江大港新区金东换流站，全线长 100 公里左右。

扬州—镇江 ±200 千伏直流输电工程少游换流站阀厅（史俊／摄）

与直流电压等级的确定、送受电端的选址同时摆在面前的，还有交改直面临的另一个重大技术难点，就是接地极的问题。

直流系统本身就比较复杂，其安全性、可靠性要求比较高。通常的直流工程都设有接地极，在电力线路遭遇雷击或故障产生高电压或高电流时，接地极可将电流导向大地，起到保护设备的作用。设计扬镇直流工程时，在接地极的设置问题上，国网江苏电力内部产生了不同的意见。

有的认为，直流系统理所应当有接地极，这就像建房必须有下水道一样天经地义，缺之不可。但是，在苏南地区，尤其是江苏河网密布、地下管线密集的地方，接地极比较难选。2022 年投运的白鹤滩—江苏直流特高压工程，其接地极选择就相当为难。最后，实际是与三峡—龙政直流共用一个接地极。扬镇直流工程比不了特高压，这只是个小直流，如果要选接地极，可能要选到镇江句容县，那么接地极的线路长度就接近 100 公里，而交改直的本体线路也仅 100 公里左右，这在经济上非常不划算。

经研院的韩杳宁则提出大胆设想，扬镇直流工程不设接地极，也能保证电网安全运行。经过无数次概率分析、模拟仿真和方案论证，她得出结论，即使该段线路发生故障，导致 120 万千瓦左右功率损失，江苏坚强的主干电网完全可以抗得住这样规模的功率扰动，并且综合故障概率、节省投资、简化设备、节约土地多方面考虑，提出在"交改直"工程这类输电距离不长、输送容量不大、嵌入坚强交流网架的小直流系统中，都可以采用背靠背且不设接地极、对称单极接线的极简接线创新模式。

方案几经讨论、修正、完善后，国网江苏电力发展部、经研院、设计院一起，向省电力公司分管领导汇报。领导觉得创意非常好，大力支持，并提出"嵌入式直流"概念，它相当于给江苏交流电网这一大块葱花饼上，在跨越长江段揿进一截葱段。

一项因地制宜、因网制宜、量体裁衣的交改直设计，终于解决了全部技术难点，在曲折迂回、千呼万唤中，从构想走进现实。利用原有五峰山跨江输电通道，按照铁塔基础不动、塔身不动、锚塔不动的"三不动"原则实施。一期工程将原有交流两回改成直流三回，省掉接地极线路。同时新建送端少游站、受端圌山站，应用"背靠背"对称单极接线形式，建设两端"嵌入"交流电网的嵌入式直流。

五峰山扬镇直流工程，是对江苏电网未来发展的一次认识上的飞跃。

五峰山大跨越将按照新一代电网人的创意，迎来再一次升级。五峰山上的铁塔，更将化身成为开启过江通道嵌入式直流改造的信号灯，成为新型电力系统交直流混联的示范领航。

天地织机

2022年12月15日，江苏扬州—镇江 ±200千伏直流输电工程的变电工程开工。次年3月21日，线路工程开工。这是国内首个交改直输电工程，也是全球输电容量最大的交改直工程，将新建配套换流站2座，线路全长109.839公里，单回直流输电容量最大约1200兆瓦。

交改直工程中，施工难度最大的核心工作是跨江段线路更换。这里既不同于新架线路的放线，也不同于停运老旧线路的拆线。

在拆除旧绝缘子串和防振装置等辅助设施后，用即将拆除的旧导线作为牵引绳，通过旧线拉新线，就像一位即将退休的老师傅牵着一个新上岗的小年轻，小年轻紧握老师傅的手，跟着老师傅亦步亦趋，过北锚塔，上北跨越塔，横跨长江，过南跨越塔，穿南锚塔，一路走得轻盈而稳健。

封航放线前，施工项目部经理徐仲征向江苏送变电公司特高压租赁分公司技术员王连收求援。封航时间有限，他们需要更为高效的收线装备。

租赁分公司有新研制的液压导线回收装置，以配合大吨位液压牵张一体机使用。旧导线的回收如果仍采用人工拉拽或简易放线架，将大大影响换线施工效率。租赁公司自行研制的液压导线回收装置派上了大用，能使工期一下节约40%左右。

除了液压导线回收装置，他们还首次在江苏电网长江大跨越工程采用集控可视化牵张设备，大大提高了大跨越架线工程的安全可靠性。

"开机，张力控制在7吨，牵引力控制在8吨，注意张力机和牵引机保持匹配。"2023年9月16日一早，五峰山长江大跨越工程牵引场内，施工负责人曹点伢一声令下，南北两岸，两个集控室内，操作人员立即按下启动按钮。伴随着机器的轰鸣，两根旧导线在牵引装置的带动下缓缓升起。集控可视化操作室里，曹点伢手持对讲机，一道道指令像隐形之箭一样发出去。"牵引头顺利通过滑车，注意控制好牵引速度！"室内大屏就像电影院的大幕一样，不但塔上高空滑车和牵张场内画面尽收眼底，还可以在高空和地面、远景与近景之间自由切换。

他们在牵张两场及跨越塔均设置了摄像头，这就好比给设备安上了"千里眼"，操作人员在操作室就可以清晰看到整个作业过程。通过集控可视化牵张设备，可以实现一人操作多台设备、施工全过程监控，有效提升放线整体效率和可靠性。

此次五峰山长江大跨越一共需要更换6相导线。新导线将沿着旧线的轨迹，通过南北跨越塔的支撑，横跨1291米的长江五峰山段江面，进而完成导线更换。

9月15日，放线前一天，导线更换施工启动会上，各部门、分公司、项目部将安全措施、技术要求、关键点一一作详细说明。根据海事部门要求，一相导线更换作业必须在封航两个小时内完成张力放线。江苏送变电公司提前谋划、精心组织，先后数次修改完善《导线更换专项施工方案》，两次召开审查会，优化流程，完善细节，夯实实现目标的技术基础。

导线更换施工开始前，现场成立指挥小组，统筹南北两岸，确保作业流程令行禁止。除施工人员外，各专业部门、技术团队全面介入施工各阶段，在南北两岸进行全程跟踪护航。同时，高处作业除常规的个人安全防护用品外，还特制了作业吊篮、高空飞车等装备，以减少作业人员的体力消耗，确保工程零伤害、零事故、零缺陷"三零"安全目标。在导线更换施工期间，除了通过南北跨越塔上的高倍率摄像头，由指挥中心实时监控展放外，还在两岸跨越塔上安排专职测工，通过平视法、档端角度法等多种方法，同步对过江导线距离水面的高度进行不间断实时监视和复核，为换线安全上了双保险，确保施工期间航道安全。

2023年9月23日，这是五峰山大跨换线第四次施工的日子。天色还未破晓，淡青色的天空中透着朦胧的光影，仿佛在酝酿着什么大事。江面上潮湿的水分子犹如一群群密集的鱼苗向工地涌来，空气中氤氲着湿润的雨意。施工队伍驻地，忙碌的身影进进出出，几辆工程车依次整装待发。

施工装备均已就位，施工人员陆续上车。"大家再检查一下东西，四点半准时出发！"施工队长沈小春再次提醒。

清晨6时，位于长江南岸MT2塔南侧350米处的牵引场上，两台牵张一体机早已准备就绪，发出沉稳有力的低吼。在其身后，立着两盘巨大的液压回收架，准备对换下的旧导线进行收卷。此时天空飘起雨丝，在铁塔、线路、牵张机和施工人员周围缠绕，距离海事部门的管控时间还有不到半小时。虽然已经有了前三次换线经验，但大家仍不敢有半点松懈，每一个环节，每一处细节，都认真检查。"目前江面船舶较多，基本为小船，请等待管控开始再进行作业。"海事局监控大厅内，项目总工王丽嫄随时向施工现场负责人汇报江上船只情况。"好的，机器已暂停，等你那边的许可。"

万事俱备，只等号令。

"已许可，开始作业！"6时46分，随着江面管控与海事许可，换线施工正式开始。牵张机开始运行，导线匀速移动。只见银线起伏，银蛇逶迤，旧导线慢慢地被新导线替代，在线盘上一圈圈收紧，变成一只巨大的银盘。从牵引场向远方望去，泛着银光的旧导线如白练弄云，穿过50米高的锚塔，爬上161米高的大跨越塔，越过净空如洗的江面，在朦胧的雾气与雨幕中，一步步退出输电历史的舞台，即将迎来自己使命的完结。新导线接过接力棒，闪着亮光一步步登场，即将开启跨江输电新的篇章。

7时8分，第一盘旧导线装满，开始换盘。但天公不作美，在这紧要关头，雨势突然大了起来。糟了，预报不准，只说局部地区有短时间小雨，现场雨具准备不足。"请准备四十套雨具，送到所有施工现场，马上，现在就出发！"徐仲征立即组织雨具。然而现场换线分秒必争，雨具能等，船运封航可不能等。如果拖延施工，必定会造成江面管控时间延长，甚至对水上交通造成不良影响，这种局面，海事部门不允许，电力部门也不允许。所以别说下雨了，就是天上下刀子，也挡不住换线人员手上的活计。

大颗的雨滴连成了线，搞得现场满是泥泞。雨线在下坠，银线在游移，仿佛天地间就是一张巨大的织布机，漫天垂下的雨线是经线，横跨长江的导线是纬线。银线上，丝滑行走的换线人员就是一枚枚梭子；地面上，远程操控人员就是天幕下勤劳编织的机工。分不清是雨水还是汗水，爬上他们的脸庞，打湿他们的衣裳，可没有人叫苦，没有人顾盼观望，就算是跌倒，双手重重地撑在泥浆之中，然而下一秒，他们又站了起来，继续"编织"，因为他们身上，铁军的意志在流淌，坚韧的力量在吟唱。

7时20分，1号线过南大塔。

7时23分，2号线过南大塔。

7时51分，1、2号线到达换线终点。

7时53分，南岸锚塔导线固定。

8时26分，北岸锚塔导线固定。

13时33分，导线高度收紧至距离江面75米处。

次日下午，完成附件、间隔棒、跳线安装。

五峰山大跨的第四次换线任务完成。

"这是国内第一条交改直，也是全球输电容量最大的交改直，我们必须做好，也有信心做好。"施工项目经理徐仲征这么说，业主项目经理刘巍这么说，施工负责人曹点伢也这么说，参加建设的每一个人都这么说。

阳光穿过云层，洒在铁塔银线上，闪烁着胜利的光芒。

作为国内首个交流改直流输电工程，作为国内首个220千伏分区柔性互联工程，江苏扬州—镇江±200千伏直流输电工程于2024年4月28日竣工投运。工程极大提升了过江通道输电能力，大大提高了新能源输送密度，并

2023 年 9 月 28 日上午，历时 12 天的长江大跨越段导线更换全部完成（史俊 / 摄）

能有效减轻交流过江通道的负担，将苏北的绿色电力直送苏南负荷中心，为江苏，乃至长三角地区提供一个极为可靠的百万千瓦级电源点，对实现碳中和碳达峰目标、构建新型交直流混合电力系统具有重要意义。

一座座跨江输电塔，见证了中国"西电东送""北电南送"的能源配置格局逐步形成，见证了"中国制造"转型"中国创造"，更见证了电力赋能长江经济带的高速发展。

未来，五峰山段长江两岸的电力"哨兵"，将会以更加坚强的体魄，助力江苏经济社会快速发展、健康发展、绿色发展。

第三章

新『神器』的新使命

　　创新是企业核心竞争力的源泉，很多核心技术是求不到、买不来的。党的十八大以来，国网江苏电力大力推进实施创新驱动发展战略，创新引擎激越嘹亮，创新成果喷涌而出：世界首个特高压电力管廊穿越长江，苏州南部电网500千伏统一潮流控制器工程给电网加装"智能导航系统"，我国首个输电移相器工程投入使用……

　　这10年，国网江苏电力始终发扬争先领先率先的传统，全面创新创造，争当示范样板，创新工作亮点纷呈。以舍我其谁、功成有我的精神，勇攀科技高峰，锐意创新突破，取得一系列重大创新成果，电网发展、设备运行水平国际领先。

第一节

神秘的 UPFC

统一潮流控制器，英文缩写 UPFC（Unified Power Flow Controller），作为柔性交流输电技术的集大成者，代表着未来电力电子技术的发展方向，一直以来，世界各国对其广泛关注，进行了重点研究。

2015 年 12 月 11 日，国家电网公司重大科技示范工程——江苏南京 220 千伏 UPFC 西环网工程顺利投运。这是我国首个自主知识产权的 UPFC 工程，也是国际上首个使用模块化多电平换流，简称 MMC 技术的 UPFC 工程，标志着全球能源互联网最先进的柔性交流输电技术在江苏率先落地，我国在柔性交流输电技术上走在了世界最前列。

南京 UPFC 工程于 2015 年 4 月获得核准，6 月全面开工，占地约 18 亩。工程核心设备是 3 个直流侧并联的电压源换流器，简称 VSC，直流侧额定电压 ±18 千伏，额定电流 1.1 千安，容量为 2×6 万千伏安（串联侧）+6 万千伏安（并联侧）。工程业主单位为国网江苏省电力公司，成套设备供应商为南京南瑞继保电气有限公司，设计单位为中能建江苏省电力设计院。

随着 UPFC 装置并入南京电网，南京 220 千伏晓庄至铁北双线输送功率实现精准控制，兑现预设调控目标 12 万千瓦。该工程充分展示了国家电网公司的科技创新能力，标志着智能电网高端装备研制水平迈上新台阶，夯实了"中国制造"和"中国引领"。

UPFC 针对常规电网建设、改造和运行中难以解决的潮流控制、供电能力提升等难题，通过大功率电力电子技术的应用，使电网潮流由自然分布转变为智能化灵活控制，在保持现有网架结构不变、不新建输电通道的前提下，有效解决这些问题。

UPFC 适用于经济发达地区城市电网供电能力的提升，以及现有电网的挖潜增效，是构建智能电网的重要技术手段。国家电网公司是国内首家掌握 UPFC 关键技术的企业。南京西环网工程是继美国、韩国之后，全球第三个投入商业运营的 UPFC 工程，并且比国外技术更先进。

正是基于 UPFC 在电网潮流智能灵活控制方面的优势，国家电网公司决定在南京实施 UPFC 工程，以解决城市供电走廊建设十分困难而导致供电能力受限的难题，积极服务南京西部核心负荷区发展。从项目开工到最终投运，工程历时 6 个月，比类似工程工期缩短 50% 以上。

在建设过程中，国网江苏电力在国家电网公司统一领导下，充分借鉴特高压工程建设经验，与众多参建单位一起，加强协同创新，克服工期紧、系统复杂、技术难度大等困难，全力推进技术创新，实施全过程标准化建设管理，高标准完成了工程建设任务。

220 千伏南京西环网 UPFC 工程年度检修现场（杜懿 / 摄）

南京西环网 UPFC 示范工程的成功投运，实现了南京城市西部核心区电力传输的精准控制，提升该区域供电能力 30% 以上，为地区经济社会发展提供了坚强的电能保障。同时，该工程显著提高了电网的整体科技含量，推动了我国电网从传统电网向安全、高效、经济、清洁、互动现代电网的升级和跨越，为柔性交流输电技术在我国的大规模推广起到了很好的示范作用。

2017 年 12 月 19 日，世界上电压等级最高、容量最大的江苏苏州南部电网 500 千伏统一潮流控制器科技示范工程正式投运，在世界范围内首次实现 500 千伏电网电能流向的灵活、精准控制，最大可提升苏州电网电能消纳能力约 130 万千瓦。

我国是世界上首个掌握 500 千伏 UPFC 成套设备技术的国家。苏南 500 千伏 UPFC 工程的投运，是贯彻党的十九大精神，建设创新型国家的又一重大成果，标志着国家电网公司占领了国际柔性交流输电技术制高点。

苏州是我国用电负荷最大的地市，2017 年夏季最高调控用电负荷达 2580 万千瓦。其中，苏州南部地区用电负荷接近苏州的 70%，其主要电源是锦屏—苏南特高压直流送来的四川水电，以及三条 500 千伏交流输电线路受进的三峡水电、安徽淮南煤电以及省内电源送电。四川水电季节性强，冬季枯水期送电大幅减少，造成苏州南部电网三条 500 千伏电力通道无法保持均衡利用，容易发生"一半过载堵塞、一半空置浪费"的现象。

为进一步保障对苏州南部的稳定供电，国网江苏电力规划建设苏州南部电网 500 千伏 UPFC 示范工程。工程位于苏州市吴中区，于 2016 年 8 月 23 日获江苏省发改委核准，同年 11 月 3 日开工。

该工程的投运，相当于给苏州南部电网加装了一个"智能导航系统"，实现电能的"无人驾驶"。冬季枯水期，四川来的水电锐减，电力的主线路 500 千伏梅木线将处于过负荷状态，地区将面临停电风险。安装 UPFC 后，它可以像电网的智能导航系统一样，将电网电能由自由分布状态转变为精确受控状态，智能匹配三条交流通道输电功率，实现电能的最优分布，提升苏南地区供电能力。当苏南地区出现大范围电网故障时，UPFC 可以提高三条交流线路输送功率总和，最大限度缩小事故造成的停电范围。

"UPFC 在负荷密度大、供电可靠性要求高、线路廊道资源紧张的地区具有广泛的应用前景。国网江苏电力在南京和苏州的实践得到社会各界的充分肯定，下一步将在国内外多个类似地区进一步推广。"时任国网江苏电科院总工程师李群表示。

500 千伏苏州南部电网 UPFC 实景图（董小强 / 摄）

UPFC 解密者

李群这位国网江苏电力第一位"柔性交流"博士，早在 2013 年的春天就开始为"西环网"精心准备了。南京核心城区供电的 220 千伏晓庄变输电断面长期存在重载、越限情况，常规应对方法就是新建通道和线路增容，而城市交通人群密集，很难新扩建输电设施。李群带领团队经多次论证分析后，在一次规划会议上提出柔性交流输电技术的构想，这也是在国内首次提出采用统一潮流控制器的方案，相当于为输电线路加装红绿灯，从而准确控制电网潮流，解决输电断面卡脖子的问题，以此提升供电能力。

当时响应者寥寥，提案一时被搁置。李群不言放弃，2014 年，同样的时间段，同样的会议室，同样的参会人员，李群老话重提，这一次，他的真情与执着最终打动了参会者，提案获得一致通过。

2014 年年底，确定 UPFC 工程上马。2015 年年中开工建设，号称当年"1 号工程"。江苏省送变电三班人马轮番上阵，白加黑，一天 24 小时无停歇，结果半年时间建成，再次彰显了"江苏速度"。投运前的最后一道关键工序——系统调试，李群任现场总指挥，上下合力，一炮打响。

投运后的第一个月，李群承受了巨大的心理压力。不怕一万只怕万一，万一出现什么差池，不仅他这个现场总指挥会丧失颜面，还要"殃及无辜"，前功尽弃。那些天，他常常跑现场，与各种新型设备悄悄"对话"，给它们鼓劲打气：坚持就是胜利！他的这些"宠儿"没有令这位 UPFC 的开拓者失望，投运后已安全运行 9 年，早已过了风险期。

李群率领的团队没有停止前进的步伐，他们加快步伐，开始向更高电压等级、更大容量的苏南 500 千伏 UPFC 示范工程进军。

理论指导实践，经过实践检验的理论就成了标准。针对 UPFC，李群发表了一系列专利、论文、标准，编制的 UPFC 系列国家电网企标获得中国标准创新贡献一等奖，开国家电网公司在该领域的获奖先河。该奖项是我国标准化领域的最高荣誉，每两年评一次，一等奖仅 10 项，而 UPFC 系列国家电网企标是唯一一个以企业标准的身份获奖的黑马。后来该系列标准脱颖而出，扶摇直上，上升为 IEC 国际标准，轰动国际电坛。这一系列重量级标准的发布，实现了我国潮流控制技术从技术追赶到技术引领的转变，巩固了我国在柔性输电技术应用领域的国际话语权。他昔日的老战友连声惊呼："'李三堡'又回来了！"

说起"李三堡"这个绰号，年长一些的电力员工无不动容。绰号的获得源于徐州三堡变电站。

李群从 1998 年入职国网江苏电力后，一直致力于电力工程的创新研究。2000 年，我国引进首套 500 千伏串联补偿装置，李群是主要技术负责人。"从参与技术谈判到设备回国后开展现场调试，我全身心投入其中。"

在项目团队的努力下，不到半年时间，项目就正式投运。基于此，李群主持开展了我国引进的首套 500 千伏串联补偿装置运行可靠性提升技术攻关，提出串补保护逻辑优化和电磁兼容技术，解决了控保系统频繁告警、保护误动等老大难问题。

由于是国外引进的装置，运行后，又出现了水土不服，所以 2000 年一直到 2003 年，设备一出现什么问题，李群就往现场跑，成了"南征北战"的拼命三郎。有次省级媒体去工地采访，徐州供电公司的配合人员交口称赞起这个"李三堡"，可南方的记者被徐州方言误导了，通讯稿写成了"李三跑"，不过挺形象。那时候"串补"隔三差五就会刷个存在感，害得李群往返穿梭，何止是三跑啊！

基于这两大"破天荒"的工程，"统一潮流控制器（UPFC）关键技术、成套装备及工程应用"科技项目连续获得江苏省科学技术奖一等奖、中国电力科技进步奖一等奖、中国可再生能源学会科学技术奖一等奖、日内瓦国际发明奖金奖等，集万千宠爱于一身。

"企业为我们营造了良好的创新氛围，畅通发展渠道，搭建创新平台，还制定了各方面的激励措施。我们应该主动作为，发挥作用，做好技术支撑和科研创新。"李群的话是一代电力科技工作者的心声。

2023年9月8日，艳阳高照，李群的得意门生林金娇博士带领笔者一行前往南京市栖霞区燕子矶新城的220千伏铁北变电站，实地见识李群的"旷世杰作"。到达目的地颇费了一番周折，因为这个宝贝在高楼大厦的包围圈内深藏不露，"养在深闺人未识"。这个站因为它的特殊地位，是目前江苏省内唯一一个有人值守的220千伏变电站。

现场，夏博士首先介绍了UPFC的前世今生，这位2019年入职的帅小伙讲解起来妙趣横生，化枯燥为神奇，众人如听一部神奇的科幻故事。之后进入主控室，一张硕大的电子屏霸占了整个东墙。大屏幕的右上角，"南京西环网统一潮流控制器安全运行2828天"格外醒目。

步入室内换流阀厅，走道两旁排列的"拳头产品"及"世界领先"让人肃然起敬。换流器阀塔、TBS阀组可是绝对的世界首例。直流场内的设备看起来比较袖珍，隔离开关、接地刀闸、电压互感器、电流互感器、避雷器，这些耳熟能详的电气设备都被做成了卡通形象，矮矮胖胖的，虎头虎脑，憨态可掬。

出了室内换流阀厅，正要步入UPFC室外交流场，夏博士的手机响了，原来是同事告诉他，交流场里的巡检机器人不小心摔倒了，让他帮忙扶起来。那个蓝色的小精灵四仰八叉躺在路边的草地里，一动不动。它不像是摔倒，倒像在小憩。夏博士跑过去，三下五除二，把它抱到了水泥路的中央。小机器人似乎嘟囔了一句什么，然后秀了秀灵巧的脚法，头也不回地翩然而去。

这一天，是白露节气，也是国际扫盲日，两位博士针对 UPFC 实物，结结实实给采访者来了一次全方位的"扫盲"。

鏖战铁北

"作为 UPFC 工程的亲历者，能被写进书里，感觉还是挺幸运、挺高兴的。毕竟在中国，也是第一套，用得也挺好，值得一写。从研发到现在，十多年过去了，再不记录，这段历史恐怕就消失在历史的长河里了！"刘建坤开门见山，首先肯定了这次采访。

刘建坤，西安交通大学硕士毕业。机缘巧合，2001 年时做的本科毕业设计就是 UPFC。老师出的题目，就是要用 C++ 语言编写一个含 UPFC 装置的电网潮流计算程序，涉及 UPFC 模型。当时 UPFC 装置全世界仅有一套，在美国。那个年代，中美技术差距很大，好多电力电子设备都要进口。通过毕业设计体会到 UPFC 的强大作用后，当时他就在想：那个神秘莫测的东西啥时候才能来到中国呢？

2004 年刘建坤入职国网江苏电科院后，主要从事电网系统计算分析工作，在长期的电网分析计算中，他经常发现在局部电网存在线路重载与轻载现象，重载的输电线路严重影响电网的供电安全，甚至可能诱发大停电事故；而轻载的输电线路输电能力无法充分发挥，造成电网资源闲置和浪费。能不能在江苏电网应用 UPFC 呢？刘建坤萌发了申报江苏省电力公司科技项目的想法，想让 UPFC"浮出水面"，全权调理"轻"与"重"的关系，厘清轻重缓急，理顺潮流分布。

然而，这个 UPFC 太尖端了，了解的人寥寥无几，知名度很低，"不接地气"。申报项目难于上青天。可想而知，他碰了壁。那时候，绝大多数人不知 UPFC 为何物，全世界只有一套。人家摸着石头过河，还有石头可摸呢，这个所谓的 UPFC，根本无石可摸！

项目不能立项，只好在工作之余关起门来自己做些研究，他笑言这是"自娱自乐，自作自受"。可个人做研究谈何容易！主流的计算程序、软件中根本没有 UPFC 的立足之地，虽说本科毕业设计涉及了这块内容，但那是用原始的 C++ 程序编写的，无法直接用于计算软件当中。退而求其次，刘建坤只能利用"自定义模型"功能，一点一点地在里面搭建仿真模型，并尝试着应用在虚拟的江苏电网中。没想到效果出奇地好，那些原本按部就班行进的潮流在他的指挥下，成了"训练有素"的士兵，也能"倒步走"，也能"立正稍息"了！

适逢南京西环网的问题越来越突出，过载问题一直解决不了。若是新建线路，面对密集的城区建设，只能通过电缆走地下的方式，投资将达 10 个亿，而且施工难度大。但如果不解决，关系到南京核心城区的供电安全，一旦发生线路连锁跳闸，将产生南京城区大停电的风险。如何解决南京西环网的潮流问题，成了当时江苏电网的当务之急。

作为国网江苏电力的技术高地，对于南京西环网的问题，国网江苏电科院自然是义不容辞。

当时的电科院总工李群召集专业人员讨论对策，身为系统技术室主任的刘建坤提出，利用 UPFC 调节潮流来挖掘西环网供电潜能。经详细讨论，李群果断拍板，就向江苏省电力公司提这个方案！

在江苏电力公司解决南京西环网问题的电网联合分析会上，刘建坤汇报了 UPFC 方案。不出意外，对于大家不熟悉的新装置，许多人表示了疑虑。刘建坤配合李群"引经据典"，从技术性、经济性等方面详细论证，终于得到与会人员一致认可，在南京铁北站加装 UPFC 的方案艰难通过。那一刻，满头大汗的刘建坤在心中发出了"守得云开见月明"的感慨。

领命凯旋，接下来组建团队，可他明白，即便是作为技术高地的国网江苏电科院，也几乎没多少人了解 UPFC，一切都要从零开始。于是，每个周一的晚上，中心实验楼二楼会议室灯火通明，UPFC 技术沙龙如火如荼地进行中。系统专业、继保专业、电力电子专业、变压器专业……十几个人，围桌夜话，会议室的小白板上，密密麻麻布满了 UPFC 的原理图和公式。李群也会以科研人员的身份加入进来，过把沙龙的瘾。常常是针对一个技术细节，专业人员争论不休，唇枪舌剑。你在白板上画个图来阐述观点，我又拿出电脑来计算一遍，直到把技术细节彻底掰扯清楚。别看争论时大家面红耳赤，一旦出了会议室的门，马上云淡风轻，和好如初。这样的活动持续了大半年，效果出奇地好，各专业人员已不再是 UPFC 的小白，而是成长为熟知 UPFC 技术细节的专家，整个团队已经可以承担起支撑工程建设的重任。时机成熟，UPFC 技术攻关团队创立，领衔人便是李群和刘建坤。

国网江苏电科院 UPFC 国际标准攻关团队在实验室讨论研究相关技术问题（江艺／摄）

刘建坤讲了这样一件趣事：南京西环网系统调试的第一天，突然来了寒流，工程现场寒冷异常，但大家的工作热情高涨，一直调试到凌晨一两点钟。第二天一大早又继续调试，连轴转。由于头一天的调试进展顺利，外单位的一位宣传干事写了一首打油诗，用以颂扬他们单位的功劳与辛劳，引得大家点赞一片。国网江苏电科院的小伙子们看到了，很是不服气，纷纷跑来找当时已是电网技术中心党支部书记的刘建坤，说："我们是牵头单位，要说功劳与辛劳，也是我们第一啊！这下倒好，大家不知道我们的功劳了！咱们也得赋词震一震对方！"血气方刚的刘建坤"冲冠一怒"，大笔一挥，写就了一首《满江红》，颇有打擂的意味，结果赢得喝彩一片，大家的士气也更加高涨。

"我先前从来不作诗赋词，都是被逼的，逼上了梁山，逼上了词坛。"刘建坤发出爽朗的大笑。

寒潮怒卷，金陵西、北风凛冽。

电网人，鏖战铁北，首战告捷。

六冲并变兴未艾，

一探串变战星夜。

待来日，再战西环网，犹未歇！

青龙山，谋方略。

燕子矶，鼓战歌！

笑对一十九天光阴迫。

壮志誓破调试关，

何惧攻坚披星月。

怎能忘、电网众将士，胜券握。

第二节

移相器

2023年7月28日，我国首个输电移相器工程——扬州110千伏平安变移相器示范工程在江苏省扬州市宝应县正式投运，由此可提升新能源就地消纳能力10万千瓦，相当于当地总用电负荷的16%，为国内用电需求大、新能源装机多、电网饱和度高等地区新能源就地消纳能力的提升提供了更经济、高效的解决方案。

近年来，江苏省新能源装机容量快速提高，截至2023年8月已超5700万千瓦，占比超过30%。但新能源发电受气象因素影响，出力波动性大，规模化并网后易引起电网潮流变化，影响输供电安全和电网运行经济性。

过去，为满足新能源发电并网和输送，必须采取扩建主变压器、增加变压器容量、新建输电走廊等方式，以增加新能源送出通道和能力，但这些方式占用了土地资源，且投资大、施工周期长。

"移相器作为一种造价低、占地小、运维简易的经济型电网潮流控制装置，可灵活控制电能传输大小、方向，配合已有输电线路，将新能源输送至电能消费集中地区。"国网江苏电力发展策划部主任程亮告诉采访者。

2022年，国网江苏电力选取风、光资源丰富的扬州市宝应县为试点，率先开展输电移相器科技示范工程建设，通过在扬州宝应主城区和东部城区的两座220千伏变电站之间的110千伏联络线加装1台移相器，形成一个双向控制的"智能阀门"，对电能进行灵活控制。当新能源发电在满足就地用电还有富余时，移相器可将电能"引流"到主城区用电负荷中心。

移相器工程的投运填补了我国经济紧凑型潮流控制技术的应用空白，标志着我国掌握了高可靠、紧凑型移相器关键技术，实现该领域高水平科技自立自强。同时，将为新型电力系统下的新能源消纳和供电能力提升提供丰富的手段和多样化方案，进一步巩固我国在电网潮流控制技术领域的国际引领地位。

"当然，在电力应用软件的开发上，我们还有许多工作要做，例如在数字仿真软件上还受制于人。"国网江苏电科院副院长李群如是说。

穿越时空的跨国邮件

针对新型移相器技术，李群组织团队充分开展对新型移相器功能研究和设计，林金娇负责新型移相器控制功能和性能的实验室测试。看似简简单单的测试，却"难于上青天"，因为实验室采用的实时数字仿真系统是由加拿大公司研发的，其中移相器仅有传统的变压器式模块。我国新型移相器技术，采用挡位调节机构和变压器本体独立配置的拓扑结构。对于一种新型潮流控制装置拓扑来说，大量、可靠的试验是保证它进入电网安全运行和发挥调节作用的重要基础，但现有模块无法支撑新型移相器的模型搭建。

为此，林金娇通过网络发出一封跨国邮件给实时数字仿真系统的客户服务部，提出新型移相器的模块开发需求。出乎意料，被婉拒了。重新研发模块比较困难，并且一旦"定制化模块"的服务被放开，实时数字仿真系统的研发压力就很大了。

为了保障新型潮流控制设备的入网安全，试验是必不可少的。移相器不只是一个工程的个例创新，而是能源问题下促进电网高效发展的重要手段，具有重要的应用价值和推广前景，可对"先行一步"的林金娇来说，压力山大。

理清了其中关系，林金娇要来实时数字仿真公司加拿大总部的研发部主任的邮箱，又写了一封邮件。难能可贵的是，这一次，她不仅向对方发送了邮件，为表诚意，她还别出心裁地写了一封书信作为附件，而且信的内容全用英文手写。

信中她详细介绍了我国研发的移相器技术特点，论证开发模型的必要性，以及后续广泛的应用需求，并提出采用几个现有的模型进行改进的方案，还明确这种模块开发需求将带来一个巨大商机。

这次林金娇的方案可操作性更强，对应用前景的分析也很透彻。或许是精诚所至金石为开，又或许是巨大的市场潜力感召，这次加拿大仿真软件公司迅速作出响应，初步同意开发新型移相器模型。

经过多次沟通与磨合，最终将方案确定为：将挡位调节机构模块和变压器本体模块开放，再由用户来组合形成移相器拓扑。这样，不仅能满足机械式、晶闸管式和混合式移相器等多种挡位调节方式的移相器的建模需求，也能满足单芯式、双芯式、降压移相式等多种本体拓扑的移相器建模需求，由此覆盖了各个应用场景的移相器应用和研究需求。这个方案也是移相器的实时数字仿真建模平台水平的一次大提升。

之后的沟通变得顺理成章。十几个小时的时差和距离挡不住林金娇对工作如火的热情，一次次的视频会议，一封封的跨国邮件，成为中加两地一道亮丽的风景线。而这位被对方称作"东方美女林"的"女汉子"，铁肩担道义，一步步把移相器的测试工作拉向正轨。

终于，能够支撑新型移相器仿真测试的模型通过了双方测试，具备新型移相器控制功能的测试条件。利用该模型，林金娇搭建了移相器控制功能性能测试模型，完成我国首例输电网移相器工程——扬州平安变移相器工程的控制保护装置测试，开展了包括移相器控制试验、保护试验及分接开关控制试验三方面共 261 项测试，验证了新能源大发、上级电网潮流转移等多种工况移相器的功能和性能，测试发现并整改控制保护系统逻辑问题 12 项，极大提升了该移相器工程控制系统的质量。

"现在这个新伙伴，总算灵敏多了，让它向东不向西，让它打狗不撵鸡。"林金娇俏皮的话语里隐含的是无数次的坚韧付出，还有一份清醒："我们硬件很硬，软件很软。"

首创移相器控制功能架构和实现方法，应用于扬州平安变移相器科技示范工程；牵头完成移相器工程控制保护实验室闭环测试，助力国网江苏电科院成为首个具备移相器控保功能检测能力的省级电科院；攻克移相器调试技术并创新制订系统调试方案，支撑首台（套）重大工程应用……

这是刚好入职 10 年的林金娇交出的一份满意答卷。当然，她的能耐远不止新"神器"这些，她还攻关柔性交直流先进装备控制保护技术，优化工程运行策略和控制性能；发明 TBS 触发试验方法等多项试验技术，并在南京和苏南 UPFC 工程中应用，解决了特殊设备试验难题；作为二次负责人完成苏南 UPFC 和吴江 STATCOM 工程调试，保障重大示范工程安全入网发挥效能。

不仅如此，她牵头的相关成果获得国家级和省部级奖励 4 项，UPFC 重大创新及应用的经验写入南京市申报引领性国家创新城市的典型案例，牵头国家电网项目 1 项、国网江苏电力项目 2 项，参与 IEEE 及国内各级标准制定 16 项，获得省部级以上科技奖励 9 项，授权发明专利 13 项、美国专利 1 项，发表 SCI、EI 或核心期刊论文 16 篇，出版专著 6 部。

林金娇，电之娇子，她将在新型可控移相器技术上"开山破浪"，创造更大辉煌！

让新"神器"落地生根

移相器工程的完美建成投运，凝聚着许许多多人的心血和汗水。

通过创新技术解决电网实际问题，是张宁宇博士毕业后长期坚持的工作原则，而他对于新型技术坚持不懈的研究，是他在江苏电网一线攻坚克难的有力保障。

2018 年的初秋，半年前投运的世界上电压等级最高、容量最大的苏州 UPFC 工程刚刚经过盛夏高温负荷的考验，解决了关键通道潮流分布不均引起的供电能力提升受限问题，但这并没有让张宁宇所在的柔性潮流控制技术团队彻底放松下来。连续的高温天气让无锡、常州、淮安等多地负荷屡创新高，多条输电线路出现重载，电网供电能力受到限制；而南通、盐城等沿海地区电网大规模风电和光伏接入后，新能源的随机出力导致送出通道潮流分布不均，限制了高峰负荷期间的新能源送出和消纳。此消彼长，对江苏电网运行又一次提出了新的挑战。

UPFC 控制功能强大，但是投资成本高、占地面积大，对安装站址有着较高的要求，不可能适用于江苏电网所有的潮流分布不均问题。尤其是城市电网中，土地资源稀缺，工程实施难度极大。移相器占地面积小，运行可靠，早在 2013 年，就被提出作为解决南京西环网潮流分布不均问题的一种方案，但南京电网同时需要有功潮流控制和无功支撑，于是最终选择了功能更为强大的 UPFC 方案。如何尽快攻克移相器技术，并形成工程应用技术方案成为柔性潮流攻关团队需要解决的问题。

"我是系统分析专业，不仅熟悉大电网仿真，而且全程参与了 UPFC 工程的可研分析、启动调试、运行计算等工作。"张宁宇自告奋勇，承担起移相器技术应用的重任。

为了让移相器技术应用能真正落地开花，张宁宇几乎踏遍了江苏每个地市电网的角落。从连云港到无锡，从淮安到盐城，长新、红湖、高荣、大胜关等变电站都出现了他繁忙的身影。他白天在变电站勘测现场讨论移相器的布置方案，晚上回到宾馆继续做仿真分析，计算移相器容量、调节角度、应用可行性。2019 年年初，《移相器在江苏电网应用分析》技术报告交到国网江苏电力各个部门，拉开移相器技术在江苏电网应用的序幕。

2023 年 7 月 28 日，我国首个输电移相器工程——扬州平安变移相器示范工程在扬州宝应正式投运。运行现场，张宁宇见证了这一激动人心的时刻。随着移相器的调节，平安和安宜主变压器负载率差保持在 10% 以内，消除了安宜主变压器的重载，并提升了平安侧新能源就地消纳能力。

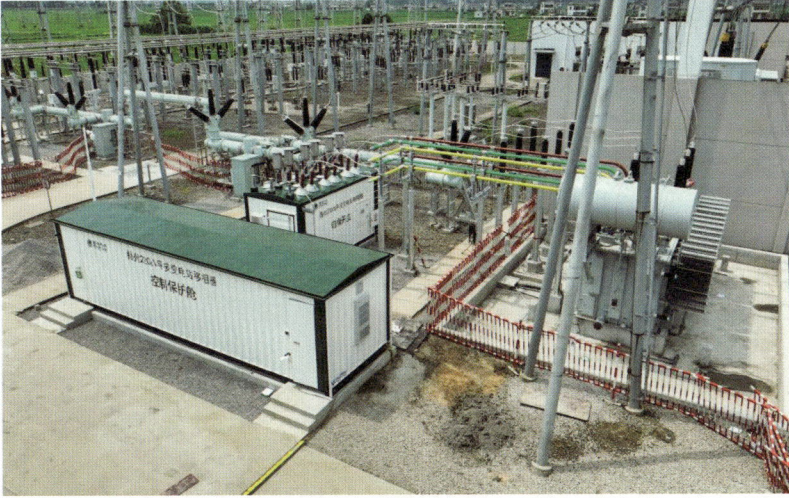

220千伏扬州平安变电站移相器示范工程(江艺/摄)

国网江苏电力的发展需要像张宁宇、林金娇这样脚踏实地、勇于创新的科研新生力量,江苏电力潮流控制的明天更是属于张宁宇、林金娇这些"80后"新一辈!

第四章

更高　更远　舞者无敌

　　党的十八大以来，国网江苏电力实现跨越式发展，创新项目层出不穷：海缆耐压、三合一电子公路、无人机智慧巡检……海陆空三栖作战，无处不在；"激光大炮"为输电线路保驾护航；新型检测设备及特高压互感器移动实验室大显身手；"智慧耳"与"听诊器"威震八方。国网江苏电力人更是化身空中"飞人"、高空"舞者"、"跨栏"高手，在千里超高压、特高压银线上朝夕不倦挥洒汗水，向着更高、更远的目标，展现舞者无畏的风采。

　　国网江苏电力人呕心沥血、殚精竭虑，用一双双写满创新创造创优的智慧之手，共同托起新时代锦绣灿烂的明天！

第一节

"海陆空三栖作战"

"海陆空三栖作战"，让国网江苏电力插上智慧的翅膀，飞遍江苏广袤的大地，尽情播撒爱的火种，结出累累硕果。

"空战"

"现在已进入目标空域。"在临时指挥部屏幕前，数位穿着各式制服的人员，神情专注的看着画面。尽管已有心理准备，但现场传来的画面还是让他们面色凝重。指挥部屏幕的画面在一片狼藉的通道中前行，一片突然出现的空旷区域引起众人的注意。

"这里的水文地理、地貌高程、经纬坐标等数据信息已自动抓取，大家安排物资堆场时可以参考这些数据。"飞控指挥王红星看出了大家的心思，盯着画面给大家解释。

"发现目标，抵近飞行。目标细部照准图像抓取。"但传回的画面仍旧不清晰。"现在进入四机协同模式飞行，对细部用激光做全方位扫描。"王红星刚解说完，随之而来的是一帧帧清晰的画面。

2019 年 8 月 10 日，第九号台风"利奇马"过境江苏，这是 1949 年以来登陆我国大陆地区的第五次超强台风，其陆地滞留时间达 44 个小时，滞留时间之久在历史上位列第六。

"利奇马"横扫南通，给南通造成的破坏十分严重。灾情尚未结束，恢复电力已提上日程，在国网江苏电力的统一指挥下，全省各地的支援力量火速集结灾区，进行恢复电力"大会战"。

救急如救火！王红星团队以及他们的"无人机航母"舰队冒着大风急雨紧急出征南通，对如东220千伏阳凌2H79线进行全面精细化巡检。架设平台、设计航线、操纵无人机……在王红星的指挥下，团队紧锣密鼓地完成布置工作，随后无人机群迎着风雨凌空而起，飞赴灾区。

抵近故障杆塔时，4机协同进入故障巡检模式飞行，这种飞行模式凭借"多无人机多任务分配算法"，避免无人机集群作业时的空域冲突，从而可以全方位捕捉物体三维信息，这对于掌握故障详情有巨大的帮助。

这种无人机自主完成一座杆塔的全面巡检仅需约6分钟，比人工操作无人机耗时减少一半，效率比传统人工巡检提升6倍。

这次巡检飞行仅仅用了30分钟就完成了，将无人机智能巡检的优势展示得淋漓尽致。更重要的是，此次巡检精准、高效地发现了台风遗留的多处隐患，最大程度节省了宝贵的抢修时间，确保电网得以及时恢复运行。

无人机巡检这一系列辉煌的战果，都源于王红星团队无数个日日夜夜不辞辛劳的努力。

三次荣登央视新闻，两次给国家电网公司主要领导专题汇报，首次代表国网江苏电力在国家电网公司展区精彩亮相……在一次次掌声与荣耀中，无

国网江苏电力巡检无人机运用国内首个省级全息数字电网开展自主巡检
（张晓闽／摄）

人机智能巡检成套装备"网际天鹰"风光无限，而它的主要研发者王红星不仅交出了满意答卷，还借此实现了职业生涯的华丽转身。

2018年5月，国网江苏电力计划大力推进无人机应用，提出建设无人机巡检体系和探索模式。作为江苏电网的重要研发力量，方天公司第一时间成立无人机智能巡检项目部。

2018年初夏的一个子夜时分，江宁区苏源大道58号的院子中庭月色清明，一丛丛不知名的野花在碧绿草坪间悄然绽放，享受月光的滋养，而办公大厦三楼二号会议室却还灯火通明。无人机智慧巡检项目部"全体"成员——王红星和黄祥——面前摆着两摞专业资料，两人目不转睛地盯着电脑屏幕，不时噼里啪啦地敲着键盘。

项目部成立之初，经过一番思考调研分析后，王红星决定从全电网统一管控、各专业化应用出发，建设全省统一的无人机管控体系。以输电专业为试点，打造江苏电网特色无人机系统。以"三个平台、一套装备"为突破点着手无人机全自主巡检业务开拓：无人机智慧巡检管控平台实现计划、空域、装备、巡检、数据、消缺等综合管控；巡检影像缺陷分析平台实现巡检图像的人工智能识别；电网三维智能分析平台打造全息数字电网，实现航迹规划、通道巡检、三维分析等；一套装备，即输电线路无人机智能作业装备，又称移动机场，该装备也是国内首创的移动式无人机智能巡检成套装备，相当于"无人机航母"，是自主巡检技术的集大成者，是解决人工巡检和操作难题的替代者。

"天将降大任于是人也，必先苦其心志劳其筋骨。"那段时间里，王红星日日跑基层做巡检业务、需求调研，手机常常处于"正在通话中"。高速运转的工作状态一直是持续的，基层调研工作结束后，王红星仍在"白加黑"连轴转：白天带领团队与无人机行业的各路大咖沟通技术问题，并进一步依据省、市供电单位的巡检业务需求改进技术方案；晚上回到单位，挤出休息时间查阅各类资料，根据各类机型的性能参数和各类作业要求及规范，制订调整无人智能巡检的相关要求。

2019年6月20日，那是一个难忘的日子，"网际天鹰"迎来中国电机工程学会组织的技术鉴定。当天一直阴雨绵绵，中国工程院院士薛禹胜带领中国电科院、南京航空航天大学等众多专家教授对"网际天鹰"进行检阅，在雨中，一架架无人机陆续自主起降、精准拍摄、实时回传，专家们不禁赞叹道："'网际天鹰'乘风破浪，风雨无阻！"鉴定会上，大家一致认为，项目达到国际先进水平。

同月，国网江苏电力在方天公司挂牌成立省级"无人机巡检作业智慧管控中心"，统一管理全省无人机业务，还与大疆无人机公司合作成立"无人机维修中心"。

两个月后，"利奇马"风灾给了他们一个实战机会，团队上下都很珍惜这个机会。这次实战也发现不少问题，比较突出的就是：在这种特殊工况下无人机对焦模糊、成像位置不理想。这个问题在"网际天鹰2.0"中得到解决，他们独创的基于图像质量反馈的无人机位置和姿势自适应优化技术，使无人机可实时调整自身位置和云台拍摄参数，并使图像一次拍摄成功率达98%以上。

舟大者任重，马骏者远驰。

2020年5月，国网江苏电力启动全息数字电网建设，利用无人机搭载激光雷达开展三维建模，到2022年年底，全息数字电网全面建成，覆盖35千伏及以上输电线路。

2021年9月，国网江苏电力协助完成国家电网公司PMS3.0无人机自主巡检微应用上线，在总部上线发布。

2022年1月开始，无人机应用由输电专业向配电、基建专业推广应用。

2023年，无人机应用拓展到安监专业。

从此，在江苏大地上，输电线路由传统巡检模式向智慧巡检模式转变；从此，江苏的上空，智能巡检无人机"一统蓝天"，展翅飞翔；从此，江苏的蓝天白云下，铁塔银线上，有了别样的景致，炫目的风采。

无人机智慧巡检已在江苏电网110千伏及以上全部输电线路应用，每年可节约近50%人工投入。

登山不以艰险而止，则必臻乎峻岭矣。

在方天公司事业刚刚起步、艰难开拓市场的岁月里，王红星带领团队一路拼搏奋进，主持电能质量技术和监控系统、变电站在线监测及辅助设备监

2023年2月24日，国网无锡供电公司应用无人机对385米输电铁塔和相关线路进行自主巡检（王辰／摄）

控系统的研究和建设，建成国家电网公司最大规模的电能质量监测网和变电站在线监测及辅助设备监控系统，先后主持大容量储能辅助机组灵活性改造关键技术研究、变电站在线监测及辅助设备监控系统研究与应用，以及配电网电能质量在线监测技术研究等十余项省公司科研项目，逐渐成为开拓创新、独当一面的带头人。

采访中王红星表示，他最为得意的一件事是：新中国成立70周年来临前夕，为保障全省电网安全稳定运行，他的团队历时22天完成全省500千伏及以上输电线路通道无人机专项特巡，巡检总长达9573公里，对输电线路通道左右各75米范围内彩钢瓦、塑料大棚、基建施工等情况进行全面排查。这也是迄今为止国家电网公司最大规模的无人机自主飞行通道巡检作业。

"22天，说长不长，说短不短，但我觉得这件事又一次丰富了我的人生经历。"王红星自豪地说。

现在每当上级领导或兄弟单位前来调研，无人机巡检中心是必去之地。方天公司党委书记张天培不无自豪地说："无人机巡检现在是方天公司的主打产业，它给我们公司带来品牌效应。"

王红星向大家展示《无人机数字化产品发展规划》，这是他们的无人机发展"十四五"规划。当看到"研制特种作业无人机"一节时，"隧道巡检和大型设备内部检测"的密闭空间巡检无人机引起大家的兴趣，有人"不怀好意"地问："是不是要做成苍蝇大小，像个间谍工具一样，无所不能呢？"

王红星闻听笑了，然后坦然道："每个行业都有法律底线。"

随后他又自豪地介绍起他的团队成员：黄祥不光是"网际天鹰"初创人之一，而且还有维修故障无人机的绝活；技术研发组组长黄郑拥有无人机AOPA驾驶员资格证及中国民用航空局无人机机长执照"双执照"；无人机操作员顾徐……

江苏电网无人机从无到有、从人工巡检到自主巡检、从单专业应用到全网各专业综合应用、从个体到完整体系、从单体无人机到移动机场固定机场全面建设，江苏电力人成为国家电网公司走在前、作表率的奋进者。

"再长的路，一步步也能走完；再短的路，不迈开腿也无法到达。"这句富含哲理的话出自黄祥之口。和大部分男孩子一样，黄祥从小便有一个飞天梦。黄祥对飞机很感兴趣，在大学期间成为一名资深的航模爱好者，经常主动去学习相关知识，并在兴趣的驱使下购买配件自己组装无人机，他还考取中国民用航空局颁发的多旋翼无人机机长的执照。2014 年前后，随着国内多旋翼无人机的兴起，黄祥开始他无人机航拍爱好者的生涯。透过无人机的视角，看到更广阔的世界，圆了他童年的飞天梦想。

慢慢地，他"无人机深度发烧友"的名号开始在单位里流传开来。随着无人机技术及行业应用的快速发展，他发现无人机在电力行业中的应用也越来越多，越来越重要，于是他开始主动学习，关注无人机的最新技术和行业动态。

以前，架空线路主要依赖人工巡检，但随着电网输送距离的增长，特高压输电线路的增高，这种传统模式的巡检带来的问题暴露无遗：不但消耗大量人力物力财力，且效率极低，一座塔需要两名运维人员巡检半小时。而且借助升高杆、望远镜等原始工具根本达不到"见微知著"效果，更会影响供电可靠性。就在那个时候，无人机巡检的想法已经在黄祥的脑海中萌芽。

中心成立之初，只有黄祥和王红星两个人。通过调研，他和王红星将研发"网际天鹰"移动式无人机智能巡检成套装备作为巡检模式变革的突破口。通过半年多时间，顺利完成任务，实现"网际天鹰"首台交付。无人机自主完成一座杆塔的全面巡检仅需约 6 分钟，比人工操作无人机耗时减少一半，效率比传统人工巡检提升 6 倍，极大提高电力线路运行检修水平和效率，进一步推动电网无人机手动巡检向自主巡检发展，从"少人化"向"无人化"演变。

至此，人工巡检—无人机手动巡检—无人机全自主巡检，圆满实现"三级跳"。

黄祥率领的团队还在"网际天鹰"车载端无人机智慧巡检模块中增添多无人机多任务分配算法，避免无人机集群作业时的空域冲突；新设置输电通道巡检、红外自主巡检、故障特巡等多种巡检模式，引入一机多塔、中继巡塔等巡检作业策略，让作业人员能一键下发多种任务，满足各类巡检需求。

经过黄祥和团队成员的共同努力，新一代"网际天鹰"的智能化水平、巡检质量、适应性、安全性等比上一代都有大幅提升。国网江苏电力独创的

国网徐州供电公司职工利用无人机巡视重要线路通道，保障电网安全（渠翔运／摄）

基于图像质量反馈的无人机位置和姿势自适应优化技术，使无人机可实时调整自身位置和云台拍摄参数，解决特殊工况下无人机对焦模糊、成像位置不理想等问题，图像一次拍摄成功率达 98% 以上。升级后的"网际天鹰"移动机场可支持多种常用机型自由搭配携带，作业人员可根据日常巡检、夜间特巡、激光测绘等不同需求，选配相应的无人机。

黄祥是王红星手下的一员大将，长着一张可爱的娃娃脸，亲和力十足。但你千万不要被他的外表迷惑，一旦动起"绝活"，那个严谨劲仿佛换了一个人。黄祥的绝活就是维修故障无人机。那些"罢工"的无人机到了黄祥手上，往往是"温酒斩华雄"，不出半天便能"起死回生"，功夫十分了得。2021 年，受疫情影响，无人机配件供应严重滞后，江苏近 200 台无人机因缺少维修配件无法维修。黄祥通过统计各架无人机受损零件明细，与业主单位沟通，采用"拆东墙补西墙"方式，完成 60 余架无人机维修，解决巡检班组缺少无人机的问题。

黄祥曾说："好多人只是会开车，但小毛小病嘛门不通。我开车还会修车。这个对我的工作也很有启发。不能老是把'返厂修理'挂在口头上，一推六二五。"

得益于黄祥手艺的精湛，美名的传扬，赫赫有名的大疆公司主动找上门来，快刀斩乱麻，在六角大楼内成立江苏电网首家"大疆行业级无人机产品维修服务中心"，自此，开启江苏电网省级无人机维修、保养、检测的新局面。

"能够将兴趣与工作融在一起，并做出有价值的事情，最令人开心，我们还会继续努力。"面对采访，黄祥露出真诚的笑容。

从爱好到事业，黄祥见证了无人机技术的快速发展和迭代升级。现在的无人机不仅拥有"翅膀"，可以飞越大山和海洋，还配备了各种高科技设备，如紫外相机、激光雷达等，能够实现高难度检测和高精度数据采集。未来，他们设想为无人机配备更加智能的大脑，能够自主作业、智能分析，替代人工，在空中守护电网安全。

却顾所来径，苍苍横翠微。黄祥团队，功崇惟志，业广惟勤。功不唐捐行终至，青云万里任尔驰！

"陆战"

世间的路，千万条，而"三合一"电子公路，是世界首条。

新型透明沥青柔性路面、LED 路面标识、电子斑马线、多功能路灯、路面融雪化冰、动态无线充电中的无缝切换和辐射屏蔽技术……一波"黑科技"震撼视听，智慧交通元素满满。

2018 年秋天，"一带一路"能源部长会议暨第三届国际能源变革论坛在粉墙黛瓦的江南古镇苏州同里开幕。这条铺设在同里综合能源服务中心别具一格的电子公路，连同其他 14 项世界领先能源创新示范项目，一经亮相就吸引了各级领导、专家、院士和中外宾客的赞叹眼光，也得到中央电视台、《人民日报》等主流媒体的广泛关注。

建设这条"三合一"电子公路，探索"由无线到无限"的交通新理念，呈现"电从脚下来"的能源利用新模式。它开世界之先，首创路面光伏发电、动态无线充电和无人驾驶三种技术融合，实现电力流、交通流、信息流的智慧交融，为建设新型智慧城市作出有益探索，更为未来生活带来高品质的美好体验，堪称电力发展史上的一个奇迹。

从承接伊始，方天公司就把该项目作为展实力、树形象、赢口碑的"1号"工程。项目落地，率先成立党员突击队，而突击队队长的头衔就落在王成亮肩上。都知道王成亮有一手"隔空断案"的绝活，他经常化身"黑脸包公"为并网电厂排忧解难，凭着精湛的技术、丰富的经验，无需现场查看，仅听对方描述就能判断出故障原因。比如对陈家港电厂轴电压过高引起的振动、淮阴电厂定子绝缘低等问题，王成亮人不到电话到，须臾间便为电厂快速查找出故障点，顺利解决问题。

临危受命，王成亮胸腔里激荡着两个滚烫的字：拼了！

王成亮回忆起当时仍记忆犹新："我们没搞过这样世界领先的创新，说实话，当时是有信心但没把握。从书记手中接过队旗，旗杆压在胸口党员徽章上，我就告诉自己，必须要干成，还要干出精品。"

身为现场工作负责人，他要与中心建设指挥部和其他项目对接，要管控质量进度，要组织技术攻关，还要协调无线充电设备、无人驾驶车、光伏路面敷设、地图绘制等众多协作单位，在 500 米的示范路段上连续奔波 5 个月，平均每天走 3 万步，几乎一天无休。

一双劳保鞋的寿命是多久？对于王成亮来说，一双劳保鞋的寿命远远达不到说明书上所说的两年，而是非常"短命"的两个月。整个项目，使用寿命以年计的厚重劳保鞋被他穿坏了 3 双。在最炎热的夏天，他的脚踝磨出几个枣核大的肿块，实在坚持不住就到医院处理一下又返回现场。

当时的同里综合能源服务中心有 10 来个项目同时进行，参建单位多达几十家，施工现场泥泞不堪，钢筋条、石子、玻璃碴等到处都是，基本没有平整的道路供人行走。劳保鞋在这样恶劣的路面上不堪重"磨"，过早地"香消玉殒"。但他绝不"怜香惜玉"，还是坚持每天去施工现场盯着。项目部员工都劝他休息几天，他却说："现场这么多工作，每天一个进度，恨不得一天当两天用，我怎么可能休息呢！"

那些天里，王成亮白天不停地往来于各现场、会议室和协作单位，忙得喝水和上厕所的时间都没有；晚上还要整理工作报告、总结经验；夜里翻来覆去睡不着，还要为后续工作做准备。脸黑了，人瘦了，但王成亮的精气神反倒上来了。

让王成亮最为难忘的是攻克第二只"拦路虎"——高透光耐磨的光伏组件覆层。由于国际上没有经验可以借鉴，项目部与相关科研机构携手，专门研发一种透明沥青柔性材料。2018 年 8 月，电子公路建设进入上面层铺设阶段，通过实验室检测的透明沥青柔性材料运至施工现场。始料未及的是，那段时间正是台风、高温交替肆虐的时候，在忽冷忽热、忽干忽湿的恶劣施工环境下，透明沥青柔性材料效能发生变化，导致黏合性不足，发生位移、脱落等现象。项目部组织参建单位将透明沥青柔性材料试验条件搬到施工现场，把各种恶劣气象和不利因素当作"试金石"，最终找出透明沥青柔性材料的最佳配比方案。

"累点苦点并不怕，最怕的是老天捣乱，一下雨我们就前功尽弃。记得那是最后一个可以扒了重来的窗口期，那是一个风雨交加的深夜，时任方天公司总工程师翟学锋、项目经理郑海雁和我三人，在一个集装箱改的工棚里，讨论了很久下不了决心，最后举手投票，二比一，艰难地作出决定：重做。"王成亮说，一旦还没干透的胶吸收到水分，就会膨胀鼓起，路面就不平整，肯定不符合要求。已经做好的路段因此扒掉重来，幸好按照优化方案改好的路质量过关，圆满赶上国际能源变革论坛期间的展示。

路面铺好后的那个晚上，标线未干，当时多个项目交叉作业，现场就是一个大工地。为了免遭意外破坏，翟学锋、王成亮和项目部成员通宵轮流值守。生性幽默的王成亮和大家聊天讲笑话，为年轻员工加油鼓劲，一起熬到天亮。第二天清早，当其他项目人员来到工地，看到路边隔空挨个排开、眼里布满血丝的几位"铁人"时，惊讶不已，纷纷称赞。

"人往一处站、心往一处想、劲往一处使的感觉特别美好，那天早上虽然下着雨，但有王队长在身边，心里特别温暖、有劲。"项目部唯一的女同志徐妍这么说。

在近一年的时间里，古镇同里呈现出别样繁华，国网江苏电力人向空间集结，和时间赛跑，只为铺就心中那条"光明之路"。

正是靠着这种手扒人磨，靠着这种齐心协力，他们历经提心吊胆，历经枕戈待旦，历经推倒重来，用辛勤、汗水、煎熬，终于铺成这条世界上最长的"三合一"电子公路，笑傲世界无线充电领域。

如今，这条路成了"熙熙攘攘"的路。行走在电子公路上，会发现路的颜色明显与众不同，路面中间是绿色，两侧是墨色。绿色部位是无线充电线圈发射区域，墨色部位是光伏组件区域。看似普通的路，却要安装1200余块光伏发电组件和178个无线充电发射线圈，精密复杂的道路由光伏层、上面层、嵌入无线充电线圈的粘层、下面层、下封层和后基层五个相互关联的层面构成，科技元素俯拾皆是。

东南大学校外博导、IEEE PES专家组成员、IEC可再生能源并网专家组成员、中国能源学会无线传能技术委员会委员，国网江苏电力先进个人、江苏省五一劳动奖章、全国五一巾帼标兵……，这是徐妍的头衔。

作为科技创新型企业的方天公司，并没有因为徐妍的博士头衔及一系列荣誉而特别优待她。从"象牙塔"到施工一线，从设备调试到生产管理，从技术监督到创新实验，徐妍一头扎进工作现场，克服诸多生活上的不便，如饥似渴地汲取着各种书本上学不到的生产知识和实践经验，不论钻机组、拆设备、换零件，还是做方案、搞测试、算数据，都干得有模有样。老师傅们都竖起大拇指点赞："这个博士真的不一般！"

独当一面的机会来自方天公司承建世界首条"三合一"电子公路。在这条集路面光伏发电、动态无线充电、无人驾驶于一体的电子公路中，丝毫没有技术积累的徐妍主动请缨，负责新型光伏路面组件研发工作。在三个月时间里，她在苏州施工现场和重庆研发现场之间往来数十次，全程参与产品开发设计、生产测试、安装调试等工作，啃技术、做实验、磨工艺，并主导现场工程实施。作为现场数百人建设团队中唯一的女性，这个"万马军中一小丫"不叫苦不怕累，保持着每周"5+2"、每天"白加黑"的工作模式，确保新型组件如期抵达施工现场。

为保证光伏路面的透光性达到预期指标，数十万颗细小的玻璃颗粒需要由特制沥青黏合平铺，形成路面顶层，精细操作的工作量巨大。时值盛夏，骄阳暴晒下的现场弥漫着刺激性的气味，工作服湿透了转眼又被烤干。徐妍的脸晒黑了，还长出很多痘痘，在仅仅 500 米长的光伏路面上，她每天都要走上万步，成了工程现场众人皆知的"女汉子"。

从没日没夜攻坚一线的摸爬滚打到主持国际首创项目技术攻关的爬坡过坎，从克服艰苦复杂项目现场带来的诸多困难，到带领团队攻克业界难题的独当一面，从职场"菜鸟"到获得中国电力科技进步奖一等奖等 7 项省部级科技奖励、授权发明专利 10 余件、发表 SCI/EI 检索论文 6 篇、出版专著 3 部……一路走来，徐妍紧跟能源安全发展、转型发展、绿色发展的前沿趋势和实用需求，紧扣一个"新"字，闯出属于自己，也属于能源电力事业的新天地，绽放着不负妍华、不让须眉的夺目光彩。

磨剑一年，终成大作。如今，这条凝结着无数汗水的电子公路，静卧在姑苏小镇的千年积淀里，为江南水乡架设起引领未来的新道路，成为能源变革发展光明前程的一块奠基石。

"海战"

2021 年年初，三峡—中广核如东 ±400 千伏柔性直流海上风电示范工程落地江苏南通。在这个亚洲首个、世界最大的项目中，海上直流换流站是核心，调试工作又是给换流站盖上合格标签的关键程序。凭借在电源调试领域 30 多年铸就的优良口碑，以及与三峡集团在新能源领域多次圆满合作的经历，方天公司接受了这项调试任务。

在方天公司近 10 年的新能源服务历史中，海上风电技术团队见过无数个海上交流升压站，但这个直流换流站还是刷新了大家的认知。该站共 6 层、长 89 米、宽 84 米、净高 45 米，重达 23000 吨，单体体量、输送容量均为世界之最，各类管道总长不亚于一艘十万吨级邮轮。"这是业主的信任，也是压在我们肩头的责任。"电气技术中心海上风电技术服务项目经理杨春说。哪怕是有近 20 年电源调试经验，领衔过 10 余个风电场调试工作，但刚开始他心里也没底。

没有经验可循，那就摸着石头过河。一支柔直技术调试团队应时而生，赴国网经研院、东南大学等科研院所学习交流，并于 3 月开始进站调试。

"海上换流站系统极其繁杂，能在陆上完成的调试工作一定不要等到出海后再去做。"针对超大型海上换流站的特点，杨春带领调试团队开展多项技术创新，包括国内首次换流站码头预调试、首次换流站海缆光纤通道预调试、首次换流站投运前空载短路及相量测量。

2021 年 7 月 18 日，经过 4 个多月的不停工奋斗，海上换流站完成全部陆上调试并成功出海安装。10 月 4 日，经历多轮校验与调试后，柔直工程满足送电条件，正式进入倒送电阶段。倒送电期间，调试团队在海上换流站平台驻点 60 余天，反复校验各分系统保护与控制逻辑，最终所有系统均一次受电成功，完成整个工程的第一个关键节点。"光是受电方案我们就讨论了数十轮，发现多个隐藏问题并完成消缺。"杨春说。

作为世界最大海上风电集群，三峡—中广核如东 ±400 千伏柔性直流海上风电示范工程配套 H6、H8、H10 三座海上风电场，总装机容量 110 万千瓦。送电成功后，调试人员马不停蹄开展三座配套海上风电场交流升压站受电与风机调试，一个月内全部完成，助力整个工程于2021年12月25日具备全容量并网发电能力，创造了代表风电调试最高水平的"方天速度"。

2021年12月20日，中国三峡新能源（集团）股份有限公司江苏分公司总经理刘兵率队专程来到方天公司，送上一面"日夜兼程全力以赴，助力全容量并网"的锦旗。"你们克服海上作业的诸多困难，攻克多项世界级技术难题，为这个世界级项目顺利投运作出巨大贡献。"刘兵说。

在海上风电领域，直流输送在效率效益、安全经济等方面比传统交流输送更为合适。以三峡—中广核如东 ±400 千伏柔性直流海上风电示范工程为例，交流三相输送需要 3 组共 6 根直径为 500 毫米的海缆，而直流两相输送仅需 2 根 1600 平方毫米的海缆，在减少大量材料使用以及敷设、检修工作量的同时，输送容量提升近 3 倍。海上风电大容量远距离直流输送已经成为学术界和风电行业的前沿技术共识，但调试难度和风险巨大。

高压输电海缆是海上风电的"大动脉"，要牵起海陆两端升压站，其性能对整个工程至关重要。柔直工程采用亚洲首条 ±400 千伏直流海缆，其长度达 108 千米，也是全球第二长的海陆直流电缆。如此规模的直流海缆，如果采用传统的耐压试验方式，仅自然放电这一环节就需要 10 小时以上。加上试验期间正值台风高发期，海况复杂，作业窗口期极为有限，如果沿用传统方式，抓不住时间，就会严重影响整体进度。

为此，方天公司在海缆设计制造阶段就提前介入，与电缆制造商中天海缆签订战略合作协议，共同研发世界首台针对海陆直流电缆交接试验的大容量直流设备专业放电系统，将放电时间缩短至 50 分钟。9 月 11 日，亚洲首条 ±400 千伏直流海缆验收试验顺利完成，放电过程安全、平稳。

专注于绝缘材料老化击穿、局部放电检测等研究的业内知名专家，西安交通大学教授吴锴对此高度评价："如此高电压、长距离的直流海缆试验在业内尚属首次，现场试验数据对该领域后续科学研究、工程应用、标准制定均有很强的借鉴意义。"

蓝天碧海上，雄伟的海上升压站平台蔚为壮观。除了庞大的可见的硬件设备，还有一样从表面上不大看得到却至关重要的设备，那就是海底电缆。

在那片神奇的海域里，黄煊城从 2014 年开始接触海缆检测业务，这一耕就是 10 年。

黄煊城出生在海滨城市，在海边长大，对大海有着天然的亲切感。学成毕业后留在南京工作，没想到几经兜转他又回到大海边，冥冥之中似有注定。

是的，在江苏，他是当仁不让的海缆耐压试验"第一人"。

2014 年 12 月，江苏省第一个海上风电项目，中广核如东示范项目进入质量检测阶段。不同于陆上电缆，输电海缆的检修、消缺都相当复杂，因此安装后的质量检测十分重要，而其中海缆交接前的耐压试验又是重中之重。

久闻方天公司有着先进的人才技术优势，且在电力行业中有着良好的口碑，中广核慕名而来。

但对于从未接触过海缆检测试验的技术人员来说，这是一个巨大挑战。时任电气技术中心副主任的李辰龙抱着试一试的心态接下"战书"，考虑到黄煊城曾经零失误的出色工作表现以及对 GIS 专业的了解，便将此重任交给他。

虽然对于 GIS 设备十分熟悉，对于陆上电缆的制造及运维、检测业务相当熟悉，但对于海缆及其检测试验他还从未接触过，何况这还是一条打破国内电缆线路最长纪录的 110 千伏三相一体无接头海缆——长达 28 千米。而在这之前他所接触过的最长电缆线路检测经验只有 6 千米。他心里没底，他非常清楚这种差距不是简单数字上的加减乘除，对于海缆来说，每增加一千米的长度，其增加的检测难度都可能是呈几何级的，落到他心理上的压力，则更是成百上千倍。可想到既然把这么一项任务交给他，领导这么信任他，他就不能有负重托，必须全力以赴。

于是他迅速行动起来，带领团队开始勘查现场、熟悉设备、规划方案、模拟实验……在前期的方案讨论中，业主提出为安全考虑，试验期间，海缆将不能与两端及海上中继变电站的 GIS 设备连接，也就是说海缆将脱离衔接设备进行单独试验，当时这在国内尚无先例。在技术层面，大家费尽心机屡出奇招，但都被一一否定，最终黄煊城凭着自己以往的实践经验，提出可以借鉴陆地电缆 GIS 的开仓连接方式的设想，找到一个可以代替 GIS 的模拟仓完成海缆试验测试。有了这个设想后，他四处奔波调研、寻找可行设备。功夫不负有心人，几经辗转，他在上海电缆研究所找到相应的设备，经过模拟改装后匹配成功。经过一次又一次模拟试验，黄烜城胸有成竹，在2015年10月20日晚，正式进行海缆线路敷设质量的检测工作，试验完美通过。

这场战斗的胜利，打响方天公司海上风电工程验收的第一枪。这场胜利也让黄烜城在海缆检测领域的声名传播开来，紧接着，鲁能东台海上风电项目找过来。

当被问起在海缆耐压试验方面的成就，黄烜城如数家珍：2015年完成国内首根大长度三相共挤绝缘220千伏海底电缆耐压试验。2016年第一次实现海上双段110千伏海底电缆联接交流耐压试验，顺利避免华能风电海上部分段电缆需要在海内完成二次试验的问题。2017年创造国内220千伏海底电缆线路耐压试验单体容量最大纪录，有力保障龙源集团大丰项目的按时投产。2019年首次在海内完成大容量220千伏海底电缆耐压试验，其中如东±400千伏柔性直流还是国内风电项目的海底电缆线路交接试验，更是填补海上风电场涉网电气设备试验的又一项空白，是海上风电场涉网电气设备试验技术服务的行业典范。

此外，黄烜城还陆续参加了中电投滨海400兆瓦海上风电火灾、大唐滨海300兆瓦项目防火整改、单芯主缆海上风电项目电缆结构故障、海上风电锚损事故等诸多事故的专项分析会，承担了华能如东、三峡东台这些当年国内乃至国际首创的海上风电项目，为省内外在建风电项目提供试验相关的技术支持。

每一个重大项目都是一个全新的挑战，但黄烜城都一个个坚持过来，不仅解决了诸多问题，还提出大量技术和设备改良的建议，以便更好地服务海缆领域的项目试验。

他清楚地记得那次成功排障的独特经历——

2020年2月18日，某风电场220千伏线路某相电缆突发故障，绝缘击穿，并导致相关线路保护动作跳闸。2月25日，风电场紧急召开视频会议，分析讨论失电原因，并邀请承担该风电场海缆试验的专家参会。经过两天的详细讨论，决定由方天公司牵头制定检测方案，并安排专业人员携带仪器设备进行现场检测，尽快形成故障解决方案。

海上风电，兼具气象环境复杂、风险系数高、运维难度大等"忧点"，而"神龙见首不见尾"的故障海缆更是一块难啃的硬骨头，没有金刚钻，休揽瓷器活。

为确保万无一失，心细如发的黄烜城与风电场相关领导、专家进行远程视频会议，与会的上海电缆所、华东设计勘察院、大唐新研院等单位的技术专家一起讨论这次海底电缆主绝缘击穿的真实原因，根据多年电缆故障诊断的经验结合海底电缆建设的特点，黄烜城给出接地缺陷导致热失衡的结论。

"黄专家，咱们这个海上风电场正常运行时，海上升压站侧海缆终端下部铅护套的接地电流和铠装接地电流测量值相差比较大，不符合常态，您看是什么原因？"检查中，运维人员急切地询问。

黄烜城一边安抚运维人员，一边打着手电爬上二层平台，详细检查海缆铅护套和铠装接地情况，询问近期接地电流和温度记录数据，查看已拆除的故障电缆损坏情况。

现场检查初步完成时已是深夜。海上升压站条件非常艰苦，气温低至零下，眩晕感随着海浪拍击阵阵起伏。淡水极为珍贵，仅能维持最低限度饮用，无法洗手，更不要说正常洗漱。黄烜城抹好消毒液，戴好口罩，连夜分析，直到和衣而眠……

2月28日上午，经过现场深度勘查，凭借多年的工程经验，黄烜城给出处理意见："故障主要原因是铅护套接地线线鼻与设计、施工工艺要求不符，造成电缆老化击穿，建议将线鼻与抱箍调整成相同材质。"他进一步建议，铅护套和铠装感应电流分配不均的问题，还需要调用专门仪器，采集数据作进一步分析。风电场立即按照他的意见进行消缺，故障电缆当天恢复满载运行。

黄烜城不仅专业过硬，还是长跑健将，参加过马拉松比赛，而且获得过不错的名次。如此好的身体，让他在火热的海上风电现场摸爬滚打，历练如钢！

第二节

电不停

顶烈日、战酷暑，巡线、红外测温、局部放电测试、负荷监测、导负荷、配网带电作业，为实现重要负荷的不停电抢修作业建设，实现重要用户对于检修工作的"零感知"，江苏电力人化身空中"飞人"、高空"舞者"、"跨栏"高手，在千里超高压、特高压银线上舞动着闪光的年华和人生的精彩……

高压线上"蜘蛛侠"

2023 年 7 月 15 日，央视《朝闻天下》栏目报道了《高温下的坚守：带电作业保供电，守护百姓清凉一夏》的内容——在江苏镇江，国网江苏超高压公司带电作业班的 4 名队员带电作业消除 500 千伏西茅线上的一处缺陷。鲍奕是这个带电班里最小的一名成员，班长吴伟对他格外关心，下塔后的鲍奕脱下屏蔽服，衣衫早已全部湿透。

这，便是带电作业班日常工作的一个缩影。2011 年 3 月，新成立的输电运检中心带电作业班主要负责全省 500 千伏及以上超、特高压输电线路 E类专业化检修。十多年来，输电带电作业班立足"能带不停，服务人民"理念，着眼于"又好又快处置超、特高压输电线路应急突发事件"，在全体员工的共同拼搏下，持续保持输电领域带电作业水平国内先进。

这个团队是中央电视台、新华社、人民日报、中工网等多家主流媒体的常客，他们"战天斗地"的壮举时常被展现在全国人民的面前，赢得一次次喝彩。

这是一个年轻、富有朝气的团队，他们由空中"飞人"、高空"舞者"、"跨栏"高手、"单杠"健将组成，他们是写意画家、行吟诗人；他们是与高空、高温、高电压"三高"打交道的人，他们是行走在万里银线上的"蜘蛛侠"，他们是"高人"！

"我们所有上塔人员的屏蔽服，一定要检查导通性，确保两点之间最远距离的电阻不大于 20 欧姆，大家清楚没有？"

"清楚了！"

"好，我们现在开工！"

一大早，国网江苏电力特高压带电作业抢修班的 5 名队员就开始带电作业，他们要处理白鹤滩送江苏特高压直流输电线路上的一处缺陷。如果不及时处理，缺陷可能会导致导线脱落，甚至引发停电。

每次出征，带电作业班班长吴伟必身先士卒；每次站在奔流不息的高压线下面，吴伟定会开一个简短的开工动员会。

"请再自我检查一下屏蔽服，然后彼此互检一次，大家上塔慢一点，手抓牢，脚踩稳，注意安全，千万要注意安全。"

在空气都会被电离的高压电强电场环境中，屏蔽服就相当于跳伞时的降落伞，任何一个疏忽都可能致命，所以上塔前的再次检查非常必要。

抢修队员们穿着 10 多斤重的屏蔽服，徒手爬到近百米的铁塔顶端，整整用了半个小时。队员宋恒东在队友的帮助下，通过吊篮荡入电压高达 800 千伏的强电场，这相当于 220 伏家用电压的 3600 多倍。

"吊篮升得再慢一点。"吴伟的心随着队员们的攀升也越揪越紧。

进入带电场后，宋恒东还要攀爬 20 多米才能到达作业点，这里最难的是要走过一段连接铁塔与主导线的跳线。和导线不同，跳线并不带张力，而且最陡峭的部分角度达到近 60 度，走起来非常困难。短短的 20 多米，宋恒东走了将近半个小时。而站在下面指挥的吴伟丝毫不比宋恒东轻松……

江苏境内共有 1.7 万多公里长的超高压及特高压输电线路需要进行日常维护。这副重担，落在吴伟和他的队员们肩上。

吴伟告诉我们，每一次出征，准备工作都特别重要，战前动员也必不可少。而且，从事这项工作的员工内心要足够强大，善于将内心的恐惧合理化解。要沉得住气，耐得住寂寞，要有"高僧入定"那样的定力，要心无旁骛。

2023年4月17日，国网江苏超高压公司带电作业班顺利更换500千伏扬江线的3根绝缘子串。作业中用来起吊传递重物的小"马达"是该班组的小发明，已在带电作业中频繁应用。而小"马达"的首次应用是一个多月以前，班组成员完成江苏省首次带电更换1000千伏特高压绝缘子串工作时。

故事要从2023年2月12日说起。当天一早，运检人员操纵无人机对1000千伏泰吴Ⅰ线开展红外测温。当巡检到414号塔时，运检人员发现一根合成绝缘子芯棒多点发热，发热点的最高温度比正常温度高7摄氏度，于是赶紧将情况上报国网江苏超高压公司。

公司立即组织输电运检专家评估这个问题。1000千伏泰吴线是淮南—南京—上海特高压工程的重要组成部分，每天输送电量1.5亿千瓦·时，相当于6万户家庭一年的用电量。当时正处于迎峰度冬关键期，线路缺陷必须尽快消除。

该处绝缘子串长9米、重100千克，为一体成形结构，只能整串更换。向调度申请紧急停电消除缺陷还是采用带电手段消除缺陷，成为专家们争论的焦点。

特高压带电作业难度高、时间久，带电作业人员需长时间穿着特高压作业专用的全套屏蔽服，并佩戴面罩，对人员技术和体能是极大考验。带电作业要考虑与带电体的安全距离和绝缘要求，加上线路电压等级高、架设结构复杂，且绝缘子串较重，作业方法的选取和工器具的选择都是新的挑战。此前，江苏省内没有带电更换特高压绝缘子串的经验。

一周内，专家团队开展三次研讨，技术骨干宋恒东提出："去年春检期间，我们在两处特高压线路上按照带电作业标准模拟更换过绝缘子串，还改进一套提线系统，在过去只适用于超高压线路的提线系统上升级加装大吨位卡具和绝缘拉杆，承重能力提高并具备绝缘效果。有了它，这一次我们可以试试带电作业。"

但此次缺陷绝缘子串位于1000千伏线路跳线上，跳线比普通导线多了钢管这一部件。宋恒东和同事进一步改进提线系统，参考414号铁塔设计图纸,将提线钩换成适配钢管尺寸的卡具,经过反复试验修改,定制适用于本次作业的提线系统,可在绝缘子串更换期间代它承载重达1.5吨的跳线荷载。该装置在未来的特高压线路作业中还可以根据不同塔型改进使用。

在去年模拟带电作业前,带电作业班成员还研制了一个起吊重物的"小马达"。在架空线路检修作业中,它能向塔上传递各类重物,最高可起吊400斤物体。有了它,地面人员只需理顺绳子,无须卖力拉绳,节约了一半的人力成本。

2月21日,在实地考察铁塔结构和周围环境后,宋恒东完善作业流程,向国网江苏超高压公司提交带电作业方案,得到专家的一致认可。

3月7日,带电作业开始。等电位作业人员杜宝成和两名同事爬上铁塔,与地面人员配合,通过滑车组和绝缘绳在空中传递提线系统及绝缘子串。传递时,"小马达"在匀速拉绳。经过5个小时的连续高强度作业,绝缘子串更换完成,缺陷成功消除。

加入带电作业班7年时间里,参与400余次超特高压带电作业,减少江苏主网线路停电800余小时,他是高空中的电力守护者,他叫宋恒东,是国网江苏超高压公司的一名超特高压线路带电作业工人。

6月的江苏苏州,烈日炎炎,气温更是逼近40摄氏度。在70多米的高空中,宋恒东身着密不透风、10斤重的屏蔽服,攀爬上被晒得滚烫的铁塔,每移动一步都汗如雨下。

为了保障夏日供电稳定,宋恒东穿梭于上百万伏特电压之间,"嗞嗞"的电流声萦绕在耳边,他通过"走钢丝""荡秋千",完成全部检修工作。

"高空""高电压"遇上"高温",成了夏季带电作业人员的标配,在这样危险的工作环境下,他们的每一步操作都必须准确无误,不能出现一丝差错。2023年7月发生的一个"小意外"让宋恒东记忆深刻。

当天,在±800千伏锦苏线,出现一处跳线支撑间隔棒脱落缺陷,存在磨损导线的风险。进出电场时,由于高空塔上风力较大,一位作业人员在控制吊篮时把控制绳放长了,致使管母与宋恒东的距离出现误差,当时他的脚下没有支撑,要爬上管母,相当于空中撑单杠。如果撑不上去,极有可能撞到塔上而受伤。他铆足了劲,最终还是爬了上去,并有惊无险地完成了检修任务。

"小时候坐火车，我常常对窗外长长的输电线路和铁塔形状很好奇。上大学，我选择了电力工程专业，工作后进入到这个行业。"宋恒东说。

回忆刚工作时的情景，宋恒东称自己也曾一度紧张无措，每逢出任务，家人都少不了担心和叮嘱。但经多年历练，他如今已庖丁解牛般游刃有余，并在这份工作中找到了成就感。

"回首 2022 年，我们战高温送清凉，斗严寒保供电。都说我们是高空中'最美的音符'，我更愿意称我们为'电力十足'的'高空突击队'！"宋恒东说。

之前大家知道的是，唯有胁生双翅的鸟雀方可轻盈地栖息在凌空轻舞的高压线上而安然无恙。对人类来说，与高压线零距离接触是一项危险系数极大的挑战。

"高压危险，请勿靠近"的标示牌早已深入人心。可就有那么一群"不信邪"的年轻人，像"蜘蛛侠"一样，把百米高空的特高压线路当成宽敞的康庄大道，在上面健步如飞，如履平地，而手中的"彩练"——自主研发的专用器具"提线系统"——更是成了一道亮丽的风景线。他们尽情挥洒着青春与汗水，他们把工作的辛苦与快乐雕刻在湛蓝的天空上，在阳光下享受着白云温情的抚慰。

这，就是超高压公司带电作业班，也是国网江苏电力的"尖刀班"，一支特别能战斗的队伍。

干这个工作，危险性不言而喻，高空强电场中空气被电离的声音，宛如鼠咬木箱一般的吱吱声、开颅一样的"呲呲"声令人心惊胆战。但这种放电声在带电作业班的勇士们听来，只不过是电流的"心跳"而已，是电晕的"恶作剧"，是集肤效应的"交响曲"，是三相输电线之间的"窃窃私语"，是对他们排除险情的"交口称赞"。听惯了，其实就是"三和弦"上跳动的音符，是充满情调的华彩乐章。

"激光大炮"

异物挂线是电力线路非计划性停运的主要原因之一，特别到了春季，风筝漫天飞舞，塑料大棚的边边角角扶摇直上，异物挂线高发，给线路正常运行带来极大挑战。而停电排障耗时耗力，无人机喷火清除、绝缘斗臂车升空摘取等清除方式由于清除仪器距带电线路过近，存在安全风险。能否找到一条"捷径"，在不停电的情况下，把那些"危机四伏"的异物快速除去，化有形为无形呢？

陈杰，2012 年清华大学博士毕业的高材生，他的团队对此展开攻关。在分析无人机和斗臂车的各自特点后，陈博士想到能量聚集度非常高的"激光大炮"。

然而这事儿做起来相当困难，采用什么样的激光源？使用何种波段的激光？激光的能量需要多大？如何看得清、瞄得准……一个个技术难题摆在他面前。

为了探索不同波段的激光对绝大多数异物的适用性，还要避免激光产生的高温对导线造成损伤，陈杰和团队成员就此开展大量异物烧蚀熔断试验。经过近两年的激光系统硬件攻关、近三个月的反复调试，终于研制成功第一代"激光大炮"。

2016 年 5 月 19 日，这台国内首台电网异物激光清除器在泰州投入使用。央视新闻和《江苏新时空》陆续播报。"激光清除器调试到位！""已瞄准！""开始出光！"……当天 12 时，国网江苏电力工作人员使用"激光大炮"将适当能量激光束照射到远处的巨大风筝上，仅用几十秒就将塑料薄膜在特高压线路上的缠绕部分熔断，使其掉落。"国内外关于用激光去除特高压电网异物的研究很多，但真正应用于实战的，这是第一次。"陈杰拿着那个"垂头丧气"的风筝自豪地说。

如今，这第一个战利品就挂在输电线路实验室的白墙上，格外醒目。它可是世界范围内可查的第一个激光现场消缺的"见证者"啊！

后来，随着第二代、第三代产品的问世，"激光大炮"又在多个平台的联合直播中出尽风头，成为新晋"网红"！

2017 年 3 月 7 日，晋北—江苏 ±800 千伏特高压直流输变电工程江苏段线路验收现场，第三代激光清除器以其秒射导线异物的完美表现，一举创造多项"世界第一"：第一次把工业激光成功应用于输电线路，第一次实现特高压线路挂线异物激光远程清除，第一次变革线路异物消缺模式，第一次创新异物自动识别跟踪且提升清异智能化水平……

不停电女孩

2023 年 10 月 19 日上午，南京市栖霞区八卦洲街道 10 千伏船闸 112 线加装 T 接护套及跳线护套。与过去不同，国网南京供电公司此次采用不停电作业方法完成安装，周边近 300 户居民和企业"零感知"——他们的正常用电未受任何影响，达到"润物无声"的效果。

这是国网江苏电力大力拓展不停电作业业务，着力减少停电检修、施工等给客户用电带来的影响，也是他们担当作为，全力保障电力供应，满足全社会生产生活用电需求的一个缩影。

得益于"毛细血管"——配电网网架日益坚强及不停电作业技术日渐成熟，2019 年，国网江苏电力全面推动配网作业方式向不停电为主转变。2020 年 7 月起，南京河西中央商务区、新街口、江北新区及苏州工业园区核心区等重点城市核心区域逐步取消计划停电。这意味着，除非发生电网故障，否则区域内的所有用电客户都不再会被停电。

不停电作业，在江苏大地上正成为不争的事实。

两个黄鹂鸣翠柳，一行白鹭上青天。

王欣悦站在绝缘斗臂车里，动作娴熟，手中紧攥的似乎不是须臾可置人于死地的高压线，而是生机勃勃的杨柳枝，她展现出令人瞠目结舌的大将风度，给采访带来全新的视觉享受和美的体验。

没错，"杨柳枝"三字就出自王欣悦之口，带着戏谑，带着藐视，带着云淡风轻。

当所有人都习惯有空调陪伴的夏日，好像每一份清凉都是那么平常且理所当然，但就在这地表超过 50 摄氏度的高温炙烤中，为了守护这份"夏日清凉"，这个"95 后"女孩，头戴金黄色安全帽，身披 7 斤重的绝缘服，手举 15 斤的液压钳，脚踏高空作业斗。在近 20 米的高空，王欣悦开启同烈日的"针锋相对"，同高压线的"短兵相接"。

　　特别是在夏天，每一次，短则半小时、长达数小时的高空作业让王欣悦接受着一次次洗礼——整个人闷在绝缘服里，汗水顺着额角往下滴落，长发如同洗过一般，工装湿了又干、干了又湿。每次降落后，摘下手套的一瞬间，汗水都会从手套中倾泻而出，泡到发白的双手上满是褶皱。

　　"仿佛刚从水里捞出来一样。"王欣悦打趣说，"但我们几个人流汗也好过一座城的人流汗，辛苦点绝对值得。"

　　她展示她的"护身符"——耐高压的黄色绝缘帽，厚度约 1.5 厘米、重约 7 斤的聚乙烯黄色绝缘服，抗腐蚀绝缘靴，特别出彩的是手套——居然是"三合一"，最里面是吸汗用的棉手套，中间是绝缘手套，外面还有一层起保护作用的羊皮手套。"我的手都快成胖熊掌了！"王欣悦笑嘻嘻地向我们展示，不乏小得意。

　　1997 年出生的王欣悦，是国网南京供电公司的一名不停电作业工，这已是她从事这份工作的第四个年头了。一个女孩子，不爱红装爱武装，而且是危险性极高的带电作业，这令我们觉得不可思议。

　　其实，人们看得到的是她在工作现场的汗流浃背，看不见的是她在基地练习时的默默付出。训练时，王欣悦常常要把腰弯成近 90 度，做着体操运动员的高难动作，就是为了工作中不掉链子。由于反复伸长手臂进行带电作业，她的胳膊肘被磨得青一块紫一块，宛如难看的胎记。为了端稳十几斤重的液压钳，她跟自己较劲，通过举哑铃锻炼臂力，这又颇似游泳运动员的日常训练。在 VR 实训室进行长时间的模拟操作，常常摘下头盔后整个人都是眩晕状态。更有上百条安全规定，她一字一句刻在心里。就这样一步一步从最简单的消缺工作学起，现在王欣悦已取得配网不停电复杂作业资格证，在蓝天白云间尽可以行走自如。

　　从事这份"特殊"的工作，王欣悦也遭受过不少质疑："女孩子能胜任这行吗？"

　　面对这些质疑，她一直用行动践行着"不停电就是最好的服务"这句庄严承诺。她每每凌晨四五点就坐上工程车前往工作现场，许多人看见是女孩子在现场工作，都惊讶得不得了！无论是顶"峰"而上，还是在"无声"中为市民送去清凉，她乐于奉献，无怨无悔。

"相信只要有勇气、敢选择就没有成为不了的样子！"她的这份坚持也源于自己的一群"不停电小姐妹"。在从事不停电作业的几年里，她们一路相互陪伴、帮助和鼓励。平均年龄不到 25 岁的她们，平日里总是像群小麻雀叽叽喳喳，也是爱哭爱笑、敢爱敢恨，可一旦披上黄色战袍，登上斗臂车，她们就成了守护光明的女战士，英姿飒爽的娘子军。

国网南京供电公司职工王欣悦在带电作业现场工作（杜懿／摄）

原以为赫赫有名的"不停电女孩"是特指一个人，没想到一经采访，才发现这里还有一个"不停电巾帼组"，八位组员，清一色的"〇〇后"及"准〇〇后"。她们的班长，是人称"宫教头"的宫衍平。

宫衍平正色道："在空气都能被击穿的强电场环境中，不停电作业人员从头到脚都处于用金属丝编织出的物理学名为'法拉第笼'的屏蔽服内，每个举动都必须按规定操作，每个步伐都必须踩在安规线上。这些女孩都是层层考核出来的佼佼者，她们年轻有活力，胆大又心细。另外，随着科技的进步，需要体力的作业也大幅度减少，还有就是，高空作业对平衡性有一定要求，女性在这方面有天生的优势，这也是体操运动中只有女性有平衡木项目的原因，她们更适合从事这项工作。"

宫衍平这番话貌似无情，一点也不够"怜香惜玉"，但他用一次次的实际行动表达了他对爱将们的关心呵护。

第三节

独门绝技

江苏省电力设备状态检测在国家电网系统树立了标杆。

"新能源及主动配电系统智能协调控制实验室""电力电缆技术实验室""无线通信技术实验室""大数据实验室"在江苏大地遍地开花，青年创新创意大赛及"青创空间"不断将创新的幼苗加倍呵护……

为进一步扩大创新成果影响力和实效性，国网江苏电力出台多项成果转化项目管理实施方案，借力"双创中心"和孵化基地功能，发挥电商平台的支撑作用，拓展成果转化应用的渠道，加大对创新团队和个人的激励力度，让职工共享企业发展的成果。全力支撑公司在具有中国特色国际领先的能源互联网企业建设中当表率作示范，为服务"强富美高"新江苏建设作出新的更大贡献。

一众江苏电力的好儿郎以从我做起的责任心、时不我待的使命感在广阔的江苏大地上纵马扬鞭，只争朝夕，以争创"江苏唯一""国网唯一""国际唯一"为己任，凝心聚力，尽展电网职工新时代风采，谱写一曲曲"当惊世界殊"的壮丽赞歌。

高压量值的中国定义

2019年1月9日，国家科学技术奖励大会在北京隆重举行。国网江苏电力牵头的"国家工频高电压全系列基础标准装置关键技术与工程应用"项目荣获国家科学技术进步奖二等奖。该项目建立 1—1000 千伏全系列高电压基础标准装置，使我国在高电压量值的源头上第一次实现完全独立自主。

电能计量与国计民生息息相关，电力系统的高电压计量就好像给人体测血压，测不准就可能引起误判，导致停电等严重的安全事故。国家高电压基础标准装置作为判断全国的高电压计量装置是否准确的最高依据，是电网安全稳定运行和发电、供电、用电三方电能结算准确公平的根本保障。同时，一个国家只有拥有高水平的高电压基础标准装置，在国际上与其他国家实现互认，才能在高电压技术领域、在电力装备进出口中拥有话语权。

项目开展前，德国、美国、日本等发达国家都拥有自主研制的高电压基础标准装置，代表国际上高压电测量的最高水平。而我国由于同类产品电压等级和准确度水平低，长期以来只能高价进口设备来作为我国的最高标准，核心技术受制于人。同时，随着我国电网电压等级提升至 1000 千伏特高压，国外也已经没有相应的高电压标准装置产品可以提供，如不抓紧解决这一难题，我国的特高压电网将处于无准确高电压量值可以依据的尴尬境地，电网运行安全无从谈起。

"绝缘要求高、精度等级高、现场使用难度大是高电压基础标准装置研制面临的三大技术难题。"项目负责人黄奇峰解释，电压等级升高后，高电压标准装置线圈之间的绝缘距离就需要变大，而距离变大则会导致线圈之间的磁场耦合减弱，从而使装置的精度无法满足作为基础标准装置的要求。高电压标准装置还需要适合现场使用，以便在大量高电压测量装置安装完毕后开展现场校准。

为了解决这些难题，以黄奇峰为首的项目团队会同国家高电压计量站、中国电科院等单位开展长达 15 年的联合攻关。他们提出一个又一个的想法，经历一次又一次的失败。项目核心成员杨世海回忆："当时面对这几个难题就好像面对几个性格迥异的孩子，感觉无论我们做什么，都没法同时让他们满意。"但即使在最困难的时候，团队也没有妥协。"我们就是要在特高压量值上，树立中国自己的坐标！"杨世海声音低沉，但能感觉到那是火山爆发前的蓄力。

"当我参加工作刚进现场室的时候，就听说现场室有一位'徐教授'。

原本以为只是一句戏称，一经询问才知道，徐敏锐是研究员级高级工程师、江苏省'333高层次人才培养工程'第三层次培养对象、东南大学产业教授、博士研究生校外导师、国家电网公司优秀专家人才、省电力公司高级专家，是当之无愧的'徐教授'。在我与他一同工作的这3年中，他对工作与生活的热情、激情、真情，给我树立了一个目标和榜样，也时时刻刻感染着我。"

这是一位徒弟对徐敏锐的由衷评价。

徐敏锐毕业于东南大学，工作的前10年跟着前辈师傅跑遍省内的电厂和变电站，白天穿行在大大小小的互感器间，拧螺丝、拆接线，晚上埋头阅读国内外文献，对照理论和试验数据分析互感器计量误差，逐步成长为互感器现场校验领域的技术能手。

2015年，全国特高压工程建设如火如荼，国网江苏电力营销服务中心（原国网江苏电科院计量中心）作为首个属地化试点单位，承担了全省特高压互感器计量特殊交接试验重任。

特高压互感器试验电压等级高、工序杂、设备重，光搭建试验平台就要两天，整个试验需要10人团队操作至少10个小时。因此，试验系统的集成化成为重要的攻关方向。而要实现设备集成，除了要考虑计量标准装置的绝缘水平，还要保证电压测量精度，但一味地提升绝缘性能又会影响测量精度。

研制工作走入绝境，大家一筹莫展。"没有过不去的火焰山！"徐敏锐暗中给自己鼓劲。那天晚上，当他来到儿子的小房间，突然看到摆放在书架上的一盒积木，那是儿子幼年时的最爱。积木！积木啊！不善言辞的徐敏锐几乎要放声高歌。

之前团队一直在整体绝缘上费脑筋，而整体绝缘难度大、不够经济，是否可以尝试把设备先拆散，再重新搭配组合，通过分级绝缘的方式解决问题？

对，就把设备化整为零，一分为二、为三、为四！这样分级绝缘，设备体积和重量就可以大大降低，组合后的精度和性能也有其他方法来保证。

徐敏锐的灵感和联想起到关键作用，研发工作取得突破性进展。攻关团队成员李志新介绍，他们对该思路反复设计验证，创新提出分级绝缘、多重结构协调优化技术，就此破解难题。2015年，国际首台1000千伏特高压交流互感器试验车在江苏亮相，圆满完成淮上线特高压重点工程盱眙、泰州、东吴站以及苏通GIL管廊等交接试验工作。使用该试验车，只要5名人员用4个小时就能完成全部试验工作，效率提高5倍，相关成果荣获2018年度国家科技进步奖二等奖。

而在直流校验平台设计上，平时关注军事知识的徐敏锐又从自行竖立的导弹发射架上受到启发，设计了一种将直流标准装置和试验电源"联通"的标—源共体塔型结构。"这种结构本身适合水平运输，在试验时标准装置和电源会一同抱紧并自动举升至垂直位置，这样就省去大量的设备吊装环节，让误差测量更精确，使整个校验系统搭建时间提速至15分钟，效率比以前提升3倍。"徐敏锐自豪地说。

2018年，团队成功研制出国内外首套±800千伏特高压直流互感器一体化校验平台，继在省内成功应用后，先后参与西藏拉萨、张北柔直、三峡如东海上柔直等重点工程的直流试验，经受住高海拔、高寒、高湿等复杂工况的考验，得到国内同行一致好评。

"智慧耳"与"听诊器"

确切点说，他是与"GIS"打交道的人。GIS，是气体绝缘开关设备，如今在电力战场上攻城拔寨，大显神威。1100千伏的GIS能排满一个篮球场大小的密闭空间，且深藏不露。它圆圆溜溜，胖胖乎乎，曲曲弯弯，构造复杂，与人体肠道几乎有异曲同工之妙，不是肠道，胜似肠道，经常跟它们打交道的电力人便戏称GIS为"铁石心肠"，而那个喜欢穿白大褂的赵科和他的团队负责研制的一系列针对GIS的拳头产品也是以"医学范畴"冠名："听诊器"式击穿定位装置、GIS（HGIS）局部放电"重症监护"系统、特高压GIL"核磁共振"耐压试验平台……

"今明两天天气都不太好，要赶一赶了。"2019年8月9日清晨5点，赵科醒来的第一件事就是下拉刷新天气情况，眼看离14日的预定升压时间还有 5 天，就传来超强台风"利奇马"即将登陆的消息。赶到苏通 GIL 综合管廊工程试验现场时，密布的乌云盖住江上的天空，也压在每个国网江苏电科院 GIL 试验团队人员的心上。"今天不晒，特别适合干活，大家抓紧时间。我们除了要和时间赛跑外，还要做好与台风搏斗的准备。"

暴雨倾盆，苏通 GIL 综合管廊工程综合楼的大门就像水帘洞，突然几个身影一头扎入洞内。"电源箱的防水布都检查过了，没有进水。电抗器柱也都用绳索固定好了，不会倾倒。"赵科和几个同事从现场赶了回来。10日，"利齐马"裹挟着暴雨向苏州挺进，风雨中那些呼喊着牵拉绳索的人，像极了抗击风暴的水手。而在万里长江之下的管廊内，赵科和他的同事还在争分夺秒地敷设通信光缆，这些光缆将连接无数附着在苏通 GIL 这条"大动脉"上的"听诊器"，时刻监测着 GIL"脉搏"的律动。

15 日中午 12 时，所有人都在烈日下屏住呼吸，从发尖滴落的汗珠如滴漏般记录着时间。"升压至 1150 千伏，保持 1 分钟……"试验负责人赵科一声令下，大家凝神屏息，发梢的汗珠仿佛都静止了。

关键"1 分钟"，试验电压达到最高，设备能否通过考验如期投运牵动着所有试验人员的心。

交流耐压及试验是检查 GIL 设备绝缘性能最为重要的手段，好比医疗检查中的"核磁共振"。然而，对于苏通 GIL 综合管廊工程来说，完成这项试验绝非易事。GIL 设备单相电容量是常见 GIS 设备的 80 到 100 倍，试验容量大、试验设备安装繁杂，用传统的设备无法满足试验要求。为此，赵科和他的团队历时两年，研发出国际首套特高压 GIL 交流谐振耐压试验装置。这台号称"核磁共振装置"的"电力魔器"彻底解决了电感补偿与电压测量共体、电抗器温升、散热等关键问题，并将原定 40 天时间完成的 GIL 耐压试验缩短至 11 天内完成，保障苏通 GIL 工程的按时投运。

"在 1100 千伏 GIL 耐压设备研发的关键时期，由于我出差频繁，参加出厂试验、模拟试验等工作，经常随叫随走，无法照顾已经怀孕的妻子，有时只能让妻子独自去医院产检……现在想想，我觉得亏欠她太多。"说到这里，憨厚的赵科揉了揉眼睛。

如火如荼的战场——江苏 ±800 千伏特高压姑苏换流站，赵科率领团队成员完成首套设备 GIS 耐压试验声学击穿定位系统的部署，助力国网特高压工程的智能化运维跃上一个新的台阶。

作为世界首座特高压混合级联柔性直流换流站，站内设备的安全及可靠性必须得到保障。而 GIS 作为电网中的关键组成部分，其重要性不可忽视。如果说变压器是电网中的"心脏"，那么 GIS 则担任了"肠道"这一角色。为保障"肠道"的可靠安全运行，GIS 在投运前的耐压击穿试验显得尤为重要，而试验过程中击穿点的精确定位是后续维修、排除绝缘缺陷的最佳依据。

姑苏换流站 GIS 具有极强的应用特殊性，千米级长度、近 10 米的架空高度均意味着常规击穿定位检测手段在安装和识别精度上具有难以克服的技术壁垒。为找到更有效的定位方法，赵科结合多年来持续不断在声纹技术领域的研究开拓，反复进行 GIS 击穿试验研究，摸索其中规律，提出一种基于阵列式声学传感器的全新定位方式。经过长达三年的科研和生产攻关，克服生产中的重重困难，研制出完全拥有自主知识产权的"听诊器"式击穿定位装置——"智慧耳"电力声纹故障定位系统，并于 2022 年 3 月份在姑苏站现场获得可喜的应用成果。

2022 年 3 月 9 日，"智慧耳"电力声纹故障定位系统在姑苏换流站首次亮相，多达上百单元节点的高密度"听诊器"阵列系统仅仅在 1 小时内安装部署完毕。"之前采取常规超声波局放仪用听声音方式进行检测，每段都需要绑局放定位仪，位置较高的 GIS 还要爬上去安装设备，操作繁琐，存在安全隐患。'听诊器'通过非接触式采集声信号可以快速定位击穿点，省时、省力又省心，优势明显。"赵科镇定地向观摩的领导专家介绍。

状似"黑匣子"的"听诊器"在现场一字排开，宛如盛开的"夜皇后"，神秘而高贵，蔚为壮观。而她们的主人就站在不远处的电力声纹故障定位系统前，指挥若定，从容不迫！

常说"螺蛳壳里做道场"，其实赵科才是名副其实的在螺蛳壳里做道场的那个人。

他有一个善解人意的妻子——某医院感染一科主管护师。当初恋爱，女孩心里惴惴不安：我在医院曾跟肠道打过交道，他会不会嫌弃呢？当她说出自己心中的困惑，没想到赵科大喜，一把攥住对方柔若无骨的小手，一副相见恨晚的表情："这叫不是一家人不进一家门！不瞒你说，我也是跟'肠道'打交道的人，咱俩……志同道合！"女孩闻听，包袱迅速落了地。后来才知道，他所谓的"肠道"跟她所说的肠道有云泥之别，完全不是一回事。

江苏公司苏通 GIL 综合管廊工程建设立功竞赛"功臣个人"、江苏省电力优秀青年工程师、江苏公司特高压直流输电工程建设立功竞赛先进个人……如今的赵科荣誉加身，但他初心不改。凭着对电力事业的执着和热爱，他要在数字化转型场景下和装备智能化、作业机械化形势下找准定位，脚踏实地，在实践中淬炼自我，在电力事业发展的道路上继续贡献聪明才智。

人生如茶，经历沸水的煎熬，才能释放深蕴的清香；人生如花，经受风吹日晒，方显娇艳欲滴；人生如"肠"，唯有广吸博采，充实自我，方能凤凰涅槃，一飞冲天！

"黑科技"引领检测新模式

2022 年 8 月的一天，骄阳似火，国网苏州供电公司 500 千伏变电运检中心，同样是热火朝天的场面，宽敞明亮的场地中央，一台车载集装箱化身为舞动的龙首，源源不断地"吞吐"着一套套五颜六色的电网运检装备：直流电阻测试仪、变压器变比测试仪、氧化锌避雷器综合测试仪、开关机械特性测试仪……而"龙首"的旁边，站着它的主人——方天公司检测实验中心高压计量专业负责人黄亚龙。

别看这辆车载集装箱其貌不扬，却有一个响当当的名字：移动校验站。它是由黄亚龙率领吴剑、王泽仁等团队成员应用"黑科技"元素自主研发的国内首套电网运检装备移动式集中校验平台。该平台仅用一天半时间便完成国网苏州供电公司 500 千伏变电运检中心的 63 套（台）运检装备的定期校验，与以往送检方式相比，效率提升 4 倍。

"以往，我们需安排人员从南京赶至设区市供电公司各班组分批取来待检装备，在实验室校验完毕后再送返，需要大量的仓储、物流、管理等成本。"黄亚龙介绍，以国网苏州供电公司 500 千伏变电运检中心这一批次运检装备为例，最少需两名校验人员，取来后完成校验再送返至少需要 8 天。

黄亚龙出生在南通如皋，小时候他在看过爱迪生发明电灯泡的故事后，就爱上了"瞎捣鼓"，就有了成为发明家的梦想。源于对"黑科技"的热爱，大学期间常常在学院创新实验室"瞎捣鼓"，和同学组队参加过电子设计大赛、做过跳舞机器人、研究过有源降噪器。研究生期间捯饬过光伏逆变器、电压监测仪和分布式温湿度在线监测装置，没想到跟现在电网的工作息息相关。刚入职时，对电力行业、高压计量所知甚少，实验室各式各样"长枪短炮"的仪器设备是见都没见过。

机遇出现在 2017 年下半年。那一年，基于高压计量团队多年来在电源侧装备检测和技术监督领域取得的非凡成绩，国网江苏省电力公司设备管理部要求方天公司加强对电网侧运检业务支撑，开展电网侧运检仪器仪表的校验业务，从此，由高压计量实验室校验的运检仪器仪表类型和数量越来越丰富。以往运检装备年均送检量约 400 套，而如今一年不到的时间里就超过 2000 套。望着实验室里满满当当、五颜六色的送检设备，负责人黄亚龙喜忧参半。喜的是，自己能为省公司提质转型做贡献；忧的是，一下子要面对很多困难，比如现有校验模式要升级、人员能力要升级、实验场地要扩展……

居安思危，思则有备。如何打破桎梏寻求改变，如何让传统专业焕发新生，这是摆在黄亚龙面前的关键"课题"。有压力才有动力。黄亚龙想起师傅曾对他说过这样一句话："干工作还怕遇到困难吗？没有过不去的火焰山！"工作量的激增，服务对象的变化，让他不断思考如何在现有基础上尽快拓展团队能力，并在未来的科研方向上紧跟电网和企业保供转型的步伐。

他首先想到"校验模式"。多年来，实验室一直"高高在上"地接纳用户的送检，俨然是一家专科医院，"病人"只能主动上门"求治"。走出去，一定要走出去！黄亚龙的脑海里冒出这个大胆的念头。何不将以往自下而上的"周期送检"方式，逐步转变为自上而下的"巡回检定"方式呢？两条腿走路，既缓解了实验室空间不足的掣肘，更提供了上门服务、"随检随取"等高效优质服务手段。两条腿走路，才能脚踏实地，铿锵有力。

如何实现这个大胆的念想？黄亚龙冥思苦想，突然灵光一闪："黑科技"，这个让他耳熟能详的"魔法大师"携着光影翩然而至……根据使用量较大、使用频率较高的直流电阻测试仪等 10 大类变电运检装备的校验需要，将所需的介损、电容、阻性电流、接地电流等 10 大类校验装置集成到一个车载平台内，并开发出变电设备智能化集成校验系统，建成"移动校验站"，能够为 10 大类变电运检装备提供上门"问诊"服务。

说起研发移动校验站，最初的想法其实是将实验室琳琅满目的仪器进行组合集成，研制多合一的标准装置，这相当于干起大学时的老本行。电学的仪器主要包含电压、电流、相位、阻抗和频率等参数，可以用电压源、电流源或者两者组合来实现，由此融合型标准装置的雏形就产生了。

创新研发之路从来都不是一帆风顺的，单就融合型标准装置研制，由于仪器厂家众多、测量原理不同等原因，一开始就遇到驱动能力、测量原理兼容性等问题。受到搭积木的启发，团队将软件和硬件都视作"积木"，可以根据使用需求不同，选用合适的"积木"搭建标准装置，"积木"的选取可以通过软件自动完成，最终实现一款由软件定义的"变形"标准装置。这只是完成电测量融合型标准装置，还有绝缘性能融合型标准装置等多类型标准装置。为了保证系统的可扩展，需要设计相应平台软件，支持各类融合型标准装置的扩展，构成基于统一协议的网络，这进一步丰富了"校验站"的武器库，使之打得了南拳，踢得了北拳。

要想真正让"校验站"移动，一方面要让它变得更小——站内可谓寸土寸金，容不得丁点浪费，空间都是从每一块电路板、每一个标准装置的设计布局抠出来的，像是出自匠人之手的精美艺术品；另外一方面要让它更可靠。为保证系统的可靠性，既要给它造"温室"，又要让它经得住"风吹雨打"，从设备元器件的选取、防尘、减振以及抗电磁干扰等方面综合考量，无微不至。

"集成不是简单地'搭积木'，既要满足各个校验项目的规范操作要求，也要考虑温度、湿度、电磁、振动等业务现场环境条件与实验室存在的差异，这对标准融合、集成控制、抗干扰等提出了挑战，相当于'在螺蛳壳里做道场'。"黄亚龙解释。

　　"移动校验站"上门，不仅提高了校验效率，而且有助于提高运检装备管理维护水平。以检测避雷器工况性能的氧化锌避雷器综合测试仪为例，通常情况下只对这一装备施加标准信号进行误差试验，而应用"移动校验站"，可在现场特定谐波干扰条件下进行校准，真实反映产品质量和性能优劣。"以往拿到校验结果，都是线上与校验专家沟通，现在可以对着设备当面交流，这对我们掌握装备性能来说，获益颇多。"国网苏州供电公司500千伏变电运检中心技术监督专职殷鑑由衷地感慨。

　　"为了提高服务质量，我们为客户提供的是'一站式'服务。"黄亚龙的话语充满自豪感，"运维单位只要在年初梳理上报年度检修计划，剩下的装备送检、校验、取回、台账梳理等均由我们完成，最终运维单位只需依据校验报告完成项目验收即可。"

　　殷鑑说："经过'移动校验站'校验的运检装备我们很放心！他们对校验存在的数据异常等情况，能够准确分析故障原因，并给出改进和预防建议，这确实为我们的工作提供不少便利！"

　　"一站式"服务同时满足一个片区多个单位的送检需求，很多单位的装备都搭上了这趟"顺风车"，节约了送检成本。"运检装备'一站式'服务为我们提供极大的便利。现在我们只要安排一位专职，负责梳理需求和验收就行，人力、物力、时间成本都降低了。"国网镇江供电公司技术监督专职陈通欣喜地说道。

　　如今，"移动校验站"作为脱胎换骨的新型检测模式，已被打造成方天公司的金色品牌、"看家实验室"，而吴剑、王泽仁作为团队骨干，历经风雨，已茁壮成长！

　　让校验模式由传统的自下而上的"周期送检"跃升为自上而下的"巡回检定"，变的是服务方式，不变的是高压计量人的拳拳敬业心。

第五章

情守光明

　　能源保障和安全事关国计民生，是须臾不可忽视的"国之大者"，是每一位电网人为之奋斗的目标。

　　10 年征途漫漫，满足江苏人民美好生活用电需求的道路充满挑战：全省经济稳中向好，对电力供应提出更高要求；夏季高温、冬季寒潮，给用电高峰期电网平衡和安全运行带来冲击；频繁的强对流天气，考验供电人的应急保障能力……

　　是挑战，也是机遇。10 年间，国网江苏电力人不断砥砺奋进、开拓创新，江苏电网也发生了翻天覆地的变化。从 10 年前电力缺口显著，时常出现用户"停电"现象，到如今江苏电力持续深化新型电力负荷管理系统运用，着力建设坚强电网，创造了一次又一次保供电服务奇迹。

　　2023 年，江苏电网夏季全网负荷连续 88 天破亿、两创历史新高，成功应对最高负荷达 1.32 亿千瓦的挑战，经受住 12 月全网负荷连续 22 天破亿、最高达 1.318 亿千瓦的冬季历史极值、同比增长 21.7% 的严峻考验，向全省人民交出一张满意的保供电答卷。

网架强才能服务优

从高空俯瞰江苏大地，湖泊、平原与山丘绘就的山河壮景引人入胜，而那纵横交错的电线管廊更是让人惊叹。这些舞动的银蛇自皑皑雪原、茫茫黄沙或是辽阔草原蜿蜒而来，源源不断地输送着电能，搭建出江苏能源建设的基础脉络，构成保障江苏电力能源供应的坚强后盾。

江苏电力始终以国家电网排头兵的姿态奋勇争先，为百姓提供可靠的供电保障，数据更能体现说服力。

13个市、56个县（市）供电分公司、15个业务单位，3300座35千伏及以上变电站、10.71万公里输电线路，服务着全省4650万电力客户。面对如此庞大的电力服务体量，江苏电力始终将客户满意率保持在99%以上，是年户均停电时间最少的省份之一，供电质量全国第一。

从争取区外来电、科学保供电到深度打造"虚拟电厂"，国网江苏电力时刻保持"拼"的精神、"闯"的劲头、"实"的作风，以胸怀"国之大者"的担当作为，在中国式现代化电力发展之路上每一步都走得扎实。

内外协同　保证电力供应

2023年，江苏年累计净受入区外电量达1560亿千瓦·时，创下历史新高。

纵观这10年，江苏境内7条跨区电力输送能源"大动脉"累计引入跨区电量超1万亿千瓦·时。截至2023年4月，这个数字达到12095亿千瓦·时，相当于 4 亿户普通家庭一年的用电量。

增购区外电力如同一剂"强心剂"注入江苏电网，为长三角地区经济社会发展提供坚强能源保障。

作为中国地势最为低平的省区，江苏平原辽阔、河湖众多，鱼米之乡的美誉由来已久，无论是种植业、养殖业，还是工商业，都能在这片沃土上生根发芽、兴旺蓬勃，南来北往的人们也愿意在这心安之所停下脚步，安家落户。江苏经济长期保持良好发展态势。过去 10 年间，江苏 GDP 从 2013 年的 5.93 万亿元到 2023 年总量突破 12 万亿元，翻了一倍多。江苏省全年电力消费总量也由 2013 年的 4957 亿千瓦·时增至 2022 年的 7400 亿千瓦·时，用电量、人均用电量均超过许多发达国家。

江苏的发展蒸蒸日上，只是有一点遗憾，在被称为"用能大省"的同时也是"资源小省"，尤其是对经济社会发展至关重要的一次能源可以称得上贫乏，这也意味着环境承载能力不高，而在"碳达峰、碳中和"的"双碳"目标下优化用能结构需求迫切，因此从省外引入电力能源是破解江苏地区资源约束瓶颈、优化全国能源布局、助推国家高质量发展的"金钥匙"。

那么如何实现江苏地区电力能源的持续供给呢？

江苏电力人用实际行动交出了亮眼的成绩单：10 年之间，长距离、大容量输电的特高压工程由一个直流增至"一交四直"5 个，500 千伏主干网架由"四纵四横"发展为"七纵七横"，110 千伏及以上变（换）电总容量由 3.5 亿千伏安增至 6.6 亿千伏安；新增和改造老旧中低压线路 25 万公里，户均配电变压器容量翻了一番，由 2.95 千伏安增至 5.84 千伏安；率先告别"低电压"和"卡脖子"，供电能力全国领先……

其中，"一交四直"特高压交直流重点工程的建成，让跨区跨省优化配置电力资源触手可及。

从 2016 年开始，安徽淮南—江苏南京—上海 1000 千伏特高压交流工程、山西雁门关—江苏淮安 ±800 千伏特高压直流工程、内蒙古锡盟—江苏泰州 ±800 千伏特高压直流工程相继建成投运，安徽两淮地区的煤电和山西北部、内蒙古锡盟的"风、光、火"能源，源源不断送入江苏。到 2019 年 9 月，1000 千伏淮南—南京—上海交流特高压输变电工程苏通 GIL 综合管廊建成投运，与已投运的淮南—皖南—上海特高压交流工程合环运行，形成贯穿皖、苏、浙、沪负荷中心的华东 1000 千伏特高压交流环网，江苏特高压网架结构得到进一步完善。再到 2022 年 7 月 1 日，白鹤滩—江苏 ±800千伏特高压直流工程投产，江苏再添一条区外来电大动脉。

至此，江苏形成"一交四直"特高压受电新格局，这不仅大幅提升了江苏接纳区外来电能力，而且有效提升了江苏电网的供电可靠性，遇到夏、冬季等极端天气情况，国网江苏电力始终能够有条不紊地筹措省内发电和区外来电资源，坚决守住大电网安全底线，坚持强化供电服务，全力以赴保安全、保供电、保民生、保重点。

保障每一条"毛细血管"

城市配电网直接面向广大电力用户，是供电企业与电力用户联系的纽带。10 年来，国网江苏电力持续完善如"毛细血管"般的配电网络，让用户用电管理工作更具精度和"温度"。

10 年前，国网江苏电力在扬州率先启动"一流配电网"试点建设，创新提出配电网网格化单元制规划方法，随后陆续启动苏州、无锡两个地区"一流配电网"建设和管理示范区项目。到 2021 年，扬州中心城区、一般城区、农村的户均停电时间分别为 33 分钟、1.69 小时、3.35 小时，中心城区的供电可靠率已然达到法国等欧洲发达国家水平。

将畅达的经络延伸至每一个发展肌体，江苏配电网发展所追求的不仅是技术指标上的世界一流，更是用户体验上的润物无声，想用户之所想，精细安排停电计划。尤其是避免在重大节假日和中、高考特殊时期安排停电，减少重复停电、计划变更、延迟送电等情况发生，降低对社会生活秩序的影响。

此外，得益于配电网网架日益坚强及不停电作业技术日渐成熟，2019年，国网江苏电力全面推动配网作业方式向不停电为主转变。2020 年 7 月起，南京河西中央商务区、新街口、江北新区及苏州工业园区核心区等重点城市核心区域逐步取消计划停电。这意味着，除非发生电网故障，否则区域内的所有用电客户都不再会受到停电困扰。

畅通的"毛细血管"不只属于城市，也泽被广袤乡村。10 年前，每逢新春佳节，从外地打工返乡或在当地从事加工业和养殖业、种植业的村民集中在镇区的新居，用上空调、电热水器、微波炉等大功率家电，就会使得用电需求快速增长，造成"低电压"，形成电力"春运"。

针对"低电压"问题在局部地区时有发生的现状，江苏电力坚持"发现一起，治理一起"的动态治理模式，当月发生的"低电压"问题当月整改，不涉及配电变压器新增布点的"低电压"半月内整改完毕，涉及配电变压器新增布点的一个月内整改完毕。

按照这样严格的管理标准执行，江苏配电网的变化日新月异。对比 2021 年底和 2012 年底的配网数据，10 年之变一目了然：全省 110 千伏线路总长增长 50%，由 2.7 万公里增至 4.1 万公里；城区用户年平均停电时间由 2.99 小时降至 2 小时，农村用户年平均停电时间由 10.19 小时降至 4.25 小时。

从 2022 年开始，国网江苏电力配网建设再迈新步伐，针对能源消费方式变革、配网从单一供电向多元化接入转变的实际，以提升供电可靠性为主线，研究制订高质量推进城市配电网建设实施方案，结合区域经济发展需求和"十四五"规划安排，因地制宜建设国际先进型和发展提升型城市配电网，推动全域城市中心城区配电网达到国际一流以上水平，实现供电不间断，客户侧无感知。

深度打造"虚拟电厂"

初听"虚拟电厂"这一名词，许多人的心里都会冒出一些疑问：虚拟电厂是什么？虚拟电厂可以发电吗？对电网有什么意义呢？

其实，虚拟电厂并不是真正意义上的发电厂，而是一种智慧能源管理平台，它利用先进的计量、通信、协调控制等技术，将分散安装的清洁能源、可控负荷和储能系统合并，可以实现分布式电源、储能、电动汽车等分布式能源的聚合和协调优化，形成一个能够参与电网运行和辅助服务市场的特殊电厂。

没有厂房，没有烟囱，更不烧煤，但"虚拟电厂"的"发电"实力却不容小觑。它既可以作为"正电厂"向电力系统供电，也可以作为"负电厂"消纳系统的电力，起到助力电网系统保持平衡的作用，提高能源利用效率和稳定性，为电力市场提供新的机会和价值。

在虚拟电厂中，传统的发电、用电等环节都被赋予更加多元的角色。比如分布式光伏电站，以前只是作为发电侧向用户提供电力，现在可以参与电网调峰；再比如电动汽车，不仅可作为电力用户在充电桩上充电，还能像一个小型充电宝，向电网反向供电。

总的说来，虚拟电厂具备五大先进性：一是应用先进数字技术，广泛应用"云大物移智链"等技术，包括协调控制、智能计量和信息通信等，支撑虚拟电厂海量异构资源的广泛接入、密集交互和统筹调度。二是聚合负荷品类多样，包括跨空间、广域的可控负荷（如工业负荷、楼宇空调负荷、电动汽车充换电负荷等）、分布式能源（分布式光伏、分散式风电等）、客户侧储能等需求侧资源。三是具备多尺度调节能力，能够通过组合多类型资源实现约定需求响应、实时需求响应等多时维削峰填谷能力，还可以提供调频、调压、备用等电力辅助服务。四是具备常态化运营能力，可聚合各类灵活资源参与需求响应、辅助服务等调节型市场和中长期、现货等电能量市场。五是具备市场化盈利能力，通过虚拟电厂用户参与不同类型电力市场交易，发挥负荷侧资源价值，并利用成熟的交易策略代理客户获得稳定收益。

10 年间，江苏的电力供需形势呈现电量供应总体平稳充裕、电力高峰时段偏紧的特征，基于虚拟电厂不虚的实力，能更好响应电网"削峰填谷"。

以往的电力系统"削峰填谷"，基本是通过火电厂实现的。而虚拟电厂的应用不仅能够快速响应，而且能够大大降低成本。根据测算，2023 年以来，江苏用电负荷超过 1 亿千瓦的时长为 1246 小时，为满足峰值负荷需求，用建设虚拟电厂代替新建传统火力发电厂，可以以分钟级甚至秒级的速度给予响应，并节约 80% 至 90% 的建设成本。

2023 年 11 月 3 日，江苏虚拟电厂启动调峰、调频常态化试运行。两家虚拟电厂作为控制对象，分别参与调峰和调频，提供约 6 万千瓦调峰、调频能力。

2023 年 11 月 21 日，国网镇江供电公司工作人员对虚拟电厂聚合平台进行实时响应能力校验测试（赵岚／摄）

11 月 6 日，江苏已经并网的虚拟电厂"发电"能力超过 200 万千瓦，达 210 万千瓦，相当于两台全球最大的白鹤滩水电站水轮发电机组的装机容量，以城镇居民每户每天用电量 10 千瓦·时计算，可满足 20 多万户居民一天的用电。

截至 2023 年 12 月 31 日，江苏虚拟电厂平台已接入可调资源超过 250 万千瓦，可调能力达 60 万千瓦。国网江苏电力能够对接入资源开展精细化建模，实现台区级精准响应，满足多维度电网应用场景需求。江苏虚拟电厂已经聚合分布式光伏、储能、电动汽车、工商业等六类可调资源，下一步还将充分挖掘通信基站、楼宇空调、冷链物流等灵活资源，持续扩大资源池，同时探索更加成熟的市场化运营模式，推动出台更多配套扶持政策，促进形成虚拟电厂可持续发展生态链，保障居民用户的各类能源需求。

第二节

让用电更加科学

长江蜿蜒西来，从南京进入江苏境内，浩浩荡荡一路向东，缓缓汇入大海。

每年6月下旬，受副热带高压边缘影响，长江下游两岸这片辽阔区域与北方冷湿气流碰撞纠缠，形成特有的梅雨季节。潮湿的空气，绵绵的细雨，在夏日里带给人们些许清凉。然而，短暂的梅雨季节很快宣告结束，高热气团卷土重来，似蒸笼冒出的热气一般，炙烤着大地。

这天气绵里藏针，忽晴忽雨，古怪得不好捉摸。无论是白天还是夜晚，开启空调成为人们抵御高温的唯一选择，用电负荷急剧攀升。

不惧负荷攀高峰

盛夏来临之际，热浪滚滚，暑气逼人。天气预报里醒目的红色警报昭示着江苏全境进入盛夏高温模式。

夏季用电高峰如期而至！

2023年8月5日上午9时，苏州地区室外温度高达38摄氏度。自古以来闻名于世的江南水乡也无法逃脱夏日的魔爪，白墙灰瓦被照射得白花花一片光亮，林子里的知了都热得无力叫唤。

时空的镜头腾挪间，聚焦到国网苏州供电公司科技大楼18层的调控中心主控室，空旷的大厅里除了低沉的风扇声外，一切都显得格外安静。

一双眼睛紧紧盯着电脑屏幕，偌大的屏幕上，一条绿色曲线曲折攀升，旁边一串数字不停变化，这是全市用电负荷的实时显示。值班调度员小何心里有些紧张，他戴着眼镜，自带一股子书卷气，是 2022 年分配到调控中心的大学生。对着屏幕前变化的数据，小何不由得捏了把汗。

10 时 46 分，当数字攀升至屏幕的最上方，短暂地停留 1 秒钟后开始缓慢下降，如同笔势的转折起伏。小何清晰地感受到自己鼓点般的心跳，短短的 1 秒停留，意味着苏州今年用电负荷再创新高！

这是他入职以来第一次经历高温酷暑，第一次见证电网强大的高负荷运行能力：没有一条线路故障报修，没有一次跳闸停电，苏州地区电网经受住了第一轮高温"烤"验。

同天，江苏最北端的徐州正遭受"桑拿天"。连续多日最高气温突破 39 摄氏度，实在是个放大版的"火炉"。媒体连连发出警告，提醒市民尽量减少户外活动。与此同时，国网徐州供电公司调控中心的显示大屏上，负荷曲线像大山的脊梁，峰值一路向上狂飙。

11 时 05 分，负荷冲击到最高值后，终于调转方向，停止攀升的步伐。控制室内 6 名值班员紧绷的心情终于松了口气。

当天，徐州市用电负荷创历史新高，电网整体运行安全可靠，企业生产正常运转。居民用电丝毫未受影响，阵阵清凉气流从空调出风口吹进老百姓心坎，让他们度过一个又一个高温天气。

高温突袭，江苏电网面对负荷冲击，压力陡然剧增。南京、无锡负荷几乎每天创下新高，扬州、南通、淮安……13 个地市电网负荷全部突破历史最高值。

这些负荷数据如同电网中奔腾不息的电流，汇聚到国网江苏电力调控中心数据库，在巨大的 LED 屏上绘出一条粗壮的负荷曲线，仿佛一张心电图，不断更新的峰值犹如心脏在跳动，铿锵有力。

11 时 19 分，江苏全网最高负荷突破 1.32 亿千瓦，比预期突破时间提前 2 天！

正在值班的李言脸上露出一丝微笑。1.32 亿千瓦，意味着世界范围内，用电负荷超过中国江苏省的，仅有美国、日本、印度、俄罗斯四个国家。以一省之力超越众多国家，这就是中国力量！难怪李言忍不住笑了。

回忆起 2017 年刚毕业那会，他被分配到江苏电力调控中心，彼时他见证了全省最高负荷首次突破 1 亿千瓦。那一刻激动人心的场面，一直历历在目。作为一名刚入职的电网人有幸亲眼见证，他觉得特别自豪。

后来，江苏省负荷破亿已成为常态，他也从一名刚入职的电网"菜鸟"，成长为调控中心合格的副值调度员。

面对 1.32 亿这个了不起的数字，坐镇调控值班室的运行处副处长李杰，脸上显出一副平静之色。他的眼睛依然未曾从大屏上移开，嘴角没有笑意，倒是颇为严肃。在他看来，突破 1.3 亿千瓦在预料之中。江苏经济强劲复苏，人民生活水平持续提升，能源结构转型稳步推进，电能消费比重不断增大，这些因素叠加促成了今天的成绩。

指针滴滴答答转动，李杰的心越揪越紧。5 分钟后，负荷终于缓缓下降。纵览全省电网运行图，所有线路安全运行，各大电厂发电机组平稳运行，没有出现设备故障，没有出现线路跳闸。

电网承受住 1.32 亿负荷的冲击！

李杰终于松了口气，嘴角露出一丝微笑。

可喜可贺的成绩是结果，在这之前，一系列准备工作是铺垫。自从迎峰度夏工作展开以来，李杰的眉头就没有一天展平，他藏了一肚子的心事：担心电网能否承受起这 1.32 亿负荷的瞬间冲击，能够承受多久，是否会引发电网故障……

而今，他心底的石头终于落了地，更令他觉得自豪的是，1.32 亿千瓦背后，整个江苏电网人以不懈努力和汗水，编织了一张安全运行的坚强电网。

改革开放以来，实体经济一直是江苏发展的"看家本领"。取江宁、苏州二府名字之首而得名的江苏，汇通江淮之气概，畅达黄海之辽阔，气候温和，土壤肥沃，物产丰富，虽然仅占全国 1% 的陆地面积、6% 的人口数量，却创造了占全国 10% 以上的经济总量。

特别是党的十八大以来，10 年间，江苏地区生产总值由 2012 年的 5.37 万亿元增至 2022 年的 12.29 万亿元，人均地区生产总值 14.4 万元，居各省之首。"苏大强"在社会主义现代化建设全局中，以身先士卒、敢为天下先的勇气，成为改革开放的经济领航。

作为经济发展的"电力先行官"，国网江苏电力把保障电力稳定可靠供

国网江苏电力调度控制中心（周学亮／摄）

应作为首要责任，一笔一画，为绘就"强富美高"新江苏宏伟蓝图注入充沛的清洁能源而不懈努力。

2012—2022年，江苏省全社会用电量由4581亿千瓦·时增至7400亿千瓦·时，电网最高用电负荷由7231万千瓦增至1.3亿千瓦。

江苏是能源"小省"，没有煤炭、石油储备，水力发电资源匮乏……江苏是用能"大省"，全省经济快速发展，用电负荷持续增长，省内仅有的十几座发电厂远远无法满足用电增长需求。

既要满足用户用电需求，又要确保电网源源不断为用户提供电能，从李杰工作的调控运行角度来说，他的职责就是致力于解决能源"小省"与用能"大省"之间的矛盾，立足于实际，未雨绸缪，为增加电力供应开展大量的前期工作。

国网江苏电力强劲发展的10年，更是像李杰这样踏实认真的江苏电力人踔厉奋发的10年。面对飞速发展的时代车轮、清洁低碳的能源需求，以及日益严峻的电力负荷形势，江苏电力人以科技为桨，以智慧为帆，凭借挂云帆济沧海的浩瀚志向与咬定青山不放松的意志信念，让电能的使用在科学的道路上一步一步、稳扎稳打地行进。

用电管理启新篇

在江苏电网筚路蓝缕发展开拓的路程中，新型电力负荷管理系统的建设至关重要。

尤其是每年的迎峰度夏期间，如何保障民生用电、如何稳定生产用能成为必须解决的难题，而新型电力负荷管理系统以整合江苏省需求侧管理资源、优化有序用电全业务流程、提升负荷调控管理水平为目标，能够有效实现负荷资源的统一管理、统一调控和统一服务。

作为引人瞩目的新兴项目，新型电力负荷管理系统必须拿出亮眼的成绩。身为项目研发团队的总负责人，江苏方天电力技术有限公司的仲春林深感压力巨大，他暗暗下定决心："我们既然做，就要做得出彩，要让大家直观感受到，新型电力负荷管理系统它到底'新'在哪儿。"

项目成立之时，距离 2022 年的夏天已不足半年。为支撑好迎峰度夏稳产保供，提供最好的电力负荷管理辅助效果，新系统必须要在 4 月底建成上线试运行。对项目团队而言，这意味着他们要破釜沉舟、背水一战。

为此，仲春林带领技术研发团队开始紧张地探索研发，而首先要做的就是把应用需求进行业务的翻译拆解转化。"我们对相关政策要求进行细致研究解读，开发方向、定位从一开始就是非常明确的。"仲春林的眼神格外坚定，布置任务更是有条不紊。系统各核心模块的业务和技术重点，他会直接分解转化后分配给各研发组成员，自己更是直接包揽所有系统的业务和交互设计的活儿。"必须要在用户点开这个页面时，就让对方得到满意的体验。"简单朴素的话语道明了团队的共同追求。

新型电力负荷管理系统"新"在哪里？仲春林心里也是有数的。在他看来，主要攻关点在两个方面——数据的加工处理要新、业务呈现更要新。

"这说起来好像很简单，但背后需要下很大的功夫。"团队队长刘述波感慨道，"光是对负荷管理涉及到的海量的数据进行处理，就费了老大的劲儿。"

由于要应用营销、调控等相关系统负荷数据，贯通"i 国网""网上国网""绿色国网"等各应用系统，新系统的数据加工处理就像是要筹备一道

"大餐"，需把一堆"食材"各尽其用，努力做到"资源全管理、业务全线上"。有着用电信息采集系统研发经验的仲春林进行了充分的考量，决定利用公司信息技术横向共享的优势，融合新一代用电信息采集系统的全新技术架构进行平台建设，同时使用新的"流、批数据处理"方式，把量大且冗杂的数据进行分层分类分级的负荷特征识别并标签化。

"1分钟的数据采集能力是方天公司的硬实力，充分利用好分钟级数据优势，实现实时监测、动态评估、精准管理是我们新系统的一大招牌。"仲春林谈起系统的"绝招"，脸上是藏不住的自豪。

事实也确实如此，系统试运行后，数据呈现"新"这一成效立竿见影。用户负荷数据可以在1分钟内完成采集、监测、统计、标签化分析等实时处理，并在系统上实时呈现。相关部门可以通过分钟级负荷数据曲线，对电网负荷进行精准、高效的监测管理，各地市公司也可以通过系统，直观看到用户负荷管理的执行效果，并直接通过短信、系统等方式给出预警提示，帮助相关方更精准地管理负荷运行情况。

"这就是我们说的支撑实时监测、动态研判供需形势。今年迎峰度夏期间，上级领导提出了'紧贴负荷保供能力运行'的运行管理要求，在保障电网安全的同时，充分利用好每一度电的价值，而我们系统分钟级的实时监测、分析能力，提供了强大的技术支撑。"系统的成功上线让钟春林的脸上现出灿烂的笑容。

仲春林还带领团队有针对性地对充电桩、楼宇电视、工业CPS等柔性调节资源和"快上快下"资源进行系统整合，构建多时间尺度、全品类的需求响应资源，全面支撑迎峰度夏、迎峰度冬期间的保供稳产工作。

"仲主任就像个'把关人'，我们的工作进度到哪了，新的功能开发结果如何，他都会跟进评定。"

"仲主任操心的事情太多了，他简直是个工作狂。系统临上线的那一周，他吃住都在办公室，天天熬到凌晨四五点。"

提起仲春林，研发团队成员都像是打开了话匣子，直言他是"拼命三郎"。

7月份，系统投入2022年迎峰度夏负荷管理实战，经过"极端连续高温天气、严峻的电力负荷紧张形势、精准的电力负荷管理要求"的挑战和历练，系统发挥了极其重要的支撑作用，在7、8月用电量急剧攀升之时，始终采取需求响应措施，转移高峰负荷至低谷时段，降电力不减电量，最大错峰达到1068万千瓦。8月份当月，工业用电量同比增长7.1%，成功帮助江苏电网安全平稳科学地迈过一年中最苛刻的"坎"。

无论是迎峰度夏的众志成城，还是新型电力负荷管理系统的艰苦研发，国网江苏电力人始终坚持"需求响应优先、有序用电保底、节约用电助力"。作为一个供需两侧实时平衡的系统，电力系统的特殊性决定对需求侧进行科学管理是保持电力供需平衡、保障电网安全的重要手段。只有充分发挥需求响应调节平衡作用，利用市场化手段有效缓解供需紧张，才能全力满足经济社会发展和人民群众生产生活用电需求。

可以说，新型电力负荷管理系统的建成就像坚强的基石，使电力负荷都能在这个平台上统一调配，有效助力能源电力保供，服务经济发展。

无感调温领潮流

在2023年夏季高温天气和负荷高峰来临之际，国网南京公司与南京市机关事务管理局开展合作，以集中统一组织实施的方式，完成公共机构空调负荷柔性调节终端的安装，顺利接入江苏省新型电力负荷管理系统，实现空调设温"看得到、调得动、定得住"，通过远程群控方式在"用户无感"情况下开展空调负荷全景感知和柔性调节。

选择空调作为调节对象是经过一系列科学分析的。首先是在气候变化及低碳减排的大背景下，夏冬空调负荷容量迅速上升，成为导致用电高峰期电网负荷与供需矛盾突出的"主谋"。同时它又具有一定的储冷储热能力，具有调控方式灵活、短时调控响应速度快、可调节潜力大等优点，优化空调控制方式后，空调能耗可降低7%～52.5%。

因此，在电力负荷紧张时段，利用精细化、智能化的柔性调控手段，将大规模非工业空调负荷作为理想的需求侧资源参与科学调峰，对社会生产和用户舒适度影响小，而且可有效降低电力负荷峰谷差，为电网的安全稳定运行提供保障。公共机构主要的用电设备集中在空调上，通过空调负荷柔性调节推进科学用电，其中的潜力不可估量。

前景一片大好，国网南京公司从年初就开始着手这项工作。2月份与南京市机关事务管理局、南京市发改委联合印发《关于在全市公共机构开展中央空调智能调控终端安装工作的通知》，推进全市建筑面积1万平方米及以上且使用中央空调的公共机构安装智能调控终端，接入新型电力负荷管理系统，进行统一管理及柔性调控。到三四月，对全市公共机构进行两轮现场勘查，确定符合安装的单位。紧接着，在炎炎酷暑来临之前，对新城大厦、市委党校等16家公共机构，按照全域空调"可测可观、宜调则调"的原则，开展实施方案的设计、评审确认、现场安装、系统联调、实际演练，实现可观、可测、可调、可控，满足电网负荷调峰和电力保供要求。

功夫不负有心人。在烈日灼烧大地的夏日，柔性调节投入到"实战"，负荷调节功能快速启动，最大限度地帮助南京这座"火炉"科学降温。

除了接入空调负荷参与调节，国网江苏电力还紧跟时代潮流，充分挖掘5G基站参与电网调峰的潜力，与通信运营企业沟通合作，旨在通过技术改造，在用电高峰时段运用远程控制手段，将5G基站的供电模式由电网供电切换至蓄电池供电，实现错峰用电。经过协商，中国铁塔江苏分公司在运营的所有5G铁塔基站中进行筛选，将具备参与负荷调控条件的全部6万座基站接入江苏新型电力负荷管理系统。

"由于基站设备型号有差异，单个5G铁塔基站可提供1～5千瓦的负荷调节空间。"中国铁塔江苏分公司运营维护部负责人王寿坤介绍。

经测算，这些5G铁塔基站如果正常用电，平均1小时要花费近20万元的用能成本，如果在用电高峰期使用蓄电池供电，在起到调峰作用的同时，还可以获得电力需求响应补贴。

"根据相关政策，6万座基站的20万千瓦负荷全部参与电网调峰1小时，我们预计能获得200万元的补贴。其间，我们的基站运行不会受到任何影响。"王寿坤说。

6月8日9时，国网江苏电力营销服务中心员工使用新型电力负荷管理系统开展调控5G基站的模拟操作。系统界面显示，5分钟内，近2万座基站全部切换为蓄电池供电，让出约 6 万千瓦的负荷空间，相当于 8.5 万台 1 匹空调的用电功率。

"我们已经具备一键调控所有接入系统的 5G 铁塔基站负荷的能力，可以迅速响应电网负荷调控，缓解用电高峰压力。未来，我们还将进一步挖掘充电桩和充换电站等更多类型的灵活负荷，争取把更多资源让利于民。"看着系统上显示的实时数据，国网江苏电力营销服务中心能源计量部副主任孔月萍对未来充满信心。

就在 6 月 8 日当天，中国铁塔股份有限公司江苏分公司 6 万座 5G 基站成功接入江苏新型电力负荷管理系统，预计能为江苏电网提供最高超过 20 万千瓦的快速、灵活的负荷调节能力。

这是国网江苏电力在 2023 年做优负荷管理"资源池"的创新实践之一。除此以外，为最大化减小对企业生产的影响，国网江苏电力更是深入挖掘化工企业集中检修潜力，推行化工企业集中检修策略，通过入户摸排走访，引导企业在 7—8 月集中检修，推动企业生产计划与电网错峰需求精准适配，形成最大移峰能力 80 万千瓦。

至此，江苏已建成全国最全品类的柔性实时需求响应资源，包括储能、充电桩、楼宇空调、数据中心等，引导负荷聚合商、虚拟电厂、电动汽车充电网络、居民等多种电力用户参与削峰填谷。

足以自豪的是，江苏电力配合省发展改革委编制的 2023 年负荷管理保供方案中显示：可用负荷资源超 4000 万千瓦。这一数据意味着江苏电网能足额应对预计存在的最大电力缺口，这是江苏电力创造的奇迹。

携手共进，比肩同行，惟日孜孜，秉心克慎，是江苏电力人面对构建新型电力系统的庞大任务时工作的真实写照。如何让用电更加科学？这一锥心之问鞭策着一代又一代江苏电力人奋勇前行。

诚然，这行进之路必然坎坷万千，但对勇毅无畏的江苏电力人而言，风霜雨雪不过尔尔，晦暗阴霾更无须介怀。怀赤子之心，承科技之光，任它千磨万击，自当潜心沉淀，精益求精，让酷暑之时人人皆能得清凉，让严寒之时家家皆有暖气聚，让工厂产能一年更比一年好，终不负这绿水青山间的万家幸福。

第六章

让电的生活更美好

时代的巨轮片刻不歇，10年一瞬，瞬息万变。

江苏电力发展的这10年间，从家家户户去供电营业厅办理业务，到"网上国网"App亮相，线上业务办理风靡全国，只需指尖轻轻滑动，片刻便可轻松解决常规业务。遇到难题也无须担忧，专属客服愿随时效劳。从起初办电手续繁复，到国网江苏电力全力打造优质电力营商环境，成功实现办电手续简化、接电速度加快、接电成本减少，无须客户烦忧，电力人的行动就是无声保障。

国网江苏电力积极响应党和国家号召，把目光聚焦到乡村之上，大力实施"百镇千村"乡村电气化提升工程，保障粮食生产；开展"电靓和美乡村"行动，打造电力便民服务点；派遣"驻村第一书记"，深入田间地头问需解难……江苏电力关怀的目光流连在这片土地上的每一家每一户，致力于让城市和乡村的人们都用上优质电能。

第一节

让声音微笑起来

"供电营业厅"提及这几个字，人们早已耳熟能详。当从高空俯瞰江苏这片人杰地灵的土地时，每座城市的每个辖区、乡镇，乃至三两村庄中，都星罗棋布着这样一处能够及时提供公共服务的场所。无论是白日里的车水马龙、高楼林立，还是夜幕下的华灯初上、火树银花，抑或是季节轮转中的冬暖夏凉、寒暑咸宜，人们能想到的关于现代与创造、浪漫与温暖、幸福与舒适的一切具象背后都隐匿着电的足迹，而电与千家万户联系的缔结者便是这专属的一抹墨绿色——国家电网供电营业厅。

服务真情意 织出民生"幸福花"

似乎在大多数人的印象里，营业厅成为一种象征、一段回忆，它的作用不再凸显，意义也不再醒目。但别忘了，在这个车、马、邮件都被科技洪流裹挟着飞速发展的时代，总还有那么一群人更习惯写书信，用现金，握着只有按键的手机大声打电话。他们依旧来往于那些熟悉的地点：菜市场、卫生所、邮局……当然，还有供电营业厅。

这是吴旻娜今天接待的第22个来营业厅窗口办理电费缴纳的客户，一个瘦瘦小小的老妇人，头发花白，行动却很利索。她轻车熟路似的走向柜台，翻出一个透明的文件袋，一边打开一边念叨着："年纪大了就是容易忘事，所以每次出门前都要写个纸条，把要用的东西啊都想一遍，全部放进袋子里，防止少了。"

吴旻娜笑道："阿姨，您整理得很齐全，看来咱们营业厅的宣传还挺到位啊！"说着，她伸出双手，自然地接过老妇人手中的材料，找到电卡上的户号，"阿姨，您知道户名地址吗？我和您再核对一下。"

不到10分钟，吴旻娜把材料原样放回，站起身走到老妇人身旁双手递给她，依然微笑着说："阿姨，已经办理好了，您回去可以让家里人用手机客户端再确认一下，您慢点起身，我送您出去。"

老妇人拍了拍吴旻娜的手，笑意盛满眼眶："我啊，住的地方也不近，儿子常说要帮我网上缴费，可我就是喜欢来你们这，这儿服务暖心得很！"

听到这话，吴旻娜的心暖暖的，有些发烫。

算起来，她已经在窗口服务岗位上工作13年了，从稚嫩懵懂的女孩到如今独当一面的营业班"前辈"，以如花绚烂的青春为笔，记录下电网与千家万户心心相印的一点一滴。她深感幸运，在带给他人温暖与帮助的同时，这份情谊恰似一湖春水，潺潺不息，周而复始，也给予她同样的感动与喜悦。

转身的一刻，吴旻娜瞥见大厅中央陈列着的那封手写信，不由得会心一笑。她的脑海浮现出那个佝偻的背影，属于信的主人。

营业厅服务人员指导办理业务的企业用户使用"网上国网"（吴迪／摄）

营业厅的人都记得这个老人，他每月总会定期来办理缴费手续。写信的那天不是他往常来缴费的日子，吴旻娜恰巧上班。她见老人慢悠悠地走进来，急忙迎上前扶住老人，询问他需要什么帮助。

"我来问问你们有没有纸和笔呀，我想写一封信。"老人慢吞吞但却中气十足地说。

等拿来了纸和笔，老人铺平信纸，攥着笔，笑呵呵地朝四周望了一圈，转头对吴旻娜说："我今天来啊，是想专门给你们写一封感谢信！感谢你们东亭供电营业厅！"

吴旻娜很是意外，有些丈二和尚摸不着头脑。"您要感谢我们什么呀，为您服务是我们的工作呀！"

老人没有说话，凑近了信纸开始书写，行云流水，笔走龙蛇，用文字回答了吴旻娜的疑惑。

信里讲了两件小事，是的，就是小事，吴旻娜觉得甚至可以说微不足道。

第一件事发生在夏初，适逢江南一年一度的梅雨季。彼时老人交完电费正准备走出营业厅，蓦地电闪雷鸣，顷刻间大雨滂沱，叫人措手不及。老人折返回来，向营业厅的服务人员有些不好意思地开口："请问能借一下伞吗？"

"当然可以啊，爷爷您等一下。"回答的是个年轻姑娘，立马小跑着从办公室拿来两把伞，一把递给老人，说道，"这把伞大，您拿着，我送您上车。"

老人激动地道谢："那我怎么还给你呀！"

"没事儿，您每个月都来，到时候再带给我就行。这雨一时半会不会停，爷爷您下车的时候也能撑。"小姑娘摆摆手，雨声太大，她把音量也适当提高了些。

等车子消失在雨幕中，她才转身离开。

第二件事发生在傍晚时分，老人在营业厅交完费后遇到了久违的朋友。故友相见，一时兴起，就在大厅的沙发上畅谈。从暖阳和煦一直到日影西斜，已经到了营业厅下班的时间，大门落了锁，工作人员却像是商量好了一般，无人催促打扰他们的交谈。

"呀，我们是不是拖得你们加班了！"老人恍觉过了下班时间，很是难为情。

"没事儿，您继续聊，反正我们也要收拾整理，看您聊得这么开心我们也开心，一会带您从侧门出去。"工作人员的笑容感染了老人，老人也笑得开怀。

就是这么两件小事，被老人用饱含真挚的笔墨书写下来，"无锡东亭钱家桥2号虞奕明敬上"，信的最后，老人郑重署上自己的名字。

吴旻娜看着他一气呵成，心情从最初的意外转为喜悦，又转为感恩，一时间百感交集。她知道，这一封轻若鸿毛的信，字里行间承载着的是重若泰山的情谊。

"'我用微笑扮春天'绝不仅仅是一句口号，也绝不仅仅是我一个人的服务理念，可以说这是每个窗口服务人员根植心底的价值观。往大了说，这就是'人民电业为人民'的生动诠释，听起来很官方，但当我看到来办理业务的人们笑着离开的时候，那就是我当下最直观的感受。我们东亭营业厅只是一个缩影，无锡供电公司，乃至江苏电网，我相信能取得今天的成就，与这份服务意识是密不可分的。"谈及这些故事，吴旻娜连回忆的神情都是甜蜜的。

工作这么多年，服务这么多人，温情似水流转，历久弥新。作为无锡供电公司"温情水立方——刘天怡劳模创新工作室"的一员，吴旻娜，和更多的吴旻娜们，庄重地立下誓言：始终以"温情水立方"的姿态，倾情服务万千百姓。

过年了，咱们一起回家

供电营业厅的服务不仅局限于方方正正的窗口，还延伸到了更远的地方。

时值年关，溧水的集市与全国各地并无二样。灯笼高挂，年画鲜艳，礼花被搬到了最显眼的地方，春联成了铺子醒目的招牌，商贩们无需高声吆喝，店铺便已是人头攒动，生意爆棚，处处洋溢着喜庆的氛围。

此时此刻，一个瘦削的老人与这热闹非凡的场景格格不入。来来往往的行人神色匆匆，他却像极了快进影片里的旁观者，被遗落在原地。他挠挠头，望望前方七歪八拐的路，一时踌躇不定：我的家在哪里呀？

老人顺着人流慢吞吞地骑着电动车，心中焦急，却毫无方向。倏忽间他在满眼的喜庆红里看到了一抹醒目的墨绿色——国家电网。

那地方似曾相识，"我去过那里交费，那里的办公人员对我都很好，他们可能有办法！"老人脑中灵光一闪，来到了白马供电营业厅门口，但他不知道如何开口，透过玻璃门不住地往里头张望。

"您有什么需要帮助的吗？"工作人员吉磊瞧见门口的老人，走上前微笑询问。

"我忘记回家的路了，我就记得我住在贺龙岗村，但不知道怎么走了……"老人的声音有些颤抖，眼中泛起泪光。

"您别急，您到了我们这就放心吧！迷路了咱也不怕，肯定把您安全送到家！"了解到老人迷路的情况，吉磊先安抚老人的情绪，随即联系所里驾驶员和共产党员服务队，准备把老人送回村里。

"贺龙岗村是吧，知道大致位置就好办了。一家一户问，就不信问不到！"营业厅工作人员先是合力将老人的代步车安置在汽车后备厢，再将老人搀扶上车，陪着他一起前往贺龙岗村。

路上，老人有些精神恍惚，惊慌地四处张望，说话也结结巴巴。营业厅工作人员微笑着和老人聊天话家常，老人的眉目渐渐舒展，紧握着的手指逐渐放松，不安的情绪如潮水般渐渐退去。

到达贺龙岗村后，老人仍想不起自家具体住址，急躁地跺了跺脚。工作人员拉着老人的手，示意他不用担心，笑着宽慰道："爷爷您别着急，我们慢慢找。"

已近黄昏，落日余晖笼罩村舍。供电员工们无暇顾及这镀了金边的风景，留下两个队员照顾老人，其余的分头从村口开始，向村内挨家挨户询问。功夫不负有心人，历经一个多小时，终于框定了老人家的具体位置。

工作人员搀扶着老人慢慢靠近屋子，但他的脸上仍然十分迷茫，内心的不确定让他无意识地用力握住工作人员的手。

"爷爷您别紧张，我们再问问清楚。"工作人员拦下路过的村民，向他们再次确认老人的住址，并核对房屋墙上的户主信息牌——赵国祥，名字、长相都对得上，这才最终放下心来：总算帮老爷爷找到家了。

等进了屋，看着眼前熟悉的环境，看着围上来的热心邻居，老人终于反应过来，笑得都合不拢嘴了："我回家了！"

"还好有你们，不然我真不知道该怎么办呢！"老人激动地落下泪来，嘴里一直念叨着感谢。

"爷爷，这是我们应该做的，快过年了，您一个人一定要好好保重身体，有什么需要帮助的尽管和我们说，我们以后也会经常过来看望您。"供电员工说到做到。从那以后，他们每隔一段日子就上门看看老人，普及一些用电安全知识，聊聊家长里短，还在贺龙岗村设立了便民服务点，让营业厅的服务不再局限于办公大厅里，更是走到群众身边。

临走时，工作人员还帮老人将家里电路里里外外检查了一番，确保无误后才准备道别离开。

"同志们，你们慢点走，我一定要送送你们！"老人执意送工作人员直到村口。

"桃花潭水深千尺，不及爷爷送我情。"望着老人一点点缩小的身影，工作人员也不由得热泪盈眶。他们回头望着，清楚地看到，从车子启动的那一刻开始，老人挥动的双手就从未停歇。夕阳在天边折射出明媚的光芒，如同波光粼粼的云锦，温柔地披在老人肩上。

"其实我们也没做什么了不起的事情，都是一些能力范围内的帮助，但是对赵爷爷来说，这就像是雪中送炭，意义非凡。所以这件事之后，我常常会反思，感到身为供电员工肩上的担子很重，我们这个企业对老百姓的生活工作都非常重要，那么我该以什么样的态度去看待这份工作。现在人常常说爱情要双向奔赴，我觉得双向奔赴的，不仅有爱情，还有电力企业员工和广大的老百姓。"吉磊笑起来，眼神异常坚定。

"双向奔赴的，不仅有爱情，还有电力企业员工和广大的老百姓。"这句话用来形容营业厅与人们的关系显得格外恰当。

近年来，江苏各地的营业厅都在持续推广便民利民重大举措：为社区居民用户提供上门服务。通过走进社区，走进家庭的方式，营业厅工作人员把服务前移，让用户少跑路、不跑腿，更好地享受"指尖"办电的便捷，满足用户"一站式"办电需求。

据调研，在江苏，人们对于供电营业厅的服务满意度评价总是高居榜首。这是一份沉甸甸的心意，是对供电营业厅员工服务的认可，更是对电网员工始终践行"人民电业为人民"这一初衷最有力的佐证。

"你用电，我用心"，这短短一句话，是电力服务人员郑重许下的誓言，将心比心，用心服务，心心相印。

冬日里的暖心"芹"意

对宜兴高塍供电所营业厅的营业员袁旭妮而言，能够作为志愿者对他人施以援助之手，是格外幸福而甜蜜的经历。她永远记得那包连接了高塍和万石12公里距离的暖心"芹"意。

那是个寒风肆虐的傍晚，北风呼啸，寒意凛冽。路上行人踪迹几无，只有枯瘦的枝丫上伶仃的叶子悄声呜咽，余下一片寂静。

突然，一声呐喊打破了这沉默的氛围。

"小袁呐！门口有人给你送包裹来了！"哪怕隔着电话，门卫大叔的大嗓门也着实吓了袁旭妮一跳。

"来啦来啦，是谁给我送的东西呀？"她简单收拾了手边的文件，一边应和着一边向门口走去。

门卫室里，门卫大叔盯着两个大包裹不知所措，见袁旭妮走进来，门卫大叔说道："刚刚有个老大爷骑着三轮车到门口，我出去一问，说是给我们所小袁送东西的，我一想那不就是你嘛！"

见袁旭妮一脸疑惑，门卫大叔又解释道："老大爷说送你一些水芹，让你过年吃。"

"水芹？"这下袁旭妮更疑惑了，忙问道："那位老大爷有透露自己的姓名或者信息吗？"

门卫大叔像是突然想起什么似的，打开了水芹袋子，拿出了一张皱皱巴巴的纸条告诉袁旭妮，这张纸条是送水芹的老大爷一起递过来的。

袁旭妮接过纸条，颤颤巍巍的字体让她有一种说不上来的熟悉感。

门卫大叔又说:"我让他先在门口等一会儿,结果我就进来给你打个电话的工夫,老大爷居然又骑着三轮车走了。"

袁旭妮看着手里的纸条陷入了思考:"水芹……老大爷……叫我小袁……放下包裹就走了……"

几个关键信息一拼凑,袁旭妮脑海里浮现一位老人。为了确认,她又和门卫大叔调取了监控画面。

监控画面里,一位老大爷佝偻着身躯,在高塍营业厅门外徘徊了好一会儿,而后又拎着两大袋东西出现在旁边的供电所门外。

袁旭妮一看,这熟悉的身影,不正是一个月前在万石认识的王大爷嘛!那时候的袁旭妮,就在王大爷所在的余境村当志愿者。那段时间,她"驻守"在村子里,常常给村上的空巢老人送些米、油和菜,向居民解答电费收缴方面的困惑,提供及时帮助。

其实,不仅王大爷记得她,王大爷也给袁旭妮留下了深刻的印象。

王大爷的子女都不在家,和老伴相依为命,两个老人的生活经常遇到困难。一天中午,王大爷支支吾吾地喊住刚刚送完菜的袁旭妮,手拉着衣角,颇为不好意思地开口:"小袁呐,我现在在家不方便出门,手机也不会用。我的高血压药吃完了,实在不知道到哪里买,你看能不能帮帮我呀?"

听到王大爷的高血压药断了,袁旭妮立刻放在了心上,手头的工作一忙完,就马不停蹄地跑到政府定点药店,帮王大爷买了药。

她回忆起,每次去王大爷家,老两口总是从家里拿出各色小零食,要她拿着吃,总说她和他们的孙女年纪差不多,看到她就像看到了孙女,亲近得很。

王大爷的儿女都远在外地打工,一年回家的次数屈指可数,而有了袁旭妮时不时的探望、周到的服务和贴心的照顾,大爷脸上的笑意是藏也藏不住。袁旭妮也乐在其中,成了王大爷家里忙前忙后的"孙女"。

但是让袁旭妮没想到的是,她没有留下任何联系方式,王大爷却仅凭着"高塍供电所"和"小袁"这样寥寥无几的信息,居然从12公里外的万石骑车到了高塍,风雪无阻,就为了给她送上两袋水芹。

"那时候的天气真是很冷,哈口气都冒着白雾,手暴露在空气里一会儿就变得通红。大爷却顶着这样凛冽的寒风，骑车十几公里，只为了在年前给我送两包自己种的芹菜。我当时真是感动得连话都说不出来，只是告诉自己要记住这份珍贵的情谊。我一直喜欢做志愿服务，但是那次给了我非常深刻的触动，以后有上门服务的活动，我也会积极参加，这份温暖与感动我想继续传递下去。"袁旭妮的眼神盯着叠放在衣架上的志愿者红马甲，绽放在唇边的笑容带着阳光的暖意。

江苏电网窗口服务早已深入人心，无论是线下深入社区，还是线上专属解答，供电营业厅的服务人员始终将"你用电，我用心"的服务理念一以贯之，这已然成为电力人血脉相承的文化基因。

全省各地的营业厅用实际行动生动诠释了"为群众办事"的宣言，及时提供电力便利条件和服务，全面打造出服务满意、快速响应的供电窗口。

窗口虽小，职责重大。作为直面大众的一线，窗口象征着电网的企业形象，而服务，决定了电网企业的口碑。服务意识与服务理念，看似虚无缥缈，却是服务行为的"总指挥"。因此，对供电营业厅的服务人员而言，专业的知识技能与高效的办事效率之上，是爱民、为民、利民的一颗真心。

江苏电力营业厅营业员微笑服务每一位客户（赵岚／摄）

第二节

让办电插上翅膀

谈及速度与情谊，遂想起一种老派的浪漫：驿寄梅花，鱼传尺素，这份绵长真挚的情思叫现代人艳羡不已。人们盯着那方寸屏幕里不断扩大的朋友圈，却没几个对话框能说出让人暖心的话。速度的加持似乎把感情都冲淡了，于是人们开始思索速度与情谊的关系。

速度与情谊真的是一对冤家吗？江苏电力人的行动为问题提供了一个全新的思路：速度与情谊是可以相辅相成的，高质量高效率的办电手续、屡屡创造奇迹的接电速度和减少客户的用电成本，想客户之所想、急客户之所急的真情形成了正向反馈。

贴心的办电服务指南、稳定的电力供应举措，是国网江苏电力全力打造优质电力营商环境的真实写照。

省电费妙招

在国网睢宁县供电公司营销部用电检查班班长陆雯雯看来，电力人的服务意识是促进良好营商环境的基石。

那是陆雯雯入职的第3年，在电费专业工作两年以后，她转岗来到了用电检查。虽然刚工作没几年，可每日加班加点处理工作的历练，让陆雯雯对于执行纷繁复杂的营销事务早已有章有法，她如同一枝静悄悄傲然挺立的铿锵玫瑰，只待恰当的明媚时光便摇曳生姿。

桌案上已经堆积了一大沓纸质发票，陆雯雯正在埋着头整理。这些发票属于陆雯雯负责的江苏九旭药业，她刚刚转岗，想着怎样才能让用户对自己这个初出茅庐的姑娘多一份信任，也希望能通过自己用电检查员的身份——联系着电网与用户的中间桥梁，增加用户黏度，提高电网的能效服务。

看着看着，陆雯雯的眉头微蹙。她之前上门走访调查的结果显示，九旭药业的实际负荷并不多，为什么发票上的电费却远远超出了她的预估？她并没有打算放过这个疑问。

略一思忖，她把九旭药业最近的发票单一摆摊开，扫过眼前这些复杂的数字，她的脑子里却出现了清晰的脉络：基本电费的收取方式有两种，一种是按容量收执行，还有一种是按需量收执行。九旭药业的用电量不大，却选择按容量收取基本电费，难怪导致用电成本增加。

那么如果按照实际负荷来收取电费，能够减少成本吗？陆雯雯抽出一张白纸用笔写写画画，开始粗略地估算。她的计算速度很快，不一会儿就得到了结论，如果按需量收执行，可以节省一笔非常可观的资金！

想来当初企业选择按容量收执行应该是从产能最大化角度考虑的，然而从实际用电负荷来看，这种情况从未发生过。对于供电公司来说，企业选择按容量收执行，那么在进行负荷预测时，就必须按企业最大容量统计，这样产生的负荷需求量和实际就存在较大偏差，也会给供电公司在按负荷需求量准备用电负荷时带来损失。

这是个双输局面！

连续两年在电费专业的认真钻研，陆雯雯练就了把理论知识与实践融会贯通的本领。面对这种情况，她很快有了对策。

整理好发票，陆雯雯立马与九旭药业取得联系，赶往用户地点。"我们现在基本电费的收取方式有两种，一种是按容量收执行，还有一种是按需量收执行。结合当前情况，建议您办理减容、暂停业务，或者变更为按实际最大需量方式收取，这样每月至少能减少 7 万元的用电成本。"陆雯雯向客户耐心解释，并建议采取基础电费的收费调整。

等到解释清楚又确定申请办理电费收缴方案变更以后，江苏九旭药业有限公司的电气负责人望着面前这个精神利落的小姑娘，心里是说不出的感激："电网现在的服务也太好了，真的很用心。不但主动上门对用电线路和设备做了全面的检查，还给了我们专业的指导，帮着我们企业省钱得实惠。"满溢而出的赞赏让陆雯雯都不好意思了，她笑笑："帮着解决用户的困难和问题是我们应该做的。"

不单单只是九旭药业这一家企业，陆雯雯将班组所辖的所有用户缴纳电费情况都认真检查，针对企业可以节省的开支情况进行分析记录，详细地罗列出来，并且一一告知，使供、用电双方实现双赢。那段时间她常常忙到月上柳梢头，窗外的景色从日暮黄昏的车水马龙到万籁俱寂的浩渺星空，她办公室那一盏灯总是长明。

踏着月色回家的时候，沿途的灯火和住宅楼里零星的光亮晕染出朦胧的美感，这些静谧的意象最是催人回忆。陆雯雯想起刚入职那会儿部门组织的一次工作总结汇报。其实那就是寻常的一次工作回顾，同事们大多讲述了最近工作中取得的成果或是积累的经验，陆雯雯却是突发奇想，她把汇报的题目取成《生命的意义》，她没有把重点放在工作本身，而是升华成工作背后的意义。

听起来似乎是空泛的虚浮的，但她知道这是自己的真实所想，她把工作当成事业，更当成一种使命。她无比感恩能够亲身参与到营商环境这个宏观而庞大的主题中，所以她发自内心地愿意将服务与真诚带给每一个用户，这是她始终坚守的初心，是她职业探寻的意义，她愿意为了这份深厚的情感归属而不懈努力。

办电踏上"风火轮"

陆雯雯是一个人，也代表了一大群人。在国网睢宁县供电公司，类似这样想用户之所想、急用户之所急的故事不胜枚举。

"坐在办公室，通过手机 App，当天申请，当天就能把电送到家门口。现在的供电服务真棒！"江苏屹泽节能科技有限公司负责人张经理对国网睢宁县供电公司的接电服务和办电效率赞不绝口。

屹泽节能公司是一家从事节能技术研发、玻璃工艺加工、工艺装饰品制作的小微企业。2023 年，原厂面临拆迁，不得不重新选址建厂。在电话询问办电手续时，供电公司员工推荐下载了"网上国网"App申请用电。没想到没跑一次营业厅，当天下午供电人员就上门装表接电了，这让张经理又惊喜又意外。

"不跑营业厅，办电速度快，没收一分钱，今年还为我们企业优惠5%的电费。"张经理说，早些年他办厂开户，从申请到装表接电程序尤其复杂。现在供电公司这样的服务让张经理实实在在体会到了供电服务新举措给他带来的便利与实惠。

"高压报装，我们压减至3个环节，提前布局供配电网络，确保用电需求及时落地；低压报装，我们压减至2个环节，实行供电方案免审批，为无配套工程的小微企业提供低压用电1天左右极简报装服务。"国网睢宁县供电公司营销部负责人杜巍介绍。

从2022年开始，国网睢宁县供电公司积极落实160千伏安以下小微企业办电"零上门、零审批、零投资"的"三零"服务政策，精准实施业扩配套投资政策，实现客户办电成本最低，把低压客户投资界面延伸至电表，且表计安装尽量靠近客户侧；同时，国网睢宁县供电公司还高效落实国家发改委关于阶段性降低企业用电成本支持企业复工复产的政策，确保用户电费优惠"应享必享"，让客户办电更省钱。

这样的办电效率，是国网睢宁县供电公司在深化优质服务道路上的一个缩影。除了采取"压环节、降成本"的措施，让小微企业用电又快又省，针对重大项目建设，国网睢宁县供电公司采用超前接入服务，实现项目再加速。

"供电服务超前介入服务，为我们的工作推进赢得了不少时间，真是让我们轻松了很多！"2022年10月中旬，江苏盛斯达纺织有限公司负责人拿到供电人员送来的用电规划书，高兴地握着对方的手笑着说。

重点项目开展前期就能制定电网规划书，这一举措得到了客商、招商主体及县政府的一致好评，而这得益于国网睢宁县供电公司"重点项目提前介入辅导机制"。对内每周组织召开会议，对电网基建、大修技改等项目进行统一协调。对外明确"分级对接、一口对外"责任，根据政府规划、建设及政策动态，及时优化调整电网规划和项目建设时序，提前介入供电服务，为

国网江苏电力工作人员上门主动了解企业用电需求，为企业节能降碳需求出谋划策（谢鹏／摄）

重点项目落地提供电力支撑。

2022年9月，盛斯达公司与国网睢宁县经济开发区达成战略合作协议。国网睢宁县供电公司得知消息后，立刻主动上门了解企业情况、用电需求，并召开会议，针对该项目用电情况，进行任务分配，从供电方案、项目储备到工程建设制订详细计划，变客户上门申请办电为主动向客户提供用电方案。

通过超前服务重大客户，睢宁供电公司帮助企业大幅减环节、缩时限、降成本、保服务，真正让客户"省心""省钱""省力"。

显而易见，建设良好的电力营商环境已经成为顺应时代的浪潮，在江苏电网着力构建良好营商环境的道路上，行者众。

送电按下"加速度"

2022年11月30日，无锡市招商引资重点项目沃尔玛山姆会员店终于揭开神秘的面纱，在烟波渺渺的太湖之畔，以她独特而温婉的魅力引人驻足。

人们总是乐于用名次为喜爱的事物冠上更特别的标签，比如"世界上最长的河流"，比如"天下第一泉"，比如"三山五岳"，虽说是一些虚衔，却总是让人神往。

同样地，这份吸引力也适用于超市。随着新消费转型趋势，对高质价比产品的需求驱动市场升级，各类会员店逐渐形成一股"商业新势力"。全国第二家山姆旗舰店在无锡落户，这一消息从宣布开始，就成为轰动性事件，自然也就成了人们密切关注的时事。面对这个万众瞩目的重点项目，国网无锡供电公司主动推广"开门接电"服务模式，实现了客户办电由"客户等电"向"电等客户"转变。

刚一接到山姆会员店用电申请，国网无锡供电公司立即建立起客户需求导向、政企紧密联动、服务提前启动、规划超前对接、网架适度延伸、工程精准衔接、接电便捷高效的工作机制，形成签约即受理、受理即答复、接电更快捷、用能更省心的"获得电力"服务流程。在上传了外线工程报规手续后，仅用一周时间就完成了现场踏勘及线上审批，切实提升服务效率。

事后回想起项目的推进过程，项目负责人邹恩宇清晰地记得当时情况实在太棘手。首先是时间紧迫，无锡山姆会员店预计于11月底正式营业，因此用户变电所必须在9月底送电。其次是物资紧缺。2022年9月，在项目建设工程物资申请流程较长和运输物流减缓的双重影响下，国网无锡供电公司临时收到消息，部分设备无法在送电前建设完成。面对用电需求急、物资无法到位的局面，国网无锡供电公司充分发挥主观能动性，通过与经研所研讨迅速出具临时方案，沟通供指中心重新安排工作计划，对原有用户送电流程及时调整，最终克服困难，尝试将电缆延伸至红线内，采用外线与内部同步作业模式，满足用户实际需要。

2022年9月30日，国庆节前最后一个工作日。黄昏降临，瑰丽的晚霞在天边变幻莫测，由赭红渐渐变为玫红最后过渡到浅浅的胭脂红，平日里看着颇为宽阔的街道一到此刻便是堵得水泄不通，大多车辆都朝着热闹的市区行驶。

正当人们都急着拥抱悠闲舒适的假日生活的时候，山姆会员店项目的另一个负责人孙进平正驱车前往施工地点对变电站进行最后的验收。他首先检查了白天外线施工的情况，核对上一次设备验收指出的如接地标识不清晰等问题是否整改完成，并向相关负责人详细介绍临时方案的具体情况，包括间隔割接负荷等技术的运用和线路排设方向，并提醒催促物资进度，确保尽快进行完整送电。在等待外线工程最后扫尾的期间内，孙进平的脸上始终紧绷着，严肃的神情没有丝毫消散，他仔仔细细地核对检查其他设备情况，直至深夜11时，变电站中一排排电气柜的指示灯亮起，无声地宣告送电任务顺利完成，他才长舒一口气，收拾好资料工具，踏上返程之路。

夜已深，一串串星星点点的灯火更凸显出天幕的黑暗，偶有车流穿梭在街道，犹如流星划过，渐行渐远的轰鸣声和邻舍的低语，让整座城市显得更加寂静而神秘。孙进平在夜色中迎接着属于国庆节的第一缕晨光。

"无论是始于客户需求，终于客户满意，还是人民电业为人民，抑或是优化营商环境，本质都是一脉相承的，就是服务。这是我们的企业文化，更是一种思维习惯。"邹恩宇并不善言辞，说起繁忙的工作也只是淡淡地笑笑，"都是应该做的。"

以"辛苦指数"换取人民群众的"幸福指数"，就是电网人对于服务的坚定信念。优化电力营商环境，提高电力服务"获得感"，他们正在并将永远都在进行时。

国网江苏电力员工开展上门服务，征询重点企业用电需求（杜懿/摄）

投运见证"鱼龙舞"

2023 年 3 月 9 日晚，墨色一般的天地间，忽然一束光起，直冲天穹，蓦地绽成一朵一朵烟花。一霎间，天地交辉，火树银花，星汉灿烂，若出其中。不知多少人站在窗前，共同为这一刻激动、感慨、兴奋、欢呼——烟花盛放的时候，欢乐与幸福降临。

盛放的花火映照出国网如皋市供电公司服务专班员工们灿烂的笑颜，多天的连轴突击，他们终于实现康瑞新材料科技有限公司 110 千伏变电站顺利投运！

作为国内具有自主知识产权的金属复合材料公司，康瑞新公司主要生产手机边框先进原材料，实施的项目关乎科技发展和民生经济，早已列入省重点项目，如皋供电公司也给予高度重视。早在康瑞项目意向谈判阶段，如皋供电公司就提前介入，由主要领导挂帅，成立项目服务专班，根据项目的用电需求，统筹考虑电网运行状况与接入经济性，利用"开门接电"园区内的现有电力资源，为项目投产及后期设备调试贡献"良方"，提出最省最优最快的"两步走"方案。第一步因地制宜，对现有电力设施进行改造，满足项目一期用电需求。第二步"T"接现有 110 千伏线路，满足企业远景规划，最大限度使企业投入用在刀刃上。服务专班成员一次性解答客户投资建设、用电周期等方面的问题，解除企业在电力建设、投运时间方面的疑虑，促成项目在一个月内与政府正式签约。

与开发区政府正式达成合作协议后，康瑞公司计划 2 月 7 日就进行一期投产，因此用电需求十分急切。如皋市供电公司加强过程管控，把控供电服务保障等关键时间节点，确保项目早开工、早建设、早投运。对外与政府、企业建立"信息共享、遇事共商、责任共担"的三方协同机制，每日报送项目进度，协助政府精准掌握项目进展，服务企业；对内落实提升服务时效、提升服务品质的"双挂钩、双提升"服务机制，成立重大项目服务专班，对项目服务全过程进行责任分解、措施细化，结合项目需求，因地制宜，量身定制供电方案，根据送电时间倒排各环节完成的时间节点。

从 2022 年 10 月初开始，工作就紧锣密鼓地展开：10 月 3 日，服务专班组织各专业对项目进行现场勘查；10 月 9 日，答复用户正式用电供电方案；11 月 1 日完成 110 千伏接入系统会签；2023 年 2 月 6 日，专班成员组织"第一步"方案的送电，每一步都有条不紊地开展，如皋公司快马加鞭，在签约后第 100 天，圆满实现项目一期正式投产。

严密实施工作计划，保障项目如期投运，如皋市供电公司还着力整合资源，优化全链条送电流程，加强对康瑞 110 千伏变电站内部工程的指导。服务专班成员实时跟踪，及时了解项目内部工程的实施进展、项目实施过程中遇到的问题，第一时间协调解决问题，做到问题不过夜。专班负责人靠前指挥，现场指导，所有情况在一线掌握、问题在一线解决、工作在一线落实。

终于，时隔 5 个月的 2023 年 3 月 9 日，康瑞 110 千伏变电站顺利投运，在漫天绚烂的烟花中完美收官。

那一夜，是欢庆且热闹的。大家欢庆项目完美收官，沉浸在热闹非凡的此刻，当然在电网人的心中，还怀着无限希望，他们在漫天的星斗下许愿：用心当好电力先行官，用情架好营商连心桥。

可以毫不夸张地说，建设良好营商环境，打造全国一流服务，提升"获得电力"水平，江苏电网始终走在全国前列。

无论是普通低压居民用户和低压小微企业用户用电报装"零上门、零审批、零投资"服务，还是高压用户用电报装"省力、省时、省钱"服务以及用户办电"程序和时限公开、收费项目和标准公开、电网供电能力公开"服务，江苏电网始终站在用户的角度有针对性地给予帮助，全力营造全国一流用电营商环境。简化办电手续、压减办电时间、降低办电成本、提高供电可靠性、提升服务透明度，在此基础上提出的每一项标准与要求都实实在在，直抵人心。

江苏这方沃土之上一片生机盎然，不仅有着秀美婉约的江南胜景和豪气干云的江北风光，还有高端的产业集群，密集的工业园区，无一不展现出强大的经济韧性和活力。

正如鱼儿赖以生存的水源，良好的电力营商环境助力企业发展活力持续

国网江苏电力营业厅卖上了电动汽车（杜懿／摄）

激发，工业集群产业接连提质，城市发展后劲不断增强——这是江苏扎实稳住经济的底气。

第三节

让田野青山更绿

在江苏，无论南北，最常见的乡村模样是吴冠中画中淡淡晕染的白墙黑瓦，山环水绕，渐染青绿，像是从那"夺得千峰翠色来"的秘色瓷上拓下的釉色，雨过天青，绰约多姿，是一首叫人无端遐想的无韵之诗，是一幅浓妆淡抹咸宜的写意水墨。

乡村的美，需要人们的守护。其中，电力人的行动不可或缺。

"洋葱"书记

黄土之上，一颗颗饱满圆润的紫红色球茎破土而出，郁郁葱葱。一个弯着腰正在仔细观察植物长势的敦实汉子满意地拍了拍满是黄泥的手，直起身来，撩起袖子擦了擦汗，笑意从眼角蔓延开来："想来今年定能增收！"

黄土里的紫红色球茎植物——洋葱，无论在街头巷尾的餐厅还是家庭餐桌上都早已司空见惯，能作为高级西餐厅里牛排最佳的搭档，也能作为家常小炒里与猪肝平分秋色的食材，是泰州兴化市大营镇联镇村村民们赖以为生的农产品。而那个面朝黄土背朝天，整天泡在洋葱地里浑身都散发着辛香味道的敦实汉子，看着像是个地地道道的庄稼汉，却是泰州兴化市供电公司大营供电所原所长，如今大营镇联镇村的驻村第一书记——李廷胜。

地里的洋葱绿浪翻涌、长势喜人，田埂旁的村庄粉墙黑瓦、装饰一新。很难想象，4年前这个位于兴化东北边陲的村子，还是泰州市的软弱涣散村和经济薄弱村，积贫积弱久矣，是"榜上有名"的重点扶贫对象。

泰州市委向全市党政机关和国有企业党员"张榜招募"，发出了乡贤回流任职的号召。得知消息后，李廷胜在泰州电力系统第一个报名请缨，经组织层层考察选拔后，赴大营镇联镇村担任驻村第一书记。

这个土生土长的农村娃，一到村子就一头扎进了村民堆里。田间地头，哪里有村民劳作的身影，他就往哪里钻，东家长、李家短，问个不休，和村民之间的关系就跟一股绳子似的，拧在了一起。

没几天工夫，村里大大小小的情况就被他摸了个透，村民们也都把这个新来的敦实汉子当成了自家人。

村里贫困的情况比李廷胜想象的还要严重：村委的办公点是借用几十年前的村小学教室，只有3间不足50平方米的瓦房，年久失修，屋顶漏雨，门窗破败。仅有的几张办公桌也是东倒西歪，甚至有一张桌子腿坏了，只能用砖头支垫着，稍微一动就吱呀作响。党员活动无场所，村委办公无条件，群众诉求无去处，"三无"的状况影响着村两委工作的正常开展。

除此以外，村民的生活状态也亟待改善。李廷胜至今仍清楚地记得，一天晚饭后，村民刘小女悄悄把他叫到家里，一把鼻涕一把泪地告诉他："李书记，你不知道啊，我们村穷啊。20世纪80年代后期，村集体因酱醋厂经营不善，欠下债务200余万元。2001年村庄合并，又平添了240万元债务。从那以后啊，村集体就背着债务包袱，沉重得叫人抬不起头啊。而且我们村子里交通不发达，没有工厂也没有养殖业，经济来源全靠家家户户的一亩三分地，这生活实在难得很！"

村民的心声如同一根针扎在李廷胜的心上，他听到自己郑重说出的誓言："咱们一起努力，一定要让咱们村富起来！"

一诺既出，万山无阻。李廷胜上任伊始，正值洋葱收获季节。

联镇村种洋葱的农户占比很大，田野里的洋葱一个挨着一个、一片连着一片，红扑扑的脸蛋叫人看着欣喜，却也叫人犯难。农作物的收获都有时效性，李廷胜面临的第一个难题就是怎么把洋葱及时卖出去。由于村子里没有冷库，如果不及时将洋葱卖掉，洋葱不仅卖不到一个好价钱，而且还会烂在泥地里，农民辛苦一年的心血将白白作废。

销售渠道就是黄金之道，而快速大量的销售，仅靠一人之力实在困难。

2020年2月19日，江苏省兴化市大营镇联镇村驻村第一书记李廷胜（右二）在洋葱种植基地与村两委干部一起查看洋葱长势情况（吴均阳／摄）

正所谓"一人扶贫，全员支持"，在助农的路上李廷胜不是孤身一人，他的身后是江苏电力的大力支持。

思及此，李廷胜立马将所遇的问题向上汇报，请求供电公司帮忙销售。兴化市供电公司收到报告后，迅速向上级市公司、省公司求援。自下而上的汇报得到了高效回应，短短 5 天，联镇村就收到全省电力系统发来的十几万订单。村民听到这个激动人心的消息，个个喜笑颜开。如果说之前村民觉得李廷胜亲切得像自家人，而从这一刻开始，村民更觉得他是大家伙儿踏实的依靠，真正信任起这位浓眉大眼的驻村第一书记。也因为他总爱泡在洋葱地里和村民聊天，身上总飘着一股子洋葱味，大家也都更喜欢称呼他为"洋葱书记"。

电工出身的李廷胜保持着多年如一日的细心态度，一有空就爱往地里钻。在多次实地勘察后，他发现联镇村的土地肥沃，这么多年的选育培优，村子里生产的洋葱已经"更新换代"了，其外形、色泽、口感、营养价值都高出普通洋葱一筹。

实力既在，就差适时的宣传了。让好吃的洋葱变好看，李廷胜抱着这个念头注册了"南寺桥"品牌，设计制作了包装礼盒，效果出乎意料地好。小小一个创意改造，立刻让联镇村的洋葱增加了知名度，扩大了市场。在此基础上，他又陆续打造精品大米、精品杂粮、精品香芋等农副产品品牌，为村里广开财源。李廷胜到任第一年，产品实力与品牌效益的叠加就让集体收入增加了 80 余万元，大大减轻了村债务。

在富了村民口袋的同时，李廷胜想方设法"富"村民的思想。

要想富，建支部。一个改造党群工作站的想法在李廷胜脑海里萌生了。

村里债务尚未清偿，党群工作站的资金从哪里来？思来想去，李廷胜决定还是向江苏电网这个强大的后援寻求帮助。

一直以来，江苏电网都在坚强而有力地支撑着李廷胜们的工作。榜样的力量是巨大的，深入一线的李廷胜们就如同飘扬着的高高耸立的红旗，旗帜迎风招展，成了最醒目的领航标，他们的身上，有让人向往并追随的信仰。

一呼百应。从李廷胜一个人的奋斗到泰州供电公司的一群党员义工的助力，再到发动全公司志愿者扶贫，众人拾柴火焰高，短短几天时间他就筹资40多万元，在52天时间内就给村里改造了崭新的党群工作站。自此，原本"老破小"的村委会焕然一新，精神抖擞地发挥战斗堡垒作用。村干部有了办公室，党支部有了活动室，村民有了便民室。

窗明几净的党群工作站，成了村民愿意常来的连心桥和暖心站。

李廷胜依旧在思考联镇村未来的道路，他心里清楚，消费增收只是辅助手段，要想真正实现增收发展，就要围绕洋葱产业开辟新的路径，要借助江苏最大的洋葱种植基地，推出"江苏葱"品牌，打响联镇村走出江苏、迈向全国市场的第一步。

在江苏电力的支持下，李廷胜多方奔走，筹集到资金160多万元，建起了兴化首个洋葱交易市场。随之而来的，是洋葱上下游相关的市场主体逐渐涌进来。2023年5月的下半旬，初具雏形的市场作用发挥得淋漓尽致，10天之内"撮合"了2.5万吨洋葱集中交易。村民足不出户就能通过市场平台将洋葱卖个好价钱，村集体能够稳定持续"坐收"租金佣金和管理费，属于联镇村的美好春天正在路上。

李廷胜骑着自行车活跃在田间地头（吴均阳／摄）

松茸是个宝

这是个本真而纯粹的小村落，坐落在群山环抱间，山中茂林修竹，山下油菜花田随风摇曳，自然界赋予的色彩比油彩亮丽，比水墨丰富，比白描更写意。

这儿是宜兴，再聚焦一点，是宜兴周铁镇的王茂村。北埝浜旁，树木花草郁郁葱葱；王茂河边，古寺古桥错落有序；道路两侧，白墙黛瓦清新雅致……

美丽而富饶，是看到此情此景最真切的感受。但在五六年前，王茂村还是一个在宜兴村镇排名长年倒数的经济薄弱村，村级集体收入一年不足 10 万元。村民们的年龄结构又普遍老龄化，劳力不足，良田被弃，无奈却又无力改变。

"独木不成林，我们要学会借力呀！"2019 年，一个青年人的到来就如同启明星，让未卜的前路逐渐清晰明了。他就是宜兴市供电公司选派来的"驻村第一书记"周小平。当时，周小平正值壮年，在专业这条道路上已经钻研多年，很多人都不明白他的选择："电工干得好好的，来这村里做个芝麻官有啥意思？"他不善言辞，只是和蔼地笑笑，用行动诠释了回答。

这看着个子不高、皮肤黝黑的汉子做起事来，一点儿也不含糊。当上驻村第一书记后，周小平做的第一件事就是给村子"拔穷根"。他带领村干部走访调研，最终得出结论：王茂村地处平原圩区，资源少。要想发展，必须要坚定地走农业集约化经营的路子。有了行动指南，一切都变得井然有序起来，在周小平的帮助下，当地金穗种业科技有限公司以每亩 700 元的价格，一次性流转了王茂村 1850 亩土地，逐步建成全市规模最大的稻麦良种基地。

有了收入来源，接下来的事情就好办了许多。周小平在村委办公室里熬了好几晚，对投入资金占比进行合理分配。工欲善其事，必先利其器。他将经营收入的大半统一购置了收割机、插秧机、施肥机等农机近 100 台套，并投建烘干房等配套设施，在育秧种植、施肥防虫、收割加工、包装销售等环节实行统一管理。一个电工，在农业生产上显得天赋异禀，新型农村集体经济发展的繁盛之景在宜兴徐徐展开——农忙时，播种育秧、开镰收割，周小平带头卷起袖子踩着靴子下地干活，披霞衣往，乘暮色归。

千叶小舟云集，八方商贾过往。今时今日，在周小平书记的带领下，王茂村证实了宜兴古来有之的"鱼米之乡"四字美谈所言非虚。

传统的稻米产业对王茂村的经济发展而言并不足够，支柱性产业撑起了王茂村的骨架，周小平盘算着该如何丰富其血肉。从村委办公室的窗户望向眼前一望无际的原野和远处耸立绵延的青山，他不由得陷入沉思。眼前一棱一棱的田埂被各类农作物分别"占据着"，绿油油的麦苗、黄灿灿的油菜花，簇拥着象牙白的大棚，都是些田地里最常见的作物。蓦地，他冒出一个大胆但是经过了深思熟虑的想法："我们种松茸吧！"面对疑惑，他笑着说："松茸营养价值高，而且栽培简单，不与地争肥、不与农争时，金穗种业那十几亩大棚育完稻种可以接着种松茸嘛！"

筹备了一年多时间，松茸项目正式揭开帷幕，在王茂村原有的大棚里引进浙江大学野生菌类实验室的菌种，当地村民开始人工种植松茸。时间紧，任务重，在周小平的倡议下，宜兴市供电公司各单位组织志愿服务，前来帮忙种植。

他们在大棚顶部装上两层不同材质的纱布，避免阳光直射。又在田地上方挂上一排排自动喷淋设备，共同模拟适宜松茸生长的原生态环境。看着松茸一点一点长大，周小平就像见证自家孩子苗壮成长般欣慰。想着这些松茸未来可以托起家乡的振兴梦，周小平的心里又平添了一份自豪。

和他一样高兴的还有王茂村的村民。"以前我没工作，这个年纪出去打工也不现实，多亏松茸种植，可以让我们这些农村妇女找到活干，既能赚钱，也能顾家。"村民李美华红扑扑的脸颊焕发着光泽，顿了顿，她又补充道，"现在的日子越来越红火，钱包鼓了，咱的底气也就足了。"松茸种植，将工作岗位送到村民家门口，实现了农村闲散劳动力就地就业。

当然，现实的筚路蓝缕、艰难困苦，是一纸笔墨无法淋漓尽展的。周小平的松茸种植之路并不平坦。

2022 年冬天，大棚内的松茸因为低温进入休眠期，不知何时才能醒来。面对纷至沓来的订单，周小平心里着急，嘴里也上火起了泡。

回想起 2 年前，第一批松茸已经全部采撷，但是订单却寥寥无几。"说起来，还多亏了电力员工！"周小平记得第一批松茸全部出售后村民们掩饰不住的笑容。他捂着嘴边的血泡，回忆把眼底也染上笑意。

那次订单数量稀少，松茸有价无市，让村民心底格外焦急。周小平也着急。当他把困难上报给宜兴市供电公司后，宜兴市供电公司给予高度重视，集思广益，决定结合汹涌的电商热潮，由周小平牵头开启一场别开生面的直播。

"各位老铁，咱们王茂村的松茸营养高，'银香'大米获得国际金奖，快来买呀！"周末的直播间里，宜兴周铁供电所的两名志愿者正在为王茂村农副产品卖力地吆喝。没想到直播的效果真是不错，物美价廉的产品得到顾客青睐，订单很快接踵而至。

据统计，首次直播的点赞量就高达 2.8 万，销售农副产品 315 件，金额达 1.8 万元。首战告捷后，宜兴周铁供电所主动与王茂村结成"联创联建"新模式，在王茂村致富的道路上，宜兴市供电公司的志愿者随叫随到，全程跟踪服务，将村民发愁卖货的焦急心理熨帖得平静而闲逸。

针对松茸的休眠期，周小平提议使用电采暖设备，但是问题又产生了，一旦使用暖气设备，用电负荷必然会快速增加，必定对现有线路的稳定运行产生影响。周铁供电所营业班吴班长听说周小平的想法后，主动前来排忧解难："增容改造就交给我们了，按常规速度，完成整套作业要 10 个工作日，我来带队施工，最多 8 个工作日就能搞定。"

在电采暖的助力下，松茸在寒冬逐渐苏醒，周小平和吴班长看到产销两旺，脸上都浮现出欣慰的笑容。截至 2023 年年末，王茂村共种植松茸 50 多亩，年收入达 80 多万元。

4 年来，周小平这双脚几乎走遍了王茂村的每个角落，在这片土地上闯出一条"土里挖金斩穷根"的发展之路。在他的带领下，全村党员干部和村民积极创新经营模式，逐渐将王茂村从一个榜上有名的"贫困村"打造成江苏省生态村、无锡市社会主义新农村，至此，"点石成金"的故事内核也逐渐丰满。

乡村振兴，任重道远；漫漫征途，惟有奋斗。周小平深知，乡村的改变，即使再细微，也可抵万钧。他愿意从平地踮起脚尖，用责任与实干，默默托起乡村振兴的壮阔梦想。

读书人的"庄稼梦"

朝着海滨的方向行进，有一座以"水晶"著称的城市——东海，在这里，不仅盛产美丽的宝石，也是一个动人故事的起源地。

故事的主人公杨刚还很年轻，1.83米的大个子，略显稚嫩的脸庞和白净的双手赤裸裸地展示着他是个种庄稼的门外汉。而这样一个看着与农田毫无瓜葛的读书人，自愿赶赴东海安峰镇的石埠村，担任该村的驻村第一书记，用实际行动宣示他的梦想：带领石埠村百姓向蒸蒸日上的幸福生活迈进。

石埠村地处宿迁市沭阳县与连云港市东海县交界处，是有名的移民村，拥有15组6000多户。曾经因板材加工而红火的村子，如今在归土还田治理的大潮中失去了往日的光辉，村部的管理工作一度陷入停滞。

5年前刚进村子，白面书生形象的杨刚就沉下心来，仔细研究帮助该村脱贫致富的路子。他知道，脱贫攻坚要的是对症下药。那段时间，他村部的办公桌上堆满了科学种田的书籍，每天一有空就跟着村支书王兴功在田间转悠。当了半个多月的"跟屁虫"，他发现，村里种田的好把式和有经济头脑的人大有人在，缺少的是善于规划、科学种田的"带头人"。

发现了问题所在，杨刚心下有数，在上任后参加的第二次村委会全体会议上，他召集了36位种田能手、8位有经济项目经验的行家、6名村干部、86名青年农民，谈现状、谈规划、谈发展，分析本村的优劣态势，确定了"一年强阵地、两年打基础、三年赶超沭阳小五常"的发展目标。杨刚大胆提出上网查好的农业经济项目、上市场找紧俏农产品、走出村到兄弟县村取经的"两上一走"策略，点燃了村民脱贫致富的激情。

农村的基础就是田地。村子里有2000多亩的旱田长期得不到灌溉，造成农作物大面积减产甚至绝收。"如果在地里发展大棚种植、水产养殖等生态农业，肯定有搞头！"杨刚跟大伙儿们充分讨论后，确立了虾稻养殖的产业脱贫计划。

绝知此事要躬行。杨刚立马带领村干部赴温泉镇甘汪村、黄川瑞沃稻虾种养基地等先进产业基地参观取经，又向东海县供电公司申请，同石埠村联合开展村电力设施会诊，充分利用政策特事特办，为村里快速办电，借助农网升级改造契机，为该村完成2.4公里的高、低压线路改造，配电变压器增容600千伏安，为解决农田灌溉问题提供电力支撑。

看着哗哗的水流进旱田，村民刘学文感慨万分："起初觉得杨书记是个不会干事的毛孩子，没想到还真行！"

办实事，有成效。3年下来，2000亩虾稻立体养殖基地已蓄水待春，更为可喜的是，还没下种的优质环保稻米、龙虾都被北京、徐州等地的客户抢先订购一空，可观的收入让村子里的贫困户不到一年就全部摘掉了"穷帽子"。

杨刚（左一）和村支书向温泉甘汪养虾专家李全东取经（丁桃红／摄）

基础的经济问题解决了，其他问题也得一一着手处理。细心的杨刚发现，石埠村的青壮年大多外出务工，留守儿童众多。而村里学龄前儿童大多被送去十几里外的镇上去上学，在本村学校就读的寥寥无几。村民为何要舍近求远呢？

"学校有 3 个老师，都是学成回来的人才。学校每学期在全镇竞赛考试中都能拿第一名，只是我们学校硬件设施落后，再加上雨季多涝的道路和摇摇欲坠的围墙，让很多家长望而却步。"石埠小学校长徐发展无奈地道出缘由。

想到村部也同样面临的问题，杨刚下决心彻底解决内涝。他会同村支两委积极向上汇报，多方协调相关部门争取数百万资金，进行内河河道清淤、道路、路灯、沿线排水设施改造，确保积水及时排出，解决了学生出行的后顾之忧。

看到教师资源缺乏，杨刚自告奋勇开始跟进课堂，有时当老师，有时当升旗手，有时又化身儿童舞中的"参天大树"。时间长了，孩子们和他打成一片，有的叫他"大个子"，有的叫他"高高老师"。

"我是带着使命而来的，这个使命就是带领石埠村美起来、富起来、强起来。"杨刚乐呵呵地看着可爱的孩子们在操场上奔跑，心里是说不出的欣喜。

只此青绿一品红

初秋，盱眙县雨山茶场，清风拂过山岗，层层叠叠的茶垄捧起一汪碧绿的山泉，妩媚成一幅山水画卷。茶农们正在采摘最后一季鲜叶，赶制最后一季红茶。

如今这座茶场的故事，要从 5 年前说起。

5 年前，国网盱眙县供电公司受命对茶场的农户实施精准帮扶，彼时的茶场仅生产一季春绿茶，满山的青绿之色多数时间成了仅可远观的陈设，白白浪费了这大好的土地资源。

经过实地勘察了解，盱眙公司的志愿者得知，茶场曾经将一箱采摘自雨山茶场的鲜叶包装空运至福建试制红茶，并请专业机构给予鉴定，其结果品质优良，丝毫不逊色于国内时兴的红茶品牌。

既然茶叶品质如此优越，盱眙公司立刻锚定目标，改良原有的一季春绿茶生产模式为"春绿茶＋三季红茶模式"，极大拓展了茶园及鲜叶的利用率

国网江苏电力淮安供电公司志愿者为盱眙县黄花塘镇雨山茶场检修太阳能灭虫灯（梁德兵／摄）

与采摘期。

从最初默默无闻的小茶场到开创"能源绿·一品红"品牌，将红茶引入市场，既以家乡伟人高尚品格寓意茶中一品，又借力龙虾节红色风暴，强化营销攻势，盱眙公司化茶场资源优势为经济优势的曼妙文章，写得精彩绝伦。

短短一年，就让茶场32户茶农全面脱贫。两年后，又实现各类销售500多万元，集体经济较帮扶前实现增收3倍有余，茶场村民的日子就跟红茶生意一般红火起来。

"一定要看到人，你才能感受到'振兴'是什么意思。不是说你看到几栋新的楼，或者看到修得挺好的柏油路，这就是乡村振兴，不完全是这样。因为，人其实会因为这些变化而变化的。所以人的状态、人的笑容、人的生命、生活质量，都和你现在走的每一条路，你看到的每一处景色有关。"乡村振兴，重要的是乡村里的人，当农民成为有吸引力的职业，农村成为安居乐业的美丽家园，农业成为有奔头的产业，这才是乡村振兴所"向往的生活"。

　　乡村振兴，主题宏大，绝非一蹴而就，而要久久为功。江苏电力的有志青年拾级而上，他们在沃土间耕耘，同农民们交心，自得其乐。他们从心底热爱着乡村。烟火藏诗意，诗意在乡间，这里的一草一木皆治愈。他们深知，对于乡村而言，农作物是副产品，田野中度过的时光才是主产品。要让村民的生活日益富足，让每一天都变成诗里歌里的好日子。他们眼中目标坚毅，要努力使乡村看得见山、望得见水、记得住乡愁，做到乡村让城市更向往。

　　暖暖远人村，依依墟里烟。在希望的田野上，一粒粒种子正在蓄积向上生长的力量，一个个奋斗的身影正在谱写乡村振兴的崭新篇章。

光来了　希望来了

第七章

　　"一颗红心守护灯火万家。"以共产党员为首的千千万万的国网江苏电力人，用他们的行动诉说着对百姓真切深沉的爱，他们的胸膛里，跳动着热烈而纯粹的赤子之心。

　　但凡人们需要帮助，无论是琐碎的日常事，还是危难之际，江苏电力人始终冲在前。安全帽、工作服、绝缘靴，朴实无华的穿着一出现，让焦急的人们心神不由得安定下来：有电就意味着有光，有光就意味着有希望。

　　与顶天立地的大人物不同，江苏电力人其实只是一群普普通通的国企基层员工，就是日常随处可见的平凡人，名不见经传。可就在这样一群怀揣赤子之心的基层员工身上，闪耀着历经岁月不曾磨灭反而愈发清晰的三颗精神勋章：一是坚守，一诺千金；二是风骨，贯穿始终；三是理想，矢志不渝。

第一节

播火种的供电人

在激荡着风雷的岁月里，那是一群用坚实的身躯筑起万里长城的先锋战士，无惧黄沙漫天，无畏烈日灼心，用不屈的背脊抵御风霜雨雪，用温暖的胸膛拥抱晨露朝曦，用宽广的肩膀托起新中国第一缕阳光。岁月更迭，时光荏苒，中国共产党的前辈从红船上走来，渐渐地，狭窄的甲板拓宽成康庄大道，前辈的身旁汇集了越来越多的身影，无关年龄，无关职业，只是因为共同的理想信念：为中国人民谋幸福，为中华民族谋复兴。

星星之火，势必汇聚成燎原之势。

在和平与发展成为时代主题的今日，希望的火种已然播撒在中国这大展的壮美山河图上，点连成线，线铺成面，熠熠生辉。

国网江苏电力的共产党员服务队便是这火种的传递者。

"电"亮大山里的星火

2023 年"七一"前夕，南京供电公司石城共产党员服务队收到一些特殊礼物——用稚嫩的字体一笔一画写下的信件。寄件地址是延安市延川县文安驿镇，距离南京约 1000 公里。1000 公里仅仅是直线距离，这中间横亘着山脉与河流，跨越了城市与乡野，雪片似的纸张就是一只只纯白无瑕的信鸽，当落到队员们的掌心时，还有余温。

"我叫刘宇轩，原先我的保温杯是爸爸在我上幼儿园时给我买的，现在漏水，经常把我的书包和书弄湿。我常常梦见爸爸给我买了新杯子，醒来是个梦。你们实现了我的愿望，我再也不担心书包和书被水弄湿了，谢谢叔叔阿姨!"这是其中一封信里写的内容。孩子的话语直白简单，就像在队员的耳边悄声诉说，字字句句都藏着感动、感谢和期盼。

这些信件的起源，要从 2023 年 5 月说起。当时南京供电公司石城共产党员服务队自发开展了"电亮大山里的星火"公益行动，计划为多所乡村小学建光伏微电网，让光明之花绽放在大山深处，星火相继，聚成银河。

手写信里的孩子刘宇轩还是个小学生，来自革命老区延安市延川县文安驿镇中心小学。这是一所非常特殊的学校，全校共有学生 114 人，其中残障儿童 11 人，留守儿童 67 人。"这里的孩子生活条件普遍不好，不说别的，你们看身高都比城里的孩子矮不少。"看到石城共产党员服务队的队员们，文安驿镇中心小学校长很是欣慰，谈起学校的孩子们又颇为心酸。

在校长的带领下，石城服务队的队员们绕着校园勘察了一下地形，碎石子铺就的跑道上有正在上体育课的孩子们，奔跑着肆意挥洒汗水，笑容叫人想起迎风摇曳的格桑花，明媚绚烂，天真无邪。教室里，个子小小的孩子们趴在书桌上，和城市里大多数孩子戴着眼镜学习的景象不同，放眼望去，没有戴眼镜的孩子，清澈明亮的眼眸就如同一颗颗熟透了的葡萄。和窗外经过的队员们对视的时候，"小葡萄"们先是怯生生地不敢直视，等看到队员们亲切的笑容，孩子们也逐渐大胆起来，冲着他们甜甜地笑起来。

那一刻，温暖在笑容中流转，队员们愈发坚定心里的念头，要排除万难，抓紧时间把光伏微电网建设好，用光伏省下的电费让孩子们多买一些书籍，有更多好的教育资源。

初步计划制订完毕，队员们立马着手开工。连续两天时间，队员们在教学楼顶忙得热火朝天，勘探测量绘图、制订安装方案、吊装搬运水泥，每一步都在山风与烈日的双重灼烤中持续进行着，西部的紫外线格外强烈，照射到队员的脸颊上火辣辣地疼，像极了吹响劳动号子的农忙。为着微电网的"丰收"，队员们甘之如饴。

一块、两块、三块……奇迹被时间揭开面纱，不到 3 天时间，蓝色的光伏板全部拼接完成。不到一周时间，这个被称为"石城光明站"的光伏微电网项目成功并网，装机容量 4.95 千瓦，预计年发电量 5500 千瓦·时，保守估计光伏微电网全年可为学校减少电费支出 3000 元。

工程完工的时候，临近六一儿童节。其实早在还没出发的时候，队员们就开始筹备给孩子们的"小惊喜"，委托学校收集每个孩子的"心愿礼物"。孩子们的心愿总是五彩斑斓的，也是最纯真简单的，不到 24 个小时，上百条"微心愿"就传递到了队员们手中。小小的希冀里是对美好生活满满的渴求与向往，队员们立马行动起来，分头采购他们想要的球拍、文具、书包等物品，并精心包装，以真诚对待每一个心愿，用真心守护每一颗童心。

授人以鱼不如授人以渔。想要助力孩子们走出大山的梦想，更需要让先进的教育深入人心。

在延安之旅时隔两个月后，石城共产党员服务队的队员们再次启程，赶赴金陵城西南方向 1000 公里的将军县，开展线上线下相结合的支教志愿活动，自发为留守在兴国县杰村乡山区的 60 多个孩子上暑期辅导班，亲身参与到孩子们的学习生活中。

大山深处有人家，世外桃源般的风景必要经过迢迢跋涉，山重水复方能窥见另一方天地，石城服务队的队员们对此深有感触。沿着崎岖陡峭的盘山公路行驶约一个小时，导航上的指针缓缓停在了一处人迹罕至的地点。山林掩映处，有乡村惯常见的平房，墙体被黄土石灰涂抹得略显斑驳，门口匾额上"白石小学"四个红字映入眼帘。与之相辉映的，是上空迎风飘扬的五星红旗。

这所大山深处的希望小学是当地留守儿童汲取知识的"摇篮"，周边五六个村子里的孩子都在这儿上学。大山看似阻隔了外界与这处桃源的联系，却无法隔断现代文明对大山里孩子的"辐射"。为了帮助孩子们打牢文化课程基础，激发兴趣爱好的火花，服务队队员精心备课，开设了 5 节形式多样、内容丰富的特色小课堂，涵盖了数学和英语辅导、电力常识科普、中国传统文化之书法体验、发散思维启蒙之乐高积木搭建等。

队员们还特意为白石小学带去了许多体育用品，助力孩子们的身心健康。"欲文明其精神先强健其体魄，我们带来了一些体育课上常用的器材，希望能给孩子们带来更丰富有趣的教育。"服务队书记赵艳将体育用品转交给白石小学校长时说道。

学生们白天在学校里上课，晚上要自行回家。据队员们了解，孩子们上下学之路弯多坡陡，蜿蜒曲折，到处都是悬崖峭壁，很是危险。加上山岭中村落分散，最远的孩子从家到学校的路程足足有 4.8 公里，沿途甚至需要翻越三个山头，常常一走就是三四个小时。队员们看着戴着红领巾的小朋友们脚上满是泥泞的球鞋，实在放心不下，纷纷主动请缨，当起了孩子们步行上下学的"护学使者"。早上 6 点接孩子上学，夜晚 9 点送孩子回家，日复一日，披星戴月。

"我 5 点多就起床了，6 点多往山下走，到学校正赶得上早读！""距离我家只剩下一个山头啦！""姐姐，你热不热，我帮你扇扇风！"一路上，小小的"红领巾们"背着大大的书包，却迈着稳健的步伐稳稳当当地走在山路上，和队员们相谈甚欢。山林之间回荡着孩子们稚嫩的童声和清脆的笑声，好似汩汩清泉驱散了难耐的酷暑，叫队员们心底凉凉的，也甜甜的。

沿途的路很长，队员们为了给孩子们解闷，同他们一起唱军歌，讲红色故事，讲国网江苏电力的党员服务队在服务之旅中发生的暖心故事，直至将最后一个孩子安全送到家中。

破冰抢修

淮水浩浩汤汤自西向东而来，在淮安境内驻足留恋，赠予了金湖三面清澈明亮的宝镜：白马湖、宝应湖、高邮湖。湖周长堤环绕，绿树掩映，田园方整。若是夏日，可见莲叶接天，若是秋来，可闻稻谷飘香。在金湖，自有一派湖色水乡的风光。

一方水土养一方人，水域面积广阔的金湖地界上，岛屿星罗棋布，岸上渔民的数量也与日俱增。无论是生活还是水产养殖，都离不开"电"的时刻守护。对金湖的百姓而言，"电"这个无形的却无时无刻不在传递着温暖与光明的能源拥有一个更具象的实体——金湖飞虎共产党员服务队。

2011 年的金秋十月，本该是风吹麦浪、瓜果飘香的收获时节，可金湖县突发严重旱情。值此危急关头，12 支电力飞虎队临危受命，即刻筹集备品备件，实行 24 小时值班服务。只要群众有需要，他们就随叫随到。河汉、港渠、田头，电力飞虎队的队员用脚步丈量每一寸土地，共架设临时抗旱线路 56 公里，检修 800 多处流动泵站和 1 万多台小型电泵、机泵，解决了全县 54 万亩水稻的灌溉难题。

功夫不负有心人。预想的"大灾之年"收尾发生了惊天逆转，金湖的水稻产量不减反增。尤其是前锋镇种田大户韩福焕的 800 亩水稻喜获丰收，水稻亩产达 1300 多斤。"今年能不减产，可多亏了电力飞虎队啊！"韩福焕对飞虎队的"义举"是说不出感激。

纤纤不绝林薄成，涓涓不止江河生。一时的努力并不难，难的是持之以恒，坚持不懈。在金湖 1393 平方公里的县域内，飞虎共产党员服务队的队员们数十年如一日，用无声的行动默默守护着这儿的百姓。

在白马湖区桃花岛上的居民李韶巧心中，飞虎共产党员服务队的队员们就是她的家人。

从白马湖西岸乘坐快艇穿过几道芦苇，拐过几道弯，豁然开朗处，便可见一座天然隆起的小岛，那就是白马湖中的"桃花岛"。由于白马湖 2020 年起实行退养还湖政策，岛上原有的 11 户渔民都已搬迁上岸，只剩 62 岁的李韶巧这一人一户因为年老体弱，还未搬离。

哪怕只有一个人在，也要保障老百姓的生活用电，这是每一个电力人的心声。"老人一个人在这儿住，我们也总是放心不下，常常借着巡检的机会来探望老人，顺便替她排查一下用电隐患。在咱金湖，有人的地方，不一定有路，但一定有电。"飞虎共产党员服务队的队员李承忠已经认识李韶巧两年了，每次来都会跟老人聊聊天，拉拉家常，陪老人一起下菜地里摘菜。他一开始还很担心老人一个人在岛屿上孤独害怕，但老人乐呵呵地告诉他："有你们常来看看我，吃穿用也都一应俱全，没啥好怕的。"

一盏灯，亦值得守候。

有快艇作为交通工具时，飞虎共产党员服务队的速度迅疾如闪电。可若是数九隆冬时节，天寒地冻，湖面也结了厚厚的冰。恶劣的气候条件会影响服务队的速度吗？电力飞虎队用实际行动回答了这个问题。

那是 2023 年年初，飞虎队队员之一同时也是国网金湖县供电公司前锋供电所台区经理的李承忠接到小杨庄渔民杨顺怀的电话，电话那头，杨顺怀心急如焚。

"您慢慢说，有任何困难，我们一定帮您解决。"李承忠沉稳关切的话语让杨顺怀定了定神。他告诉李承忠自己耄耋之年的老母亲家中突然断电，老母亲一人居住，他实在是放心不下。"您放心，我们马上出发！"李承忠挂了电话立马起身召集队员，两只手也不闲着，一边打开地图导航查看地理方位，一边用座机拨号向上级反映抢修情况。

此时正是深冬，白茫茫大地上万籁俱寂，杨顺怀母亲所在的位置，正处于冰封湖区的中央，以往坐上冲锋舟，踏浪而行最多20分钟就能赶到。可如今，冲锋舟虽在，却被冷冻的冰面束缚一隅，根本无法发挥作用。

更糟糕的是，自2020年白马湖实行退养还湖政策，渔民搬迁上岸以来，所有的生产船只都被集中处置，避风港内停的都是些固定在岸边的餐饮船。巧妇难为无米之炊，李承忠按捺住心里的焦急，与正在值班的前锋支队副队长、前锋供电所党支部书记张来宏合力打听，四处联系可调用的钢板船。终于，找到一条停泊在白马湖的外地钢板船，经过协调，船主很快同意借用。

接到杨顺怀的电话后不到半个小时，由张来宏、李承忠、伏道军、胡方元、李富仁等5名电力飞虎队队员组成的临时救援小组拿着破冰的木棍和工器具就踏上了抢修之旅。

刺骨的寒风如刀子般毫不留情地划向队员们露在外面的脸庞和双手，5名身强体壮的青年队员们轮番用力，才启动了被冻得仿佛生了锈的24匹柴油机，连久经风浪的船主老杨都不由得感叹第一次见到白马湖上结了这么厚的冰。

破冰的钢板船是条活水船，中间两个舱位与湖水相通，仅船头和船尾可以站立，两侧船舷位置有限。队员们为破冰分立于船头及两侧，手持木棍相互配合着：砸、撞、捶、敲、挑、捅，冻得通红的双手牢牢攥着木棍，队员们都拼着劲、咬着牙往冰面上砸窟窿。

棍与冰面的撞击和船体的挤压，在前行水路上发出阵阵声响，咔！嚓嚓！咔！嚓嚓！渐渐地，湖面上的冰裂开了一条条缝……船在缝隙里艰难地前行，时而有四溅的湖水和浮冰打在船头上，不多时就结成了薄冰，异常湿滑，稍不留神便会跌倒。"大家站稳，小心脚部打滑！"张来宏大声提醒着。破冰的钢板船时快时慢，宽广的水面，结的冰会薄一些，而狭窄水道的冰层常常能达到 10 厘米的厚度，溅出的冰刺格外锋利，擦过手背就会留下一道口子。队员们的手上或多或少都留下了几道"印记"。如此反复破冰 4 个多小时，抢修船终于到达小杨庄岛。

到了岸上，队员们顾不得休息，三步并作两步来到陈方珍老人家里。经仔细查验，队员们发现是开关超负荷烧坏导致停电，换上了新的开关后，昏暗的屋子瞬间又亮堂了起来。

80 多高龄的陈方珍眯着眼，看着灯泡重新点亮，颤抖着手抹了抹眼角："我开心呐，有你们在真好啊！"说着又拉起队员胡方元的手，凑近了看那破冰时划伤的手，叨念着："这么冷的天，没有想到，你们还真来了！手都伤成这样了……""您这屋子里亮堂了，咱这心里也暖和，这点小伤算得了什么呀！"队员们满不在乎地笑笑，赶紧让老人坐下，听着老人跟儿子报了平安，他们心里的石头才算落了地。

纵使风雪之路千难万险，也抵挡不住金湖电力飞虎队对百姓满腔的热忱和拳拳关切之心，心之所向，素履以往，他们愿用满心真意，换情满人间。

电力军魂

沿着淮河顺流而下，在黄海之滨，有一支特殊的共产党员服务队——国网如东供电公司退役军人共产党员服务队，他们曾经是守卫祖国山河的军人，如今是守护万家灯火的电力员工。这支服务队的值班室也很特殊，墙上"快让客户的灯亮起来"9 个大字遒劲有力，格外醒目，置物架上红马甲、安全帽、抢修箱等物品一字摆开，随时抢修"备战"的"硝烟味"十足。

以军人之名，捍卫光明之路。这是一支英雄的队伍，也是江苏大地上的首支国网电力共产党员服务队。

20 年前，如东县老城区电网基础薄弱，加之地处沿海，一年四季常遭遇暴雨、台风等自然灾害，电力故障抢修频率极高、抢修条件极差，叫人望而生畏。时年 47 岁的海军退役军人缪恒生坐不住了，曾经为守护祖国碧海蓝天乘风破浪，如今守护万家灯火怎能不冲锋在前？

"以后这些苦活累活，咱们当过兵的党员先上！"缪恒生振臂一呼，如熊熊不熄的火炬，点燃了同为退役军人的陈炜等3名电力员工心中那份为民奉献的激情。

自此，由4名退伍军人发起，6名共产党员组成的共产党员服务队应运而生，缪恒生成为首任队长，制作了印有"共产党员"4个大字的红马甲。

脱下戎装，换上红马甲。6人立下铮铮誓言，承诺"随叫、随到、随修"，24小时值班，365天无休。

一次井下抢修作业，现场温度高达60多摄氏度，电缆烧焦后的烟熏味充满了整个狭小的空间。

"我身材小，我下去。"缪恒生不容分说，随手用肩上的一条湿毛巾捂着口鼻，就往井下钻，徒手举起数十斤的电缆，配合井上吊车成功作业。

原本就空着肚子，再加上高强度工作，从井下上来，缪恒生一下子瘫坐在地，几近昏迷。但在缪恒生看来，这些苦是电力人必须吃的，也是党员必须抢着吃的。

从最初的6人小组，到后来近百名退役军人加入这支共产党员服务队，从常规的故障抢修不断扩大服务范围，发展出共产党员服务电力体检支队、项目保障支队、安全宣教支队……

在这支英雄队伍的带动下，一支支由劳模、先进工作者担任队长的共产党员服务队在江苏大地上如燎原之势相继成立。从最初的1支到100支，从6人到3000余人，一大批具有铁一般信仰和本领的先锋党员亮旗践诺，冲在前、顶在前、干在前。

一颗红心代代传承，携手相依暖世间。敬老助残、扶弱帮困、献血捐物……在国网江苏电力共产党员服务队，这样的爱心故事数不胜数。红心闪闪放光芒，服务的旗帜实实在在，他们将点滴之爱汇聚成大爱暖流，用爱心体现价值，在党和群众之间架起了一座"连心桥"。他们一直引领行业之风，把安全用电送到千家万户，为新时代新征程的奋楫扬帆注入不竭动能。

鲁迅先生谈及中国的脊梁，曾经饱含深情地写道："我们自古以来，就有埋头苦干的人，有拼命硬干的人，有为民请命的人，有舍身求法的人……

这就是中国的脊梁。"先生用如椽巨笔描摹"他们的光辉",这光辉穿越古今,血脉相承,如同一朵朵燃烧的火焰,又如同一座座明亮的灯塔,让尘世更温暖,让黑夜有光芒。毫无疑问,这些奔走在一线,用行动呼唤爱与温暖的共产党员服务队,就是中国的脊梁。

2020 年 6 月 20 日,国网江苏电力(如东公司)党员服务队积极开展岗位实践,为环镇晓河村农户开展电力体检,以实际行动推动公司战略落地(张浩/摄)

我们呼唤时代英雄,而这些电力行业的普通员工正是时代的英雄。作为党员,作为志愿者,勇毅笃行、无私奉献、无畏拼搏等英雄品质在他们身上闪闪发光。即使在普通的工作和生活中,他们也用实际行动诠释着与时代精神同频共振的价值高位。英雄主义的人性叙事,不必刻意拔高,却生动饱满,闪闪发光。

第二节

迎风沐雨供电人

"揉破黄金万点轻,剪成碧玉叶层层。"风中飘过丝丝缕缕的桂子香,眼前屋舍俨然,青草依依,远处水天一色,白云悠悠,这是现在的阜宁,风景如画。

然而,也正是这片土地,在 2016 年的 6 月 23 日,遭遇了一场百年不遇的特大龙卷风冰雹灾害。一夕之间，房屋倒塌、树折车翻、满目疮痍。

在灾情发生后的第一时间，江苏电力人员迅速奔赴救援现场进行电力抢修，他们争分夺秒，心系受灾中的百姓，以最快的速度架起一座座铁塔，一根根电线，历经 137 个小时惊心动魄的奋战，最终拨云见日，重塑光明之路，点亮万家灯火。

风雨中的逆行者

那一夜，黑云压城城欲摧。冰雹以摧枯拉朽般横扫一切的气势袭来，一时间，楼宇、高塔、桥梁、铁皮车都在黑暗中挣扎着。

一夜之间，山河失色。

首先拉响救援抢修警报的是阜宁所在的国网盐城供电公司，作为当地居民光明的守护"骑士"——"盐电铁军"第一时间集结完毕，奔赴受灾一线。

虽然心里早有准备，但当抢修队员看到受灾现场的惨况，还是不由得倒吸一口凉气，用"惨不忍睹"4 字来形容毫不为过。

"受伤"的铁塔身陷于一片汪洋之中，像是被困的羔羊，孤独无助，任风吹雨打。连接着铁塔的好几根电杆歪斜着身子，像是残破的栅栏，摇摇欲坠，积水浅的齐腰，深的没过胸口，灰褐和泥黄交织，刺鼻的气味熏得人胃里反酸。

风灾过后的涂桥村（顾锋明／摄）

此时是凌晨 4 时，周遭环境依然延续着几个小时之前的昏暗无光，连夜集结的抢修人员顾不上休整，直接上场，准备先对受损的铁塔进行切割。

污水拦路在前，黑暗觊觎在侧，抢修队员毫无畏惧，互相搀扶，用探照灯拨开迷雾，蹚着污水一路涉险前行，来到塔下。受损的塔身严重扭曲成麻花状，绞缠在一起，连接塔材的螺栓用扳手根本拧不动，抢修人员只能一根一根用气枪切割。每切下一根，他们就手抬肩扛，沿着满是泥泞的田间小路蜿蜒向前，抬到几十米外的放废旧塔材的马路边。轻的塔材至少需要两名工人同时作业，重的塔材就得七八个人一起上。对受损塔主体进行切割时，现场温度高达 40 摄氏度，水田里热气翻腾，空气中湿度非常大，待一会就像在蒸笼里一样，他们汗水连着泥水，衣服干了湿，湿了又干，终于顺利拆除了所有卷倒的铁塔。

拆塔不容易，在交通运输还未完全抢通的情况下，原址重建又谈何容易？但电力勇士们，最不怕的就是困难，最不缺的就是迎难而上的勇气。

由于前一日冰雹的猛烈攻击，加之铁塔和电杆又位于稻田中间，土质松软无法受力，如果不对电杆基础进行加固的话，有可能发生二次倾倒。但是道路不畅，加固材料一时难以抵达，不过这个问题难不倒电力"战士"。

"砰砰砰"，几名经验丰富的队员抡起大锤凿向了路边的巨石，像是那打铁花的匠人，神情坚毅，目光专注，汗水顺着有力的臂膀浸润到土壤里，溅起的碎石翻飞，好似要穿空崩云一般。待他们敲得差不多了，其他队员就搬起敲下的石块填塞在电杆底部，找准受力点，动作娴熟，配合得当，很快，那些原本瘫成一团的淤泥像是被水泥浇筑了似的，把电杆稳稳地固定住了。

万事开头难，有了一个好的开头，接下来的事情就简单得多了。队员们如法炮制，立好了电杆再建塔，仅仅 33 个小时，就将新塔组立到顶，比原计划整整提前了一天半时间。

两日不到，稻田里的铁塔和电杆一改之前的颓势，像一队接受检阅的卫兵一样笔挺站立，又恢复了护卫光明的职责。

盐电铁军先行，超高压公司、送变电公司、各地市供电公司等兄弟单位经验丰富的抢修专家、满载物资的救援车辆从南北奔赴而来，阜宁，一座小城源源不断地汇聚着来自四面八方的人间大爱。

暗夜里的点灯人

"说实话，到现在我的心还悬着，一丝一毫都不敢放松下来。"一直到灾后第三天，张宏心里的弦依然紧绷着。

当时的张宏是盐城运维站的分管输电主任，风灾来临的那天，他刚刚退烧，在医院收拾行囊准备回家。

室外是黑云遮日、风雨大作，这样的雷雨天在江淮一带最是多见，丝毫没有影响室内温馨安宁的氛围，温柔的灯光笼罩着柔软的沙发，张宏躺在光晕里期盼着窗外的雨势变小。

突然，兜里的手机连续震颤，张宏拿起一看——"多条 220 千伏线路跳闸，并且现场重合不成功！""500 千伏田都 5216 线跳闸！并且现场重合不成功！"微信群里的消息如爆炸了一般，一连串告警的文字看得他心惊肉跳。

情况的严重性完全超出张宏对于寻常雷雨天可能造成的抢修任务的预判，同时刻这么多条线路跳闸，对电网的影响和冲击难以想象，特别是 500 千伏田都线的跳闸，这直接影响了田湾核电站负荷输出，事关人身设备安全，抢修任务必须争分夺秒！

不回家了，直接改道风灾最严重的阜宁！

室外雨横风狂，视线极差，在这紧张时刻，张宏告诉自己千万不能慌张。在奔赴阜宁的路上，他不停电话联系组织，临时拉起一支由运维站 25 名巡视、技术管理人员组成的巡查队伍，紧急赶往受灾现场进行故障巡视与评估。

天黑之前，他抵达满目疮痍的现场——倒下的铁塔和断股的线路扭曲着趴在田间，目之所及皆是破损的房屋、凌乱的田地、飘摇的树木……

痛心与焦急的情绪一股脑儿涌入他的心底，老百姓的房子都被吹没了，那些人家的娃娃该哭得多揪心啊！

他深深呼吸，定了定神，告诫自己，当务之急不是沉溺于焦虑，而是各司其职、抓紧抢修，尽快恢复送电，保护好核电送出和江苏主网的安全！

2016 年 6 月 26 日，国网江苏电力应急抢险队在 110 千伏庆施线抢修立塔
（顾锋明 / 摄）

当日深夜，风雨似乎完全没有停下来的迹象。为了确保受灾现场的临时措施不被破坏，防止事故进一步扩大，张宏带着运维站的同事们对受灾严重的现场采取冒雨驻守。

外面风雨肆虐，屋内张宏敲击键盘的手也一刻没有停下。为了能尽快对徐盐 5290 线恢复送电，开展田都线 5216 线铁塔的重建工作，在国网江苏电力的安排部署下，他在线上同线路专家对受灾现场进行评估，研究编制抢修计划与方案。

由于抢修工作时间紧、任务重，为了确保"安全做好抢修工作"，张宏对计划中的每个细节都仔细权衡考量。特别是徐盐 5290 线，大风卷起大量异物，造成线路异物较多，严重影响该线送电安全，他连夜联系好线路班工作负责人和施工队伍，详细交代第二天登塔清扫的人员安排与工作计划，叮嘱安全注意事项，确保抢修工作有序、安全地开展。

"这么大的灾难大家都着急，但电力抢险性质特殊，如果匆匆忙忙，留下安全隐患就得不偿失了。所以我们抢险也一定要把工作做细，保证好安全！"张宏一边安抚同事，一边给大家打气。

和张宏一样深夜奋战的还有来自江苏省送变电公司的陈庆飞，发生灾情的第一时间，他就连夜赶往阜宁担任输电线路抢修现场副总指挥兼技术负责人。

从 6 月 23 日深夜抵达灾区直到抢险救灾结束，陈庆飞每天的睡眠时间不超过 3 个小时，就像个连轴转的陀螺。白天，他要带领技术、安全负责人检查 31 个抢险点；夜间和大家一起研究第二天的工作布置和抢险方案，常常连水都忘了喝；凌晨 5 点之前还必须赶到现场，为施工人员布置施工任务，交代安全、技术注意事项。

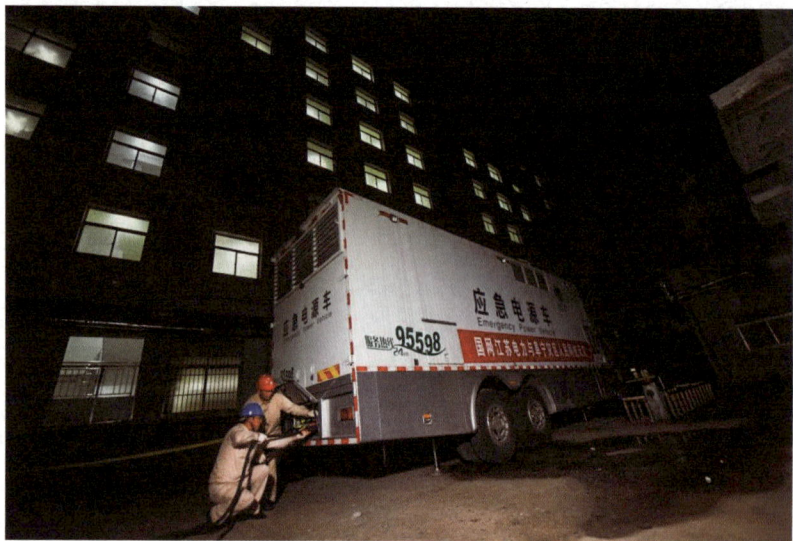

2016 年 6 月 24 日夜晚，淮安供电公司员工在阜宁中医院保电现场检查设备（顾锋明 / 摄）

他像是个铁人，吃饭快，跑得快，睡觉也快，他恨不得把时间的进度拉得慢一些，1 分钟掰成 2 分钟用，好让灾难带来的后遗症快速消退。

由于龙卷风行进路径的不确定性，有的铁塔被整体刮倒，有的是被拦腰折断，有的是整体 180 度扭转，31 个受灾点，每一个点都需要根据现场实际情况制订不同的抢险方案。为了尽快掌握第一手资料，陈庆飞像"浪里白条"一样，在水田里蹚来蹚去，身上的衣服湿了又干，干了又湿，又冒着危险带头登上 60 多米高的受灾铁塔，检查损坏情况。

许多受灾的铁塔损毁情况异常严重，仅靠几根塔材挂在半空，稍有不慎便会迎头落下，后果不堪设想。危急之下，已经没有时间允许抢修队员们采取特殊保护措施，他们完全将个人安危置之度外，心里只有一个念头：受伤的电网在等着疗伤，受灾的百姓在等着用电。

有一天抢险过程中，突然下起暴雨。为了现场施工人员的安全，指挥部要求停止登高作业。指令刚一发出，现场负责人却如此给予回复："同志们士气正高，没人退缩，我们一定会注意安全，请求指挥部允许我们继续作业。"

陈庆飞看到消息，不由得热泪盈眶。电力铁军，名副其实。

挽狂澜的集结号

射阳县几乎与阜宁在同一时刻出现强雷电、强降雨、雷雨大风等强对流天气，遭遇 50 年未遇的龙卷风灾害，经济开发区陈洋办事处和海河镇共 7 个村遭受重创。狂风呼啸，暴雨如注，龙卷风所到之处，碗口粗大树被连根拔起，输电线路被刮断，输电杆塔被拉倒……

灾情的赤红色告警如同倒悬的利剑，不知何时又要刺穿人们柔软的心。

险情就是集结号！射阳县供电公司迅速启动应急响应，相关职能部门、生产单位、农村供电所及外协施工队伍密切配合，不分前方后方，不论分内分外，大家协同作战，犹如一体。

这又是一支强有力的电力铁军，装备完整，军纪严明。指挥部统一部署工作，下设高压抢修、低压抢修、安全巡查、物资保障、联络宣传等 6 个工作小组，指挥部成员白天深入一线，查看灾情、督导抢修；晚上挑灯夜战，优化措施、协调矛盾。

"陈洋 10 千伏陈玻线跳闸，请立即安排人员进行带电巡线。"指挥部调度员曹容洲通过电网调控自动化系统发现 35 千伏陈洋变电站 10 千伏洋北线跳闸，当即打电话给陈洋供电所安全员张雄伟紧急抢修处理。此后，虽然 10 千伏线路跳闸逐步增多，调度员仍是有条不紊，从容应对，根据线路跳闸情况及时调整运行方式，果断下达每一条指令，多次化解险情。陈洋供电所作为高压抢修小组成员，接到指令，迅即组织 10 千伏线路设备和台区管理人员，兵分多路，第一时间奔赴现场，顶着暴风骤雨对跳闸线路开展分段分组巡线，逐杆检查故障原因和线路受损具体情况。为缩短停电时间，减小停电范围，尽快恢复供电，安全巡查小组随时赶赴现场进行"会诊"，对线路受损情况原因进行仔细分析，并根据难易程度，组织抢修人员连夜突击抢修。大家克服道路泥泞、蚊虫叮咬等困难，顶风冒雨，抢时间、赶进度……

6个小组，紧密联系，配合得当。尽管户外风雨交加，泥水、雨水、汗水湿透了队员们的衣服，但他们没有一个叫苦，没有一个喊累，即使个个脸上、身上都沾上了污泥，像那从土里长出来的"泥人"似的，他们也顾不上擦一把。

"特别能吃苦，特别能战斗，特别能奉献"的精神，在这群"泥人"的身上，展现得淋漓尽致。

阳光总在风雨后

当时光的车轴缓缓驶过一轮，就到了灾情发生的1年之后。1年，听上去是一个单薄的数字，在阜宁这片土地上，却意味着一场翻天覆地的变化。而这变化中，多的是电力人奔走忙碌的身影。

对75岁的老人崔立顺而言，这变化叫她一个见惯世事变迁的古稀老人都喜不自胜。

作为第一个搬进安置点新房的受灾群众，崔立顺家所在的计桥双桥安置点是阜宁县最大的安置点。

说是安置点，却可以称得上是美丽新家园，如同江南水乡的别墅群一样，用青砖碧瓦打造成苏南式样的二层楼房，道路旁边的花草树木散发着醉人的清香。

崔立顺家140平方米的两层小楼里，电饭煲、微波炉、电磁炉等家用电器一应俱全，告别了过去几十年烧火做饭的日常，如今的她已经能熟练地使用电饭煲烧饭了。

"有了电，感觉咱家的生活品质和城里没什么差别。"崔立顺拍了拍手边圆滚滚的电饭煲，笑得嘴都合不拢了。

这一年来，在电力人员的帮助下，16 个集中安置点相继建成，受灾群众全部搬进了新居。

"没想到，一万个没想到！"也是灾情发生的一年后，随着猪圈最后 10 头成猪被经销商收购，陈良镇丹平村村民马网弟一边点着对方给付的现金款，一边感慨道。

马网弟与兄弟马网左是当地的养猪专业大户。他们的猪场在风灾中几乎被夷为平地。灾后，2 人很快就振作起来，重建了猪场。让马网弟没有想到的是，一年不到，他的猪场已经产出 500 万元，与上年同期相比实现了翻番。

这样丰硕的成果，离不开供电人的帮助。

1 年前，风灾过后的一个月，马网弟向陈良供电所申请重建猪场的用电。就在申请当天，陈良供电所即备足各类材料，第二日清晨 4 点将电杆等用船运抵猪场附近，再用平板车拉至安装点。36 名施工人员冒着 41 摄氏度高温，轮流上杆作业，拉线、放线、紧线，一刻不停，至傍晚时分，夕阳的余晖斜斜地拉出金色的霞光，原野之上，一条 400 余米长的供电线路架设完毕，折射其上的光线闪耀着同样璀璨的金黄色。

紧接着，第三日马网左也提出用电申请，陈良供电所同样特事特办，两日不到就架设好了 800 米长的供电线路，给他们家接通了动力电。

此后，供电所的电力工人还时常走访马网弟和马网左兄弟俩的猪场，义务帮助他们检查电气设备，确保用电安全可靠。

马网弟的手机里存着陈良供电所许多电工师傅的联系方式，他甚至能说出这些熟悉名字的长相性格，他翻翻通信录笑着回忆道："他们啊，就似吾家自己人，我们遇到啥问题了，只要说一声，供电所立马给我们弄好！"

除了居民和农户，工厂在这一年之内也发生了全然的改变。

1 年前的阿特斯阳光电力科技有限公司阜宁分公司受灾非常严重，厂房几乎全部毁坏，被迫停产，每日损失以千万元计。

灾害发生当天，阜宁县供电公司就组建特别行动组，仅用 1 小时就从相邻的城东水厂拉出一条近 70 米长的电缆，提供 630 千伏安的临时电源，保障阿特斯现场抢修用电。与此同时，还组织一支 108 人的施工队伍，为企业清理 110 千伏专线上被龙卷风卷起的合金板材和其他杂物，10 天时间内清理出的各类物品重达 1.2 吨，这个惊人的速度让工厂员工都由衷敬服。

同时，针对企业变电站主变压器损坏严重这一情况，阜宁县供电公司积极帮助联系有资质的公司，并安排 50 名员工与施工单位一起帮助建设，还专门安排客户经理汪亚泉及时跟进重建进度，对接各项用电需求，提供 24 小时全天候服务。一年不到的时间，阿特斯正式全面恢复生产。

"质朴、严谨、担当、迅疾"四个短语道尽了阿特斯员工对供电公司员工们的崇高敬意，供电人用他们专业素养和仁爱之心让阜宁这片土地重燃希望之光。

一晃，风灾已经过去 7 年了，但人们无法忘怀，甚至哪怕过了更多个 7 年，当阜宁、射阳两地的人们谈论起自己曾经亲历的百年难遇的自然灾害时，仍会将 2016 年 6 月 23 日那场龙卷风挂在嘴边。它带来的伤痛，带来的苦难，还有为了对抗它，这片热土上发生的感人故事，都早已在人们的心头烙下了深深的印记。

是的，灾难会带来痛苦，可伴随着痛苦而生的往往是温暖。得知阜宁、射阳受灾的消息后，一批又一批救援人员从天南地北赶来，无数的救援物资从四面八方涌来，守望相助不只是一句嘹亮的口号，而是每一个深夜奔赴而来的电力人的真实写照。面对突如其来的龙卷风灾情，他们无条件地服从事故抢修工作的需要，硬是靠着一股明知不可为而为之的拼劲干劲，硬是凭着一刻也等不起的使命担当迅速积极地投入抗灾抢险中，众志成城、勠力同心，为灾区的供电恢复和江苏主网的安全稳定运行贡献着自己的能量。

风吹垮了铁塔电杆，而江苏电力人又将它们重新竖立起来。或者说，重新竖立起的不仅仅是一座座电力铁塔，更是电力人临危受命、坚韧不拔、抗险救灾的高大群像！

与他们有过交集的人们不会忘记，在泥泞的铁塔下，在倾斜的电杆旁，在昏暗的田埂上，在满目疮痍的民房村落间，一个个头戴安全帽、脚踏电工靴的电力抢修队员蹚着污浊的水，扛着重重的检修工器具，抬着送给灾民的蜡烛、手电、干粮和水等物资，他们在风雨中奋勇搏斗，一日又一日、一夜又一夜……人力渺小，却敢与天试比高！

2016 年 6 月 25 日晚，国网江苏电力抢修人员在板湖镇小学休息（孙晖／摄）

最终，他们成功了，他们让世人见证了一次又一次奇迹，但还有世人未曾看到的听到的：那些熬红的双眼，嘶哑的嗓音，受伤流血的腿脚……无名英雄，诚如所言。在他们的努力下，台风中受伤的城市重新站了起来，一盏盏灯被点亮，一颗颗心被抚慰，一个个村镇又迎来了幸福和希望。

灾难留下伤疤，也教会坚强，时光穿越苦难，更见证重生。

就像歌里唱的，风雨过后，总能见到彩虹，也能见到那星星点点、蜿蜒曲折却终向着前方绵延不绝的光明之路！

第三节

域外驰援 苏电亮剑

2021 年 7 月 20 日，一场前所未有的特大暴雨致使中原腹地河南陷入危难。城市内涝、河流洪水、山洪滑坡等多灾并发，城市仿佛一夕之间落入汪洋大海，预警一直闪烁着刺眼的红色，尤以省会郑州最为严重。

一方有难，八方支援。警报拉响的第一刻，全国上下一心，驰援河南。作为邻居江苏，第一时间积极响应号召，倾尽全力，向郑州施以援助之手。集结的号角连夜吹响，在国网江苏电力统一领导下，江苏各地市供电公司立刻有序组织安排多支救援队伍，备齐设备，收拾行囊，赶赴一线。勇敢无畏的电力铁军，怀揣着对同胞的拳拳关切、担忧、祝福，马不停蹄地行进着，无惧艰险，无畏前路，他们坚信，守望相助，定能共克时艰。

"陀螺"救援队的流水账

7月23日21时，国网江苏东台市供电公司援豫队从盐城东台出发，目的地：郑州阜外华中心血管病医院。

7月24日零时，经过3个多小时涉水寻路，支援队伍终于抵达目的地，这家医院因为受困的危急情形登上了当时的热搜。

作为第一支到达的外部电力支援力量，东台供电救援队首先找到了先期进驻的中原火箭军某部，协助现场指挥部制订了抢修方案，并计划好为地下室抽水作业供电。

7月24日7时，支援队与火箭军、山东消防队、山西消防队通力合作，开始给抽水泵供电。

7月24日8时30分，外部供电基本稳定。

7月24日9时，医院负责人找到东台供电救援队领队柯向彬，声音中也是藏不住的疲惫："江苏电力的同志，我们有一台小发电机，请你们帮忙看看能不能帮我们恢复？"

"没问题，交给我们。"柯向彬和两名同事一起，带着油料直奔二楼设备间。他是检修专业出身，看着屋子里略显凌乱的线路和哑然无声的发电机，立马着手修理。污水虽然已然从二楼撤退，但是地上依然残留着泥泞，散发着腐朽和潮湿的气息。照明恢复了一部分，但电力眼下还是紧张，房间里不过两三盏灯泡，对于设备抢修这类精细活还是不够用。救援队员们打开手电筒，有条不紊地布线套管、装载油料。在医院这个特殊的抢修场所，救援队员也像极了水平高超的白衣天使，动作娴熟地挥舞着"手术刀"，誓要妙手回春，让光亮再照得远一点。半个小时过去了，随着"轰隆"一声，这听起来并不美妙的电机启动声却让在场的每个人笑逐颜开。

光，能够照得再远一点了。

7月24日9时40分，队员们刚回到应急电源车，还没来得及喝口水，任务栏又更新了。原来，由于阜外华中心血管病医院配电室位于地下一层，存在严重积水问题，暂时只能依赖外部供电，需要支援队对内部低压线路进行勘察。顾不上休息，队员们带上手电、工具重新进入医院二层勘察。

7月24日11时57分，医院临时用电问题基本解决。救援队就地加入当地群众组织的志愿服务队伍，搬运物资，分发水和食物。

"能帮上忙就行，不管是什么工作都想做。"22岁的小伙子丁梓楠说道。他是这次支援队伍里年龄最小的成员，也是现场工作的主力。

出发前夜接到通知，家里人非常支持，连夜为他收拾行装。早晨父母送他到集结点，儿子下车后，母亲才渐渐流露出不舍，千言万语汇成一句"注意安全"。

"安全"，也是领队柯向彬挂在嘴边、最常提起的字眼。24小时前，他与1岁的孩子告别，满怀信心地踏上征途。到达郑州后，漫过小区的积水、泥泞的道路、倒塌的电杆，一下让他的心情变得沉重起来。灾区通信信号还没有恢复，接到支援阜外华中心血管病医院的任务后，他们在市区涉水绕了3个小时路，才在当地群众的指引下抵达目的地。

7月24日下午，支援队在阜外华中心血管病医院待命，准备为医院直接供电。在与指挥部交流时，队员们发现医院的工作人员手机电都耗得很快，打电话也不敢多说几句就匆匆结束通话，更没有机会和家人通话。天南海北赶来的救灾队伍挤在医院广场上沟通、联系、协调工作，很多人的手机已经没电了。

支援队员们灵机一动，不如给大家设立一个"充电休息点"吧！说干就干，小伙子们立刻起身，支起桌子，利索地把新买的插线板搭接在发电机上，不一会儿，一座简单却功效实用的"充电休息点"闪亮登场。队员们乐呵呵地招呼大家来充电。一时间，志愿者、热心群众、各地赶来的救灾队伍、火箭军指战员们纷纷赶来，留下手机后又跑回工作岗位继续埋头干活。

一位志愿者姑娘带着伙伴们跑来充电，满是汗水的脸上绽放出动人的笑容，她擦了擦汗，望着重新亮起的屏幕长舒一口气，竖起大拇指不住地点赞："每时每刻都有电话，真是太需要充电了，这下多亏了你们'雪中送炭'，谢谢你们！给你们点赞！"

一位年近花甲的大叔主动申请干起了在院内清理杂物的志愿者，连轴转了好些天，手机电池早已"奄奄一息"，看到"满血复活"有望，他赶忙过来给手机充电。刚充没两分钟，赶紧拨出那串再熟悉不过的数字，向家人报平安。打完电话，他满含着热泪，和在场的电力小伙子们不住地握手，因劳作而粗糙的双手上青筋密布，却是格外的温暖而有力。他重复着念叨："多亏了有你们！"激动到略显笨拙的言语让队员们心里既欢喜又感动。

充电的人们越来越多，甚至排起了队，"大型充电宝"变成了"大型充电饱"，通话声此起彼伏，有报平安的，有问候家人的，有联系同事的……这热热闹闹的氛围却不显嘈杂，谁都知道，在没有灯的黑暗中，如果有人还说着话聊着天，那就意味着有陪伴、有依靠，也有底气，如同圣洁悦耳的乐曲疗愈忧伤，如同灿烂明媚的暖阳驱散阴霾，鼓舞着受伤的人们振作起来，继续前行。

夜晚悄然降临，有志愿者把饭送了过来。没有餐桌，简易椅也不够，队员们因陋就简，在空地上找了一块略微整洁的地方当桌子，将装菜盛饭的盒子打开，又把不舍得喝、省了又省的半瓶子矿泉水拧开，一口饭配小半口矿泉水，蹲在地上狼吞虎咽地吃了起来。菜肴很简单，三个菜，一捧白米饭，但是不知怎么，望望周围的同胞朋友们，救援队员们都觉得这饭菜格外香甜。

7月25日，支援队再次接到上级任务，紧急前往郑州永顺路通信基站供电。基站的重要性用一组数据可以表明：一个4G基站的覆盖半径达2～3公里，而一个成年人步行3公里大约需要30～40分钟。基站所在的永顺路位于郑州东北部，沿路除了前一天保电抢修的阜外华中心血管病医院，还有3所学校、数十个居民小区和郑州最大的建材物流市场，全部在该基站的覆盖范围内，恢复区域通信网络不仅关系到数万居民的生活，也关系到河南灾后重建的开展。

郑州城东地势较低，沿路街道积水还没有退去，商店的老板娘站在店门口沉默不语，不少志愿者在水中清理垃圾，还有人看着自家泡水的汽车愁容满面。支援队在水中低速通过，不想激起水花惊扰了他们。

来到目的地，队员们遇到了郑州供电公司的同事，他们已经几天都没有睡过好觉了，看到挂着江苏电力横幅的电源车，紧锁的眉头才放松下来。在场的还有铁塔公司的同志，经验老到的师傅们着手查看配电箱，确定好供电方案，接着就拉开隔离护栏开始工作。勘察、维修、接线、通电，每一步都在有条不紊地进行。

国网江苏电力各公司纷纷驰援河南（吴迪／摄）

7月末的郑州，雨水还未退去，闷热也如约而至。高强度的工作让支援队员们背上的汗渍干了又湿，但手里拿着的起子、剥线钳依旧稳稳当当，在他们的手上如同杂技演员的道具一般，动作之流畅，令人惊叹。很快，精彩的表演进入尾声，工具们优美的舞姿逐渐停歇，队员们悬着的心也逐渐踏实下来，对在场的工作人员肯定地点了点头："接线已经全部完成！通信塔可以开始工作了。"经过一番调试沟通，看着手机屏幕顶端逐渐满格的信号，工作人员不由得欢呼起来，掌声雷动。

2021年7月28日，国网常州供电公司抢修队员在完成河南郑州紫金苑小区地下配电所设备抢修任务后，靠在墙边休息（邱麟/摄）

从上午11点到下午3点，整整4个小时，队员们浸泡在积水中一刻不歇地工作。路边人来人往，人们从最初蹚着污水行色匆匆，到逐渐拿着手机难掩喜色地交流……柯向彬觉得自己亲身参与并见证了一次奇迹：因为在场所有人的努力与坚持，半天时间不到，这片10平方公里的街区成功恢复通信信号！

危难时刻，众志成城。因各地断电情况都十分严峻，需要电力救援队随时出发，铁塔公司派来一辆小型发电车，前来接替工作。电力支援队的队员们和接替的工作人员交接好各项注意事项并握手告别，对方大多就是郑州本地人，对江苏电力一拨又一拨救援帮助的感激溢于言表："这里只是第一批恢复工作的大型基站之一，还有其他地方在停电，郑州需要你们，感谢你们的支援！"

长时间的抢修保电工作持续下来，支援队员们浑身上下都被雨水、汗水淋得湿漉漉的，有时候汗水滴到眼睛里，就用手拈着袖管随意地擦擦，看上去实在有些灰头土脸，但那朴实无华的外表之下，一颗颗分外亮眼的善心，值得所有超越表象的赞美。

居民楼前的热乎"蛋花稀饭"

救灾战役最重要的就是速度，根据江苏电力的调度安排，盐城供电公司支援队又马不停蹄地转战郑州金水区聂庄公寓，开始恢复居民用电。

这个小区非常特殊，有一栋28层居民楼，共有住户220户500多人，高层的很多居民都已年过半百，还住着许多三代同堂的大家庭。从 7 月 20 日灾情肆虐全城算起，这个小区已经水电网全断达 5 天之久，情况的危急程度不言而喻。5 天内，小区居民开展自救，靠人力搬运物资，勉强维持日常生活，在支援队到来前，除一楼有间歇性供水外，其余楼层均因水泵失电断供，用水全靠邻里互助提水回家。

这是一次棘手的救援，坐在车上，支援队已经提前对情况作出预判。真心换真心，当电源车刚刚驶进小区大门，社区服务的工作人员脸上的喜悦藏也藏不住，他们喊来了居民们，欢呼道："江苏电力来了！我们要有电了！"居民们纷纷从窗户里探出头，有的甚至立即走出家门围上来，用热烈的掌声迎接支援队的到来。一位老人拄着拐杖，脸上笑开了花，她对队员说："你们来了就好啦，终于不用每天爬楼爬得腿酸啦！"

进驻后，支援队首先联系上居委会及物业，勘查了配电房、水泵间和电梯间，初步了解整栋楼用电情况后，立刻着手进行复电工作。考虑到配电房积水严重，且还需要进一步检修并排除危险源，领队柯向彬深思熟虑后，征求了队员和社区负责人的意见，决定先为公共区域供电。

说干就干，队员们一边喊着"加油，保证供电！"的号子，一边开始搬运工具器械。这响亮的口号就如同星星之火，点燃了小区居民们的热情。他们自行围成了一个圈，既不打扰队员们工作，又能帮着打灯照明、喊喊号子，还有身强体壮的居民主动请缨，上阵帮着一起拖放电缆。涓涓滴滴，不遗余力，居民们用自己力所能及的方式，为这些坚强勇敢的战士们加油助威。

这是一场与黑暗惊心动魄的赛跑。经过 7 个小时连续战斗，支援队终于取得了胜利，给居民楼的 4 部电梯全部供上了电。运行灯亮起的一刹那，居民们的掌声、欢呼声响彻小区。站在外圈还在忙着运矿泉水的大婶听说电梯能用了，又是竖大拇指又是鼓掌，开心得有点手忙脚乱，像个孩子似的跑着跳着去见证电梯的"重生"了。

第二天一早，阳光依旧被厚厚的云层阻挡，光线十分昏暗，叫人也有些昏沉沉的，尤其是睡眠时间每天加起来都不足 3 个小时的支援队员们。今天，他们要争取解决居民楼高层供水问题。一想到任务，支援队员们又振作

驰援河南的国网江苏电力抢修人员在抢修现场吃饭（朱笑天 / 摄）

起精神，整装出发。时间就意味着水源的供应速度，支援队员们抵达现场的第一刻，就用电源车为地下水泵恢复了电力供应，同时联系了郑州当地供水部门，配合他们调试水泵压力，并逐层恢复供水。

等队员们结束工作回到地面，一位大婶从窗内探出头，招呼他们说："给你们做了早饭，快来尝尝！"说完端出蛋花稀饭让队员们趁热喝。"这可顶饿，我就拿了三个碗，先盛给你们，你们还有几个人？我去再做点儿。"大婶一口夹杂着方言的普通话里饱含热情，热乎的蛋花稀饭让队员们甜到了心里。

这两天，支援队还给楼道恢复了照明，出入家门不再怕踏空，居民们心里也踏实了许多。支援队员们从外面看得更清楚，亮了灯的楼不再是黑夜里模糊的轮廓，变回了一户户看得见的家。延续了之前在医院抢修时发明的点子，队员们在居民楼下也设立了免费的集中充电站，让大家给充电宝、电动车充上电，也好安心地离家工作、探访失联多日的亲友。

到了第二天的傍晚，小区的生活似乎悄然发生了一些改变：老人们会坐在楼道或是窗前纳凉、听豫剧，小孩们会坐在家门口写暑假作业，社区的工作人员也开始上门为住户登记损失情况，曾经紧张慌乱的生活状况在一点点地恢复，一切都在慢慢变好。

工作暂时告一段落，领队柯向彬乘着空闲整理安全围栏。一个小朋友悄悄走近，给他递来一张纸条，字体稚嫩，是用汉字和拼音组合而成的感谢信：谢谢江苏盐城的叔叔们，爸爸妈妈带我上楼很辛苦，搬水真累。感谢你们送来了电，我又能在电灯下做暑假作业了。

传递温暖的"光明使者"

这边盐城供电公司支援队刚刚结束任务，那边江苏电力协调组的通知群里又热闹起来，来自淮安供电公司的三批救援队伍已经全部集结，以最快的速度赶往每一处黑暗笼罩的地方，带去光明的温度。

祭城小区恢复供电、清雅苑小区恢复供电、郑州市金水区夏庄社区恢复供电……简单的讯息背后，是一盏又一盏灯次第点亮，如同旭日初升之时，晨曦迈着坚定的步伐驱赶黑暗，捍卫光明。

奔波救援的日子里，江苏电力的救援队员们夜以继日地抢修送电，忙得像陀螺，但一想到光明即将诞生，他们义无反顾，就如艾青诗中赞颂的那样"我从东方来，从汹涌着波涛的海上来，我将光明给世界，又将温暖给人类"。

在如此艰难的生存环境下，江苏的救援队员与郑州百姓之间的情谊与日俱增，这样的情感体现在人与人之间的互相理解、互相帮助中。比如队员们深知当地百姓迫切需要"有电的生活"，所以才会连续鏖战十几个小时，而郑州百姓也总是想方设法地对救援队员们表达自己的一份心意。每个人都在用自己的方式，付出相互间的一份关爱。

国网淮安供电公司的抢修队员即将转战的另外一个现场是夏庄社区。去的路上有一段路还有深约20厘米的积水，救援车依旧是蹚水而行。一场暴雨把郑州土地上的一切事物几乎都浇了个"透心凉"，连"铁甲护身"的车辆都不能幸免于难，救援车行进的路上，队员们时不时就能看到道路两旁大型拖车正拉着被水浸泡过的车，扭扭歪歪地赶路。

目的地夏庄社区的受灾情况比清雅苑小区和祭城小区更严重一些，小区

国网江苏电力驰援河南抢修现场（朱清华／摄）

道路上的淤泥还没有清理干净，地面上全是被车轮轧过的黄泥，像极了纯度很高的奶油巧克力，而且配电房所在的负一层地下室全部进水了。据小区居民说，最严重的时候，水漫过了地面一层最后一个台阶。

基本了解情况后，低压发电保电组组长丁岿二话不说，立刻调集人手用抽水泵把水再抽出一些便于行走，随后喊上两三个队员，下到位于地下的配电房勘察环境。燥热、潮湿的空气里，队员们身上的衣服被汗水浸湿了，工作服都紧紧贴在皮肤上，雪亮的照明灯划过黑暗时，也扫射到身边人的脸颊，那黝黑的脸颊上停留着晶莹剔透的汗珠。

另一组队员在忙着抢修小区内的箱式变电站，在抢修队伍里，什么样身材的汉子都有，有些个子小巧的，特别适合钻进像箱式变电站、电缆沟等工作场所。身高不足一米七的徐建国就是其中一名，他为人乐观，经常"自诩"道："个子虽小，力气可不小哩。"

参与这个小区抢修的，除来自淮安供电公司的抢修队员以外，还有常州供电公司、扬州供电公司的抢修队。为了不让围观的居民担心，队员们搬运器械的时候，笑着跟他们打趣地介绍说："今天来你们小区抢修的是江苏的一个'美食组合'，名字叫——'淮扬菜'，欢迎你们在一切安稳下来后到江苏来尝尝美食！"

到了下午，郑州的天气跟前两天相比晴朗了许多，室外温度达30摄氏度以上。抢修队员们在阳光下接受着炙烤，不多时便满头大汗，只能趁着轮换的空隙，跑到树荫下稍作休息，喝口水再"上阵"。

有些门槛，跨过去就是门，跨不过去就是槛。夏庄小区34号楼楼下的这台箱式变电站临时出了点"状况"：有一单元楼发生了接地故障，绝缘电阻怎么测都达不到标准。地下室还有积水，味道也刺激难闻，单相接地的位置一时难以确定。

"办法总比困难多吧，咱们临时党支部战斗堡垒的作用要发挥出来了！"淮安供电公司赴郑州救援的负责人、临时党支部书记王成林信心满满。他将救援队组成的临时党支部党员同志全部召集到一起，他们每一个都是在抗灾抢险中"淬炼"出一身实战本领"老兵"，再请来小区电工一起配合，讨论方案、进行可行性分析。

团结，是迸发力量的源泉。查看变电站进出线、使用试验仪器测量、排查受损线路……修复电路的每一道工序都在有条不紊地进行。终于，晚上9点17分，随着居民楼上传来欣喜的惊叫声，已经度过4天停电生活的34号楼居民"来电了"！

风月同天，风雨同舟，众志成城，守望相助。这几天在郑州，从老百姓的口中队员们听到最多的一句话就是："感谢国家，感谢党，感谢江苏电力。"

截至7月25日上午11时30分，国网江苏省电力有限公司共计派出6批701人的支援队伍，包括27台应急发电车，140辆抢修车以及后勤、抢修等物资装备星夜兼程，驰援郑州。岁月静好的背后，少不了江苏电力人背负行囊、筚路蓝缕、砥砺前行的伟岸身影。

手心相握之时，温暖延续传递。"这场大暴雨，百年难得一遇，是不幸的；也是幸运的，因为有你们在。"7月24日，一封郑州市民的感谢信出现在国网江苏电力的应急电源车上，和它在一起的还有一袋饮用水。洪水终会退散，光明总会到来，不会退去的是深深的"苏豫情"。

"我们到郑州救援的意义，不只是任务，更是我们的使命和自我价值，是供电公司作为央企的服务宗旨，这也是我们能够连夜奋战、忘却疲劳的根本动力。"谈及郑州救援，盐城东台市供电公司救援队领队柯向彬坚定的话

国网江苏电力驰援河南抢修现场（朱清华 / 摄）

语中饱含深情。这份深情，根植于江苏电力人的血脉中，服务于民，服务于社会。

对于江苏电力人而言，有一种使命，称之为必达，有一种精神，称之为传承。同胞遇难，必要能在关键时刻冲得上，危难关头豁得出，披星戴月，穿越黑暗，方能抵达光明。一约既定，万山无阻，只要使命在召唤，总有旗帜在飘扬。

新时代呼唤『新能源』

第八章

"我国能源发展仍面临需求压力巨大、供给制约较多、绿色低碳转型任务艰巨等一系列挑战。应对这些挑战，出路就是大力发展新能源。"这充分表明了大力发展新能源的极端重要性，同时也指出了能源转型发展方向。

2021年11月，亚洲首个海上风电柔性直流输电工程在如东建成投运，打通了海上风电场大容量、远距离输电的瓶颈。从此，御风而行的"巨无霸"傲立于大海的胸膛，为华夏天地增光添彩。

2021年12月26日，华能射阳30万千瓦海上风电项目实现全容量并网。至此，江苏海上风电总装机达1160.5万千瓦，标志着全国首个千万千瓦海上风电基地建成。南通的海上风电与盐城的海上风电"遥相呼应"，一举成就了江苏的"海上三峡"！

江苏省拥有954公里海岸线，海上风能资源丰富且受台风等灾害性气候影响较小，因而被国家确定为千万千瓦海上风电基地。

10年前，江苏省海上风电建设起步。2012年9月，龙源电力在如东建成15万千瓦海上示范风电项目，引领江苏乃至全国步入海上风电规模发展阶段。

党的十八大以来，江苏省发电装机总容量翻番，而新能源更是独领风骚，风电、光伏追风逐日，已由最初结构单一、数量有限、零星分布的补充能源发展成为品种多元、规模庞大、地域广泛的替代能源，实现了跨越式发展，在保供转型中发挥重要作用，为满足江苏经济社会发展用电需求提供基础支撑，更为"强富美高"新江苏建设注入澎湃动能。

截至2023年5月31日，江苏省新能源装机容量已达4963.4兆瓦，其中风电2251.1兆瓦，光伏2712.3兆瓦，占全省总装机容量的近30%。统调风电场158座，其中海上风电40座，装机容量1182.3兆瓦，陆上风电118座，装机容量1068.8兆瓦。

"十四五"期间，江苏海上风电还将新增约800万千瓦。以后，呼啸而过的风，奔腾而至的水，源源不断的光，这些大自然的馈赠将被转换为风能、水能、光能，最终转换成电能，通过特高压电网，跨越上千公里送到江苏，送到千家万户。

国网江苏省电力公司由此开展的海上风电研究技术及装备攻关成果更是大显身手，其间涌现的感人事迹不胜枚举。

第一节

海风生电

广袤无垠的如东黄沙洋海域，随着一声号令，世界最大、亚洲首座海上换流站——绿谷换流站安装成功。该换流站是世界容量最大、电压等级最高、体积最大的海上换流站，它的平面面积近乎一个标准足球场，高度约等于 15 层居民楼，是名副其实的风电"巨无霸"。而更为震撼的是，它还是亚洲地区首次将柔性直流输电技术运用于海上风电的项目，填补了国内海洋工程领域多个技术空白，可有效解决海上风电场大容量、远距离输电问题。项目建成投产后，年上网电量将达 24 亿千瓦·时，可满足约 100 万户家庭年用电量。与同等规模的燃煤电厂相比，每年可节约标准煤约 74 万吨、减排二氧化碳约 183 万吨，节能减排效益显著，有效助力"双碳"目标的实现。

江苏如东，东枕黄海，南滨长江，西接苏中腹地，北连欧亚大陆桥，是长江三角洲北翼的一颗璀璨明珠，尤其适合承载海上风电建设项目。而如东柔性直流输电工程派生出的海上换流站是积极响应国家大力发展海上风电战略及江苏省委、省政府提出的打造"海上三峡"的宏伟构想的"落地钟""试金石"，让江苏沿海平地惊雷，轰然树立起令人瞩目的创新标杆，大展"气吞万里如虎"之势。

海上"三峡"

10 多年前的一个夏天，一位青年员工去江苏如东参加一个项目的设计联络会，大巴车奔驰在平坦的柏油马路上。车上正播放邓丽君的一首歌：风儿多可爱／阵阵吹过来／有谁愿意告诉我／风从哪里来……听到这里，青年人突然一抖擞，不自觉地朝车窗外一望，一排排白杨树像士兵一般笔直地矗立在公路两边。一个巨大的广告牌夹在白杨树中间扑面而来，上面是一只巨型电风扇，而一旁除了电话号码，还有5个红彤彤的大字：

风从哪里来！

电光石火！机缘巧合！那一刻，歌与景完美地合二为一，似乎在向激动不已的青年人诠释一个理念，暗示一个道理。那一刻，他就像受到了点化，脑海里出现了一台"大风车"，不，是成千上万台"大风车"……

盐城沿海风电（蒋诚／摄）

弹指一挥间。10年后，蓝天白云之下，从连云港灌云到南通启东，蜿蜒起伏的海岸线与天际相连，与之遥相呼应的是海面上那片壮丽的"风车林"。碧波中拔节而起的"风车"，伴随劲风稳稳转动，看不到的能量正源源不断地从旋转的叶片传送至连接的线缆中，为陆地送去海风的馈赠。这里，南通如东，是江苏海上风电的集聚区；这里，也是杨宏宇所在的方天公司海上风电事业跨越式发展起步的地方。

杨宏宇，曾经的青年人，如今已成长为国网江苏电力的技术专家。

刚进入单位，杨宏宇被分配到电力工程部从事电源基建工程的调试工作，兼做发电厂继电保护定值计算、网源荷调试，后来从事发电厂技术监督工作。一转眼工作已经 15 个年头，有些事至今还历历在目。

2007 年 6 月 15 日，国家发改委办公厅下发通知，要求加快海上示范风电场建设的前期工作，这一年成为中国海上风电发展的元年。2010 年 9 月，国家能源局确定位于江苏滨海、射阳、东台和大丰的中国首批海上风电特许权招标项目，总规模 100 万千瓦。自此，江苏打造"海上三峡"正式起步。2010 年，杨宏宇开始华能启东风力发电有限公司二期工程 47×2 兆瓦风电场保护定值计算，当时继电保护整定计算系统仅适用于传统的电网及发电厂，没有充分考虑风电场的特点，因此，风电场的继电保护定值是个全新的课题。杨宏宇认真研究上海电气风电机组的特性，根据现行标准规范给出全套整定方案。2011 年，国信东凌风力二期工程项目，杨宏宇白天从事电气调试工作，晚上进行风电场定值计算，这项工作让他对保护原理和二次回路有了更深理解，也坚定了他从事风力发电继电保护服务工作的决心。

2011 年，国内风机大规模脱网事故频发：2 月 24 日，甘肃桥西 598 台风电机组脱网；4 月 17 日，河北佳鑫风电场 629 台风电机组脱网，甘肃干河口西 702 台机组脱网；4 月 25 日，甘肃嘉峪关 1278 台风电机组脱网。到 2011 年 8 月底，全国共发生 193 起风电脱网事故，其中大规模脱网事故由 2010 年的 1 起升至 2011 年的 12 起。事故频发暴露出当前风电发展过程中存在的问题：风机多数不具备低电压穿越能力，风电场建设施工质量问题较多，大规模风电场接入带来电网整体安全性问题，风电场运行管理薄弱，也给江苏沿海风电的建设和运维带来警示。

杨宏宇对江苏多家风电场的继电保护定值进行复算检查；对江苏风电场接地方式现状进行调研，提出不同接地方式下零序保护的合理整定方法；牵头编制《江苏电力系统风电场涉网保护整定技术规范》，确立风电场的配置与整定原则。

由于风能的不确定性和大量采用电力电子设备，风电场易产生包括电压波动和闪变、谐波等电能质量问题，这些电能质量问题不仅影响电力系统，同时也对风电场风电机组的运行有不良影响。为此，杨宏宇与同事一起编制

《江苏电力系统风电场电能质量检测管理规范》，规范接入江苏电网风电场电能质量的检测和管理工作，有效保证电力系统和风电场的安全经济运行。

除了拿手的定值计算，杨宏宇还是工作中的多面手，为江苏电网的安全运行贡献了不少"独门绝技"，为全省火力发电厂继电保护设备"把脉问诊"。2014年的南京青奥会是我国自2008年北京奥运会之后举办的又一次国际体育盛会，电力安全生产和可靠供应是确保赛事成功举办的关键。国家能源局高度重视青奥会电力保障工作，多次对青奥会保电工作进行指导。随着电网规模迅速发展、电压等级的提高和单机容量的增大，电网的安全和稳定运行愈加重要，其中电力主设备的安全可靠运行是电网安全稳定运行的基础。青奥会期间，恰逢南京市用电高峰，为保障青奥会的电力供应和居民的生活用电，杨宏宇率领团队在三周内完成南京地区的华能南京金陵发电有限公司、南京华润热电有限公司、江苏南热发电有限责任公司等7家电厂的涉网保护校核、避免发变组保护发生不正确动作行为；针对不同发电厂厂用系统的接地方式，对厂用系统的继电保护隐患进行逐一排查，有效防止因厂用系统保护不正确动作，扩大事故范围。

传统发电厂的涉网保护校核及隐患排查给他积累了丰富的实践经验，2011—2020年期间，他先后完成长江响水风电、江苏国信黄海风电、国家电投滨海风电、华能大丰风电、国华射阳风电、广恒东台风电、中水电如东风电、华能灌云风电等20多个场站的定值计算。

经过10余年的快速发展，风电场存在重建设、轻监督现象。风电场普遍无法有效落实技术监督全过程管理的技术要求。为此，杨宏宇和绝缘、电能质量、电测、风机控制、金属等专业的专家一起编制《江苏省发电企业技术监督检查大纲（风电版）》，并于2018年7月对中国首个"双十"海上风电项目——中广核如东海上风电场进行全站迎峰度夏技术监督检查。"双十"即海上风电场离岸距离不少于10公里、海域水深不少于10米。中广核如东海上风电场是我国符合"双十"标准的真正意义上的海上风电场。中广核如东海上风电场攻克多项世界性难题，它的建成投运，标志着我国掌握了海上风电建设的核心技术。对中广核如东海上风电场全面检查就是为积极应对风电的快速发展，严格落实技术监督要求，为构建新型电力、发展友好型

三峡—中广核如东 800 兆瓦海上风电项目（章亚运／摄）

风电打下技术基础。

杨宏宇的得意之作就是：位于江苏省如东县东部黄沙洋海域的柔性直流输电工程。在这个影响深远的工程中，他负责海上风电场的定值计算，为风电场的健康成长量体裁衣。

那是 2021 年的盛夏，江苏如东海上风电柔性直流输电项目工程现场工作到了最紧要、最困难的节点。按照常规施工调试进度，陆上换流站到海上换流站的联调联试完毕，送电到 3 个海上升压平台，然后分别开展海上升压平台与海上风机的联调工作，正常工作进度需要将近 1 年，也就是到 2022 年 6 月才能实现项目工程的全容量并网发电。

为确保该项目在 2021 年 12 月实现全部风机并网发电的预期目标，在陆上换流站到海上换流站的联调联试尚未完成的情况下，团队创造性地将"黑启动"技术应用于此项风机联调工作中，于 2021 年 6 月开始海上升压平台与海上风力发电机的联调试验。杨宏宇不仅负责正常运行方式下绿谷换流站内交流部分、黄沙洋换流站内交流部分、交流海缆及海上升压平台继电保护定值计算，他还完成了"黑启动"方式下的全站保护定值计算。

2021 年，江苏长江中下游地区入梅日较往年略早，如东海边的温度已逼近 35 摄氏度，海风大加上空气潮湿，整个人都像在蒸桑拿。整个海上平台全靠柴油发电机供电，发动机嗡嗡的声音、刺鼻的柴油气味充满狭小的海上升压平台。待久了，耳朵听不太清楚了，嗅觉也不那么灵敏了。站在距离岸边超过 60 公里的海上升压平台，海天显得那么开阔，人显得那么渺小。

"黑启动"方式下的潮流方向和常规运行方式有着显著差异，每个升压平台都要结合"黑启动"路径的具体情况，通过逐一设定相关元件的保护定值达到保护柴油发电机目的，还要兼顾风机孤岛运行的稳定性，便于风机在"黑启动"运行方式下并网联调能快速实施。在"黑启动"过程中，还要尽可能保证所有电气设备的保护都能有一定的灵敏度，以免造成风机联调不成功，甚至设备烧损，延误风机全容量并网发电。

项目初期，在与三峡新能源江苏分公司总工程师刘宇沟通后，杨宏宇深刻认识到这个项目保护定值计算工作的困难程度前所未有，时间紧且工作量大，不同方式下的定值计算使得整个工作量翻了一番。另外风电经过柔性直流并网后，直流和风电的交互影响机理还未明晰，如何做到交流设备保护定值的选择性和灵敏性兼顾更是困难重重。

明知山有虎，偏向虎山行。杨宏宇主动请缨，多次与业主单位接洽，促成继电保护整定计算、涉网试验及整套启动合同的顺利签订。电气调试，定值先行。杨宏宇立即组织精干团队，克服疫情防控和水土不服的困难，多次到现场收集定值计算用的图纸、设备参数等资料，和业主单位逐一核对设备铭牌等相关参数。按照工作要求，合理分工，有效推进项目定值的计算工作。2021 年国庆节期间，杨宏宇放弃休假，到绿谷换流站送电现场提供技术支撑服务，受到三峡新能源江苏分公司刘兵总经理的高度称赞。2021 年12 月 25 日，亚洲首个海上风电柔性直流输电工程——江苏如东海上风电柔性直流输电工程实现风场全容量并网。

历时 9 个月，杨宏宇如期完成任务。与此同时，杨宏宇团队科学统筹项目进度，克服人力资源不足、并网调试期极短等挑战，高效率、高质量同期完成江苏首个 500 千伏交流海上风电——三峡大丰毛竹沙海上风电的定值计算，完成国家电投如东、国能大丰等其余 13 个新建海上风电保护定值计算工作。以上风电装机总容量达 3850 兆瓦，这些海上风电项目均于 2021 年12 月 30 日实现全容量并网发电，彰显了国网江苏电力人担当作为、敢闯敢创的智慧力量，为江苏能源绿色低碳转型写下浓墨重彩的一笔。

梧高凤必至，花开蝶自来。凭借在如东海上柔直工程海上风电项目建设中的优异表现，国网江苏电力方天公司海上风电项目履约能力广受业内认可。经过 2021 年的海上风电"抢装潮"，中国成为全球海上风电装机量最高的国家。2022 年方天公司紧扣高质量发展主线，充分发挥专业技术优势，在助力新型电力系统建设上创新思路、主动作为，以技术监督为抓手、以技术服务为引擎，持续为江苏 10 余家海上风电场提供技术监督服务工作，着力解决"抢装潮后遗症"，助力海上风电行稳致远。

江苏南通启东龙源海上风电项目装机总容量 150 兆瓦（茅锴杰 / 摄）

荒岛遇险

海上升压站宛如一座荒芜的孤岛，远离陆地，孤零零地在大海里"沉思默想"。然而在余理波登"岛"的这一天，一个现实版的《荒岛余生》悄然上演，余理波和他的小伙伴们经历了一场生死考验，与死神不期而遇。

那天海上升压站附近的海面突然像发了神经，不淡定了，一排又一排翻涌着的巨浪像一头头恶魔，大力拍打在高耸出海面十几米的海上升压站台柱上。咸咸的海风回旋在海面上空，仿佛在故意挑衅原本静谧的大海。而原本一目了然的巨型风机，在乌云的遮挡下，已悄然不见影踪。

余理波拿出手机看了看，还是没有什么信号。放眼望去，在苍茫的大海上，狂风卷集着乌云。在乌云和大海之间，却不见那像黑色闪电在高傲地飞翔的"海燕"。

那么，在轰然而起的台风面前，作为勇敢者象征的"海燕"躲到哪里去了呢？

作为方天公司三峡如东海上风电项目组组长，这已经不是余理波第一次出海进行海上风电发电机组调试了。但这一次，老天似乎要给他们一个"冲天大考验"，他们面临着"生死抉择"。

南通海上风电项目（章亚运／摄）

2022年6月15日，余理波和他的小伙伴们被结结实实困在了"孤岛"上，已经坚持到第11天了。连续多天肆虐的台风，让精灵般的"海燕"也退避三舍。风急浪高，渔船悉数在码头躲避，无法出海接送他们，他们返回陆上已成奢望。用余理波的话说："老天爷真会体谅人，让我们体验了一把叫天天不应，叫地地不灵！"

信号问题退而求其次了，生存成了突出问题。海上升压站的水和食物都是跟随他们从陆上运过来的，配额只有3天。而这一次，余理波和他的小伙伴们在海上平台已经坚持到第11天了，人人都成了"困兽"，他们"上穷碧落下黄泉",把升压站的边边角角都搜寻了几遍。功夫不负有心人。他们还是从储物箱、工具柜等隐蔽处找到一些零星食物：方便面、饼干、面包……尽管大都过期，表面看起来怪怪的，但他们仍是激动万分，如获至宝！用海水洗一洗，煮一煮，照样吃。

他们都将头颅伸出窗外，张着干裂的嘴唇望向乌云密布的天空，嗷嗷待哺的样子。

他们在仰望什么？雨水。他们最最渴求的生命之水啊！他们张着嘴巴等待那个幸福时刻的到来。然而老天爷似乎要测试他们的忍耐力，只让漫天的飓风慷慨地席卷大海，却又吝啬得不肯降下哪怕一滴雨。

"风雨交加，光有风，雨去哪里了？"他们愤怒地向苍天发出质问，回答他们的只有遥远的雷声和近处尖厉的风声及啸叫的浪涛声。

海上平台的淡水都来自陆地，靠渔船定期进行补给，这一次连续好多天的台风，使得平台上饮水箱里的水几乎见底，大家早就形成"保护水资源"的习惯：不洗澡、不洗脸、不刷牙。饮水箱里的水只能用来饮用和做饭做菜。

大家刚开始不习惯"三不"，表现出焦躁、易怒等不良情绪。作为这个团队的头儿，余理波常常想方设法安抚大家，用风趣的语言化解"负面因子"。有回他打趣道："我们村上有一个懒汉，跟咱们现在一个德性，不洗澡不洗脸。我们是被动，他是主动。有回他去城里看上大学的闺女，他懒得看信号灯，横穿马路时，一头撞在长着两根'长辫子'的公交车上，竟然从脸上掉下个水瓢样的东西，有鼻子有眼的。他自己非但一点没伤，那脸居然也出落得白面书生一般了。城里人直向他咂嘴儿，一位戴眼镜的老兄还拎起那'面具'，说要带回'研究研究'呢！"

"你们看，长时间不洗脸也有不洗脸的好处嘛，不仅省了洗面奶，省了洁面乳，省了润肤霜，还能保持皮肤的娇嫩，这样的好事哪里找？"余理波的一番"狂言"让大家在欢笑声中放下绷紧的那根弦。

余理波还要乘胜追击："故事还没完。懒汉把这番'奇遇'讲给闺女听了，闺女羞愧万分，当即买了一包香皂、牙膏让老爹带回去。半月后，闺女就收到老爹差人写来的书信：'你给俺捎回的食品硬的难嚼，软的难咽，但为了孩儿的孝心，俺还是用了 3 天时间吃光了……'"

一片欢笑，带着海的苦涩、脏的尴尬。但毫无疑问，余理波的话起到了"拨开乌云见太阳"的功效，大家嘴巴里的"变异食物"已不那么难吃了。

即使这样有计划地节俭用水，连续好多天的"断档"，饮水箱里的水终于还是被用光了。台风阵阵，风急浪高，陆地回不去，补给上不来。余理波和小伙伴们统一意见，动用消防水箱里的水，先烧开再饮用！

然而，刚放出来的消防水呈铁锈红，水质浑浊，这让他们心惊。烧开后的消防水依然有一种奇怪的味道，直冲鼻孔，令他们胆战。望着束手无策的小伙伴，余理波盛上半碗消防水，硬着头皮带头喝下去。他一饮而尽，然后唱起了"临行喝妈一碗酒，浑身是胆雄赳赳……"，没想到这个看似弱不禁风的瘦小伙竟高门大嗓地唱起京剧《红灯记》里的选段，真还有模有样！

本来，大家被浑浊的消防水吓住了，都忍着饥渴，没人敢动"喝"的念头。但余理波的"京唱"，让他们彻底放下包袱，人人都是闭着眼睛，没敢品味，将"一碗酒"一饮而尽！

一堆堆乌云，像青色的火焰，在无底的大海上燃烧。余理波和他的勇士们又共同哼唱起那首喜爱的《水手》："他说风雨中这点痛算什么 / 擦干泪不要怕 / 至少我们还有梦……"

在这沙哑的歌声里，乌云听出了欢乐。

"我的这些伙伴都很信任我，别说是喝消防水，只要能将这些伙伴活着带回去，就算是喝卤水也不在话下。不过那消防水尽管高温杀菌了，但是否含有害物质还真不确定，很担心这种水会让人得病，那样我们的情况会更糟糕。好在我们躲过了这一劫。"事后讲起这段独特的经历，乐观的余理波却表现出心有余悸。

谁能想到，在海上平台上工作已游刃有余的余理波，是个来自贵州的布依族汉子呢？第一次跟着余理波登上海上平台的曹佳伟感慨，由于在平台上看不到陆地，又没有脚踏实地的感觉，海水在动，相对视角会觉得自己在往海里漂，待在平台上的时候，他心里总是不踏实。对于此，余理波早已习惯，安慰他道："看到栏杆上那些海鸟了吗？只有在海岸附近，它们才会在这里落脚，这就意味着，我们离海岸是没有那么远的。"

"我非常相信余老师，他的乐观给人一种安心的力量。"曹佳伟说。

就在这样缺粮和喝消防水的情况下，凭着乐观的精神和顽强的求生能力，他们躲过了死神的追杀，又继续坚持了好几天。终于，外面海风呼啸声越来越弱，慢慢地停歇了，天空中出现了绚烂的晚霞，倒映在海平面上，整个海上平台沉浸在一片金灿灿的霞光之中。

海上平台广播响起："建设项目指挥部派来了补给船……"

第二节
阳光来电

滔滔长江，万古奔流。1700 年前，镇江境内，扬中是圌山东侧、长江支流扬子江中形成的一个个江心小岛，是供长江往来船只天然避风躲灾的"太平洲"。新中国成立后，在中国共产党的领导下，一代代岛内移民秉承先祖实干、开拓的精神，建设家园，开发滩圩，加固堤坝，原来荒芜的沙湾，逐渐成为仓廪殷实的富庶"世外"江心小城。今天，国网江苏电力利用"一米阳光"，正逐渐把这个江心小岛打造成中国第一个"绿色能源岛"。

从朱有生的阳光"买卖"说起

9 月，镇江扬中市油坊镇会龙村村头。

阳光明媚，秋风拂面，稻花飘香。

小桥流水，桂林杏苑，白鹭翩翩。

清晨从记录一串串闪烁的数字开始。

这是镇江扬中市油坊镇会龙村村民朱有生每天必做的一件事。

第一缕阳光中，443.62、445.83……逆变器上不断闪烁的数字，记录着这个小型光伏电站的实时发电量。

朱有生家屋顶上的光伏发电板在第一缕晨阳中"苏醒"了。

朱有生的笑靥在第一缕晨阳中开始绽放,一个40多岁汉子的一张略经风霜的脸,渐渐具有了坚毅的层次和满足的质感。

朱有生是油坊镇会龙村首批安装光伏板的村民之一。早在2017年,他便投资4万余元在自家屋顶上安装了5千瓦光伏板。"按当时规定,光伏板每发一度电,国家连续20年补贴0.42元,扬中市连续6年补贴0.3元。自用之余,还能以0.391元价格卖给电网。"朱有生说,"太阳出来就赚钱。去年,我家光伏板一共发了6800多度电,自用640度,剩下的卖给电网,加上补贴的4900元,一共拿了7000多块钱。"

像朱有生这样的分布式光伏发电用户,扬中还有1万多户,约占其总用电户数的十五分之一。据了解,当日该市所消耗的784万千瓦·时电能中,就有近三成来自光伏发电。

为加快构建新能源为主体的新型电力系统,国网江苏省电力公司根据扬中市自然资源禀赋和电网发展现状,确立以能源安全保供为基础、分布式新能源消纳为主线,立足源网荷储各环节协同发力,加强政策支撑保障,致力于海量分布式新能源接入下的新型电力系统建设全国典型样本。一张绿色安

孚能科技(镇江)有限公司历时2年建设的全国面积最大柔性屋顶分布式光伏项目并网发电(赵岚/摄)

全能源岛的蓝图徐徐展开——2023 年 10 月，扬中市已开发光伏装机容量达 314 兆瓦，分布式光伏装机渗透率达 68.9%。党政机关、公共建筑、工商业厂房、居民等屋顶光伏安装比例已分别达 85%、50%、65% 和 26%，均超过全市屋顶光伏试点要求。国网扬中市供电公司营销部负责人介绍，辖区内还可开发光伏容量达 100 兆瓦以上。2022 年，扬中全市光伏发电量近 3 亿千瓦·时，占当地全社会用电量的 15.6%。扬中已有光伏接入公用配变、线路、主变占比分别达 55%、85%、100%，呈现出明显的高比例有源配电网形态。

扬中，昔日一座四面环水、资源匮乏的江心孤岛，正华丽转身蝶变成为一座零碳绿色能源城市。

"江心岛市"的由来令人感叹。穿越历史，走进历史。滔滔长江，万古奔流。早在 1700 年前，浩瀚的长江就一路奔腾咆哮，飞流直下，在镇江境内的圌山东侧的支流扬子江中形成一个个江心小岛，成为往来船只天然避风躲灾的"太平洲"。东晋时期（公元 317—420 年），扬中地域仅有露出水面的几个小沙洲。明孝宗弘治八年（公元 1495 年），黄河、淮河、长江三水合流，因江流水激，泥沙量剧增，其下老沙洲强烈崩塌，泥沙下移，使长江河床快速淤积，新沙洲突涨，加速扬中洲地的成陆进程。岛上始有人烟只有 400 多年。扬中是江苏省的唯一岛市，扬中岛有着许多江苏、全国乃至世界之"最"。面积 331 平方公里，占中国面积的 3 万分之一。扬中岛人口密度很高。28 万人虽然只占全国人口的五千分之一，但在扬中岛平均每平方公里超过了 875 人。资源匮乏，人均耕地不足 4 分，连造屋夯基的土都要从岛外买进。扬中岛地势低，海拔仅有 4.5 米，其中具备 120 公里长的环岛大堤历经长年累月经受着桀骜不驯的洪水威胁。扬中岛包含扬中长江一桥、扬中长江二桥、扬中长江三桥、泰州长江大桥和扬州长江大桥形成"一岛五桥"的格局，真正成为连接大江南北的"中心链核"。

史料记载，在过去的近一个世纪中，扬中人民生活、生产所用电主要依赖跨江架空线路与跨江电缆进行能源传输。

"1950 年，扬中全县只有一台 175 千瓦的直流发电机，装在县政府旁边，勉强能晚上点亮灯。10 年过去了，到 1960 年，扬中也仅有一座柴油发电机，只能供县政府机关附近的几百户人家夜晚照明使用。"回忆起早年扬中的用电情况，曾经就职于国网扬中县供电局工程建设部的朱秀明依然印象深刻。

1994年5月18日，经国务院批准，扬中撤县设市，扬中经济发展由此进入一个崭新时代。

扬中电网隶属于镇江东片电网。时光流转，到2012年，扬中220千伏后巷夹江大跨越建成。截至2023年10月，扬中已拥有35千伏及以上变电所13座，主变压器总容量177.48万千伏安。35千伏及以上输电线路25条，总长254.9公里。全市共有配电房162座，配电变压器3272台，总容量120.811万千伏安，户均容量达6.87千伏安；柱上开关870台，环网柜261座，开闭所35座。10千伏线路161条，总长度1355.32公里；400伏线路2980条，总长度3652公里。

2016年，甘肃敦煌、西藏日喀则、江苏扬中获国家能源局批复，成为继安徽金寨之后第二批高比例新能源示范城市。为此，扬中市提出"绿色能源岛"的建设目标，重点建设屋顶分布式光伏，并提出到2020年新能源在能源消费总量中的占比达33%、2030年实现全岛"去煤化"。

2018年，作为镇江储能电站群的组成，扬中长旺、新坝、三跃三地新

2018年6月，世界最大规模电网侧储能项目首座电站在江苏镇江成功并网（汤德宏/摄）

建的 28 兆瓦·时 /56 兆瓦·时电网侧储能电站，同时新建 220 千伏万太变一座，助力扬中能源消纳，目前扬中新能源在消费侧占比达 10%。

"绿色能源岛"绿在哪里？每天早晨 6 点起床，沿着家附近的"零碳公园"——滨江公园走两圈后正好 7 点半，扫上电动的小黄车，给孙子顺道买上早饭，这是陈友华保持了 3 年的习惯。陈友华今年 63 岁，3 年前从市文旅局退休后，闲不住的他又应聘社区里的"创文员"，偶尔兼职帮外来游客充当向导。也因为这样，陈友华并没有因为退休而"闲住了"，反而对扬中的发展了然于胸。在距离滨江公园不远的地方，刚刚建成一座"扬中民宿文化博物馆"。上午没什么事，陈友华会带着游客们先逛"零碳公园"，再去博物馆转转。因为自己就是土生土长的扬中人，从民宿到文化，从历史到经济，陈友华都能结合自身的实际经历"适当引申"。"扬中古时候就叫太平岛，1998 年发大水都没淹着，太太平平的，靠自己的双手，盼到了好日子。"在鸟语花香的"零碳公园"，陈友华开始了他的讲解。

走进省内首座"零碳公园"扬中市滨江公园，人们会突然发现，原来冰冷的座椅，已经连接无线充电的光伏，那朵朵光伏向日葵正随太阳轨迹自动旋转着……光伏元素随处可见，太阳能发电与自然景观相得益彰。公园于 2019 年落成后，就采用"光伏 + 储能"模式，累计装机 575.5 千瓦，日发

国网镇江供电公司党员服务队巡检"零碳公园"（赵岚 / 摄）

电量 1850 千瓦·时，能完全满足公园用电需求。

在扬中，不只"零碳公园"内光伏板遍布，党政机关楼顶、企业厂房、居民住宅房顶、鱼塘水面上方……或星星点点或成群连片的光伏板在太阳照射下熠熠生辉，源源不断地为这座江中岛城注入清洁电能。

新能源产业已成为扬中的主导产业之一。扬中市经济发展局能源科科长何锦璇介绍，全市新能源产业中有 65% 的产值来自光伏产业。扬中市光伏产业于 2007 年起步，到 2023 年 10 月，已形成从硅片生产到光伏板制作，再到集成运营的相对完整的产业链。扬中市共有新能源企业 50 余家，产业年规模达 211 亿元。

扎实的光伏产业基础为扬中大力推广光伏发电应用、加快发展方式绿色转型奠定了基础。

2011 年年底，为践行绿色发展理念，扬中市政府因地制宜提出建设"绿色能源岛"，突出屋顶分布式光伏发电应用、太阳能光热利用、新能源汽车等六大方向，通过实施"金屋顶"工程、推广农光互补项目、建设江滩低风速风电场等九条路径，以实现"到 2030 年，整岛去煤化，清洁能源占比100%，全岛近零碳排放"的目标。

何锦璇介绍道："我们因地制宜实施'金屋顶'工程，在全市大力推广屋顶分布式光伏发电项目，宜建尽建、宜并尽并，不浪费每一平方米屋顶，不辜负每一缕阳光。"

2015 年 10 月，扬中市政府率先垂范，探索办公区域绿色用能，按照"自发自用、余电上网"模式，在屋顶安装总装机 1032 千瓦、年发电量109.56 万千瓦·时的屋顶光伏，以此带动全市光伏发电推广应用。紧接着，越来越多的企事业单位、居民纷纷响应政府号召，在全市掀起全民共建"金屋顶"的热潮。

2016 年，扬中市政府结合自身资源禀赋，积极向国家能源局申报"全国高比例可再生能源示范城市"，当年 11 月，经批复成功入选第二批"全国高比例可再生能源示范城市"。此后，该市持续大力发展绿色能源，走上一条"绿色产业带动绿色发展，绿色消费反哺绿色城市"的"扬中道路"。

国网江苏电力以服务地方经济社会发展为己任，于 2017 年 12 月推动镇江供电公司与扬中市政府签署《共建"扬中绿色能源岛"战略合作协议》，发挥能源电力行业优势，助力扬中推进高比例可再生能源示范城市建设，结合扬中屋顶资源丰富、新能源产业布局早、电力基础设施完善等优势，重点规划建设屋顶分布式光伏发电等清洁能源项目，推广清洁、低碳、安全、高效的高比例可再生能源生产和消费模式。

　　家住扬中市八桥镇的张立新最喜欢晒太阳。原先几年并不是这样，因为一场重病而双腿残疾的他，活动并不是很方便。因病致贫，张立新的双腿残疾后，家里的积蓄看病花去一大半，儿子又是先天的"智力障碍"，全家数得上的劳动力就是自己。可自己残疾了，家里可以说就是"天塌了"。所以刚出事的那几年，他几乎都待在房间里不出门。在房间里接些零工挣钱。村里来过几次，镇里来过几次，市里也来过几次，拿了红彤彤的慰问金，可心里的坎儿过不去。2018年，村里给自己这个房子装上了5千瓦的屋顶光伏，明明白白交代了。"'租赁'你家的屋顶，每年有3000元给到你。"张立新活了大半辈子，第一次知道晒晒太阳就能挣着钱。安装光伏板的那天，他拄着拐杖出来，要给工人们烧茶倒水。半天时间光伏板就装好了，看着逆变器上不断跳跃的数字，他逐渐看到日子的盼头。这几年，他张罗着镇上几个和自己差不多的残疾人，办起村办工厂，忙了一天之后的他，更愿意出来晒晒太阳了。"能挣钱的阳光，一寸也不能浪费。"张立新说。

　　走进油坊镇会龙村，一排排整齐干净的民宅屋顶，流溢着一圈圈银色的光晕，似有银水自天而降。会龙村党委书记王荣华满脸自信地向我们介绍说："镇上光伏企业多，大家对光伏板都不陌生，而且光伏设备都直接从当地企业批发组装，安装费相较于外地便宜约20%。左邻右舍有安装的，村民们看到了实实在在的好处，一传十、十传百，普及率就上去了。"到2023年10月，会龙村的125户居民中，有90%安装了屋顶光伏。

　　为保障分布式光伏项目及时高效并网，自2016年底起，国网江苏电力派出专家组，驻地指导，国网扬中市供电公司先后在7家供电营业厅启用7个"光伏窗口"，选派业务精湛的员工专门负责光伏接入业务受理。客户服务中心、设备管理部、调度控制中心等多个部门成立"矩阵式"工作团队，依据客户并网申请，为客户建立"一户一策"档案，确保分布式光伏又好又快并网。统计表明，经过一系列调整，2022 年 1 月以来，扬中分布式光伏并网时间由此前的户均 7 个工作日压减至户均 3.4 个工作日，各光伏窗口承担光伏业务量超过总业务量的 80%。

多方共同努力有了实际的回报。截至 2023 年 6 月，扬中光伏用户由 2016 年的 157 户增加到 10831 户，其中 99.7% 为低压分布式光伏用户，光伏装机容量累计为 31.28 万千瓦，分布式光伏并网密度超 900 千瓦每平方公里，位于江苏省前列。未来 3 年，该市计划再增分布式光伏装机 10 万千瓦，届时光伏装机容量占总装机容量的比重将逾 80%。

海量分布式新能源怎么消纳？分布式新能源就近并网消纳，灵活性、经济性相对更强。国网扬中市供电公司设备部主任黄海清介绍，高比例分布式新能源接入电网后，配电网由"无源网"变为"有源网"，配电网潮流从"单向传输"变为"双向传输"，这对电能质量和电网安全稳定运行都带来了巨大挑战。

如何过好新能源"消纳"关？

自 2016 年起，综合考虑扬中市正向供电和反向光伏发电大规模接入的需求，国网江苏电力先后投资 8000 余万元，支持国网扬中市供电公司开展配电网适应性规划建设。"对于负荷与光伏较为集中的区域，我们通过增加线路回数、适度扩容配电变压器等方式'量体裁衣'建设配电网。"黄海清说，扬中供电公司先后更换和新建 10 千伏线路 640 公里，增加配电变压器布点 300 余台，将全市户均配电变压器容量由 2016 年的 5.227 千伏安提升至 2023 年 8 月的 6.87 千伏安，高出全省 0.97 个百分点，为高比例分布式光伏并网消纳奠定坚实基础。

2021 年 3 月 15 日，中央财经委员会第九次会议上提出，"十四五"是碳达峰的关键期、窗口期，要"构建清洁低碳安全高效的能源体系""实施可再生能源替代行动""构建以新能源为主体的新型电力系统"。

2021 年下半年，响应国家提出的碳达峰碳中和目标，国网江苏电力组织国网镇江供电公司、国网江苏电力科学研究院，联合扬中市人民政府在扬中新坝、油坊两镇试点开展新型电力系统示范区建设，重点打造中压柔性互联、低压柔性互联、台区分布式储能、光储充微网等四类示范工程，并

于 2022 年全部建成投运，试点区域内分布式光伏就地消纳率由 65% 提升至
80%。

以低压柔性互联示范工程为例，针对台区间存在光伏发电与用电负荷相
差较大的情况，国网江苏电力专家认为选取客运中心公用变压器、建新村 3
号变压器这两个相邻台区，利用客运中心低压配电房户外杆上配电柜空余空
间，安装低压柔直装置和 50 千瓦·时 /60 千瓦·时磷酸铁锂储能装置，实
现光伏发电在 400 伏台区间的功率互济。

建新村 3 号变压器台区下共安装分布式光伏 191 千瓦，光伏发电高峰期
时常有电能倒送情况发生。7 月 22 日 13 时 30 分，扬中市供电公司设备管
理部专职金鹏飞通过配电云主站发现建新村 3 号变压器有功功率为负，存
在光伏倒送现象，随即远程操作低压交直流互联装置，将该台变压器下的
26.52 千瓦光伏发电转移至用电负荷较大的客运中心公用变压器，实现就地
平衡消纳。"监测显示，转移后的光伏发电量全部被客运中心公用变压器下
的用电客户消纳。其实，即使客运中心消纳不了，这些光伏发电也将自动存
储至客运中心的储能装置，以此缓解功率倒送情况。"金鹏飞说。

除开展示范探索外，自 2021 年起，扬中市供电公司还推广安装台区智
能融合终端，并于 2022 年年底实现全市 2254 台台区智能融合终端全覆盖。
依托终端采集到的分布式光伏等数据，2021 年，该公司联合江苏省电科院
搭建整县光伏接入配电网承载力在线仿真平台，开展配网潮流仿真计算，从
电压偏差、电流越限等 6 项承载力评价指标量化，评估大规模新能源接入对
配网运行指标的影响，以此支撑用户光伏报装方案的优化评审。

7 月 24 日，扬中市供电公司配电运检班班长石乾江通过在该平台搭建
10 千伏旺长线跃进化工变压器处接入 100 千瓦光伏模型，对跃进化工仪表
配件厂 100 千瓦屋顶分布式光伏发电项目进行承载力分析。经计算配电网运
行状态时序，得出电压偏差、电流越限等指标均在合格范围内的结论，为光
伏安全并网提供技术支撑。"目前平台已经推广应用至苏州吴江、连云港赣
榆等多个地区。"金鹏飞自豪地说。

经过一系列探索，扬中光伏发电消纳水平持续提升，有效促进光伏发
电量的快速增长。仅 2022 年，全市光伏发电量近 3 亿千瓦·时，占全社会

用电量的 15.6%。其中，自发自用光伏电量近 1 亿千瓦·时，比上年增长达47%。据测算，全年光伏电量折合节约标准煤消耗近 9 万吨，减少二氧化碳排放超 20 万吨。

转型发展成效如何？扬中市经济发展局能源科科长何锦璇富有诗意地说："自提出建设'绿色能源岛'以来，包括推广应用光伏发电等一系列政策出台，让全市百姓对新能源的认可度越来越高，追求绿色低碳生活已逐渐成为扬中人民的一种情怀。"从集体到个人，从生产到生活，扬中兴起阵阵"绿色浪潮"。

2023 年 5 月 26 日，江苏美科太阳能科技股份有限公司硅片分选车间内，一张张轻薄如纸的硅片正经历着出厂前的最后一道"考验"。经红色移栽机械手全自动分选后，合格的硅片被从清洗机转移至自动包装机，包装完成后销给中游企业用于生产光伏电池及组件。

"硅片是太阳能电池板的重要组成部分。从单晶硅料到硅片，需要经过拉晶、截断、开方、磨倒、切片、清洗等七道工序，历时六七天。像这种规格为 182 毫米的硅片，我们每天能生产 800 万片，日用电量达 65 万千瓦·时。"该公司生产副总经理刘传君介绍道。

成立于 2017 年 1 月的美科公司是一家专业从事太阳能级高效单晶硅片研发制造的高新技术企业，近年来积极响应扬中市"绿色能源岛"建设号召，在扬中市供电公司建议支持下，先后通过改进工艺技术、更新改造用能设备等开展节能改造 30 余次，大大降低企业能耗水平。

2017 年年底，扬中市供电公司大客户经理方熙程上门走访时发现，清洗硅片需持续加热纯水至 60 摄氏度，这道工序的耗电量约占硅片生产流程用电量的 40%~50%；而其空压机车间设备运转产生大量热量，需实施降温，因此建议其加装空压机余热回收系统，利用回收的余热加热纯水。

美科公司采纳了这一建议，加装空压机余热回收装置后，余热回收率超过 80%，用于加热清洗设备的纯水，替代原先的电锅炉加热，全年节电量达 1460 万千瓦·时。此后，该企业还陆续对生产设备进行提效升级，将车间排水系统、制冷系统更换为节能型机组，较此前使用机组年节约电耗10%。2018 年，美科公司获评江苏省"绿色工厂"。

除节能改造外，美科公司还接受扬中市供电公司以加装分布式光伏替代增容变压器的建议，利用自产硅片组装而成的 1.5 万块多晶硅电池板，在屋顶建设总容量 3.68 兆瓦的光伏电站，采取"自发自用"模式，于 2021 年 11 月并网，年发电量约 350 万千瓦·时，折合节约电费开支超 250 万元。

在扬中市供电公司建议指导下，截至 2023 年 8 月，扬中已有 24 家企业开展设备节能改造，预计年节电超过 3100 万千瓦·时，减少标准煤消耗近万吨，节省电费超 3000 万元。该市近年来累计创成省级"绿色工厂"7 家、国家级"绿色供应链管理企业"1 家。相关数据显示，2022 年，扬中市万元 GDP 能耗较 2016 年下降达 32%。

如今的扬中，绿色理念深入人心，绿色生活蔚然成风。在滨江，依托全电技术养殖的河豚和刀鱼每年春天都招徕八方游客；在市区，岛内建起的多个"零碳公园"成为岛内居民休闲的好去处；在乡村，齐整小洋楼上整齐划一的光伏板，为万家居民带来看得到的"阳光收益"……

在服务扬中高质量发展过程中，扬中市供电公司还在制造业、农业、渔业、餐饮烹饪、港口船舶等领域积极推动电气化改造，大力推进电能替代、加快综合能源服务，累计建成新能源汽车充电设施 124 座，年替代化石能源 8 万吨标准煤；累计推动工业领域实施电能替代项目 28 个，电能替代设备总功率 17 万千瓦，项目总替代电量 1.6 亿千瓦·时，有力支撑了地方绿色产业发展。

扬中的实践向世人昭示，"绿色能源岛"让"零碳城市"不再遥远。

第三节

电"葫芦"

构建新型电力系统，是加快构建清洁低碳、安全高效的能源体系，实现碳达峰碳中和的重要支撑。国网江苏电力积极探索构建适应新能源的新型电力系统，在多元储能战略上，国网江苏电力坚持系统观念，推动构建能源转换、存储、传输、消费"全环节"和全产业链上下游协作、互利共赢的良好生态，就像《西游记》里面的宝葫芦一样，江苏逐渐摸索出一条"江苏模式"的多元储能"宝葫芦"。

江苏的储能"金葫芦"

"江苏电力作为国家电网系统的排头兵、驻苏最大央企，完全有条件、有能力、有信心，以更高标准、更高定位推动国家能源战略在江苏率先落地实践。"这是江苏电力人说的最豪迈的一句话。

构建新型电力系统，加快构建清洁低碳、安全高效的能源体系，实现碳达峰、碳中和，江苏电力有什么奇思妙招，他们的储能"金葫芦"又是什么呢？在多元储能战略上，国网江苏电力坚持系统观念，推动构建能源转换、存储、传输、消费"全环节"和全产业链上下游协作、互利共赢的良好生态，逐渐摸索出一条多元储能的"江苏模式"。在整体推进能源电力转型的前提下，根据不同领域、不同地区的特点制定差异化的发展目标和路径。统筹运用好抽水蓄能、电化学储能、氢储能等多元储能设施，充分发挥储能快速、稳定、精准的充放电功率调节特性，适应电力系统多时间尺度的调节需求。

国网江苏电力采取多种措施，推动政府完善新型储能参与电力市场的规则，探索市场化方式优化多元储能调度运行，在保证电网运行安全前提下，降低系统调节成本。完善电源侧、电网侧、负荷侧新型储能"群控群调"的科学调度机制，充分发挥各侧储能保障主网安全、促进区域新能源就地消纳的技术优势。针对共享储能发展态势，明确共享储能参与电网调节的方式、关键性能远方测试与现场技术监督方式、共享匹配分析与评价指标，充分发挥共享储能削峰填谷、促进清洁消纳等方面作用。凝聚全社会合力，推动政府层面加强顶层设计，深化市场机制和标准体系建设，明确各类新型市场主体定义、运行规则和建设标准，及时出台价格、财税、投资、金融等配套支持政策，形成"有为政府"和"有效市场"充分结合的配套体制机制，引导发电企业、用电客户、能源服务商等各类市场主体达成发展共识、形成合理预期，为新型电力系统建设营造良好发展环境，提升与全社会协作效益。

推动省内仑山抽蓄电站加快建设，支持花果山、石砀山等抽蓄电站前期工作。深入摸排浙江、安徽等兄弟省份抽蓄资源，优选抽蓄站址，推动省内企业"走出去"，积极投资皖、浙省外优质抽蓄电站，推动省外抽蓄资源为江苏提供调峰服务，"十五五"固化省内外抽蓄资源，力争从342万千瓦达到1000万千瓦左右。

推动政府将共享式新型储能作为新型电力系统的重要组成部分，开展系统论证，统一规划布局，明确项目落点、开发规模、建设时序，实现规划项目"清单化管理"，从源头推动共享式新型储能科学有序发展。推动政府建立共享式新型储能两部制电价机制，支持共享式新型储能向新能源企业提供出售、租赁调峰容量等共享服务，完善共享式新型储能参与系统调峰、调频、应急处理等辅助服务市场机制，提高项目投资收益水平，激发各类市场主体投资积极性。研究共享储能参与电网快速协同响应机制，优化市场化调用为主的共享储能科学调度策略，制定满足主动支撑和负荷保供需求的共享储能与电网友好互动方案，实现共享储能的共享分析、共享措施和共享评价。

支持各类市场主体开展氢储能在可再生能源消纳、电网调峰等应用场景的示范，推动"风光发电＋氢储能"一体化应用新模式发展，发挥氢能调节周期长、储能容量大的优势，形成抽水蓄能、电化学储能、飞轮储能、熔盐储能、氢储能等多种储能技术相互融合的电力储能体系。推动政府研究出台可再生能源发电制氢支持性电价政策，完善可再生能源制氢市场化机制，健全覆盖氢储能的储能价格机制，探索氢储能直接参与电力市场交易。

积极推进各类大容量、低成本、多时间尺度新型储能应用研究，探索"飞轮＋电化学储能"、"超级电容＋电化学储能"、纯电化学储能提升转动惯量研究应用，推进南通如东重力储能等多样化新型储能工程示范应用，为解决新型电力系统面临的惯量降低、安全稳定水平下降、长时灵活调节能力不足等问题提供技术保障。推动构网型储能控制技术研究，实现新型储能与电网友好互动，提升新型储能对电网调峰调频及需求侧响应的支撑能力。支持数字储能技术推广应用，突破传统储能电池系统的短板效应。聚焦锂电储能安全防护，推进研发储能火灾智能预警系统，解决电池初期热失控发现难、管控难问题。

优化整合各类储能资源，推动源—网—荷各侧新型储能电站接入调度自动化系统，逐步实现源—网—荷侧储能电站可观、可测和新型储能电站的自动发电控制，掌握各类新型储能运行特点、优化不同场景新型储能运行策略，为源网荷储一体化联合调度奠定基础。对未纳入调度范围的新型储能电站，建立按容量分级的信息接入和备案制度，制定基于不同电压等级、容量规模、运行场景的新型储能典型计量和采集方案，逐步实现对其充放电功率、荷电状态的实时监测。

2018 年，世界首套源网荷储协调控制系统在江苏投入运行（杜懿 / 摄）

按照"能用尽用，各尽其责"的总体原则，构建多元储能运行控制体系。完善电化学、压缩空气、重力储能等不同特性储能电站的实时运行、利用效率、调节性能的评价指标体系，建立储能运行管理平台，制定多元储能协调调度控制策略，发挥不同储能在促进新能源消纳、保证系统安全稳定运行、降低储能自身运行成本等方面的作用。扩展储能应用，创新实践"储能+"模式,优化"火—储""风—储""光—储"联合调峰调频运行控制策略,提升各类电源调节能力。

世界储能之都

镇江古时称"润州",位于中国东部沿海、江苏南部、长江三角洲北翼中心,是国家级苏南现代化建设示范区重要组成部分,长江和京杭大运河在此汇就中国"江河立交桥"坐标,素有"天下第一江山"之美誉。中国大运河镇江段入选世界遗产名录。拥有长江流域第三大航运中心——镇江港。镇江是全国闻名的江南鱼米之乡和商埠重镇;镇江拥有3500多年悠久的历史文化底蕴,是全国重要的科技创新型城市、山水花园城市和旅游观光目的地。

镇江电网侧储能电站是全球容量最大的电化学储能电站、全球功能最全面的储能电站、全球首套毫秒级响应的源网荷储能系统。江苏省电力经济研究院的专家自信地介绍说:"简单地说,这些词都是来形容镇江电网侧储能电站群是一个在技术和规模上处于世界之巅的储能电站工程。"

2018年7月,在国网江苏电力的支持下,国网镇江供电公司在镇江东部地区的大港、丹阳、扬中地区,采用具有安全可靠性强、能量密度高、充放电速率快、使用寿命长等优势的磷酸铁锂电池作为储能介质,历时73天,建设投运8座电网侧储能电站。投运后的储能电站总功率为101兆瓦,可充放电2小时,总容量202兆瓦·时。在不建新电厂的情况下,为当地每天多提供近40万千瓦·时的电力供应,可满足17万居民生活用电。储能电站还能够提供调峰、调频、备用、事故应急响应、"黑启动"等功能,促进可再生能源消纳和提高电网运行安全性、灵活性,拓展综合能源服务业务范围,具有很好的经济效益、社会效益和环境效益。

近年来,随着极端天气的不断出现,电网尖峰负荷特征明显,97%以上的负荷年小时数不足20小时。针对尖峰负荷的投资巨大,但获得的效益很差,储能电站可形成虚拟电厂削减尖峰负荷,减少电源、电网投资。镇江电网侧储能项目每年可减少燃煤消耗5300吨,相当于一座装机容量200兆瓦的常规调峰电厂，可节省电厂投资及电网配套投资约 16 亿元。2019 年春节期间，储能电站累计调峰 7 次，相当于 21 台次 30 万千瓦级燃煤机组深度调峰的调峰资源。按春节期间机组深度调峰平均申报电价 600 元 / 兆瓦·时标准，累计节省全省深度调峰补偿费用 106 万元。

2020 年 6 月，江苏省电力调控中心联合镇江市电力调控中心，通过调节电网侧储能功率，成功降低 110 千伏五峰变主变损耗，五峰变 1 号变压器平均损耗率同比下降 8.23%。项目投运以来，电站综合效率均值 81.98%，储能损耗率均值 7.53%，站用电率均值 4.99%。变配电损耗率 5.50%，累计下网电量达 2.16 亿千瓦·时，累计上网电量 1.77 亿千瓦·时，为镇江东部电网安全稳定运行发挥了积极作用。

说到用户侧储能项目，一直参与镇江用户侧储能电站建设的国网镇江供电公司发展策划部专职周杨快人快语："镇江用户侧储能项目是由国网镇江供电公司牵头洽谈、推进，由省综合能源服务公司联合社会资本共同投资，用户提供建设场地。目前，镇江用户侧储能项目 19 个，已建设规模 57.5 兆瓦 /438.5 兆瓦·时，已正式并网运行 46.75 兆瓦 /368 兆瓦·时。在满足迎峰度夏高峰期间用电需求的同时，按合同约定享受部分峰谷差让利，实现电网、客户、社会资本多方共赢。"

江苏淘镜有限公司用户侧储能项目负责人李丹霞如数家珍："江苏淘镜有限公司用户侧储能项目是国网江苏电力并网运行的首个用户侧储能，年储能规模约 21.9 万度电，可为企业每年节约近 13 万元用电成本。"

同样的用户侧储能项目——中冶东方重工有限公司用户侧储能项目是全省首个由省综合能源服务公司建设的用户侧储能项目，企业高峰时段每度电享受 7 分钱峰谷价差，每年减少电费支出约 340 万元。省综合能源服务公司每度电享受 4 分钱峰谷价差，每年收益 195 万元。实现储能客户、综合能源服务公司、储能建设厂家三方共赢。

储能项目一定程度上带动了地方新能源产业发展。据了解，镇江本地力信能源公司磷酸铁锂应用容量达到 80 兆瓦·时，直接推动储能产业发展。

镇江储能提升了江苏电网对新能源的接纳能力，每年可减少二氧化碳排放 1.3 万吨，减少二氧化硫排放 400 吨，推动江苏主体能源由化石能源向新能源更替。

2018 年 9 月，国网江苏电力镇江电网储能电站工程被《中国能源报》授予"中国城市能源变革十大'样板工程'"。

盐穴的储电

江苏常州金坛，西倚茅山，南枕洮湖，襟带湖山，景色秀丽，史有"江东福地"之誉。茅山风景区峰峦起伏，林壑秀美，茶园四季滴翠，水库碧波粼粼，盐洞扑朔迷离。据当地老百姓流传，因为当地地处高位，丘陵起伏、地形复杂，成为兵家必争之地。抗战时期，新四军曾有一个营的兵力白天潜伏山中盐穴，晚上与入侵日寇周旋，搞得日寇晕头转向。在一次突袭中，曾打死打伤日寇 70 余人。

金坛地下盐矿丰富，盐盆占地 60.5 平方公里，矿石储量 162.42 亿吨，至 2023 年共有采卤井 40 多口，年生产能力达 200 多万吨，累计采盐量已超过 1000 万吨。今天，金坛丰富的地下盐穴又成了发电储能的天然"储缸"。

神话故事《西游记》中，孙悟空拔根毫毛，吹口气能变出无数个猴子。谁能想象，往山洞里"吹气"，还能发电储能呢？这不是神话，也不是传奇。常州金坛盐穴压缩空气储能项目基地就是往山洞里"吹气"储能，也是我国压缩空气储能领域唯一国家示范项目，世界首个非补燃压缩空气储能电站。

2023 年 8 月的一个湿热的下午，我们走进这座神秘的电站，中盐华能储能科技有限公司综合事务部主任韩月峰开门见山："筹建金坛盐穴压缩空气储能电站项目是一个颇费周折的过程。"

早在 10 年前，中盐集团就先后与美国通用压缩公司、法国苏伊士华能公司、中科院热物理所、清华大学等技术单位开展盐穴压缩空气储能技术交流。

10 年是一个漫长的过程，10 年又只是历史长河的一个起点。

经过积极筹备，2016 年，中盐集团委托华北电力设计院，编制"50 兆瓦非补燃式盐穴压缩空气储能发电项目"，并以此向国家能源局新能源司申报项目。但相关主管部门对盐穴储能技术方案还不了解，对其经济性、安全性、可行性还存在疑问，因此驳回了项目申报。

2016年7月23日，北京。国家能源局、中盐集团、华能集团、清华大学召集国内12名院士，就金坛盐穴压缩空气储能项目展开论证。会议对盐穴压缩空气储能的技术可行性、安全性、经济性等各方面作了全面论证，形成会议纪要。会议纪要明确表示：盐穴压缩空气储能方案可行，意义重大，建议加快推进建设该项目。

随后，国家能源局委托国家电力规划设计总院，于2017年2月28日再次对此项目进行全方位、专业的论证。2018年12月25日，项目进行奠基仪式，各项前置性工作、招标工作相继展开进行。2020年8月18日，项目主体正式开工。

金坛盐穴压缩空气储能项目肩负压缩空气储能技术试验、标准创建、工程及商业运营示范三大目标任务，集聚产业链优势资源，致力于压缩空气储能领域的"中国创造"和"中国标准"。

在"中国创造"实践方面，该项目依托清华大学非补燃压缩空气储能技术，申请专利百余项，建立具有完全知识产权的技术体系；研发高负荷离心压缩机、高参数换热器、大型空气透平等核心设备，实现主装备完全国产化。在"中国标准"创建方面，该项目发布了我国首个压缩空气储能电站KKS编码标准、首个电力行业标准，以及三个团体标准，逐渐形成中国压缩空气储能标准。

筹建过程中，因为是首台套项目，没有任何成功的案例或者经验可以借鉴，项目公司在建设过程中遇到很多困难。首先是设计规范和标准的选择，作为储能电站，它既有电力行业的特征，但由于导热油的存在，也有化工行业的属性。所以设计院在设计过程中，都依照各自行业最高标准进行设计，这对施工难度以及项目投资带来一定影响。同时，在项目行政审批中，新兴项目给政府行政审批带来一定难度。

在设备运输过程及安装过程中，项目部还遇到前所未有的挑战。首先因为唯一通往厂区的道路只有6米宽，属于乡道级别，且沿途很多跨路的通信、电力线路及管道设施，高度最低只有4米，而油罐、透平等大型设备的运输高度都超过 6 米。为保证设备顺利运达现场，专业人员配合各通信、电力公司，对线路全部进行加高或者地埋处理，对两旁影响通行的树木进行修剪，确保运输道路的通畅。

2020 年 11 月 28 日上午 10 时 18 分，示范项目主体工程正式开工仅 3 个月后，工程团队就完成最关键的一"吊"——空气透平吊装。

"现场地基土质松软，路况复杂，车辆空载下陷都时有发生。吊装作业半径狭小，通道间隙不超过 20 厘米，操作难度非常大。"这些都是摆在项目部专业人员面前的难题。

为确保万无一失，项目团队提前一个月通宵达旦论证，吊装作业空间有限，就让吊机进入厂房内，面对透平机岛侧向站位，极限让出吊装通道；土壤液化现象严重，就沿路换新土、铺石子、垫钢板……

吊装当天，冬雨绵绵，不到两公里的路程，空气透平在泥泞的村道上"爬行"了整整 5 个小时，才到达指定位置。当 160 多吨重、9 米长的空气透平缓缓落在透平岛上，团队成员心里的大石头也随之落下，因熬夜红肿的眼眶里尽是喜悦。

项目第一个主设备顺利吊装就位，让大家信心倍增。在接下来的全面安装阶段，示范工程势如破竹。

2021 年 9 月 30 日，伴随着大屏幕上变化的负荷，透平发电机组成功进行并网试验，发出我国首个大型压缩空气储能电站第一度电。看着这来之不易的阶段性胜利，大家紧紧相拥："所有的辛苦与付出，值了！"

随着透平发电机的顺利调试并网，紧接下来就需要攻克国内首台最大的、参数最高的离心式压缩机，没有任何安装、调试、运行经验，全靠自己一步步摸索。

2022 年 4 月 20 日深夜，在集控室操作台前，运行人员团队紧张地盯着盘前的每一项参数，他们已经记不得这是第几次尝试启动这台全球最大的压缩机组，这台"大家伙"的操作难度和复杂性远高于常规机组，运行人员面临的是国内外均无经验、无标准的启停困境。

"全球就这么一台，一个不小心，轻则跳机，重则损坏设备。"听着压缩机内气流令人不安的"喘息"，和齿轮来回碰撞的声音，每次尝试启停都是在考验团队的心理承受能力。时间紧迫，运行负责人顶住重压、沉着冷静，从100摄氏度开始，将压缩机出口温度一度一度上调至300摄氏度，对着喘振控制曲线精细调整，使工作点远离喘振区，振动终于满足启动要求。此刻，所有人悬着的心终于如释重负，全然忘记了那30个小时的紧张与不安。

储能是构建新型电力系统、实现碳达峰碳中和目标的关键技术。近年来，随着光伏和风电的大规模开发，我国新能源装机容量迅猛增加。以江苏为例，截至2022年年底，已突破4200万千瓦，占全省发电装机总容量的23.2%。然而，新能源"看天吃饭"的特性使得电网出现较大峰谷差，面临巨大的新能源消纳和电力供需平衡压力。利用抽水蓄能实现电能大规模储存和"削峰填谷"，是普遍的解决方案。但是，抽水蓄能对项目的选址要求高，投资大、建设周期长。江苏抽水蓄能资源几乎开发殆尽。相比之下，盐穴是水溶采盐后形成的巨大腔穴，在地下1000米深处，地质条件稳定，腔穴形态优异，具有容积大、密闭好、稳定性强的天然优势，可为压缩空气储能提供优良的储气条件。盐穴压缩空气储能利用电网低谷电能，将空气压缩到盐穴中，在用电高峰时释放压缩空气发电，从而实现削峰填谷，有效提高电网调节能力和新能源消纳能力，具有容量大、寿命长、安全环保等优势。

金坛盐盆埋深750~900米，经过近10多年的开采，现有空闲盐穴48个，拥有地下盐穴储气库总体积超过1000万立方米，理论上可以建设超过4000兆瓦的压缩空气储能电站。随着盐穴资源的优势逐步体现，越来越多的国家及单位投入到盐穴压缩空气储能技术的研发中，先后出现以清华大学为代表的绝热式压缩空气储能技术、美国SustainX和General Compression两家公司的等温压缩空气储能技术以及英国HighView公司的深冷液化空气储能技术。其中，又以清华大学的压缩空气储能技术更具有工程化运用的可行性。

作为我国压缩空气储能领域唯一国家示范项目，金坛盐穴压缩空气储能项目由华能集团、中盐集团和清华大学共同开发。与国外同类电站相比，该项目最大创新点是利用金坛地下丰富的盐穴资源，在世界上首次采用最先进的非补燃式压缩空气储能技术，以压缩空气为主要介质实现能量存储转化。

金坛盐穴压缩空气储能国家示范工程项目（邱麟 / 摄）

在压缩空气发电过程中不依赖外界能源，从而实现全程无污染、零排放。而当前国际上投入运行的 2 套压缩空气储能系统均为补燃式，去除石燃料部分，其电能转换效率只有 20% 左右。金坛盐穴压缩空气储能项目则采用非补燃式技术，可将电能转换效率提升至 60% 以上。

从地理位置上说，金坛处于我国经济发展最快地区之一的长江三角洲江苏南部地区。金坛盐矿所处华东地区这一独特的地理位置，为盐穴的综合利用提供技术基础。近几年，苏南地区电力发展迅速，而电网的填谷调峰能力明显不足。2007 年，国家"西气东输""川气东输"天然气主管道在该地区经过，并在此建设门站及相关地下储气库，这为盐穴压气蓄能项目提供技术基础及经验积累，为项目的建设奠定优越的条件，金坛盐穴压气储能项目被提上议事日程。

2021 年 9 月，世界首座非补燃压缩空气储能电站——金坛盐穴压缩空气储能电站项目并网试验成功，意味着压力超过 100 个大气压的空气从地下千米深处的盐穴奔涌而出，驱动世界最大的空气透平设备做功，发出第一度"压缩空气电"进入国家电网。

2022 年 5 月 15 日，金坛盐穴压缩空气储能国家试验示范项目整套设备，实现连续 4 天满负荷、满时长"储能—发电"运行，完成一次调频性能、AGC 功能等涉网试验，各项指标优良，具备投入商业运行条件。

2022 年 5 月 26 日，激动人心的时候到了，中国科学院院士、清华大学电机工程与应用电子技术系教授卢强郑重宣布，盐穴压缩空气储能国家示范项目正式投产，进入商业化运行。

南钢的智慧

制造强国，数字未来，未来已来，南钢推开了一扇窗。

2022 年 11 月，工信部公布全国首批 30 家"数字领航"企业名单，南钢成功上榜，跻身"数字融合"国家队。

如果说 65 年前，霸王山下建起的一座年产 10 万吨的钢铁厂，改写了江苏省缺钢少铁的历史，那么如今以"创建国际一流受尊重的企业智慧生命体"为企业愿景的新南钢，则为钢铁强国注入新内涵。

察势者智，驭势者赢。国网江苏电力经济技术研究院的专家说，建成后的南钢用户储能项目将成为全国最大有用户侧的储能项目。我们跟随江苏省综合能源公司部门主任王宁的脚步，一起走进建设中的南钢用户侧储能项目现场。

南钢用户侧储能项目选址在南钢厂内。梧桐遮天蔽日，翠绿的枝叶撑满整个天空。绿荫掩映中，高耸的建筑隐藏其中，仿佛向世人诉说岁月的蹉跎。

据介绍，项目建设规模为 61.2 兆瓦 /123.012 兆瓦·时，采用户外储能一体化柜型式，选用磷酸铁锂电池，额定输出总功率为 61.2 兆瓦，电站总容量共计 123.012 兆瓦·时。系统配置为 17 套 3.6 兆瓦 /7.236 兆瓦·时储能子系统（每套含 18 台 200 千瓦 /402 千瓦·时储能一体化柜、1 台汇流柜和一台升压变压器），2 个 35 千伏一次舱和 1 个二次设备兼集控预制舱。每台储能一体化柜由电池 PACK、热管理系统、消防系统、控制柜、储能变流器、储能柜柜体组成。

项目采用效益分享型合同能源管理模式，按照双方合同约定，在 15 年内，投资方将协议容量规模的储能系统安装在南钢指定场地，通过储能系统产生的每月实际节省电费金额，按比例分配收益。该项目在 15 年运营期内预计总收益 43880 万元，年平均收益为 2925 万元，收益率为 6.57%，投资方投资回收期为 7.46 年。

项目建成后，由投资方进行运行和管理，南钢参与监督运行，定期对储能电站的环境监测装置、箱式升压变、逆变器室进行巡回检查，发现缺陷及时处理。并依据电力行业的 9 项技术监督标准，开展技术监督工作，保证所有设备的正常工作状态，避免恶性事件的发生。针对易损易耗设备采用备件管理制度，做好备件储备保障设施的稳定有效运行。

国网江苏综合能源公司作为系统集成方，在南钢储能项目进行电池组及 EMS 系统集成服务，主要目的在于采集、分析该储能项目的数据，进行策略优化及需求响应等辅助服务，为公司打造负荷聚合平台、建设新型电力系统提供数据支撑和业务支撑。

该储能电站项目是南钢着眼构建多能互补与储能相结合的能源体系而作出的探索实践，是国网南京供电公司立足南钢绿色发展需求、统筹区域电力资源、助力企业节能降碳的务实之举。

南钢以无数条纵横起伏的数据连接曲线，以出类拔萃的宽度和广度，编织出跨时代的工业体系新架构。这些新理念和新技术与生产运营彼此融合，才能让企业在风口中行稳致远。

『智』时代

第九章

国家能源局《关于加快推进能源数字化智能化发展的若干意见》提出，针对电力、煤炭、油气等行业数字化智能化转型发展需求，通过数字化智能化技术融合应用，为能源高质量发展提供有效支撑。到2030年，能源系统各环节数字化智能化创新应用体系初步构筑、数据要素潜能充分激活，一批制约能源数字化、智能化发展的共性关键技术将取得突破。

国网江苏电力针对面临的新形势、新挑战，积极创新实践，形成新型电力系统建设的全新构想：围绕"服务大规模区外受电能力提升、集中式新能源消纳"和"引导海量分布式新能源、多元负荷互动""两条主线"，紧扣主、配、微"三个战场"，着力打造数智化坚强主干网、数智化智慧配电网、数智化智能微电网、数智化全域信息网"四张网"，以数智赋能支撑新型电力系统建设落地。同时，以试点示范为抓手，以点带面，建设理论创新、技术创新、政策创新、业态创新、区域创新"五个示范"，更好地服务能源绿色转型。

数字技术的引入，将给能源电力行业带来深刻变革。电网作为能源系统的核心环节，其数字化智能化水平直接影响整个能源系统的安全性、可靠性、经济性和绿色低碳水平。近年来，国网江苏电力以数字电网为关键载体推进新型电力系统建设，通过对物理电网的厘米级高精度建模，让无人机高精度自动驾驶巡线，大幅提升了输电线路巡线效率；通过数字孪生建模，借助智能巡视和智能控制技术，让庞大、复杂的变电设施实现了可靠的"无人值守、远程操作"。

第一节
孪生共建
打造数字电网空间

2023 年年初，国内首个全息数字电网在江苏建成，通过采集输变电设施的物理数据，在网络云端构建一张数字孪生电网，这也是全球首次对亿千瓦级负荷大电网进行全息数字化呈现。

全息数字电网，相当于真实电网高精度的三维数字"沙盘"，可以为作业无人机、机器人等提供智能导航、专家辅助等支持，相当于为电网运维检修装上"千里眼""顺风耳"，电网每 1 厘米的变化都会及时反馈到数字电网中，实现从电网建设到后期巡视、检修、故障处理等全流程数字化管控。可全面提升智慧运检水平，将故障处理时间再缩短约 10%，极大提高电网安全可靠性。

全息数字电网与智能管控

"每一基杆塔都设有 20 个以上无人机巡检点位，通过航迹自动规划、一键自主飞行、全程实时监控、遇险自动规避等功能，无人机可实现全自动巡检作业，全程无需人工操作。"方天公司副总经理姜海波介绍，巡检作业人员足不出户，即可实时掌握无人机的适航区域、飞行轨迹、被检设备、巡检影像等现场工况，并且完成一基杆塔的全面巡检仅需 6 分钟，比人工操作无人机巡检用时减少一半，效率较传统人工巡检提升 4 到 6 倍。

在国网江苏电力无人机巡检管控中心的大屏上可以看到，正在作业的无人机飞行轨迹、飞机状态、拍摄画面都在数字电网中实时展现、动态跟踪。无人机巡检坐标点、危险类别、实测水平距离等详细信息一目了然。巡检无人机还嵌入了电力北斗地图导航和前端识别模块，巡检作业结束后，图片会自动上传至管控平台，并通过人工智能算法对图像进行精准识别，能够及时发现指甲盖大小的螺母裂纹等细小缺陷。

"这张全息数字电网覆盖10万千米架空输电线路、28万座输电杆塔以及地形地貌地物等数据，将真实电网在数字空间以数字孪生的方式，1∶1三维立体还原和全景式呈现，也是全球首次对亿千瓦级负荷大电网进行全息数字化呈现。在融合北斗通信、人工智能等技术基础上，全息数字电网可实现从电网建设到后期巡检、故障处理等全周期、全方位、全流程数字化管控，大力提升输电线路智慧运检水平。"全息数字电网建设单位、方天公司党委书记张天培表示。

"依托全息数字电网，江苏电网已经实现大规模无人机巡检协同应用与智能管控，可以支持上千架无人机同时作业，全年自动巡检作业量已超过52万架次，提前发现并消除输电杆塔缺陷及通道隐患4.2万处，严重缺陷发现率提升3倍，江苏电网由此每年可节约运维成本约2亿元。"国网江苏电力设备部副主任吴强介绍，通过加载气象、空域等信息，数字电网还可以高度仿真和预测台风、覆冰等极端情况下的电网运行环境。

在数字电网的工况模拟模块中，只要同步风速、风向、温度、导线直径等基础数据，系统就会结合历史数据，通过模型算法以三维图像形式直观展示线路状态，并用不同颜色的警示图标标出各类风险隐患，为电网细化防灾减灾、灾后恢复的预案措施提供准确依据。

2022—2023年，江苏在迎峰度夏、迎峰度冬的关键时期，江苏电网的最大用电负荷均已超过1亿千瓦，形势喜人，形势逼人。全息数字电网的全面建成，可将电网故障的处理时间缩短约10%。

"如果说数字电网是数字能源的现代化底座和数据'骨架'，那么人工智能技术就是它的'眼睛'，AI算法分析技术则是'大脑'。"吴强说，通过"数据＋算力＋算法"，全息数字电网实现虚拟电网与现实电网的深度感知

电力北斗综合服务平台

交互与双向智慧控制，真正做到了足不出户就可实现对现场的可观、可测、可控，极大提升了电网智慧运营水平。

全息数字电网是我国新型电力系统建设的重要试点，为我国乃至全世界通过数字技术提升电力系统安全运行水平贡献了新的技术方案。目前，国网江苏电力正积极扩展全息数字电网在规划设计、基建管理等更多领域的应用，并将带动装备制造、人工智能、地图导航、5G通信、数据服务、自动驾驶、储能充电等实现跨越式发展。

数智赋能与数字孪生变电站

2023年7月28日，江苏省苏州市针对当年第5号台风"杜苏芮"发布台风蓝色预警，国网苏州供电公司变电运维中心"新维Do"柔性团队成员谢潇磊利用他们牵头研发的数字孪生变电站系统，在线快速安排巡检机器人对该系统的220千伏郭巷变电站开展特巡，确保站内设备在极端天气下安全稳定运行。

2023年3月1日，江苏首座220千伏全景感知数字孪生变电站在苏州上线试运行。

在国网苏州供电公司变电运维中心智能管控中心，大屏上显示的郭巷变电站数字孪生变电站，对全站862个主辅消设备、地下隐蔽工程等实现三维可视，在数字空间中 1∶1 立体还原了实体变电站的全貌，精度达到毫米级。一键操控机器人自动巡视、人工智能自动分析……这些创新因子在位于尹山湖畔的 220 千伏郭巷变电站的数字孪生"双胞胎"身上都已成为现实。

"数字孪生"是指利用物理模型、传感器更新、运行历史等数据，集成多学科、多物理量、多尺度仿真，在虚拟空间中完成映射，从而反映对应实体对象的全寿命周期过程。

"孪生"的两个变电站，一个是存在于现实中的实体变电站，负责实际供电；另一个存在于数字和虚拟世界中，对实体变电站运行状况实时监控，及时发现潜在故障，从而及时处理，确保供电万无一失。

谢潇磊介绍，运维人员可一键下达机器人巡检任务，由机器人对站内隐患作出自动研判，以往至少需要 1 个半小时的人工现场巡检，现在在线安排机器人自动例行巡视只需要 3 分钟，工作效率至少提升 90%。

在电力行业，基层生产人员大多面临着人少站多、人少站远的压力。随着数字化发展，越来越多的人开始探索以数字化手段提升电网生产效率。

得益于三维模型的数字化优势，工作人员还可以对设备高度、安全距离等进行精准空间测距，大大提高运检工作效率。接下来，国网苏州供电公司将继续优化数字孪生变电站系统功能，并引入北斗定位、大数据分析等技术，全面推进苏州电网数字化建设。

数字孪生变电站的建设主要分两步：采集变电站设施物理数据；在数字空间 1∶1 建立三维模型。

以 220 千伏郭巷变电站数字孪生变电站为例：国网苏州供电公司采用三维激光点云精细化建模技术，采集实体 220 千伏郭巷变电站物理数据，完成全站设备和地下隐蔽工程等物理实体的数字建模，它能够精准立体再现实体变电站的全貌，并通过虚拟和现实数据的交互，辅助生产人员开展日常运检业务，提升电网智慧运检水平。

220 千伏郭巷变电站数字孪生变电站对全站 862 个主辅消设备、地下隐蔽工程进行三维数字建模，建模精准度达毫米级。它实现主变压器设备的精细化建模，这意味着可以线上对主变压器设备进行拆解，直观展示铁芯、绕组、电流互感器、油枕、冷却装置等设备的内部构造，可应用于员工培训、设备维修等场景。

国网苏州供电公司主导研发的数字孪生变电站系统，集成设备资产管理系统、电网调度控制系统、辅助设备监控系统、在线监测系统、机器人管理系统、智能巡视集中监控系统等6大生产管理系统，打破各大生产管理系统的数据壁垒，实现系统数据融合和数据共享。同时，它可实时采集变电站设备的运行数据，动态呈现变电站全景运行工况。

数字孪生变电站打通各大生产管理平台数据，工作人员可远程查看站内设备的台账及实时电压、电流、温湿度等主辅设备信息，实时监测变电站运行状况；支持高清视频巡视、一键巡视和机器人巡视，工作人员还能通过人工智能自动分析巡检结果，并生成报告。

而且，变电站内每一个设备都被赋予专属三维坐标，工作人员点击数字孪生变电站内任一位置，可迅速调用周边摄像机，调整方向实时查看，精准读取设备数据，掌握设备运行状态。

得益于三维模型的数字化优势，工作人员可对设备高度、安全距离等进行精准测距，特别是针对大型施工作业，在模拟特种车辆开展行进路线预演时，系统能智能识别车辆与站内设备距离，工作人员足不出户即可完成测距、查勘任务。

数字孪生电网是新型电力系统建设的重要试点，对于加快电网数字化转型，有效支撑新型电力系统建设和提升电力保供能力具有重要意义。

据了解，接下来，国网江苏电力将继续优化数字孪生变电站系统功能，引入北斗定位、大数据分析等技术，迭代和开发作业安全管控、图像自动识别、设备状态评价等高级应用，探索一键顺控等仿真、推演场景，全面推进数字电网建设。

从"千里眼""顺风耳"到"时光穿梭""AI虚拟人物"，从古至今，人们对科技的遐想就不曾停止。随着进入数字化时代，这份期待更是有增无减，并且一步步变为现实。

多维多态电网一张图

　　数字化部相关负责人介绍，多维多态电网一张图是近两年国网江苏电力数字化部在数字电网空间建设领域的核心工作，自上线以来，该平台已广泛应用于电网运行、设备管理、客户服务等业务场景，为 90 余个专业应用累计提供服务逾 100 亿次，是先进数字技术应用和规模化推广的典型成果。

　　国网江苏电力基于电网资源业务中台建设，构建涵盖"发—输—变—配—用"的全电压等级静态电网一张图。通过成立电网资源业务中台数据治理柔性团队，全面负责台账数据核查、专项治理等工作。一是优化数据治理工作模式，采用"集中 + 分散"的工作模式，加强数据治理关键环节管控，定期开展治理工作专项攻关，确保各项工作按期完成。二是深化核查工具应用，根据电网资源业务中台数据校核规则，采用"工具 + 人工"的方式开展数据治理工作，从源端数据一致性、电网一张图拓扑完整性两个维度开展静态电网数据质量核查。

　　电网一张图向上拓展电厂接入，存量电厂接入通过一次性导入调度系统电厂（风电、水电、储能、抽蓄、潮汐等）、电厂内部关系（电厂—出线开关—线路关系）及图模等数据，同时基于 OP 互联贯通成果，在电网资源业务中台实现线路与电厂出线开关的自动拼接。增量电厂接入时，调度系统完成电厂台账及站内接线图后推送至电网资源业务中台，输电专业在同源维护开展输电线路维护时，可选择调度推送的电厂为电源点将线路自动拼接到电厂上组建完整电网，同理营销专业在同源维护开展专线维护时，可选择相应的电厂将用户专线自动拼接到电厂上。最终实现电厂设备 OP 互联，支撑电厂实时量测数据展示，支撑电源追溯、电网电能质量计算等应用建设。

　　电网一张图向下实现电厂设备图模信息与电网的拓扑贯通完整，构建营销用户档案与调度设备台账的关联关系，支持调度与营销按图层进行切换展示，站内图关联显示，同时支持电厂量测数据的完整叠加；高压用户专线方面，实现连接自备电厂的高压用户专线营销与调度互联，并基于专线营调互联关系及调度电厂与专线拓扑关系进行专线与自备电厂的自动挂接，实现自备电厂与电网拓扑贯通；分布式光伏方面，针对中压并网分布式光伏营销接入调度光伏站房图模，实现光伏站房图发电单元图模自动成图，并构建光伏营销档案与调度光伏站房互联关系，实现分布式光伏站房拓扑完整展示、量测数据的完整叠加。

电网一张图建立了"人工智能＋电力北斗"的设备坐标精准治理模式，采用基于高精度影像的智能化坐标治理。为进一步提升 PMS 系统中低压架空杆塔设备坐标准确性，创新利用高精影像地图开展设备坐标位置数据治理。治理方式融合遥感影像智能识别、北斗高精度定位及数字化交付等技术，实现电力设备坐标数据台账的规范化维护。

电网一张图的数据质量校核框架由数据质量基础性校验、系统关联贯通性分析、专业融合准确性治理三个部分构成。数据质量基础性校验：主要围绕及时性、一致性、完整性三个方面开展，构建"三性"质量核查模型，围绕实时数据上送、补采、应用各项环节开展核查，确保数据时效性、一致性与完整性，为数据质量提供最基础的保障。系统关联贯通性分析：主要围绕跨系统间关联匹配核查开展，通过开展 OP 互联、营配调贯通工作，匹配设备台账信息，打破"信息孤岛"，充分发挥数据共享作用。专业融合准确性治理：主要围绕多维度、紧耦合、强计算等方面落实治理方案，通过综合考虑不同业务视角、时间尺度和空间位置等特征，利用数据与业务深度耦合、相互校验、精准分析，提升数据准确性。系统在全省推广以来，成效显著：基于电网多领域数据融合治理，常态化开展全业务链数据质量管控核查，面向全省 13 地市开展，累计发现并推动解决 OP 互联 6 项、主配拼接 15 项、营配贯通 8 项，其余 100 余项数据延迟、中断和组件异常等基础性问题，累计发布 276 多项数据异常清单，质量核查中心嵌入公司数据管理流程，有力推动营配调全口径数据质量从 85% 提升至 95%。为稳步推进实时量测中心建设，提升量测数据质量、做好数据深度治理，促进实时量测中心建设成果赋能业务创新，探索建立量测数据定源定责、数据质量提升机制，以实现"量测数据一个源"为目标，研究制订"1+1+1+1"的量测中心定源定责方案：研究 1 套符合量测中心实际情况的定源定责方法，制订 1 套从对外服务接口一直追溯到源端系统数据发送程序的数据全链路监控方案，实施 1 套符合量测中心质量要求的数据质量校核机制，构建 1 套技术与制度相结合的数据质量治理流程。

在拓扑关系实际应用中，电网一张图突破了"变—相—户"拓扑关系在线自动识别关键技术，基于量测中心实时数据和事件，实现台区"变—相—户"拓扑关系自动识别服务。一是补全"相—户"静态模型，通过量测数据计算分析补全用采系统和电网一张图"相—户"静态模型，以及自动校核户变档案关系，实现"变—相—户"拓扑关系静态管理；二是强化"变—相—户"关系动态监视，通过运行量测数据动态感知"变—相—户"拓扑关系变化，结合最小化数据切片与时间滑动窗口等技术，实现"变—相—户"关系自动更新，实现"变—相—户"拓扑关系动态监视；三是构建企业级拓扑共享服务，通过"变—相—户"拓扑关系静态管理与动态监视服务企业级共享，实现"站—线—变—相—户"拓扑关系静态管理和动态监视功能。目前，已实现全省 60 余万台区、4800 余万用户的"变—相—户"拓扑关系自动识别，填补了传统方式下低压配网"变—相—户"静态模型空白，并支撑业务部门开展配电台区三相不平衡治理调相策略分析计算、分相线损异常监视等业务。

电网一张图深化了基于计算推演的线变关系校准和设备参数纠正应用。一是基于电压相似性开展线变关系校准。针对拓扑不准问题，研发线变关系诊断工具，基于挂接在同一馈线下的配电变压器与出线端的电压变化具有相似性原理，通过皮尔逊相关系数计算判别疑似线变关系错误并推荐正确挂接线路，校核电网拓扑关系。针对配电变压器与线路首端量测时钟不同步、配电变压器三相电压不平衡以及沿线路配电变压器电压与首端相关性随距离增大而减小等问题，采用时间窗滑动、线电压归算以及迭代修正技术进一步提升校核准确性。已在全省范围完成诊断 4000 余条线路，发现超 7000 台配电变压器的线变关系问题，成功率 90% 以上。二是利用人工智能寻优开展设备参数纠正。针对参数不准问题，采用人工智能迭代寻优算法，由变电站出线及配电变压器已有量测和电网拓扑反推设备阻抗参数，校核设备基础台账，修正设备阻抗等台账数据，确保"数实一致"。应用参数治理，在江宁等试点地市累计校核出 937 段导线参数异常，现场核查 708 段导线长度偏差超过 10%，29 段导线型号错误、32 段导线线径错误，识别准确率达 80% 以上。

电网一张图实现了对于源网荷储全环节要素的状态分析和计算推演。基于一张图，全省 4 万余条配电线路 15 分钟周期大规模实时在线计算，面向地市发展、运检、经研所等基层人员开放平台使用权限，开放权限 1230 个，累计访问 7406 人次。支撑线"变—相—户"关系—分析计算、光伏承载力，配电变压器调档、重过载治理、线损分析与降损决策等业务，基层针对分布式光伏发电等复杂情况推演 31 次，通过调整运行方式等手段减少停电时长 100 余小时，累计保障上网电量 5.4 万千瓦·时。在此基础上，基于一张图贯通的全网拓扑，初步完成 220 千伏以下电网主配一体化计算，实现光伏层级汇聚与负荷分解，实现分布式光伏大规模接入对配电网及主干网影响的一体化分析。

电网一张图基于人工智能开展分布式光伏出力预测。依托实时量测中心、省级气象平台等，在电网一张图上以 9×9 气象网格为基本单元，对全省光伏台区进行网格划分（1306 个网格），构建电表—台区—网格的关联关系，在每个网格中遴选基准电表。基于基准电表光伏发电历史数据等，结合人工智能、大数据分析方法，开展辐照度、温湿度、云量等和光伏发电的关联分析，构建基准电表出力预测模型，形成电表级、台区级等多层级的超短期、短期预测能力。目前光伏预测服务，已覆盖全省各地市 11 万余台区、30 万余居民用户光伏，向 13 家地市公司提供分式光伏短期、超短期出力预测服务，解决电表、台区等层级的分布式光伏出力预测缺失等问题。支撑光伏接入配网承载力在线评估，分布式光伏规模化接入仿真推演等业务应用；支撑探索分布式光伏预测、储能、柔直等协调控制，电压越限、电流越限和配变超容风险预测等业务。

电网一张图"历史态—运行态—规划态"多态呈现。电网规划业务对电网断面有着周期性需求，原来需要大量的人工在规划系统根据某个历史断面电网数据手工绘制电网基准图重复低效工作；电网一张图规划态电网建设基于电网一张图运行态、历史态电网网架，面向规划业务，按需以时间断面将类似"蜘蛛网"，无法直接应用的电网地理原图，在不改变拓扑的前提下进行自动简化和美化，解决地理接线图交叉、重叠、飞线等问题，同廊道线路等间距排列直观展示线路走向，自动生成简洁、美观的规划基准图为规划业务提供基础数据支撑，原本需要一个月完成的规划基准图绘制，现在只需一周时间即可实现全省规划基准图的自动生成，同时规划业务系统基于规划基准图完成规划方案编制后，将规划成果推送至电网一张图叠加展示规划网架以及项目信息，实现"历史—运行—规划"多态电网呈现，实现数据共享共用，发挥数据价值，提高工作效率，减少人工成本，提升电网规划精准性。

2023年，国网江苏电力数字化部组织信通公司、电力信息公司、思极公司等单位，在国网系统率先建成多维多态"电网一张图"平台，陆续接入627座电厂、42万余户分布式光伏、71万余户充电桩等源网荷储数据，深度融合电网设备与气象环境、视频实况、地理空间等多维信息。自7月上线以来，该平台已广泛应用于电网运行、设备管理、客户服务等业务场景，为90余个专业应用累计提供服务逾100亿次。

2024年1月15日，国网公司公布"电网一张图"建设应用评价结果。国网江苏电力以总分第一的成绩获评"电网一张图"建设应用先进单位，公司选送、南通公司实施的"主动型供电服务指挥应用实践"案例入选"电网一张图"优秀应用成果。

"电网一张图"建设应用是国家电网公司数字化转型的重点工作之一。2023年年底，国家电网公司组织系统内61名设备和数字化领域专家，成立2个总部评价小组和15个区域检查小组，对27家省公司"电网一张图"建设应用情况开展综合评价，评选出先进单位12家、优秀应用成果10项。

"数字新基建"方兴未艾

2019年，国网江苏省电力公司积极响应并持续探索"数字新基建"应用，推进数字技术与电网技术融合发展，首次提出建设全息数字电网。

2020年5月，我国首个全息数字电网启动建设，方天公司黄祥再挑大梁，作为项目现场负责人带领团队开展全省各电压等级的输电线路激光点云扫描与三维建模工作，利用海量激光点云空间数据管理、数据融合和高精度分类技术，实现线路通道三维重建。其数据采集工作点云密度之高、规模之大前所未有，对于数字化复现主网架结构、实现智慧巡检作业常态化来说意义重大。

在全息数字电网正式启动建设之前，团队已完成近一年的准备工作。首先是对输电线路模型建立方案进行深入研究。

团队提出两种方案：一种是倾斜摄影建模，另一种是激光点云建模。

为确定最优方案，召集多家单位采用这两种建模方式对指定电力线路进行建模，经过成果汇报、专家评审等一系列流程最终决定：采用模型精度更高、电力线路展示效果更好的激光点云模型，作为全息数字电网的基础数字化模型。

2019 年中下旬，为选取最优的激光点云采集技术路线，团队对 220 千伏兴盛线和 500 千伏廻津线进行全息三维数字电网 100 公里示范段建设，采用无人多旋翼飞机搭载激光雷达采集三维激光点云，定位方式选取的是基站 PPK 定位测量技术。

通过现场采集，发现采用无人多旋翼飞机机动灵活、受到空域限制少，采集的点云密度很高，基本在 200 个点 / 平方米以上，基站 PPK 定位方式精度高，在 10 厘米以内，能够满足航迹自主规划需要。

2020 年 1 月，团队还设立"输电线路通道三维点云数据采集方法对比分析研究"科技研发项目，试验采用不同飞行平台和不同定位方式来对线路通道三维采集方式开展探索研究，试验的飞行平台包括有人直升机、有人自旋翼飞机、无人直升机、无人固定翼、无人多旋翼等 5 种，试验的定位方式有 JSCORS（江苏省 CORS 系统）定位、千寻定位、基站定位。

采用如此多的飞行平台和定位方式进行激光采集方式探索，这在国内尚属首次，通过精度、效率、成本、安全的对比分析研究最终得到不同的电网应用场景需求下的最优的输电线路通道三维点云数据采集方式，为今后输电线路通道激光点云采集提供指导。截至 2023 年年底，团队完成 35 千伏及以上架空输电线路全部激光点云数据采集，里程超 10 万公里。

面对体量庞大且结构复杂的激光点云数据，团队很快又迎来第二个难题——对海量点云数据进行处理解析。江苏电网线路体量庞大，需要耗费大量人力资源和时间成本进行电力线路点云数据分类、处理、存储。

方天公司领导研究决定组建技术骨干团队，研发一套专门的点云数据处理工具，解决电力线路点云数据处理耗时耗力的难题。技术人员通过在两个月内研究并制作电网设备三维点云数据集，研究基于深度学习的电网设备三维点云分类技术，研发完成基于深度学习的杆塔点云部件提取算法，对于杆塔部件提取达到绝缘子级别，同时对于电力线路的导线、地线、下方植被、道路、河流也能做到精确的自动识别分类。将原来点云数据处理每人每天只能处理 3 千米电力线路提高到每人每天处理 9 千米电力线路点云数据，处理效率提高 2 倍。

随着全息数字电网建设规模的不断扩大，海量激光点云数据加载、渲染和调度问题也逐渐凸显，为解决数据加载卡顿甚至崩溃等问题，技术团队引入适合于电网海量点云数据的空间索引技术，建立海量三维点云的空间索引机制，依据用户不同视野高度和范围，建立多细节层次的数据加载机制，实现海量三维数据的动态调度和展示，满足海量三维点云、倾斜模型、地形、影像、三维模型、矢量等多元数据的承载，实现输电线路的三维可视化呈现。

为全面实现全域电网设备资产（输电、配电、变电）的三维可视化展示，为电网生产业务提供决策支撑，2021 年 4 月，黄祥带领全息数字电网团队入驻双创中心，探索将全息数字电网从输电专业向变电、基建等多专业拓展，进一步提高三维数据成果互联共享及深度应用能力，实现各专业三维数据的集中存储和管理，支撑各专业数字电网应用，为全面支撑电网规划设计、建设施工、竣工验收、生产运维全过程的智慧化管控夯实根基，开启点云数据产业化发展模式。

针对目前传统的变电站三维建模方法存在建模周期长、成本高等痛点、难点问题，2023 年在国网江苏电力数字化部指导下，国网江苏电科院物联网技术攻关团队在国网系统内率先提出基于人工智能的变电站三维快速重建方法，采用目前国际前沿的神经辐射场（NeRF）、3D 高斯（3D GS）等先进人工智能技术和算法，将原有长达数月的变电站三维建模周期缩短至一周以内，建模成本缩减为原来六分之一，为数字孪生电网规模化建设探索新的可行性解决方案。

第二节

源网荷储友好互动
主配微网高效协同

2016年6月，国网江苏电力建成并投运"大规模源网荷友好互动系统"，将电网事故应急处理能力提升至国际领先的"毫秒级"。

实现国内首套大规模源网荷友好互动系统整体联调。源网荷友好互动系统能将事故应急处理能力提升至"毫秒级"，在特高压直流大功率缺失时精准切除大规模可中断负荷，避免因频率大幅下跌导致大面积停电，实现全网功率的瞬时平衡。

早在2015年1月，国网江苏电力启动大规模源网荷友好互动系统建设，并于次年6月开始试运行，实现100万千瓦毫秒级可中断负荷的精准控制；到2023年10月，具备376万千瓦秒级、310万千瓦毫秒级精准负荷控制能力和47万千瓦储能调节能力。

友好源网荷

大规模源网荷友好互动系统通过快速精准控制客户的可中断负荷，将大电网的事故应急处理时间从原先的分钟级提升至毫秒级。

2017年5月24日，该系统进行实切演练验证。演练通过人工闭锁锦苏特高压直流300万千瓦的方式，实时验证华东电网频率紧急协调控制系统，特别是大规模源网荷友好互动系统，可显著增强大电网严重故障情况下的弹性承受能力和弹性恢复能力。

整个源网荷系统的研发、建设、演练、应用所涉及的单位和部门很多，其中优秀的共产党员不胜枚举，党员徽章的璀璨光芒闪耀在源网荷"战场"的每个角落。

作为源网荷友好互动系统建设的牵头部门，国网江苏省电力公司调度控制中心主要负责组织协调工作，包括调度主站系统的建设、升级、改造以及所涉变电站的施工协调。

2016年6月，通过调度控制中心工作组成员的努力，大规模源网荷友好互动系统一期工程投运，江苏苏州地区具备100万千瓦毫秒级可中断负荷控制容量。在确定大规模源网荷友好互动系统精准切负荷实切演练任务后，该工作组立即投入紧张工作。

4月初，由该工作小组成员、调控中心系统处副处长罗凯明、专职刘林等组成的验收小组赴南瑞集团，进行精准切负荷系统"预置"和"负荷恢复"功能的验收。初步验收后，尽管整体功能已满足要求，但罗凯明认为还有些细节可以做到更加完美。于是，他和厂家人员从控制中心站、主站、子站到负控终端模拟装置，逐一进行分析，不放过任何一个环节，共同商讨、完善方案。正是这种精益求精的工作态度，为实切演练的成功奠定了扎实的基础。

调控中心主任陆晓非常感慨："在源网荷系统建设过程中，工作组的同志们体现出高度的责任感、使命感和工作热情，全心全意为系统的建设挥洒着汗水，用实际行动诠释了江苏电力人的责任和担当。"

营销部主要负责与客户签订《客户负荷避让互动协议》，帮助客户协调和其他部门之间的相关事宜，实现客户侧网荷终端的安装以及签约回路的接入。

根据国网江苏电力制定的2017年年底前实现全省"两个一百万"毫秒级精准负荷控制目标，营销部党员先锋队积极投身系统建设，强化党员引领，发挥旗帜作用，在政策争取、系统建设、实切演练等各项工作中，始终"战斗"在第一线，发挥了坚实的堡垒作用。

演练前夕，国网苏州供电公司营销部党员先锋队提前与所涉企业进行沟通：完成854套用户侧源网荷系统终端的安装；为512家用户实施低压回路延伸；与324家用户签订《客户负荷避让互动协议》，签约负荷容量近40万千瓦。

其中，为争取张家港沙钢集团大容量可中断负荷的接入，国网苏州供电公司营销部党员先锋队领队李洁主任多次前往沙钢集团，与集团领导层积极沟通，宣传源网荷系统在保障大电网安全和供电可靠性方面具有的重要意义，详细描述源网荷系统的运行情况，列举供电企业在实切演练过程中制定的用户侧安全应急保障措施。这些举措最终赢得张家港沙钢集团领导的理解和支持，他们成功争取到6万多千瓦可中断负荷的接入。

"供电企业先锋队一次次上门，耐心讲解源网荷系统的重要性，耐心解答我们的疑虑，协助解决实际难题，帮助完成网荷互动智能终端的安装调试，彻底打消我们的顾虑。这种服务客户，办实事、办好事的行为，充分展现电网企业先锋模范作用。"沙钢集团副总经理周善良动情地说。

方天公司在系统建设过程中主要负责用户工程调试、回路核查、缺陷整改以及主站设置等工作。

2016年5月，方天公司成立源网荷突击队，凝聚士气、鼓舞斗志，全力以赴开展大规模源网荷友好互动系统建设各项工作。

方天公司首席工程师李新家是源网荷突击队的核心成员之一，他在"源网荷"重要子系统——用户供需互动系统以及软、硬件产品开发中担任"总设计师"的角色。

2016年该系统研发之初，李新家在10天时间里跑遍全省，调研数十家用户，完成系统方案制订、厂商发货协调、终端搭建以及数据核对等工作。

2017年5月21日，距源网荷实切演练还有3天，李新家突然接到制作源网荷营销主站监控演示页面的任务。按理说，设计制作这种逻辑编码复杂、关联数据海量的页面至少需要10天。但在时间已经相当紧的情况下，还有一个新的问题摆在李新家的面前，那就是精准切负荷后跳闸用户数量判断不准确。为了解决这个难题，李新家突破传统思维，提出将稳控跳闸信号和快切矩阵配置线路跳闸信号结合起来，也就是将用户终端发出的整体跳闸信号和用户终端各线路瞬间发出的多个跳闸信号进行联合判断，通过同步多重验证，实现确保主站数据百分百准确的目标，顺利完成此次任务。

时任国网江苏省电力公司营销部主任李瑶虹由衷地说："方天公司源网荷党员突击队的队员们在急难险重的任务面前没有退缩，发扬勇挑重担、攻坚克难的优良作风，充分发挥党员先锋作用，真是好样的！"

国网江苏电科院党员突击队在系统建设过程中，主要提供全方位技术支撑，开展系统仿真分析，负责调试方案编制和实施，以及协助开展成果策划和技术培训。

2016年5月9日，国网江苏电科院接到源网荷系统整体联调方案编制和调试任务后，火速成立一支"源网荷"突击队。2017年2月12日，院"源网荷"突击队刚刚制订完成无线4G专网精准负荷控制时间测试方案，13日就在南瑞集团实验室完成测试并撰写测试报告，得出从控制子站下发精准负荷控制指令至智能网荷互动终端动作，平均耗时仅比光纤直连传输时间延时6毫秒左右的结论。

"一天时间就完成测试，你们这支团队的执行力真强，和4G专网速度一样快，你们的技术水平真过硬！"南瑞稳定分公司副总经理李雪明感慨地说。

国网江苏电科院党员服务队不仅具有令客户叹服的执行力和行动力，还在一年多的时间里编写完成了《大规模源网荷友好互动系统》专著，填补了我国在大规模源网荷友好互动技术和工程应用方面专著的空白。

源网荷 + 储

2023年9月初，国网江苏电力调控中心副总工程师江叶峰介绍："大规模源网荷友好互动系统是国内首套，国际首创，整体技术达到国际领先水平。系统于2016年6月15日在江苏电网正式投运，将大电网故障事故应急处理能力从以前的分钟级提升至毫秒级。"

江叶峰开门见山，对大规模源网荷友好互动系统一言以蔽之。

关于这个话题说的是"源网荷储"，江叶峰一直说的是"源网荷"，而那个"源网荷储"的"储"却只字不提，这也引人好奇。

江叶峰戴着一副宽框眼镜，风度儒雅，一口流畅的普通话。他进一步介绍大规模源网荷友好互动系统建设的缘起——

随着特高压跨大区送电距离越来越远、输送容量越来越高,东部受端电网常规电源被大规模替代,系统转动惯量不断降低,导致电网快速调节能力下降。

同时,特高压直流输电距离远、交叉跨越点多、电气距离近、故障概率大,尤其是单回或多回直流失去时,将会导致系统频率下降、输送断面越限、备用容量严重不足等问题。

2015年9月19日21时57分,锦苏特高压直流送端遭雷击,导致双极闭锁,受端华东电网损失功率490万千瓦,华东电网频率短时间内下降到49.563赫兹,近10年来首次跌破49.8赫兹。同时,江苏部分500千伏输电通道超稳定限额。

这很像"蝴蝶效应",一只在南美洲亚马孙热带雨林中的蝴蝶,偶尔扇动几下翅膀,可以在几周后引起美国得克萨斯州的一场龙卷风。只是电力系统的"蝴蝶效应"不需要几周,立马就到。

锦苏直流故障停运,给大电网安全运行敲响了警钟。分析表明,如果区外来电大功率缺失,严重情况下华东电网将损失负荷约2367万千瓦,相当于南京全市用电负荷的2.5倍。

为了应对上述极端安全风险,传统的控制手段主要包括发电机一次调频和传统刚性切负荷。由于区外受电大幅增大,受端电网发电占比减少,一次调频能力显著不足。同时,传统的刚性切负荷,粗放拉限电往往造成严重社会影响,控制成本高,用户停电感知度强烈。

上述问题限制了清洁能源大规模开发利用,不利于能源资源优化配置和全社会综合能效提升。为此,亟须通过科技创新,突破传统理念,探索新型方式,统筹电源、电网、负荷各方资源,实现发电、供电、用电友好互动,保障能源供应安全,促进社会能效提升,推动产业技术进步。

自此,国网江苏省电力公司启动"大规模源网荷友好互动"技术研究,并开展相关工程建设。江叶峰临危受命,成为该工作团队的核心成员,并担任项目经理。经过3年的不懈努力,建成国内首套大规模源网荷友好互动,完成一、二、三期工程建设,使得江苏电网具备260万千瓦毫秒级负荷精准控制能力和 376 万千瓦秒级控制能力。

该系统将分散的海量可中断负荷集中起来进行快速精准控制，将电网"电源调控"转变为"电源调控"与"负荷调控"相结合，保障电力供应在应急状态下的瞬时（毫秒级）、短时（秒级）和时段（分钟级）平衡。

在技术研发和工程实施过程中，江叶峰和团队成员取得一系列原创性技术成果，主要包括：大规模源网荷多维度协调优化控制方法、针对特高压电网大频差扰动时大规模可中断负荷精准控制关键技术、满足大规模精准负荷控制与控制用户接入退出需要的指令预置技术及即插即用技术、基于多安全约束的大规模精准负荷恢复技术、基于在线实时决策的调度与营销一体化控制方法等。该系统的投运显著提高特高压大电网的安全运行水平，并能有效提高清洁能源消纳能力，社会效益和经济效益巨大。

该成果在国家 863 计划、国家能源局、国家电网公司等项目支持下，历时 9 年，产学研用相结合，国际首创大规模源网荷友好互动系统。授权发明专利 34 件、软著 6 件，申请 PCT 专利 9 件；立项 IEEE 国际标准 1 项，发布行业标准 2 项、团标和企标 8 项；发表 SCI/EI 论文 27 篇。

国网江苏省电力公司于 2015 年着手建设"源网荷"系统一期工程，一期工程于 2016 年 6 月 15 日建成投运，实现 100 万千瓦毫秒级、376 万千瓦秒级精准负荷控制能力。2017、2018 年连续两年对江苏电网毫秒级精准切负荷系统进行扩建。二期工程于 2017 年 12 月建成投运，新增 100 万千瓦毫秒级精准负荷控制能力；三期工程于 2018 年 5 月建成投运，新增 60 万千瓦毫秒级精准负荷控制能力。

2018 年 7 月，镇江储能示范工程成功并网运行，标志着江苏电网"大规模源网荷友好互动系统"正式升级为"大规模源网荷储友好互动系统"。

2019 年开展四期建设，精准负荷控制容量进一步增加，目前毫秒级可控容量已超过 300 万千瓦。

原来如此！隐藏了一个"储"字，却展现了一个系统的发展脉络，也展示了一种严谨的科学态度，"储能"成功了才可纳入"互动系统"，否则就成了系统的"Bug"。

采访一开始，江总就卖一个"储"字破绽，引起兴趣，让这个话题聊出精彩。

大家也深深领会到：在专业性很强的对话中，通过引起别人的好奇来导入内容，这种谈话技巧的运用是多么重要。

看大家兴趣渐浓，江总也越聊越深，一时间"系统架构、故障感知、辅助决策、协调控制、动作定值、一次调频……"这些专业术语不时冒出，让人如听天书。"高！实在是高！"

说到这，他及时转换话题，谈到源网荷储系统的成效意义。源网荷储系统的研究应用，对能源发展意义重大。

一是提高大电网应急处置能力。能够使大电网故障应急处理时间从分钟级缩短至毫秒级，为预防控制大面积停电时间提供专业手段。

二是支撑分布式电源发展。通过精准控制 376 万秒级可中断负荷，有效降低尖峰负荷。有效抑制大规模光伏、风电发电带来的电网波动，助力清洁能源消纳。

三是促进新兴产业发展。源网荷储广泛应用新一代电力系统自动控制、人工智能及无线通信等技术，能有效推动储能、通信等新兴产业发展。

中国工程院薛禹胜院士、汤广福院士领衔的鉴定委员会认为，"项目研发的大规模源网荷精准负荷控制关键技术为国际首创，整体技术达到国际领先水平"。

美国电气和电子工程师协会电力与能源分会（IEEE·PES）主席赛义夫·拉赫曼评价该成果"在国际学术和工业领域，为负荷控制和电力系统稳定运行作出重大贡献"。

国际电工委员会（IEC）主席、中国工程院院士舒印彪评价该成果"是电网运行技术的重大创新，对大电网安全具有重要作用"。

如今，成果所提出的大规模源网荷多维度协调控制新模式、海量微负荷毫秒级精准控制、大功率缺额快速感知和可中断负荷决策控制、全链式和高并发的一体化预置式验证等关键技术，已推广应用至浙江、安徽、山东、河南、湖南、上海等六个省（市）。基于该成果研发的毫秒级精准风电控制系统，已推广应用至甘肃嘉酒地区。

项目成果已获得国网公司科技进步特等奖、中电联电力创新一等奖、全国质量卓越项目奖、中国电力科技进步奖一等奖、江苏省科技进步奖一等奖等多项重要荣誉。

这些成果的取得殊为不易！

2017 年，在大规模源网荷系统一期工程已正常运行近 1 年，为整体验证系统功能有效性，国网江苏省电力公司在国调中心和华东网调支持下组织开展了一次大规模的实切演练。

此次演练涉及国家电网公司系统多个省份，以及国网江苏电力内部数百套运行设备，需要上千人密切协同开展，方案编制、用户沟通、现场测量等各环节都是巨大挑战，容不得出现一点失误。

江叶峰组织成立一支党员突击队，其中既有几十年党龄的老同志，又有刚刚入党的新成员，他们用自己的行动，为源网荷实切演练的圆满成功画上了重重的一笔。

2017 年 5 月 24 日 14 时 05 分，随着锦苏直流人工双极闭锁的触发，江苏源网荷系统快速、精准切除苏州地区 25.5 万千瓦负荷，标志着源网荷实切演练取得成功。

在这背后，多少个日日夜夜，江叶峰和其他突击队员在辛勤付出，多少个周末，他们坚守在工作一线。为做好全国多个省、市的配合，他们经常奔波于国网总部和华东分部，积极汇报准备工作进展情况，经常是早出晚归，一刻不能耽误，第二天还有新的工作继续推进。

他们一次次赶赴厂家对软、硬件设备进行验收，每一个环节都仔细校对，保证万无一失。对源网荷系统每一张定值单，他们都一一校核，保证滴水不漏；对被控用户回路验证，他们逐一实施，保证精确控制；对各工作方案、技术方案，他们精雕细琢，保证全面严谨；对实切演练展示画面优化他们潜心钻研，保证清晰简洁。

正是这支党员突击队精益求精的工作态度，为实切演练的成功提供了有力的保障。

江叶峰展望了下一步工作方向：在已有研究、建设成果的基础上，继续挖掘优质可调资源，通过建设虚拟电厂等方式，应用"云云互联"、"云边互联"、边缘网关、UGC 等新技术，研究建立"全省＋分区＋网格"电网平衡新模式，不断拓展"源网荷储"控制内涵，丰富控制对象，探索新型用能方式下的"源网荷储"智能互动模式，通过市场机制激励相关市场主体实时响应电网运行调节需求，积极参与电力系统资源优化配置，提高对省内及省外清洁能源的消纳水平，提升全社会整体能效水平。

主配微网高效协同

江苏作为经济强省、能源消费大省，同时也是能源资源小省，加快推动能源绿色转型、全面保障能源安全的需求迫切、任务重大。《2023 年江苏省人民政府工作报告》要求"加快发展方式绿色转型，积极稳妥推进碳达峰碳中和，先立后破推动产业结构、能源结构、交通运输结构等调整优化"。

电力系统是构建新型能源体系的主战场，国网江苏省电力公司围绕江苏省委省政府、国家电网公司各项决策部署，立足江苏能源资源禀赋和经济社会发展特点，坚定不移地构建新型电力系统，推动能源绿色低碳转型和高质量发展。

配电网作为联结主网、用户及各类分布式能源的纽带，承载了电力安全保供、分布式电源消纳、服务终端能源消费等功能，已然成为新型电力系统建设的主战场。

为更好地服务江苏地区分布式光伏、电动汽车、微电网等新型源荷规模化发展，国网江苏省电力公司组织编写《现代智慧配电网建设方案》。结合新型能源体系建设要求和"双碳"发展战略背景，分析江苏配电网现状与问题，提出建设现代智慧配电网的思路与目标，明确重点攻关方向，积极争当能源绿色转型的引领者、先行者、推动者。

配网管理部智慧配网处朱卫平处长告诉采访组，即将出台的《国网江苏省电力有限公司现代智慧配电网建设方案》，全面分析面临的形势与任务，描画现代智慧配电网业务蓝图，并对主配微协同技术架构逐一规范，在新型电力系统"五层三平台"，即物理电网层、自动控制层、数字电网层、数字应用层、价值创造层五个层级和能源智慧调控平台、数字电网服务平台、业务应用服务平台三大平台，在应用体系架构中"自动控制层"的基础上，以能量管理为主线，打造以虚拟电厂及微电网为调节控制对象的主配微协同技术架构。

主网侧融合主配微网源网荷储资源，制定多级协同控制策略；配网侧响应主网调度需求，协同微网资源参与互济控制；微网侧通过区域自治实现内部用能优化，在政策、市场、管理机制驱动下参与主配网互动。

基于主配微高效协同运行，提高电力保供能力，促进新能源消纳，推动客户智慧用能，助力社会低碳转型。

目前，现代智慧配电网主配微协同技术支撑方案业已成形。

随着分布式能源大规模发展，电力系统的不稳定性因素增加，现代智慧配电网升级的一个关键要素就是主网、配网和微网的协同发展，至关重要的就是主、配、微网的"关节"——衔接环节。

目前，国网江苏电力在建设江苏智慧配电网方面，重点打造主、配、微网协同，以支撑分布式能源的大规模有序发展，提高电力的可靠性、安全性和稳定性。

国网江苏电力经研院配电网规划负责人、五级职员韩俊介绍，主网配网的关系就像人的主动脉与毛细血管一样，因为配网贴近用户和需求侧，承担着安全可靠供电的最关键一环，所以必须先进行试点，总结经验，才能逐步推广应用。

"虽然配网需要各个方面的升级，但我们目前更注重主网和配网之间的协调发展和协同控制，保障海量分布式光伏和电动汽车的安全可靠接入。目前，我们在南京、无锡、苏州等地开展一系列新技术的探索研究和试点应用，主要涉及光伏、新能源汽车和综合能源等领域，待技术成熟后进行推广应用，可有效提升配电网经济效益。"韩俊说。

通过汇集主配微数据，深度整合天气预报、卫星图像、气象雷达、用电负荷等实时数据，完善多维度新能源功率预测模型，利用 AI、并行计算、大数据等技术，可实现新能源长周期（10 天）、日前、日内等多时间尺度精密（每天 96 个点）预测，大大降低风光功率预测误差。

在数字电网空间，江苏公司围绕新型电力系统能量流管理一条主线，建立常规负荷（大工业、工商业、居民等）和新型源荷（分布式光伏、新能源汽车、储能等）两大类物理对象，以微电网及虚拟电厂两种聚合形态，实现全网可描述、可观测、可调控三个目标，支撑现代智慧配电网主配微网协同控制体系建设。

国网江苏电力将"主配微网协同、源网荷储互动"融入"功率预测、日前市场、实时市场、实时监控"全过程，推动大规模分布式能源平衡消纳和参与市场交易，提升电网运行调节能力。这一举措将为全国其他地区提供有益的经验和借鉴，推动分布式能源的可持续发展和智慧配电网的升级改造。

赋能配网精益管理

在配网精益化管理的要求下，供电企业需要实时感知配网的运行状态，有针对性地提升供电可靠性和供电服务水平。

如果把配网类比成道路网，配网承载的电流、功率可以看作道路上的车流。正如交通部门需要及时监测路况一样，供电企业需要及时监测配网各个分支承载的电流、功率，及时发现电网运行异常并采取相应措施，但一直缺乏有效"透视"电网的手段。还是以交通做类比，如果要对车流进行全方位的监测，按照传统方法，要在每一段道路上都装上摄像头，投资成本和运维成本较高。

那么是否有既不需要大量投资，又可以有效感知配网全貌的办法呢？

于是通过数字计算推演的方式被研究开发出来，在数据驱动的方式下，仅需采集配网首端及末端的电表数据，即可计算出配网全量节点的电流、功率情况。这好比仅利用车辆汇入口的部分监测点的数据，就可以实现对所有路段上车流的计算推演。

在国网江苏电力数字化部指导下，国网江苏电科院用一年时间开展研究和试点，解决拓扑校核、参数辨识、少量测计算等关键难题，自主研发配网计算推演平台。该平台实现以 15 分钟为一周期、全省 4 万余条配电线路数据的大规模自动在线计算。2023 年 4 月 27 日，该平台正式在国网江苏省电力公司上线，所有市县供电公司均可访问并使用该平台。

"准确完整的拓扑、参数以及量测数据是配网计算的基础。然而配网点多面广，容易出现拓扑、参数维护错误，量测数据没有及时传送等问题。"平台研发负责人焦昊介绍，"为了夯实平台的数据基础，我们利用大数据分析与人工智能等方法校核配网拓扑、设备参数偏差，补齐量测数据缺失的短板。"

目前，平台通过自动化数据校核累计诊断并辅助整改约 7500 台配电变压器的线变关系异常问题、936 条线路的参数异常问题，通过量测补足将江苏电网 98% 以上的配网线路纳入平台计算范围，计算整体合格率达 99%。

基于配网计算推演平台，国网江苏电力在不额外加装采集设备的情况下，实现配网实时状态透明感知，进而可以更加精益地分析线损等问题成因。

赋能线损治理

以电网运行管理中线损异常治理这一难题为例，设备重载、用户窃电、表计异常等因素都会导致配网线损率异常，线损成因排查费时费力。不同于传统的以整条中压线路为统计对象、以天为统计单位的线损计算方式，配网计算推演平台可分时分段计算线损，实现高线损问题成因的精准判别。

"我们利用分段开关的遥测电流数据计算开关电量，同时对配网拓扑精准建模，依托营配调数据融合，计算线路分时分段的售电量，从而将线损计算精度细化至以分段开关为界的多个区段。"国网江苏电科院数字智能室负责人陈锦铭介绍，这和要通过案发时间、地点等细节来推导案犯的破案过程有点类似，运维人员发现某条线路存在高线损问题后，可使用配网分时分段线损精益诊断功能模块计算出高损线路的分时、分段线损率，从而锁定异常区段。供电员工还可以利用便携式线损量测终端补充采集遥测未覆盖区域的数据，进一步缩小排查范围。

利用平台的仿真推演功能，供电企业针对其诊断出的线损问题开展设备更换、运行方式调整、无功补偿等降损措施模拟，量化评价降损成效，为技改储备、经济调度等方面的降损决策提供依据。平台自 2022 年 4 月试运行以来，累计诊断线损异常线路 7000 余条次，提出针对性降损措施 212 项，挽回经济损失超千万元。

赋能光伏消纳

光伏产业是实现"双碳"目标的主力军。2021 年 9 月，国家能源局官网公布全国整县（市、区）屋顶分布式光伏开发试点名单，在 676 个试点县（市、区）中，江苏共有 59 个，数量居全国第三。纳入试点地区将借助光伏产业发展改善能源结构，助力乡村振兴，促进地方区域率先达成"双碳"目标。

分布式光伏大规模接入配网后，出力间歇性及不确定性增强，使得配网潮流走向变化大，因而局部配网可能存在光伏发电倒送、电压越限等承载力不足的问题。

针对这些问题，平台可量化分析光伏发电大规模接入对电网的影响，计算电压偏差、电流越限、线路损耗、配电变压器超容量、短路电流越限、反向负载率等 6 类承载力指标数据，分析光伏发电消纳短板，评估配网的光伏最大承载力，评估改造方案成效。

应用平台功能，支撑光伏消纳提升。在光伏渗透率较高的赣榆地区，识别光伏倒送导致的电压越上限 754 台、线路倒送 155 条、超重载 2 条、配变倒送 4140 台、超重载 21 台。支撑配变调剂运方调整方案的生成，累计开展 56 台次配变调剂、34 次运方重构，消除重过载 1 条、反向超重载配变 37 台。

"我们将持续优化升级平台，将计算范围拓展到包含主网在内的主配网协同计算，并结合气象要素、政策市场要素推演，为配网规划一张图、供电服务指挥、资产精益管理等提供统一计算推演服务。"焦昊介绍。

"虚拟空间"的穿行者

为深入贯彻落实"四个革命、一个合作"能源安全新战略，引导和促进虚拟电厂规范有序发展，充分挖掘可调节负荷、分布式电源、储能等资源参与电网平衡，更好助力电力保供和新型电力系统建设，2023 年 8 月 4 日，国家电网公司印发《国网营销部关于印发服务虚拟电厂建设运营工作指引（试行）的通知》，由此在推动虚拟电厂建设过程中有了纲领性文件，虚拟电厂相关研究也提到了江苏电力的议事日程。

虚拟电厂旨在通过先进的信息通信和控制等技术，将可调节负荷、分布式电源、储能等资源进行聚合管理与优化控制，参与电网运行及市场交易。通过充分挖掘、聚合可调节负荷、分布式电源、储能等可调节资源参与现货、辅助服务、需求响应等市场，有利于促进源网荷储协同互动，保障电力安全可靠供应；有利于提升电网对新能源的消纳水平，助力新型电力系统建设；有利于促进各类资源科学配置，提高系统运行效率和全社会经济效益。

虚拟电厂资源聚合对象包含可调节负荷、分布式电源、电动汽车、储能等具备可调节能力的资源。

陈宇沁博士，自 2015 年参加工作以来，他先后在电能计量、线损管理、需求侧管理、能效服务等专业取得一系列的业绩，并参与完成国家重大研发项目"城区用户与电网供需友好互动系统"项目。

2021 年 10 月至 2023 年 4 月援藏帮扶期间，他牵头组建成立西藏自治区电力负荷管理中心和西藏自治区工业领域电力需求侧管理促进中心，从而全面提升西藏地区电力负荷管理水平、全面保障西藏电网冬季电力供应。

他还牵头组织完成西藏自治区首次有序用电演练，他又牵头完成西藏自治区新型电力负荷管理系统建设及实用化应用。获得国网西藏营销服务中心2022 年度优秀帮扶工作者荣誉称号。

陈博士 2023 年 5 月以来主要负责开展电力负荷管理工作，这些经历为他日后在虚拟电厂的建设政策、市场机制等方面研究提供了有力的支撑。

面对采访，为说明问题，陈博士开始科普——

虚拟电厂是负荷资源聚合管理的高级形态，包含先进的数字化平台、多品类需求侧聚合资源、跨空间多时维负荷调节能力、常态化运营能力等关键要素。

虚拟电厂运营商通过先进的数字化运营平台，为虚拟电厂用户提供需求侧资源参与市场调节服务。

虚拟电厂以可中断负荷身份参与电网运行及需求响应、电力现货、辅助服务、中长期交易等市场，促进源网荷储协同互动、提升新能源消纳水平、优化电力资源科学配置。

国网江苏省电力公司针对虚拟电厂主要开展以下几方面工作：研究虚拟电厂建设运营机制，规范虚拟电厂常态运营服务要求，利用市场化机制充分挖掘释放需求侧资源价值。研究制定虚拟电厂平台架构，确定"1（主站）+ N（子站）"的架构形式，1 个主站为虚拟电厂运营管理服务平台，N 个子站为虚拟电厂运营平台。研究虚拟电厂建设技术标准，明确虚拟电厂在智能计量、协同控制、信息通信等方面的技术要求和技术条件，引导虚拟电厂标准化建设。

陈博士说，下一阶段尤为关键：要推动建立健全虚拟电厂建设运营市场机制，依托省级电力负荷管理中心开展虚拟电厂运营管理，服务虚拟电厂资源参与各类市场，促进新能源消纳，优化电力资源配置。要积极对接政府相关部门出台虚拟电厂建设激励机制等配套细则，推动设置虚拟电厂灵活调节资源保底容量补贴，研究虚拟电厂建设费用纳入输配电价的合理性和可行性，引导虚拟电厂规范有序发展。

"虚拟电厂，大有可为！"这位号称"穿行者"的陈博士对发展前景信心满满。

第三节

用电连接万物
只愿美好为你而来

用科学家的语言来定义万物互联显得直白而简单：将人、流程、数据和事物结合到一起，使得网络连接变得更加相关，更有价值。

万物互联，不仅仅是让一切都在线，更重要的是让一切变得更有效率。

如何才能够搭建如此包罗万象而又智慧便捷的互联平台呢？国网江苏电力给出了自己的答案：用电连接万物，让美好生活纷至沓来。

这是一种珠联璧合的"爱情"，"物联网"涵盖万物，而"电力"同样具备超乎想象的网络架构，如果随处可见的物与神通广大的电深度融合，电力的精准数据能够赋予万物以知觉，并通过训练学习，彼此升级进步。此时的电力既是能量载体，也是信息载体，它如同破浪乘风的巨轮，掀起一场由动力源替代向智力源替代转变的全新变革，带领人类驶向一个便捷、高效、自由、舒适的新世界。

为了这个答案，国网江苏电力在 10 年间日积跬步、潜心耕耘。

烹调方式的"进化史"

用电连接万物，首先要明确如何用电力感知事物的状态，从而生成物与物联系相关的数据并予以使用，江苏电力选择从人们的日常生活入手，推广"全电改造"。

民以食为天，"全电厨房"的推广实施成为江苏电力关注的焦点，这也正契合了人们最关心的需求。

20 世纪 90 年代末开始，中国传统厨房中普遍使用燃气灶。煤气储存在大块头的罐子里被扛进厨房的一角，每每到了饭点，旋开阀门开关，那蓝幽幽的文火便从灶台上蹿起来，热气蒸腾在整个空间里。若是此时在锅里加入菜籽油，伴随而生的油烟味常常叫人避之不及，烹调美食的乐趣由此大打折扣。除此以外，以燃气灶为首的厨炊设备还存在着热损高、碳排放高、明火易燃等安全隐患和缺点。

而到了如今科技高速发展、生活日新月异的现代社会，人们越来越追求健康卫生、清洁高效的美好生活，越来越多的有房一族、租房族使用电饭煲、电蒸箱、烤箱等现代厨房设备。

可以毫不夸张地说，安全卫生的全电气化厨房生活，已然成为厨房发展的潮流和趋势，而江苏电力就把握住了这个机遇。

在宿迁供电公司，安全、经济、环保的"全电厨房"应用在多个生产生活环境下都取得了显著成效。

为了大力推广使用"全电厨房"，宿迁供电公司与政府机关单位达成合作，在市政率先引入全电厨房改造，发挥好政府机关的示范引领作用。作为宿迁市最大的机关单位食堂，宿迁市机关事务管理局食堂每日就餐人数超过1000人，宿迁供电公司瞄准这个重点示范点，自2020年4月起，便积极与市机关事务管理局负责人交流沟通，从安全、节能、环保等维度，推广宣传"全电厨房"改造计划，详细沟通方案后，与政府达成良好的合作。

在项目实施过程中，宿迁供电公司加强业扩配套服务，提供全电厨房个性化解决方案和最优的用电接入方案，仅用5天时间，就完成申请受理、现场勘察、中间检查、装表送电等各项流程，大幅缩短了客户的接电时间。一个月不到，宿迁市首个机关食堂——市机关事务管理局"全电厨房"示范工程顺利投运。据估算，该"全电厨房"的投运，平均每年可节省运营费用10万元，减排二氧化碳400吨。这项改造工程为宿迁市推广餐饮领域电能替代，提升餐饮行业厨房安全水平，提供了可推广、可复制的成功经验。

看到"全电厨房"带来的实实在在的好处，市应急管理局、市日报社、交通集团等多家机关单位食堂均进行了"全电厨房"改造，就如同3月的春风拂过宿迁这座城市，自然洁净的气息悄然而生。

这缕风来到了青春洋溢的校园，停留在可爱鲜艳的葡萄架上。实施校园"全电厨房"革命，助力绿色低碳校园建设，同样是宿迁供电公司推广餐饮电气化的重要一环。

自从政府实施"全电厨房"改造，很多学校对此很感兴趣，但苦于一些配套投入太大，所以实施起来较为困难。为解决学校后顾之忧，宿迁供电公司专门出台针对学校的电能替代提升方案，为校园"全电厨房"改造争取更多优惠政策，帮助出具改造方案和进行成本核算，将校园"全电厨房"改造成本降至最低。

对于学校而言，"全电厨房"不但安全、环保，还很省钱。沭阳沂涛中学就算过一笔账，学校的食堂需要负责230名师生的饮食，原来的煤灶具需要安排专人引火并长时间看顾，加之炭火利用率低，每个月人工及煤炭成本约 2400 元。而经"全电厨房"改造后，每月只需电费约 1200 元。改造后的食堂运营成本减半，安全性也大大提高。

通过广泛开展校园厨房用能方式调研和协商，宿迁供电公司与宿迁市教育局达成协议，新建校园全部使用电炊具，推进重点学校厨房全电气化建设。到 2023 年年末，宿迁供电公司已完成宿迁钟吾初级中学、淮海技师学院等学校"全电厨房"示范项目建设，既为学校减少了能源费用，也为广大师生提供了更安全、更整洁的用餐环境，所谓"不见炊烟起，但闻饭菜香"，正是恰如其分。

随着宿迁招商引资战略的强力推进，国望高科、龙恒新能源等一大批实力雄厚的百亿级企业纷纷落户宿迁这片投资热土。在为企业提供优质供用电服务的同时，宿迁供电公司也十分注重推广园区企业"全电厨房"建设。

恒力集团旗下江苏佩捷纺织智能科技有限公司，年产 10 亿米高档织物面料，是园区重大企业之一，对宿迁的经济发展起到举足轻重的作用。2020 年 12 月，在佩捷纺织二期高压增容过程中，宿迁供电公司了解到企业有新建厨房的需求，立刻组织人员现场走访，宣传"全电厨房"优势，帮助企业算好安全账、经济账、环保账，量身定制"全电厨房"建设方案。

"我从事厨师行业 20 多年了，电磁灶无明火，温度也可以随时调节，工作环境变得非常舒适，做出来的菜也可口。""全电厨房"改造完成后，厨师肖威的感触最深。

"全电厨房"受到了来自厨师、饭店、厂家等多方面的欢迎，对他们而言，用电来代替明火，能够让烹饪过程变得操作便捷，同时具备自动断电保护，也提高了厨房的安全系数，又为企业节约用能成本，和使用天然气供能的方式相比，"全电厨房"每年可节约能耗费用 8 万余元，热效率是普通燃气灶热效率的 3 倍以上。更重要的是，它使用中不产生任何碳氧化物排放，这也顺应了绿色低碳发展大势。

自然与科技也能有"联名"

除了推广"全电厨房"改善人们的餐饮生活，江苏电力还着力打造"全电景区"，让无形的电力作为美丽自然与人类生活的黏合剂，让人们以更便捷、更绿色、更智能的方式亲近自然，聆听山水的清音。

东台黄海森林公园，便是这样一处钟灵毓秀地，象征着现代化的电气设施悄无声息地掩藏在山峦与森林堆叠出的深浅不一的绿意里，丝毫无损这座绿色殿堂的魅力。

黄海森林公园的魅力，是深藏不露的，只有置身其中方能领略。

人们多爱在酷暑入其间。彼时许多地方已进入 38、39 摄氏度，甚至 40 摄氏度的炙烤模式，空气都似凝滞一般，黏糊糊地蒸腾着。而此时的黄海森林公园就仿佛是天堂，当穿行过公园悠长的林道终于抵达森林腹地时，浸染周身的清凉让人有一种不真实感，凉风掠过，一会儿就把尚未聚集起来的热意又吹散了去。

顺着公园的石阶步步行来，两边是青山莽莽，头顶是云海翻滚，耳边是蝉鸣鸟语，喧嚣远去，心下一片清凉。此处的森林覆盖率达 95% 以上，只是待上一会儿，空气中饱含的负氧离子也会让人觉得神清气爽。

只是有一点，世外仙境往往与人间烟火隔着"天梯"的距离，从公园的入口走到林深处需要一个小时左右，这实在叫人望而生怯。此时东台供电公司助力打造"全电景区"的第一点优势就显而易见了。

郁郁葱葱的树木之下，两排观光电动车依次摆放，成为景区入口处一道亮丽的风景线。当充电完毕的 10 号观光电动车载着五六位游客踏上林海徜徉之路，一辆刚刚完成接驳任务的观光电动车与之擦肩而过，回到了自己的充电桩口，开始接受源源不断的电能补给。

"观光电动车是游客体验全电景区的第一步。在我们景区发展过程中，供电公司的工作人员一直向我们介绍电能替代和电气化改造的重要意义。现如今，景区从基础设施到各类服务，每一处都彰显了供电公司全电景区的新理念。"黄海森林公园电气负责人储爱亚对东台供电公司的帮助赞不绝口。

"全电景区"这个概念涵盖的范围很广，通过实施"电能替代"提高景区电气化水平，将传统景区内的燃煤锅炉、农家柴灶、燃油公交、燃油摆渡车、传统码头等改造为电加热、电炊具、电动汽车、低压岸电，从而实现电能在终端能源深度覆盖的各类旅游景区，是"电气化＋旅游"的综合能源发展模式。

近年来，东台供电公司积极支持黄海森林公园电网改造和建设工作，累计投入150余万元对景区内的供电线路进行改造。改造后，6条10千伏线路、3个变电站都能同时为景区供电，大大提高了景区的供电稳定性。

除了对公园景区进行方案设计，东台供电公司还对景区内部的温泉酒店建设给予切实帮助，在酒店前期施工阶段主动上门服务，依据调研制定的用电负荷量，为酒店设计一套最佳的供电方案。

除此以外，东台市供电公司更是主动对接，与景区签订《关于联合建设东台黄海森林公园全电化景区战略合作协议》，这标志着黄海森林公园将步入"全电化"节奏，全方位提升清洁能源利用水平。

其中一项引人注目的"全电改造"工程就是位于森林深处，集科技感与互动体验功能于一体的科技馆。

冬天，尽管室外寒意袭人，馆里却是暖意融融，一座微型森林展现在眼前。观鸟镜、自行车漫游、模拟灭火系统等互动设备新奇有趣，就连森林公园内人气极高、富有森林气息的小木屋也被"搬"了进来……在各类璀璨的灯光掩映下，愈发逼真。

别小瞧这座美丽的"林中林"，其中就深藏着电的奥妙。馆内采用先进的地源热泵技术，通过电路传导对整栋楼宇取暖制冷，调节温度，保持室内良好的舒适度。就连供游客休憩的小餐饮部里也满满都是电力元素，服务员正打开电源，一边磨着咖啡一边在用电烤箱、电炸锅加工美食，一股馥郁的食物香气瞬间弥漫在空气里，撩拨着人们的味蕾，无声无息的电力在整座科技馆里涌动，确保安全环保的同时更降低了噪声，令游客倍感惬意。

为更好地服务"全电景区"，东台供电公司主动与景区沟通，详细了解景区建设和发展规划，建立起专项"服务档案"，并配备专门的团队开展针对性服务，及时了解用电需求和线路设备的运行状况，帮助排查、检修各类用电设备隐患，建立"问题档案"，明确整改措施、及时消除隐患，为景区电能替代绿色发展奠定了基础。

狭义而言，"全电景区"是对人们旅游的目的地实行电能替代与电气化改造，让传统的人文自然景点焕发出新的生机与活力。而从广义上谈"全电景区"，更妥帖的形容应该是"电气化＋旅游"打造的综合能源发展模式。

当人们从踏出家门的第一步开始，由电力保驾护航的"绿色旅途"便开始了，尤其是江苏各地文旅消费都强势复苏的 2023 年，区别于以往，"绿色出行"正渐渐成为一种新风尚。有数据为证：2023 年"五一"期间，国网江苏电力充电服务网络充电量累计达 999.04 万千瓦·时，同比增长 268.6%；江苏省内高速电动汽车充电量达 222 万千瓦·时，约为 2022 年的 13 倍，约为 2019 年的 20 倍；充电车次达 10.9 万次，平均每个桩每天充电 24 次，为 2022 年同期的 11 倍；城市、乡镇公共充电站充电量达 481 万千瓦·时，约为 2022 年的 4 倍，约为 2019 年的 12 倍；高速公路快充站和城市、乡镇公共充电站充电量均创下历史新高。

对旅途中的人们而言，每一次绿色出行，都是一次与明媚春色的拥抱，对于江苏电力人而言，每一次充电选择，都是一次无须说的信任。为了对得起这份信任，保障假期电动汽车车主安全便捷出行，电力人早有准备。

五一假期前夕，国网江苏电力就通过电力大数据提前预测假期每天每个充电桩的充电趋势，提前进行准备：将车流较多的 21 个服务区充电桩由 4 个接口扩建到 8 个接口；扩充全省高速充电桩数量达到 904 个，城市、乡镇充电桩数量超过 6000 个，有效保障居民假期绿色出行需求。除此以外，考虑到高速服务区的充电桩在不同时间的利用率差异很大，平时不怎么要排队，一到节假日却一桩难求，而新建桩成本较高、性价比较低，国网江苏电力自主研发的一批电力"黑科技"装备也亮相各大高速充电站，为车主提供全新的充电服务体验。

让我们把时光倒回"五一"假期，顺着江苏四通八达的高速路口绕一圈。在沪蓉高速无锡梅村服务区内，3 台外形憨态可掬、体积大约为半辆小汽车的充电机器人正在缓慢移动，虽然它们看似笨拙，却不要小瞧了它们的本事。这些机器人可连续为 5 至 6 辆新能源汽车充电，有效解决应急充电需求。在京沪高速泰州宣堡服务区，国网江苏电力建设的全省首个电动汽车超级充电站正在运行，首创自有其不同凡响之处，这个充电站配备有 8 个充电端口，最高输出功率达 480 千瓦，功率是一般充电桩的 6 倍。将一辆普通新能源小轿车的电池由 20% 充到 80% 可比一般高速充电桩减少 30 分钟，大幅缩短了电动车主出行等待的时间。

电气新时代 "智"绘新生活

除了关注人们的饮食与出行，国网江苏电力还将电气化与经济发展产业链创造性地融合，利用庞大的电力数据库，对企业用能情况进行高质量分析，以"智能增效、绿能降碳、数能赋新"为主线，推动电力大数据开放共享和价值挖掘，推动数字技术赋能经济绿色发展，为"强富美高"新江苏建设提供有力支撑。

常州供电公司依托能源大数据中心建设能源全景智慧运营平台，融合电力大数据感知、三维建模等技术，将本地1256家新能源领域重点企业以及10余家电厂纳入平台，基本实现全市范围内能源供应精准化、能源发展数字化、能源消费低碳化，有力支撑当地"新能源之都"建设。

这一创造性的举措打破了行业壁垒，将电、煤、油、气等多种能源形式的产供储消数据统一汇聚，形成能源企业业务数据实时报送机制，为能源规划和管理提供更为便捷的数据支撑，实现电力数据的实时交互、供电能力可视化展示以及产业用能的动态分析。

作为社会经济运行的"晴雨表"和"风向标"，依托电力大数据搭建的平台，能将新能源产业链中不同类型企业的月电量趋势与其发展情况和经营态势挂钩，实现新能源产业全景展示，为产业发展精准"号脉"，为政府决策做好"参谋"，还能对燃煤电厂的存煤情况进行监控和预警，为电力保供提供智能化、自动化手段。

站在宏观的角度，电力大数据能够为经济社会发展方向提供参考，而当细化到人们的日常生活中，电力大数据同样起到至关重要的作用。

截至2023年年底，常州地区有440个行政村完成生活污水治理，农村生活污水治理率达70.3%。

污水处理设施已然准备就绪，真正使用起来才是硬道理。然而一个亟待解决的问题成为"拦路虎"：农污设施建得多、分布又广，采用传统人工巡查的运维管理模式，不仅人员投入大，而且耗时长、效率低，不利于监管。

针对这一难题，电力大数据帮了大忙。常州供电公司针对全市的农污设施，逐步开展独立电表安装工作，实时掌握设备的电量负荷情况，对一周内用电量低于 10 千瓦·时的农污设备设置预警，并将相关数据接入全市污水处理设施数字监管平台，能够有效监控农污设施的运行，从而提升乡村水环境质量，也切实提高了居民的生活环境质量。

电力大数据听起来只是冷冰冰的智能化工具，但是电网人那颗观照万物的心，始终滚烫。

对人如是，对生态环境里的所有生灵都如是。电力大数据在生态环境保护领域的应用创新和复制推广，是江苏电力推进数据应用业务助力地方发展的又一创新举措。

"城区里出现许多排放不达标的企业，基本呈现'小、散、低'的特点，单个排放不突出，总量却积少成多，而且主要分布在居民生活区，对居民健康的危害不容小觑。"扬州市生态环境综合行政执法局稽查科王科长一想到如诗如画的城市正面临着污染伤害就颇为头疼。以往他们通过突击检查、专项执法等多种监管方式来规范企业排污，然而由于人力物力的紧缺，难以实现全时段、全覆盖监管。

针对这一环保工作"痛点"，扬州供电公司联合扬州市生态环境局环境执法分局，制订了一套"电力大数据＋环保"的解决方案。根据环保部门提供的排污不合格企业名单，扬州供电公司从电力大数据平台中查询相关企业用电数据，与构建的排污企业监测数据模型进行对比，从而高效甄别排污不达标企业在关停或整改期间的异常生产情况，锁定疑似企业。"比如，原本责令关停的企业出现了用电量明显攀升，我们就把它加入疑似名单，交由环保部门进行核实。"扬州供电公司科技互联网部主任于翔言简意赅地解释着这项工作的实施流程。

得益于这一创新的"电力大数据＋环保"合作模式，扬州供电公司发挥电力大数据真实、精准、权威的优势，有效助力政府部门将环境治理关口前移，大幅度减少了排查过程中的人力物力投入，直接从源头掐断污染，并实现常态化防控。可以说是在一定程度上通过用电"异常监测"大数据手段掐住了污染企业的"命门"。

当温暖的阳光把整个城市拥入怀抱，天色澄澈，高楼林立，倾耳聆听时，穿堂的风携着公园街道上开了一季的玉簪花的甜香沁入城市的一吸一呼间，等到落日西斜，波光粼粼，有白鹭在水面扑啦啦飞开来……这儿是淮左名都，也可以是江苏的每一座城市。

10 年之间，江苏电网在电力大数据互联万物上的应用已是卓有成效：对内构建数据中台，汇聚各类资源信息，提供共性业务服务能力，成为电力大数据产业化应用的基础；对外构建数据运营服务平台，深度挖掘可对外开放的数据资源，面向政府、行业客户、公众等，在法律的框架下提供数据增值服务，成为电力大数据产业化应用的重要发展方向。

其中，江苏省能源大数据中心起着核心引领作用——部署在国网规模最大的省级云平台，依托数据中台构建了横向协同发改、工信、应急、环保等政府部门，纵向贯通省、市、县、园区多级的用户服务体系，组建省市运营团队 41 人，配套建立多套运营管理制度，共形成数据产品 137 个，获得各级领导表扬、奖项和批示 126 次，电力保供分析相关成果入选国家生态环境部绿色低碳典型案例 1 项，江苏省双化协同转型发展典型案例 9 项。

天地与我并，万物与我为。这本是一个万物共鸣的世界，而时代的发展和科技的普及让这份联系更加紧密。人们渴望感知世界，与万物对话，为一片叶子的摇动欣喜，为一朵花的芬芳欢呼，更希望让饮食更加健康，让出行更为便捷，希望老有所依，希望拥抱自然，希望是生活而不仅仅是生存……

这些愿望终于成真。国网江苏电力运用电力大数据构造的万物互联网架让这一切希望都变得触手可及，让人们从心底产生一种深沉的平静和极大的欢喜。这种欢喜，是长久而安定的，关于美好的未来，关于向往的明天。

『碳』春天

第十章

　　"碳"春天是什么？即安全高效、清洁低碳、柔性灵活、智慧融合，其中安全高效是基本前提，清洁低碳是核心目标，柔性灵活是重要支撑，智慧融合是基础保障。这个春天从电动未来说起。

电动未来

2022年11月，江苏省工业和信息化厅、江苏省发展改革委、江苏省财政厅等14个部门和单位联合印发《关于进一步促进电动汽车充（换）电基础设施健康发展的实施意见》，提出建成布局合理、标准统一、智能高效、安全便捷的充（换）电服务网络，到2025年年底全省基本满足300万辆电动汽车充（换）电服务需求。

神奇的旅行

7月的同里，天空湛蓝，云朵轻盈，太阳高悬，空气中弥漫着阳光的气息。苏州同里综合能源服务中心示范区的柏油公路在阳光下闪闪发光。示范区运维班班长李铭介绍道："苏州同里综合能源服务中心于2018年10月正式启用，15项世界领先的能源创新示范项目亮相，展示未来城镇能源供应新理念、能源配置新形态、能源服务新体验、能源消费新模式。"

"三合一"电子公路是综合能源服务中心示范区的亮点。电子公路路面宽约3.5米，总长500米，两侧为墨黑色，中间为绿色。黑色道路间时不时会有幽幽发光体闪烁眼睛，仔细看去，发现这条道路竟是玻璃铺成，手触摸上去竟光溜溜的。"这个路面在光伏板上铺钢化玻璃，再覆盖我们自己研发的新型沥青柔性路面材料。"李班长告诉来宾，"不仅光伏板能更好采光，它的承压和耐磨能力也不低于国家二级公路标准。"

在项目讲解员的引导下，来宾坐上了停在路边的一辆无人驾驶车。"这辆车可以在限定的道路和环境条件下完成所有的驾驶操作，是目前国际最高级别的无人驾驶车。"整辆车外形圆润，造型充满科技含量。与普通车辆不同的是，没有后视镜，取而代之的是两个"小耳朵"，据介绍，这是用于检测障碍物的传感器。

无人驾驶车除车门一侧外，其余三侧都设有座位，中间也有扶手供客人站立，车身可容纳 15 人左右。普通车辆必备的方向盘、刹车、油门都不见了踪影。随着工作人员轻按手中的操控面板，车辆平稳起步。随行的工作人员介绍说，这条公路集路面光伏发电、动态无线充电、无人驾驶于一体，部分路面还有融雪化冰功能，是目前世界上最长的电子公路。绿色部分路面下埋设的是无线充电线圈，动态无线充电效率高达 85%，车辆可以边开边充电，理想情况下每公里可为车辆充 1 千瓦·时的电。黑色部分则是光伏面板，光伏发电装机容量最大可达 178 千瓦，像今天这样阳光充沛时发电量基本能满足三辆车同时充电的需求，阴雨天气下，则通过向电网"借电"为车辆充电。

车辆拐弯时，可感觉到车速明显降了下来，车上的随行的人员解释说，车辆有自动减速功能，以保证行车安全。

车内设置了一块电子屏，上面显示"光伏发电功率 31 千瓦、发电量120 千瓦·时、无线充电功率 9.3 千瓦、车内电磁辐射 0.09 微特"等相关实时数据。见来宾盯着车内一块电子屏好奇，随行的李铭班长指着电磁辐射数据特地强调，通过辐射屏蔽技术，车内外的电磁辐射量都被严格控制在国际标准限值 27 微特的 0.07% 以内，保证乘客安全。

车辆继续前行，突然一道斑马线横在眼前，两旁的路灯 LED 画面也变成了"小心行人"。正当乘客怀疑自己眼花时，一边的李铭班长解释道："我们路面上都会有 LED 路面标识、电子斑马线，会根据路面情况智能切换。道路两侧的多功能路灯具有 LED 虚拟同步机、环境检测、雾化降霾、信息发布、智能 Wi-Fi、智能充电桩等多种功能，可以参与电网调峰调频、动态调整亮度，这也是我们对智慧交通的探索与实践。"

2021 年，项目研发单位江苏方天电力技术有限公司又对车辆自动驾驶系统进行升级，同时调整升级"三合一"电子公路智能管控及调度系统平台的相关功能，提升网络安全性和稳定性，实现车辆在 9 度左右的中坡度顺利过坡和坡道停车等控制，优化避障改道、自动停车保护等功能。实现车端数据和状态采集上传自动驾驶云端服务器，一旦出现故障，可以远程处理分析，确保问题解决方案闭环。"三合一"电子公路科研项目获得 2020 年度国家电网公司科学技术进步一等奖。目前，"三合一"电子公路日参观量达100 人次，成为古镇同里综合能源服务的重要展示窗口。相关技术成果已在光伏发电、电动汽车、军工、智能家电、石油钻井、工业流水线作业系统等领域广泛应用。

"本车已达终点站，请下车！"正说着，车内响起了电子提示音，3.5 分钟神奇的旅行结束。

充电机器人"上岗"

"使用手机'呼叫'，充电桩就'从天而降'，省去了排队充电和安装充电桩的麻烦，充电服务的变化太大了。"远在北京的李先生体验了一把爱车"空中充电"后，由衷感慨。

李先生称赞的充电新服务，是由国网苏州供电公司研发的全国首套全电共享电动汽车充电机器人系统落地北京的项目提供，该系统的"上岗"，改变了传统"一车位一充电桩"固定的充电模式，实现从"车找桩"到"桩找车"的转变。"前几天，我把车子开进王府井附近的一个地下商场充电区充电，好不容易导航过来，结果充电位被燃油车占位。而现在的停车场内的全电共享充电机器人，彻底打破了这一充电难题。"

李先生说的停车站共享充电服务区，共有 40 个车位，其顶部由两条长约 180 米的银色导轨串联起来，一条作为电源，在每个车位上方都留有插座；另一条平行轨道是机器人移动轨道，轨道上停留 1 台机器人和 2 台充电枪。"只需要用手机扫码登录'亿网充'小程序，填写好停车位号码，向轨道机器人发出充电指令，机器人就会抓住一台空闲充电枪移动到电动车上方，并将其连接到电源插座，整个过程不到 1 分钟。"李先生开心地说。

作为交通运输领域绿色转型发展战略性新兴产业，近年来，新能源汽车和充电基础设施得到快速发展。以苏州为例，截至 2023 年 8 月，新能源汽车保有量就突破 18 万辆。

电动汽车给老百姓带来诸多实惠，但随着电动汽车的与日俱增，充电问题也就逐渐显现。"3 年前在我们小区，电动汽车还是稀罕物，现在随处可见，已经超过 80 辆。"苏州市区劳动路旁的仁恒江湾雅苑小区的物业经理王正道诉苦道，"电动车子多了，充电问题就多了，今天你申请装充电桩，明天他也申请装充电桩，小区内施工不断，既破坏小区绿化，又影响小区居民的生活质量，还有一些车位因为没有产权证，无法申请安装充电桩引发纠纷。"

为此，国网江苏电力以苏州江湾雅苑小区为试点，研发推出全国首套全电共享电动汽车充电机器人系统。通过把充电设施从地面移向空中，利用机器人控制、物联网、调度算法等技术，精准控制充电枪移动到指定车位，实现"桩找车"，解决充电难问题。目前，这一技术已经在北京、上海等特大型城市推广。

"站网互动"的常州实验

2023 年，江苏电动汽车保有量已超过 150 万辆、充电负荷峰值超过 120 万千瓦。预计 2030 年，江苏电动汽车保有量将达到 900 万辆，充电负荷峰值超过 1000 万千瓦。其中，2030 年江苏可能拥有 800 万辆私家车等常规频次充电车辆，取 1.5～1.8 万公里的年平均行驶里程，按照百公里耗电量 20 千瓦·时、每月充电频次为 6 次测算，单辆车平均每次充电量约为 50 千瓦·时，所有车辆日充电量约为 8000 万千瓦·时、年充电量达到 290 亿千瓦·时。国网江苏电力 2022 年售电量 6461.2 亿千瓦·时、省内新能源发电量 904.3 亿千瓦·时，预计 2030 年售电量达到 8100 亿千瓦·时、省内新能源发电量达到 1500 亿千瓦·时。如果将私家车充电量全部用于消纳新能源，理论上可提升售电量中清洁电量占比 3.6 个百分点。

同时，预计 2030 年江苏还拥有 100 万辆公交车、网约车、重卡等高频次充电车辆。根据新能源汽车国家监测与管理平台统计数据，网约车、公交车、重卡等行驶年里程约为 9 万公里，平均百公里耗电量 25 千瓦·时，若采用换电模式，换电频次取每日 1 ~ 2 次，日换电量 6200 万千瓦·时、年换电量 226 亿千瓦·时。

2022 年，常州电力需求响应能力达 101.61 万千瓦，占夏季最大用电负荷的 9.4%，参与其中的几乎都是大型工业企业。未来，城市用电负荷必然越来越高，国网常州供电公司还需进一步提升电力需求响应能力，但大型工业企业资源几乎已经开发殆尽，怎么办？

风电、光伏、储能电站、充电桩等设施在日常生活中越来越常见，夏天空调负荷占电力总负荷的比例甚至能接近 50%……这些分布式资源"零散""无序""量大面广"，能否把它们纳入电力需求响应资源池呢？要把这个创新思路变成现实，供电公司需要解决"能不能"和"想不想"两个核心问题。

针对"能不能"的问题，是否可以把分布式资源集中起来，组成一张张微电网，通过智慧能源管控平台，协调控制微电网运行？当大电网向微电网"打 call"，邀请参加电力需求响应时，平台会在确保光伏、风电充分消纳的基础上，通过调低照明、空调等非关键负荷，下发有序充电、V2G 邀约，控制储能电站放电等方式，减少电力使用，实现"回电"目标。

针对"想不想"的问题，是否可以为各种分布式资源制定有吸引力的价格政策，激发全社会投资和参与意愿？以电动汽车为例：凡是参与有序充电的，当次充电费用全部减免；凡是参与 V2G 放电的，按放电量的 3 倍给予电量补贴，并且放电后可免费完成充电。供电公司算了一笔账，车主无论是参与有序充电还是 V2G 放电，收益均高于网约车经营收益。

在这一思路启发下，2023 年 3 月，国网常州供电公司依托原国网常州电动汽车体验中心，建立全国首个新型站网互动示范中心。这里所谓的"站网互动"，其实指的就是充电场站和电网之间的电能供需平衡。因为中心除了能够实时根据电网下发的指令被动地调节自身用电功率，同时能够像电厂一样向电网反向送电，这种电能的双向流动形式也被形象地称为与电网之间的互动。而说它是"新型"，则是因为示范中心与普通的充电场站不同，还包含可向电网反向放电的 V2G 充电桩、换电站、移动充电机器人、城市应急方舱以及功能完备的能源管控平台等多种元素。

2023年1月28日，江苏省常州市委、市政府召开新能源之都建设推进大会，正式发布《推进新能源之都建设政策措施》，吹响打造引领长三角、全国领先、全球有影响力的新能源之都的奋进号角。随着常州新能源产业集群的快速发展，光伏、储能、充电桩等设施将会在日常生产生活中得到广泛应用。然而电能作为一种需要即时使用的资源，没有办法大规模储存。不管是比较常见的蓄电池组，还是抽水蓄能型的水电站，它们能储存的电能，相对于整个国家的用电规模来说，是极其渺小的。电能的奇妙之处，就在于用掉多少电能，电力系统就产生多少电能，整个电网系统随时处于一个动态的平衡状态。电能供应和需求之间的动态平衡一旦被打破，将对电网运行产生较为严重的负面影响。而像屋顶的光伏发电系统，其发电功率受天气影响较大，天上飘来一片云遮挡阳光，光伏的发电功率也会随之显著降低。同样，随着电动汽车的普及，老百姓的充电需求也会随之增加。像这种光伏发电、储能充放电、电动汽车充电行为都具有较强的随机性和不可预测性。在这样的形势下，如何保持电网的供需平衡也成为一项亟待研究的课题。

整个示范中心一共分为智慧用能、共享换电、网储互动、车网互动、路灯安防、移动充电六大区域。

在智慧用能区，示范中心完成对室内空调和照明的智能化改造，包括一楼70个筒灯、二楼20个方灯以及3台空调。类似于现在流行的智能家居概念，通过各种智能技术和设备实现家居生活的智能化、自动化和便捷化。在示范中心，只需在管控平台上简单地点击操作，就可对室内空调的开关、模式、温度、风速以及照明的亮度进行直接设定，同时也可通过软件查看各设备的实时运行状态。在有人到来时提前打开空调，无人时远程关闭空调和照明，轻松应对各种日常应用场景。同时在屋顶中心还布设33千瓦分布式光伏发电系统，年平均发电量约3.11万千瓦·时，可减少二氧化碳排放27.96吨。

在共享换电区，示范中心引入国家电网公司与蔚来汽车在江苏省内合作建设的首座蔚来换电站，换电站内置5块电池循环充电，站内配备电池液冷恒温系统、7×24小时全站环境监控系统、生命体征检测系统等，确保每块电池随时处于最佳状态，换电站日均换电车辆15辆。中心还建有一组两轮车换电柜，主要服务于本地快递、外卖等骑手，通过更换电瓶的简单操作，即可免去漫长的电瓶充电时间。

在网储互动区，布置有国网常州供电公司自主研发的移动式城市应急方舱。这台体形庞大的应急保障车辆包含车载光伏、充电桩、电气化厨房、淡水处理装置等系统，在紧急情况下可提供充电、供水供餐等应急服务。在2023年"五一"小长假期间，这台移动式应急方舱便前往沪武高速江苏常州滆湖高速服务区"忙"个不停，化身"大型充电宝"，给两辆电动汽车同时充电，节约车主排队等候时间，为新能源汽车出行保驾护航。此外，中心建设的新型能源一体式储能系统，通过合理控制电能的充放，可实现整个示范中心用电功率的灵活调节，承担着示范中心与电网互动的主要任务。

在车网互动区，安装4台V2G直流充电桩。V2G技术即电动汽车向电网送电技术，运用V2G技术开展车网互动也是示范中心的一种互动体验。为了鼓励和开拓V2G商业应用场景，示范中心对参与放电的车辆按照当次放电量的3倍向用户账户预存充电量值。例如车主来到示范中心通过V2G充电桩向电网放了30度电，那么中心则会向车主账户返还90度电的免费充电权益。按照平时充电1.2元一度的价格，车主相当于赚了近100块钱。同时中心还装有2台直流有序充电桩，所谓"有序"指的是电动汽车充电的功率可以根据电网的需要进行动态调节。例如在夏季用电高峰，电网可以通过降低电动汽车的充电功率来缓解电网运行的压力，此时车主的充电时间将会有所延长。目前，电动汽车车主来到示范中心扫码充电时，首先就会跳出是否接受有序充电的选项，用户一旦选择接受有序充电即可享受充电电价的折扣优惠。倘若在充电过程中，平台的的确确降低了电动汽车的充电功率，那么本次车主充电的费用就会全部免除，这样也是为了吸引更多的电动汽车车主参与到整个电网互动的过程中来。

在路灯安防区，大门两侧建有2台集风光储、监控、5G微基站、安全警报等功能的智慧路灯，通过信息感知和大数据交互技术，可实现示范中心人流监测、安防监控、一键报警、信息广播发布、环境监测等功能。除此之外，在充电场站上还布置有 5 台车位相机和 4 台火点监测相机。车位相机可以实时监控充电桩充电的实时信息，例如出现油车占位等情形，管理人员可通过监控画面和提示，对油车车主进行提醒。火点相机则可以查看场站内储能系统和电动汽车的温度情况，尤其在夏季高温时期，当监测到表面温度异常或者烟雾、火焰时，能够及时预警，报警信息可显示在监控器界面，便于工作人员迅速定位起火点位置，采取灭火措施，提升消防安全风险防控能力。

在移动充电区，展示有智慧共享充电机器人和智能移动充电机器人。智慧共享充电机器人采用机器人控制技术、物联网技术和调度算法等，让机器人沿着预设轨道自主移动，并搬运充电桩，从而实现高效充电。智能移动充电机器人则是一台会移动的电动汽车充电宝，它可在高速服务区等区域线上接收充电指令后，自主灵活移动至目标位置，车主仅需将充电机器人上的充电枪接入车辆充电口即可充电。充电结束后，机器人或是自行返回指定停放点，或是去往下一个订单目的地，实现从"车找桩"到"桩找车"的转变。

在场站智慧能源管理方面，示范中心研制部署本地的能源管控平台，平台实时采录、监测办公照明、空调、光伏、储能、充电桩等各类设备的运行数据，构建示范中心日常运行、需求响应、虚拟电厂三种运行模式。在日常运行模式下，通过采取在休息时间自动调节空调温度、降低照明亮度等智能化节能管理措施，平均每年可为中心节约用电 7000 千瓦·时以上。在需求响应模式下，示范中心可接受来自电网的调控指令，通过协调控制光伏、储能、充电桩、空调、照明等柔性负荷，精准下调中心用电功率并维持所设定的时间，可最大限度降低在用电高峰时期的中心用电负荷。在虚拟电厂模式下，示范中心化身为一座小型电厂，可根据调控曲线动态调整自身的用电功率，甚至能够做到向电网反向送电。

在示范中心，车主通过参与需求响应，可以有效地参与电网互动，通过减免充电费用降低用车成本。8 月，车主樊某在中心体验后就对电网有序充电有了很大兴趣，同时尝试参加 V2G 反向送电，通过电动汽车向电网送电，获得 3 倍电量补偿，收获了意外惊喜。

通过充分拓展灵活性资源聚合调控技术应用场景，国网常州新型站网互动示范中心在综合考虑运营价格机制及源网荷储的技术协调机制的条件下，实现场站运营效益及互动效率最大化，构建涵盖多场景的充换电场站智慧运营管理方案，打造地区新型电力系统"源网荷储"全要素协同互动先行示范。

2023年7、8月份，示范中心多次在用电尖峰时段面向全社会发出电力需求响应邀约，全市共计55兆瓦储能电站、3.4万千瓦空调负荷、400余位电动车主参与其中，响应总量10.89万千瓦，各类分布式资源投资主体总计获得经济补贴超过100万元。

电力需求响应生态圈的良好运行，带动常州地区分布式新能源的快速发展。2023年7月，常州市内清洁能源发电量占全社会用电量比例同比增长105.3%，消费侧节能降碳水平翻倍提升。

未来，微电网将在城市遍地开花，将有力支撑大电网安全稳定运行，发挥无穷"微"力。

第二节

"碳"时尚

党的十八大以来，江苏坚持生态优先、绿色发展，在经济总量翻了一番多的同时，主要污染物排放总量不增反降，全省单位GDP的能耗、碳排放强度分别下降48.3%和43.4%，实现"碳达峰、碳中和"目标。能源是主战场，电力是主力军。10年来，国网江苏电力积极推动能源清洁低碳高效利用，追求"碳"时尚生活，争当能源革命的推动者、先行者、引领者，助力绿色发展，赋能美丽江苏。

悄然而至的能源革命

7月的一天，一辆新型电动货运"小火车"在江阴市华西钢铁有限公司厂区内来回穿梭。"将原有的内燃机车改为电动'小火车'，不仅解决了尾气排放、噪声过大等问题，而且每年可减少燃油消耗98吨，减排二氧化碳312吨，折算下来，运行成本降低80%，维护费用降低60%。"华西钢铁设备动力部副经理宫耀东表示。这是国网江苏综合能源服务有限公司推进落地的第六个钢铁企业铁水运输机车"油改电"项目，也是电力赋能"美丽江苏"图景充分展现的生动案例。

近年，江苏省政府出台《关于深入推进绿色认证促进绿色低碳循环发展的意见》，围绕深入打好污染防治攻坚战，促进绿色环保产业规模持续扩大，鼓励和推动企业开展环境管理体系认证，鼓励并支持工业、交通、电力、建筑、公共机构等领域重点用能单位，开展能源管理体系认证，提高能源使用效率。加快将现有的环保、节能、节水、循环、低碳、再生等产品整合为环保绿色产品，实现一类产品、一个标准、一份清单、一个标识。到2025年，全省各类环境体系认证书将达50000张，节能节水低碳产品认证有效证书将达7000张，能源管理体系认证书将达1500张。江苏省电力公司持续发力，在打造绿色航道、绿色港口方面，充分运用数字化手段，最大限度挖掘降损潜力、提升降损效率，助力政府，特别是省级重点用能单位更好加强能效管理，实现节能降耗，加快"双碳"目标落地。同时，江苏电力行业积极践行绿色发展理念，在发、供、用各环节齐发力，持续推进节能减排。一方面，改造在役煤电。2019年8月，徐州华润电力有限公司采用高温亚临界技术，完成32万千瓦3号机组综合升级改造，供电煤耗从318克/千瓦·时降至287克/千瓦·时左右，接近超临界机组运行水平。另一方面，上马先进节能煤电。国家能源江苏公司应用二次再热技术，在泰州建成两台100万千瓦二次再热煤机组，供电煤耗仅266.3克/千瓦·时，能效水平领跑世界。节能减排，离不开能源消费方式的升级。江苏电力上线全国首个综合能源共享服务平台——"江苏能源云网"，至2021年底，接入用户监测点超过 22.7 万个；建成遍布全省的 23 家区域综合能源服务中心，推进公共机构节能降碳，打造中天钢铁节能改造等一批典型示范项目；率先全国实现岸电"江河湖海"全覆盖、充电桩乡镇全覆盖。国网江苏电力加速推进的一系列措施落地，将助力全社会综合能效的提升，赋能美丽江苏建设。

深挖节能潜力

2023 年 6 月 28 日，徐州 500 千伏任庄变电站 1 号主变压器投运。这台由我国自行生产、容量为 100 万千伏安的主变压器，替换的是已运行近 35 年、两组容量均为 50 万千伏安的日本产老主变压器。"更换主变压器后，不仅有效提升任庄站的运行可靠性，而且大大降低其自身损耗。"国网江苏超高压公司徐州运维站主任张佰庆介绍。试验表明，新上主变压器在满负荷运行条件下，每年可减少电能损耗约 534 万千瓦·时，与江苏 1700 多户三口之家一年的平均用电量相当。

自 2012 年以来，国网江苏电力秉承"最大的资源是节约"理念，大力推动技术降损，一方面优化变电站布点和供区划分，持续改造、更换高耗能设备；另一方面优化电网运行方式，促使电网潮流均衡分布，提高经济运行水平，持续降低电网自身损耗。

2014 和 2015 年，国网江苏电力在国家电网系统率先全面消除"低电压"和"卡脖子"问题；2017 年 5 月，500 千伏江都—晋陵双线在运行近 30 年后完成增容改造；2019 年年底，新一轮农村电网改造升级工程提前一年完成……设备改造持续推进和网架结构不断完善，为江苏电网降低自身损耗提供有力支撑。

推进管理降损，国网江苏电力也持续发力。不断完善降损策略，充分运用数字化手段，最大限度挖掘降损潜力、提升降损效率——

2021 年 8 月，上线应用新一代用电信息采集系统，覆盖全省 4600 万用电客户，自动采集成功率达 99.7% 以上。基于海量用电数据，台区线损统计用时由 3 小时以上缩短至 15 分钟以内，线损指标实现小时级监测。得益于此，该公司改变过去相对粗放的台区线损考核"一刀切"管理模式，推行"一台区一指标"管理,实现对全省在运的 62.23 万个低压台区线损治理目标的动态调整,线损治理更有针对性。仅 2023 年前 9 个月,就累计发现绕越表计窃电等造成线损异常的事件 2635 起,总计减少电量损耗 853 万千瓦·时。

2023 年 5 月以来,在全省推广应用线损数据智能分析系统线损异常成因分级分类模块,至 9 月底已累计诊断出各类问题 1.47 万项,诊断准确率超 85%,问题均及时得到整改解决。

据统计,江苏电网线损率已由 2012 年的 6.99% 降至 2021 年的 3.25%。以 2021 年网供电量 6401 亿千瓦·时计,意味着江苏电网一年减少损耗约 239 亿千瓦·时,相当于减少 717 万吨标准煤的消耗。

引导用能低碳

在工业领域,国网江苏电力推动用能电气化改造如火如荼进行。推广电炉钢、电锅炉、电窑炉、电加热等技术应用,近 10 年已累计推广电锅炉 7600 余台,推动 10 蒸吨及以下燃煤锅炉清零、35 蒸吨及以下燃煤锅炉基本淘汰;推动智能轨道电动机车相继在沙钢、南钢、华西钢铁等企业落户;推动苏州爱慕生态工厂完成内部所有终端能源电气化改造,建成全省首个"全电工厂"……在农业领域,推动乡村电气化广度和深度不断拓展。从无到有,建成粮食电烘干示范项目 100 余个,累计推广电烘干设备 3000 余台;常州金坛区指前镇建成数字化"零碳渔场",引入自动导航智能投饵船、微孔增氧机、自动梳草船等"黑科技";盱眙宝能生鲜建成集清洗、烹饪、包装等于一体的龙虾全电气化生产线,年用电量达 1200 万千瓦·时……据统计,从 2021 年 1 月至 2023 年 10 月,国网江苏电力已累计推广乡村电气化项目 2.47 万个,新增用电容量 140.45 万千瓦。

越来越多的电力元素正融入"美丽江苏"图景,让江苏的天更蓝、水更绿,同时改变着人们的衣食住行。在徐州,民健园小区 3300 余户居民告别"寒冷冬天",用上了电采暖,一个供热季可减少当地直接煤炭燃烧约 2700 吨;在盐城,黄海森林公园、安丰古南街和西溪草市街打造"全电绿色景区(街区)",将燃煤锅炉、农家柴灶和燃油观光车、船改造为电加热锅炉、电炊具和电动巴士、电动船；在扬州，琼花观社区敬老助餐点食堂用全电厨炊替代煤气灶具，告别了油烟和噪声，而这样的全电厨房，全省已超过4000个……

力促能效提升

2021年2月，国网无锡综合能源服务有限公司与锡山人民医院签订能源托管合作协议，为这家总建筑面积约13万平方米的大型医院引入智慧能源数字化管理系统，由这个"智慧大脑"监测各楼栋用能设备，并给出针对性能效优化策略。运行1个月后，仅中央空调一项就减少能耗25%以上。

近年来，国网江苏电力大力推进"供电＋能效服务"，主动跟踪客户用能需求，分析企业用能结构和能耗水平，为重点行业、企业提供节能诊断、多能互补等服务，量身定制最优能效方案，服务各领域节能降耗，助力能耗持续下降。

工业是节能提效的主阵地。位于响水的江苏德龙镍业有限公司是省重点钢铁企业，年用电量约40亿千瓦·时。"根据供电公司提供的能效诊断报告，我们先后实施钢包烘烤器、高效水泵等节能改造，有效降低用能成本，每年可节约标准煤7400多吨。"德龙镍业党委书记、副总经理戴彩平表示。

在行政机关、学校等公共机构领域，国网江苏电力还创新打造"集群化"示范项目，深挖建筑能效提升潜力。2018年7月，国网镇江供电公司与国网江苏综合能源服务有限公司、镇江市机关事务管理局三方签订《镇江市公共机构建筑能效提升合作框架协议》；2019年7月，包含9栋办公楼、总建筑面积16.5万平方米的镇江市机关事务管理局行政中心楼宇能源托管项目启动。通过对166套中央空调末端管理系统、1.7万多只LED照明灯、11部升降电梯、集中供暖燃气锅炉等实施节能改造并新建可视化综合能源管理系统，该行政中心楼宇托管3年来，已节电近500万千瓦·时，节水4万多吨。

2021年8月，国网江苏电力与省机关事务管理局签订公共机构能效提升合作框架协议，打造行政楼宇能效提升示范项目群；11月，全国首个省级公共机构数字化监管平台——江苏省公共机构综合能耗感知节能管理平台上线，接入全省近 3 万家公共机构的所有能耗数据，实现公共机构能耗的数字化监管。

据统计，仅 2021 年，国网江苏电力就累计实施机关、医院、学校等公共机构能效提升项目 76 个，在运项目平均综合节能率超过 12%，累计节约用能相当于减少标准煤消耗 1.1 万吨。此外，国网江苏电力通过承建政府能源大数据中心、省级重点用能单位能耗在线监测平台和公共机构能耗"感知一张网"，实现全省能源产供储销数据全接入、公共楼宇水电气能源数据全采集，纳入在线监测的工业企业能耗已占全省能源消费总量的三分之二，由此助力政府特别是省级重点用能单位更好加强能效管理，实现节能降耗，加快"双碳"目标落地。

贾汪真旺

1948 年 11 月 6 日至 1949 年 1 月 10 日，人民解放军以徐州为中心，与国民党军队展开战略决战。这就是我军战争史上著名的三大战役之一的淮海战役，也是三大战役中唯一一场我军以少胜多的战役。在 60 万解放军身后，是一支由 543 万老百姓组成的强大的支前队伍。百姓出动大小车辆 88 万余辆，筹粮 4.8 亿公斤，向后方转送伤员 11 万余名，书写一段军民同心制胜的传奇。淮海战役的胜利被称作人民的胜利。

淮海战役是人民群众用小推车推出来的胜利。进入新时代，徐州又吹响新的冲锋号。从"一城煤灰半城土"的资源枯竭型城市，到"一城青山半城湖"的生态转型城市，从能源供应高度依赖煤炭，到加快构建以清洁能源为主导、以电为中心的能源发展新格局。潘安湖畔，高端装备制造、新能源汽车、新材料、生物医药等领域企业纷纷落地，婚礼小镇、乡村客栈游人如织。电力服务成为徐州优化营商环境的"加分项"。徐州供电公司推出的"一个项目、一个团队、一服到底"的服务模式，为企业提供办电全过程跟踪服务，实现"零上门、零审批、零投资"。2018、2019 年通过降低一般工商业电价为企业减少成本 6.27 亿元，2022 年一年再减 5.87 亿元。5 年前，2019 年，徐州获得"联合国人居奖"。联合国人居执行主任特别代表姆西西说：

"徐州根据时代和环境不断调整、改变、适应的韧性，正是我们大力倡导的一种城市发展能力。"

城市重生，满足了百姓对蓝天绿水的期盼。绿色发展让老百姓生活气象一新。

清晨，贾汪区马庄村村民杨爱喜早早来到香包文化大院，等待着周末的游客潮。湖心泛舟、湖畔美食、民俗庙会，潘安湖畔的马庄村吸引游客的亮点不少。从2017年起，贾汪区年均接待游客超过700万人次，年均综合收入超过25亿元。吃上"生态"饭，贾汪人对青山绿水格外珍惜，景区全部使用电摆渡车、电游船、全电厨房。贾汪区已成为徐州"全电景区"的样板。

2023年"十一"又逢中秋，徐州新能源汽车租赁公司经理潘大龙迎来一年中最忙的几天。"越来越多的短途游客选择租电动汽车，在徐州一逛。"2020年4月，国家电网首家新能源汽车体验中心在贾汪区建成投运。如今，贾汪区所有乡镇和景区已经实现充电桩全覆盖，徐州22座高速公路充电站和城区328个直流充电桩全部完成升级改造，实现"即插即充、无感支付"。纯电出行正成为更多徐州人的不二选择。入夜，马庄村的乡村音乐会就要开场了。在供电所值班的王新力接到村文化室主任徐怀贵的电话："用电没问题，广场上的灯都亮着呢，给你打电话就是想喊你过来，看看我们精彩的演出。"王新力憨笑着说，这是对百姓的全心全意换来的真心真意。早在2018年，国网江苏电力徐州贾汪共产党员服务队成立。一辆辆巡回流动、永不打烊的共产党员供电服务车风风雨雨中，开始穿行在大街小巷，把营业厅搬到百姓家门口，让百姓足不出户就可以办理全种类电力业务。电采暖校园、电气化大棚、综合能源工业园区、风光渔一体化项目，一次次探索与改变回应着百姓的期盼。一面面鲜艳的党旗，一支支全心全意为民服务的党员队伍在徐州、在江苏大地飘扬着、流动着……

厨房的"绿色革命"

7月流金似火，有一场挑战赛却比火还热。

吃在扬州，玩在杭州。2019年10月，扬州被联合国教科文组织评为

"世界美食之都"。为助力餐饮行业和美食产业发展，国网江苏省电力有限公司正在扬州举办一场别开生面的"全面奔小康、生活新风尚""全电厨王"挑战赛，引领全民参与与体验的同时，推动传统厨房升级。

百年老店扬州趣园茶社人头攒动，来自扬州各大餐饮企业的大厨和热心市民们参观了最新型的"全电厨房"，在家庭电气化专区体验各种新型家电。

作为餐饮电气化的积极倡导者和实践者，国网江苏电力率先全国，全面做好"全电厨房"供电服务，加强业扩配套服务，承担客户因实施厨房电气化改造所需要的配套电网工程投资，降低客户接电成本。

作为扬州唯一"黑珍珠"二钻茶社、早茶界顶级餐厅，趣园茶社仍保持着小桥流水、亭台假山、回廊相绕的园林风格，但在 2019 年已悄悄改变了原来传统的猛火炉灶能源消费模式，成为扬州最早试点"全电厨房"的"网红餐饮店"。"厨房安全了，炒出来的菜口感和用燃气、液化气火力基本一样。"趣园茶社用电负责人张春草算了一笔账，以前用天然气一个月要花费 2.6 万元，现在用电只要 1.8 万元，一年下来就可节省近 10 万元。

在"全电厨房"挑战赛线上厨艺预热比拼阶段，参赛作品浏览量达 3.7 亿次，相关话题互动参与 780 万次以上，超过 16 万人参加"全电厨房"烹饪料理课堂。"对我们这些爱美又爱下厨房的'煮妇'来说，'全电厨房'没有明火和噪声，油烟也少很多，确实好！"参赛的北京姑娘朱彤彤说。

来自北京、浙江、吉林、贵州和四川的 6 名"娘子军"拿到了总决赛门票，并各自与一位淮扬菜大师结为"师徒"。在线下同台厨艺比拼中，她们分别烹制"命题作文"——扬州炒饭和一道拿手菜肴。

"电磁灶的热效率高达 90% 以上，比普通燃气灶具的热效率高出 30% 至 60%，可以减少耗能 68% 至 77%。"参与《餐饮电气化推广应用报告》编制的东南大学电气工程学院副教授周苏洋说。

不见浓烟起，但闻美食香。

到 2023 年 10 月，全省已建成全电食堂 1678 个、全电街区 54 个、全电景区 29 个、电厨艺实训点 19 个。国网江苏电力推动和打造的"全电厨房"、全电景区、全电街区项目，正悄然地推动全国能源变革、促进城市绿色发展。

2020 年 7 月，国网江苏电力联合扬州市餐饮协会主办的"全电厨王"挑战赛系列活动在扬州举行。通过举办线上厨艺秀、现场争霸赛、高峰论坛等活动，全面推广全电厨房（詹宁宁／摄）

绿色仙景天目湖

天目湖位于江苏省溧阳市城南 8 公里处，东濒太湖，西望南京，南亘天目，北汲洮湖，渺渺烟波，浩荡于苏浙皖三省交界之处，可谓是处在鸡鸣三省地、青山绿水间。这里风景如画，有"江南明珠""绿色仙景"的美誉。

水是天目湖的灵魂。为了保护这里的一汪碧水，溧阳市政府与国网溧阳市供电公司、江苏天目湖旅游股份有限公司联合打造，国网江苏综合能源服务有限公司实施的全国首家"智慧物联网全电化"5A 级示范景区项目在山水园内正式投入运行，依托电力智慧物联技术，助力园区向全电化的清洁低碳节能景区华丽转型。智慧物联网全电化景区，即在景区内上线智慧能源电管家系统，实现景区游轮"油改电"，构建以电为核心的清洁低碳、安全高效的能源消费新生态。

天目湖景区作为溧阳市生态文明旅游的一块招牌，每年接待游客超过1000 万人次。然而，景区风光秀丽的背后，却隐藏着用能管理上的问题：

用能设备落后，用能管理粗放，造成整体能源利用水平较低，环境、经济效益不高。2019 年年初，国网溧阳市供电公司结合溧阳旅游型城市发展的定位，以推动地方经济社会绿色发展为目标，确立将天目湖打造成为全国首家"智慧物联网全电化"5A 级示范景区的蓝图。

国网溧阳市供电公司客户经理王煜介绍，"智慧物联全电化"示范景区项目通过引入光伏、空气源热泵、储能等清洁能源供给方式以及电气化能源消费终端；运用光纤、无线传输方式，将景区主要用能设备数据统一接入景区的能源管控平台，实现数据传输、实时监控、远程控制等功能，提升景区用能管理和能效水平。

这一能源管控平台就是"智慧能源电管家"，有了平台的支撑，国网溧阳市供电公司很快便在景区中布局一套以电为核心的清洁能源循环利用系统：在能源供给侧，建设一处 34 千瓦屋顶分布式光伏电站和两套 225 千瓦锂电池储能系统，为园区提供清洁电能。在能源消费侧，积极推动用能设备电气化，打造一条由光伏系统供电，集广播、视频投放、环境监测、视频监控等功能于一体的智慧节能照明走廊；新增光伏智能环保箱、电动游览车等用电设施；助力客轮"油改电"为园区首艘电动游船提供岸电电源……

清洁能源在景区的全面应用，构建起绿色低碳的能源消费新生态。据预计，园区将因此每年减少二氧化碳排放达 380 吨。

面积达 4.77 万平方米的山水园是整个天目湖的核心景区，主要由湖里山、海洋世界、乡村田园、山水绝佳及龙兴岛五大景区构成，内部群山枕水、碧波荡漾，游览路线百折千回，游客的常规游览路线需耗时约 4 个小时。这么好的旅游区，然而内部的商铺、游乐场所、部分景点安装大量的计量表计，安装地点分散，且都为老式的机械表计，日常检修维护还停留在传统的人工逐个检查的模式，费时费力。

国网溧阳市供电公司利用物联网互联互通的特点，在"智慧能源电管家"平台中设置"表计管理系统"模块，借鉴供电企业智能电表的管理经验，将山水园 176 块电能表和 36 块水表全部更换为能够实时采集、传输数据的智能表计，并利用无线传输技术，将每只表计采集到的用水、用电量和电流、电压等数据实时上传至表计管理系统中。

"现在，我们只需在电脑上打开这套系统，即可查看分布在园区各个角落的表计运行状态和数据，及时发现故障并修复。系统每月会将表计数据自动记录下来，为我们分析设备运行状况、优化用能方案提供支撑。"山水园景区运维人员狄东说。

电力智慧物联技术不仅提升了景区用能设备运维效率，更带来实实在在的经济效益。

"使用空气源热泵设备后，一天的用电量比原来下降四分之三，真是太神奇了！"山水园景区管理人员陶国华对景区海洋世界新投运的空气源热泵循环水加热系统赞不绝口。

海洋世界建设于20世纪90年代末期，占地2000多平方米，是全省较早建设的一批海洋水族馆。由于馆内多为对温度要求较高的热带海洋生物，水温须常年保持在24~28摄氏度。改造之前，水族馆沿用了建馆初期的"直热式"电加热控温方法。"每个鱼缸装类似'热得快'的水加热装置，不仅耗电量大，且升温快导致精准控温难。"陶国华介绍。溧阳市供电公司前期了解到该情况，多次赴现场查勘，最终向景区推荐使用空气源热泵。

空气源热泵是一种将空气中的热能转化为电能的节能装置。2022年12月27日，该馆采纳溧阳市供电公司的建议，安装两台40千瓦空气源热泵，并建设恒温蓄水池，搭建水循环系统。如今，空气源热泵加热的28摄氏度恒温水从蓄水池通过管道在各个鱼缸中循环流动，满足了热带海洋鱼类等的生存需求。

空气源热泵投运后，经济效益很快显现。1月初，陶国华通过点击"智慧能源电管家"中的电量管理板块发现，海洋世界当月的日均用电量较上月减少约700千瓦·时。"加热设备按全年运行6个月来计算，一年可以节省12万度电，减少电费支出近10万元。"

陶国华满脸笑容地说："景区通过电能替代和节能改造，每年有望节省能源成本30余万元。"

"落霞与孤鹜齐飞，秋水共长天一色"是今天的天目湖最生动的写照。穿梭湖面的游船光影，熙熙攘攘的人群，都见证了绿色生态天目湖蓬勃的生命力。

第三节
绿 "踪影"

2021 年 5 月，中国经济信息社在南京发布《清洁电力赋能美丽江苏——国网江苏电力有限公司服务地方绿色低碳发展蓝皮书》，系统介绍了国网江苏电力大力推进和服务清洁电力发展、赋能美丽江苏建设取得的显著业绩和实践经验，以及积极落实国家电网公司"碳达峰、碳中和"行动方案、加快构建以新能源为主体的新型电力系统、更好服务"强富美高"新江苏建设。面向朝阳，国网江苏电力始终在创新和探索中前行，为先行者江苏提供坚实的能源支撑，为能源现代化发展培育新动能和新优势，在现代化新征程上打造全新的能源产业生态。

千帆竞发的大江

江水汹涌，江潮澎湃。

千吨级纯电动货轮欣然起航，在美丽的长江驶出生态江苏美好图景。结束 2 个半小时的充电，"中天电运 001"货轮启航驶向烟岚相映的江心，驶向远方。长江流域首艘千吨级电动货船在这个艳阳高照的日子让万里长江有了崭新的一天。

"整船电池容量 1458 千瓦·时，相当于 40 辆电动汽车，通过岸电充电 2.5 小时，可续航 50 公里，船速可与一般燃料货轮相当。按全年运营 150 航次计算，可替代燃油 20.16 吨。"国网江苏电力营销部负责人介绍说，纯电动货船是江苏电能替代的新领域，也是我国内河水路运输散货船的技术革新，对长江大保护意义非凡。

2022年2月22日，长江流域最大载重吨位的电动货船——总载重为3000吨位的"船联1号"在南京成功首航。"改造前，每年使用柴油约300吨。改造后，电能成为船的唯一动能，实现零排放、低噪声、无污染。"船长侯加波说，保守估计6年就可以回本。

长江流域最大载重吨位的电动货船——总载重为3000吨位的"船联1号"在南京成功首航（杜懿/摄）

交通行业是我国三大碳排放来源之一。早在2010年，在国网江苏电力支持下，连云港港口集团就建成全国首套高压岸电系统。党的十八大以来，国网江苏电力持续推动岸电"江河湖海"全覆盖，累计建成沿海、沿江、内河岸电系统超3000个，同时加大船舶全电化改造推动力度。2020年，长江首艘千吨级电动货船在常州下水；2021年，纯电动打捞船、纯电动拖轮相继在无锡、连云港交付使用。在执法船、游船、渡船等水上交通领域也出现越来越多的电动船舶。仅2021年，江苏岸电设施的用电量就达3066万千瓦·时，相当于减少燃油消耗6745吨。

太仓港是江苏省第一大外贸港，地处长江三角洲核心区，位于长江出海口，是上海国际航运中心的重要组成部分。保护长江，对于地处"江尾海头"的太仓港别具意义。国网苏州供电公司坚持"能源转型、绿色发展"理念，积极投身长江大保护，在太仓港实施全应用场景的电能替代工程，大力推进岸电技术、分布式光伏电站、综合能源管理等项目，服务太仓港绿色减排、转型升级。太仓港四期是长江流域最大的码头项目，共建有4个5万吨级集装箱船泊位，年吞吐量可达200万标箱，每年靠港船舶预计达1000艘。传统的港口作业机械一般以柴油为动力，存在严重油气污染和噪声污染。国网苏州供电公司依托"供电＋能效"服务体系，推广港口作业机械电气化技术，推动应用电动化的集卡车、正面吊、堆高机、空箱叉车等港机，如今在太仓港四期码头，电气应用技术随处可见：6台电动岸桥轨道吊在十几米的高空来回穿梭，2台电动正面吊将集装箱吊装在电动集装箱卡车上，操作人员驾驶电动堆高机对空集装箱进行堆垛和码放。在另一边，新建的一座1200千瓦的充电站和47个大功率充电桩时刻准备为各类电动港机充电赋能。

"电动正面吊、堆高机平均充电80分钟，就能在额定载荷下连续作业8小时以上，完全可以满足日常作业需要，综合用能费用较以往降低50%以上。"太仓港四期指挥部安环部部长陆春鸣介绍道。太仓港四期电气化改造总用电容量达1.76万千伏安，预计年替代电量3083万千瓦·时，相当于减少二氧化碳排放3.07万吨。

太仓港四期码头还建成江苏港口中覆盖范围最广、最全面的岸电项目，包括5套2000千伏安50赫兹的高/低压双频岸电系统，可同时为4个泊位的靠港船舶供电。至2023年8月，太仓港已累计建成57套高低压岸电系统，总容量超过2.7万千伏安，实现非石化码头岸电设施全覆盖。

自2021年4月起，国网苏州供电公司充分摸排调研太仓港四期码头可开放的屋顶资源，推动码头在行政办公楼、机修材料库的屋顶以及车棚等闲置场所，安装约2357平方米的光伏板，建成一个总容量约450千瓦的分布式屋顶光伏发电站，预计发电量可达480万千瓦·时，用于日常的新能源汽车充电、工作人员办公等，每年可减少二氧化碳排放508.5吨。太仓港五期集装箱码头也在筹建中，综合能源管理系统分析得出的四期码头各项用能数据为五期码头的建设提供可靠的数据支持。

长江三角流域共有各类货运船只12万余艘，长江的江苏段是世界上运量最大、航运最繁忙的航段，是整个长江流域生态负荷最重要的区域之一。

国内最大容量纯电动万吨级集装箱船在长江试航（任飞／摄）

截至 2023 年 7 月，国网江苏电力在全省建成岸电设施 13100 多套，实现江河湖海岸电全覆盖。仅 2022 年 7 月底至 2023 年 6 月初，即可减少燃油消耗 11.7 万吨、减排二氧化碳 27 万吨、氮氧化物 3740 吨。电能替代正把压在江苏肩头沉重的污染负担一点点卸下来。

长江澎湃处，千吨级纯电动货轮宛如草原轻骑兵翩然起航，千帆竞发，驶出富庶江苏、绿色江苏、幸福江苏的新画卷。

绿色农业探秘

黄海之滨，9 月的海风劲吹，盐城的两千多台风机随风轮转。

初秋的稻香，朝霞瑰丽，稻浪翻涌，常熟万亩现代农场的机械开始轰鸣，农业农村现代化的图景在这里描摹。

碧水蓝天风光旖旎，苇草青青湖风拂面，松曳茶香蟹肥虾鲜，天空之镜轻莹如水。江苏高淳依托"两湖抱城、东山西圩"的生态禀赋，绘就一幅俊美秀丽的山水画卷。高淳依托山水探寻出一条乡村振兴的生态富民之路，阔步奔小康画卷华丽展开。而乡村电气的持续推进，让高淳迈向幸福小康的步履更轻盈更欢快。

阳春三月，春茶采摘的季节，高淳区青山茶场制茶车间内，碧绿的茶叶在电杀青机和电揉捻机中翻腾，幽香沁人。杀青、揉捻、磨光、炒制、造型等设备运行起来，茶场的用电负荷也在欢跃攀升着。高淳产茶历史悠久，青山茶场共有茶园 4500 多亩。"以前，炒茶烧柴火，炉灰到处飘，茶叶品质受到影响。改为用电制茶，不再凭手感控制温度，不仅方便、容易，而且提高了茶叶的良品率，还没有污染，一举三得。"青山茶场场长赵建明向前来参观的贵宾介绍道，2023 年，茶场响应地方政府"拔烟囱"的号召，在国网高淳区供电公司帮助下，新上一整套电气化制茶设备，还将茶场的 10 千伏供电线路由单回改成双回，供电能力提高至原来的 2.5 倍。

赵建明兴奋地说："'煤改电'后，青山茶场的茶叶加工良品率提升近50%，用能成本节约 30%。此外，还省下以往每年 1 万多元的排污费，每年减少燃煤直接消耗 100 多吨，减排的废气和烟尘相当于种植 1300 棵树。"

青山山脚下，白墙黛瓦的民居错落有致，熠熠生辉的铁塔串起条条银线绵延至密林深处……这是高淳的美丽乡村风光。移步换景，各具特色的农家乐、民宿掩映其间。近几年，随着特色乡村游兴起和中国首个"国际慢城"的声名鹊起，作为慢城核心区域，青山麓下的高淳乡村逐渐形成"春看金花、夏摘黄桃、秋品螃蟹、冬来养生"的四季旅游产业，高淳供电公司以电气化助推乡村特色产业发展，让一方老百姓脸上洋溢着富足的笑意。

2500 多年前，"小康"作为丰衣足食、安居乐业的代名词第一次出现在中国文字里，这份对幸福生活的朴素向往持续了千百年，召唤着一代又一代人的追求。1000 多年前，江苏大地成为国家粮仓。鱼米之乡、富庶之地延续千年繁盛，黎民之愿在这里成为现实。

今天，古老概念进入新的坐标，充实新的内涵。以电网穿针引线，用初心编织描绘，江苏电力人以动力之网织密全面小康的兜底之网，以电力底气夯实全面小康的坚实底线，让农村富起来，让农民的钱包鼓起来，让全面小康不含水分，经得起历史和人民的检验。

江苏始终引领着全国农业农村现代化的节奏，江苏电力始终是江苏农业农村现代化节奏的最强音。2014 年，习近平总书记在江苏考察时强调，现

2022 年 2 月 26 日，国网南通供电公司工作人员服务智慧农业基地，促进基地蔬菜稳产保供（章亚运 / 摄）

代高效农业是农民致富的好路子。要让农业成为有奔头的产业，要让农民过上幸福美满的好日子。从吃救济粮的烂泥坞到苏州粮食销量状元，常熟蒋巷村正在靠现代化农业创造奇迹。

每天清晨，常德盛都早早来到田间查看水稻长势。水泵站的阀门一转，汩汩清流通过灌溉沟渠流进稻田。按一下开关键，循环利用的有机发酵肥开始向田间喷洒。万亩良田，田成方、渠成网，标准化生产、机械化耕作，常熟蒋巷村优质粮生产基地已呈现现代化农业的形态。

"电气化、机械化是现代农业的关键。"扎根田间 50 多年，常德盛对农业发展感触颇深。他回忆说，蒋巷村发展的每一步，都有电力蹚路。蒋巷村旁有一口塘叫太圩塘，村里老人至今还记得这样一段顺口溜："太圩塘，浪打浪，一年四季白茫茫。白鹭野鸭满天飞，十年倒有九年荒。农民没有过年粮，携儿带女去逃荒。"1950 年，当时县政府为太圩塘建造电灌站，据说还是当时全县的第二座电灌站，才使得多年望天田成了丰收田。"自从来了共产党，太圩彻底变了样。兴修水利第一条，圩埂筑得宽又高，电灌渠道来配套，一年两熟收成好。"2015 年，蒋巷村开始新一轮土地整治，国网常熟市

国网宜兴市供电公司"电蜜蜂"共产党员服务队走进田间地头，为农业电气化保驾护航（蒋逸／摄）

供电公司将农田中的电杆全部拔除，按照农田林网位置重新规划建设电力线路。1200 亩稻田上，大型农机具畅行无阻。随后，蒋巷村走起生态种植路线，有机肥电力加工线、肥料电动灌溉系统、粮食电烘干中心、粮食储存冷库……从一粒种子到大米包装出售的一整条电气化生产线完善起来。2022年，人口不到 900 人的蒋巷村粮食产量达 35 万公斤。

"中国人的饭碗一定要牢牢端在自己手里。"蒋巷村老百姓铭记在心。正如蒋巷村人所坚守的，人均耕地面积不到全国平均水平六成的江苏，多年间保持着粮食的自我保障，现代高效农业功不可没。

岁稔年丰，业富民强。蒋巷村的现代化故事还不止于此。村办集体企业常盛集团已成为华东地区规模最大的轻质建材企业，年产值超过 10 亿元；在苏州率先打出"发展乡村游"的旗号，打造出国家 4A 级景区，年接待游客超过 40 万人。"蒋巷村一、二、三产业协同发展的背后是超过城市居民人均用电量和户均容量，是现代化'三农'对专业化电力服务不断刷新的需求。"常熟市供电公司营销部负责人深悟着为新时代农村发展服务的电力门道。

国网盐城供电公司服务现代农业（顾锋明／摄）

　　浩浩长江环抱，赋予镇江丹徒区世业镇得天独厚的生态资源；润扬大桥飞架，又让它凭借便利交通笑迎八方来客。

　　这是一个元宝状的江心岛，总面积只有 44 平方公里。"现代高效农业是农民致富的好路子，要沿着这个路子走下去，让农业经营有效益，让农业成为有奔头的产业。"2014 年 12 月 13 日，习近平总书记在世业镇先锋村调研时充分肯定该村现代高效农业发展，并提出殷切期望。

　　如今世业镇如火如荼地开展乡村振兴实践，"江岛水乡，健康之舟"的美丽画卷正徐徐铺展。而世业镇乡村振兴发展进程中，电力为小康生活铺染青翠底色、为阳光产业贡献绿色动力。

　　11 月下旬，已经立冬，气温骤降，世业镇先锋村的焕阳瓜果农业园草莓大棚里却暖意浓浓。对种了 30 多年瓜果的果农李焕阳来说，电力是他最关注的事之一。"现代高效农业离不开电力供应，大棚里的多种现代化设施都需要稳定可靠的电力供应。"李焕阳说，他家的农业园 11 月初栽下 50 亩冬草莓，现在正是草莓生长的关键期。有了空气源热泵设备，能够准确把控温度，让他对育苗期草莓正常健康生长有了底气。

国网江苏电力无锡供电公司服务现代农业产业园（许阳／摄）

"育苗期大棚内需保持白天 28 摄氏度、夜间 10 摄氏度、相对湿度 60%。以前用煤生火加温，温度不易控制，夜间要经常起来换煤，一旦煤块燃烧不充分，大量的一氧化碳会导致大棚缺氧，影响草莓长势。"李焕阳滔滔不绝地介绍道，"而空气源热泵供暖操作起来十分方便，节省大量人工成本，50 亩大棚每天耗电 275 度左右，按照每度电 0.499 元的农业电价，平均下来每天费用不到 138 元。"

过去几年，蜂拥而至的观光采摘游客，让李焕阳看到现代高效农业的光明前景。沿着现代高效农业的新思路，他家农业园不断更新技术和设备。如今，除了空气源热泵，还用上了水肥一体化的灌溉机等。

焕阳农业园的种植面积已经从 2014 年的 55 亩扩大到 2023 年的 220 亩，除了高架草莓，还种植葡萄、桃子、圣女果，一年四季都有不同的水果供游客采摘。

据统计，先锋村已有大大小小高效农业产业园近 30 家，各类瓜果农业园规模从 100 多亩发展到 4000 多亩，带动 200 多名村民就业，常住村民人均可支配收入突破 3 万元，村集体收入也在 5 年间翻了一番。

2021 年 9 月 1 日，国网海安市供电公司工作人员帮助客户排查用电线路、用电设备的安全隐患，积极服务乡村振兴（焦润东 / 摄）

种植规模扩大，意味着需要更多的电力。2014 年以来，世业供电所主动对接农业园主，了解用电需求，积极争取配套电网项目资金约 2000 万元，为世业镇新增配电变压器 37 台及 10 千伏线路 20 公里，低压线路 45 公里，确保现代高效农业的可靠用电。

据统计，仅 2019 年，国网江苏电力为支撑农村发展投入的电网建设改造专项资金就超过 100 亿元，新增改造 10 千伏配电变压器 1.35 万台，新建改造线路近 3 万公里。农村台区经理提供预约上门服务，全年处理移动作业工单 1000 万张，上门为用户办理业务达 40 万件。

电力守护乡村千家万户，成就江苏的千村竞秀。

扬州地方经济发展的电元素

淮左名都，竹西佳处。

2020 年 11 月 14 日，习近平总书记视察扬州，称赞"扬州是个好地方，依水而建，缘水而兴，因水而美，是国家重要历史文化名城"。

自党的十八大以来，扬州始终把生态文明建设摆在突出位置，坚定不移地走生态优先、绿色发展之路，让好地方越来越好。而这背后是国网扬州供电公司积极构建清洁低碳能源体系，助力提升社会综合能效水平，助推城乡生态建设，为城市绿色发展输送澎湃不竭的动力。

2022年夏，扬州面临20多年来的最高温，全社会用电负荷持续攀升，多次创历史新高。连续多日负荷在550万千瓦以上运行，给电网可靠供电带来很大压力。好在夏季风能、光伏等新能源发电装置常常处于满负荷运行状态，最高出力达300万千瓦，贡献全扬州用电负荷的半壁江山。

这与10年前形成鲜明对比，2012年，扬州光伏、风能、生物质能等新能源装机总容量只有12万千瓦，在全市300万千瓦最高用电负荷中显然微不足道。10年间，国网扬州供电公司借助国家新能源发展的东风，引导扶持社会各界积极发展光伏、风能、生物质能等新能源，逐步提高供应侧占比，实现新能源利用的"撑杆跳"。

2013年6月4日，扬州江都区丁伙镇纠墩村村民朱启杰的5千瓦光伏发电装置并入国家电网，成为全省第一个并入大电网的分布式光伏电站。他也因此被称为"江苏卖电第一人"。

此后，扬州光伏发电如雨后春笋，迅速发展，办理光伏发电并网业务的发电户络绎不绝。截至2022年年底，全市分布式光伏发电容量达98.23万千瓦。

面对新能源快速发展的态势，国网扬州供电公司积极与当地政府对接，超前规划引导新能源合理布局。为了增强电网消纳新能源能力，2021年组织实施对500千伏江都变电站增容工程，将原来一台75万千伏安主变压器更换为100万千伏安主变压器。并规划新建500千伏淮安上河至高邮变电站之间的75公里双回路输电线路，以此进一步提升电网消纳新能源的能力。

舳舻交错行千里，锦衣玉食是扬州。位于长江、京杭大运河和淮河交汇处的扬州，也是我国南水北调东线的源头。随着近年来生态建设的加强，环境优美、生态宜居已成为扬州城市的闪亮标签。其中，国网扬州供电公司全力引导社会各界绿色用能、低碳生活功不可没。

10年来，在长江扬州段，国网扬州供电公司引导帮助沿岸19家企业建设岸电设施，为靠泊船只提供绿色用能；在京杭大运河，国网扬州供电公司先后在施桥、邵伯、运西等船闸建设 43 套岸电设施，给停泊等待过闸的船只提供用电便利，让他们告别柴油机发电，结束了停泊时"机声震天吼、油烟满天飘"的历史；在邗江区方巷镇沿湖村，当地供电所根据规划实施电力线路专项改造，帮助世代以捕鱼为生的渔民"洗脚"上岸，办起乡村民宿旅游，30 多家全电民宿及其配套旅游服务成为亮丽的风景线。

作为联合国评定的宜居城市，扬州的"绿意"展现在方方面面。得益于国网扬州供电公司全力相助，全球闻名的瘦西湖风景区已实现交通全电化，电动游船、电动旅游车穿行在景区各个角落；仪征世界园博会景区、宝应荷园生态区等多个旅游景点也用上了电动交通，年替代电量近 700 万千瓦·时，可减少二氧化碳排放量超过 5000 吨。

更令人称道的是，国网扬州供电公司发起的厨房"绿色革命"已经蔚然成风，至 2023 年 8 月已建成全电厨房 531 个、电厨艺实训点 3 个。

"绿色工厂"是国家工信部为降低企业能耗而开展的评选活动。国网扬州供电公司充分发挥专业优势，开展节能提效服务，助力企业创建"绿色工厂"。扬州中远海运重工有限公司是当地重点企业，在供电公司帮助下，已相继建成 8290 千瓦岸电设施、5200 千瓦光伏发电装置以及 8000 千瓦·时 / 3200 千瓦·时的扬州首家储能站。国网扬州供电公司正和企业联合推动全电厨房、电动汽车充电站等建设，以进一步做大绿色用能"蛋糕"。

在田园乡村，同样演绎着国网扬州供电公司服务用能转型的一个个生动案例。仪征登月湖茶场一直采用人工柴火炒茶，燃烧产生大量的烟尘，污染环境，且成本高。国网扬州供电工作人员了解情况后，主动上门服务，帮助改造用电炒茶。经过对比，茶场采纳了建议。采用电炒茶工艺后，不但茶叶品质不变，每一季炒茶还节省用能成本近 2 万元。

苏电群英掠影

第十一章

　　走进新时代，党的二十大举旗定向，描绘了党和国家事业发展的宏伟蓝图，特别是在加快电网等基础设施网络建设、推进能源生产和消费革命、构建清洁低碳安全高效的能源体系等方面作出重大部署。事业的发展根本在于人。苏电人积极践行"努力越超、追求卓越"的企业精神，推动苏电事业发展，取得骄人的业绩，涌现出一批先进典型。他们身为共产党员，不忘初心，敢于亮身份，勇于担责任，奋斗在各个岗位：有扎根一线的方美芳，有攻克科技难关的陈昊，有好人周维忠……他们是8万苏电员工的杰出代表，是新时代的开拓者，更是当代最美的苏电人。从他们的故事中，可以感悟道德的力量、精神的魅力，可以感知时代前进的脚步、人生出彩的意义，他们为我们树立了价值的坐标、精神的榜样。在他们身上，充分体现了"首创率先、攻坚克难、无私奉献、勇立潮头"的精神，这种精神是江苏电力"争先领先率先"优良传统在新时代的集中体现，是一代代苏电人砥砺奋进、创造辉煌的宝贵经验。

最美小芳

阴历岁末的一个晚上，江苏丹阳城区，寒风凛冽，行人稀少。

要知道，第二天就是除夕，家家户户团圆的日子就要到了。晚 8 时许，东门外大街附近海会新村等小区突然停电，近 5000 户居民猝不及防地陷入一片黑暗的慌乱之中。

在人们焦急的等待中，一辆电力抢修车风驰电掣地开往东门外大街。抢修车上跳下一个娇小而敏捷的身影，她熟练地架起应急灯，跳入散发恶臭的埋线沟井。面对粗壮沉重的电缆电线，她沉稳冷静，将电缆揽在怀中，10根手指在电缆上像指挥一架钢琴键盘，娴熟而富有节奏。不到两个小时，小区恢复供电，在居民的一片欢呼声中，那个娇小而疲惫的身影才收拾工具，上了抢修车。

这个身影就是方美芳，虽身为女性，却义无反顾地干起了电缆工这个"男人活"。1993 年以来，她参与敷设电缆 1000 多公里，安装电缆头 8000多个，抢修电缆近 200 次；参与 40 余座变电站和上千个客户配电房的安装投运及改扩建工作，从未因施工质量问题发生故障。

1988 年，17 岁的方美芳，被分配到专业性较强、技术含量较高的高压电气试验班。上班第一天，老师傅取笑她女儿身，干不长男儿活。方美芳笑而不语。她从最基础的拧螺钉、接电线开始学起，每天带着本子和笔，师傅们做一样她就画一样、记一样，回去后再死记硬背，向前辈们请教，向同事们学习，不放过任何机会，苦练操作本领，强化专业技能。一年下来，她的工作笔记足足有 3 大本，成功从一个"门外汉"变成"内行人"，相继完成中专函授和大专继续学习，成为班里的技术骨干。

1993 年，丹阳市供电公司组建变电综合班，主要承担高压电缆施工、检修、抢修等工作任务。方美芳主动加盟，闯入这片男人们的"固有领地"。起初，考虑到她是一名女同志，丈夫工作地点较远，小孩没人照顾，班组经常给她安排相对轻松的任务。但方美芳坚定地说："不能因为我是一名女同志就降低要求。"面对苦、脏、累，她做到"三不怕"。电缆井里有很多淤积脏物，气味刺鼻，常常男同事还没缓过神来，方美芳就抢着跳了进去。"电缆井太小，他们男人个子大，施展不开手脚。"她猫在里面一干就是两三个小时。为减少杂质、提高工效，需要往手上涂清洁剂，方美芳却将之戏称为"护手霜"。这种"护手霜"不仅不护手，其中的化学成分还容易导致水分流失，加速皮肤老化，对双手造成伤害。由于长期磨损，方美芳有6个手指头缠着创可贴，方美芳总是笑着说："都是为了工作嘛，大家都一样。"

电缆施工和故障抢修的工作环境一般都是在野外，除了劳动强度大，对于女职工来讲还有诸多不便。"比如我都不敢喝水，因为不方便找厕所。"但方美芳愣是坚持了下来，是班组里唯一的女性，还当了副班长。

2014年8月，为满足江南生物科技有限公司扩大生产、紧急订单的需要，方美芳冒着酷暑进行现场勘察，带领员工深夜施工。因需要凌晨3点到现场施工，她担心睡过头，用手机设置了3批次闹铃，最终仅用16天就完成通常需要耗时两个月的工程。2018年，在全世界规模最大的镇江储能项目建设中，方美芳更是带领她的攻坚团队连续四天三夜奋战在现场，确保用户能早日享受到新能源带来的巨大红利。

为缩短抢修时间，方美芳研究电缆施工的每一道工序，琢磨每一个动作，力求从细节里抠时间。仅剥电缆半导电层这一工序，她就进行过上千次的试验，形成了使用4毫米厚的直形玻璃片、以15度角刮剥最快最好的秘诀。经过一次次改进，电缆头制作工艺从一般两三个小时，压缩到只需40分钟。在高高的铁塔上固定电缆，原先要在铁塔上先安装一套大型支架，各种工具至少重200公斤。经过反复试验，方美芳研制出一套"电缆抱箍及夹具"，一条电缆只要几套抱箍就能稳定地固定在高压铁塔上，这些小型抱箍重量只有1.5公斤，非常便于携带，而且能够360度旋转，可以固定在塔材的任意位置，节省至少150公斤钢材以及车辆使用费和半天的时间。方美芳对改进技术、改善服务的事特别感到自豪："这是实打实省下的真金白银啊！"

一花独放不是春。2008年，方美芳成立劳模创新工作室，她把多年摸索出来的"绝活"写成20余本心得体会，对新员工进行"传、帮、带"，在她的引领下，10余名年轻一线员工投身技术创新，先后获国家专利30多项，20多项成果得到推广应用，产生数千万元经济效益。

方美芳带领丹阳小芳共产党员服务队，在110千伏练湖变电站内制作敷设电缆，服务中北学院送电（赵岚/摄）

方美芳把自己毫无保留地交给党组织，也传承着共产党员的理想信念，重新塑造自己。在她所在的班组，她起到了先锋模范作用，自觉成为激励同事积极向上的一个因子，成为群众信服的一个标杆。

"党员身边无事故""党员奉献在工地""班组无违章、员工无违纪、服务零投诉"，柔中有刚、坚韧不拔的方美芳，日复一日，用言行举止树起了共产党员的旗帜，增强了班组的团队意识和战斗作风。

方美芳是个有心人。改进电缆敷设安装工作条件也许并不属于她的职责范围，可是，方美芳觉得，在电缆施工领域尽自己的力量，分内的事要做，分外的事也要做。在同行看来，方美芳是公认的电缆专业技术带头人，她敞开心扉，帮助青年大学生成长成才。如今，她带的徒弟已在工作中独当一面，获得多项国家实用新型专利。

为带动更多人做公益，2011年，方美芳带头组建了"丹阳小芳"共产党员服务队，以"热心、贴心、放心、恒心"的"四心"服务为宗旨开展电器维修、爱心助学、慈善捐赠、关爱孤寡老人等各种志愿活动。截至目前，服务队共开展服务活动960余次，帮助服务对象解决实际困难1280多项，成为当地家喻户晓的"知名品牌"，并获评国网公司金牌共产党员服务队。

有时候别人也想不通，好奇地问方美芳："你都50多岁了为什么还这么拼？"方美芳总是笑着说："我们的好生活都是国家和企业给予的，做人要讲良心、懂感恩，尽心尽力干好本职工作，力所能及帮助他人，这样才心里踏实！"没有惊天动地，只有在最艰苦的一线岗位兢兢业业，用最质朴的心态看待困难和工作，有一分光发一分热，这是方美芳的人生哲学。

方美芳用她30多年的岗位坚守和默默奉献感动了身边无数的人，得到了广大群众的肯定和认可，她先后荣获全国劳动模范、全国三八红旗手、全国"五一"劳动奖章、江苏最美职工、2016感动中国江苏年度人物敬业奖、国家电网公司焦裕禄式的好党员等荣誉称号；2017年，她当选为党的十九大代表，2021年，她当选为党的二十大代表。

好人周维忠

2023年11月25日晚，扬州市"城市客厅"文昌广场工人文化宫影院，一部以身边平凡人物为主人公的电影正在上映。质朴的场面、紧凑的情节、感人的故事，现场观众看得泪光闪烁，不时响起掌声。影片主人公原型此刻正坐在台下，他就是国网仪征市供电公司滨江供电所运维采集班副班长、仪征市新城镇沿江村驻村第一书记周维忠。

周维忠个头不超过一米七，皮肤黝黑，五官无奇特之处，最有特点的是他的一双眼睛：清澈、明亮，一看就是厚道人。他的眼睛有些狭长，很容易让人联想到历史上的忠义人物关羽、包公。说起周维忠，在离他家不足百米的十字路口开店30多年的"顺兴店"店主周耿兆老人连连称道："好人、好人哪！"中国的老百姓就这劲儿，好就是好，不好就是不好，没有华丽的词语。据周耿兆老人介绍，一直以来，周维忠关照他，村上的智障孩子唐久亮来要方便面、火腿肠之类的食品就给孩子，村子里的鳏寡老人，需要柴米油盐之类生活必需品，都给他们，记个账在他名下。为此，每隔三五天，周维忠就要去一趟周耿兆的小店。村口的卖肉摊，每个月底也是要等周维忠来结账，他同样关照过肉摊主："只要久亮和村里的老人来称肉，只管给，账我来付。"

同村有户残障家庭，实在缴不起电费，他动了恻隐之心，谎称"上面有减免电费政策"，从此自己悄悄垫付。从1户到15户，以微薄的工资接济村里的孤困家庭，23年来，他悄然垫付的电费累计超过12万元，为3位孤寡老人送去临终关怀。一句善意的谎言，23年无声的诺言，让受助者不知不觉，让孤独者快乐生活，尽善、尽孝、尽美，他成了智障青年的"爱心爸爸"、孤寡老人的"外快儿子"，成了1600多户村民心中的"光明使者"。

1998年夏天，周维忠到村民唐永富家中催缴拖欠电费。当他见到唐家屋顶看得到天、地上长满青苔的破败景象，进而了解到唐永富患有眼疾，老母亲双目失明，老婆和儿子都是智障，家里唯一正常的女儿离家出走的窘境时，内心久久不能平静。他联想到自己靠吃"百家饭"长大，能当上村电工也是全村人推荐的结果，不禁对唐家人的不幸遭遇感同身受，默默为他们缴清了所有拖欠电费。

从此，他把唐家人当亲人照应，12岁的唐久亮，连1到10都数不全，甚至常常到垃圾堆里翻东西吃。周维忠带他去理发、洗澡、买衣服穿，还经常带回家吃饭。每到春节，都要给他买一身新衣服、新鞋子。周维忠对他的宠溺，仿佛就是对自家孩子。不仅如此，周维忠还叮嘱村里的商店，只要唐家来买吃的、用的，全都记在他的账上。周维忠在生活中无微不至地关心照顾他们，出钱帮助唐家修缮危房，添置家具，同时，还四处托人打听唐家女儿下落。功夫不负有心人。唐家女儿在了解到家里条件改善后，终于回家了。看到唐家一家人团聚在一起，生活有了奔头，日子一点一点好转起来，周维忠备感欣慰。

有了周维忠的多年呵护，奇迹发生了。2008年正月，厚厚的一场大雪埋住了周维忠上班的路。没想到唐久亮早早就等在了村头，他执着地走在周维忠前面，用双脚蹚开一条路，让周维忠去上班。周维忠一边落泪一边劝他回去，他却倔强地不肯回头，两人就在这大雪纷飞的清晨整整走了10多里。

从唐永富一家开始，周维忠陆续又帮扶了村里15户孤困家庭，为他们买米买肉、寻医问药、修缮房屋、办酒祝寿，送去关爱和慰藉。2021年"七一"前夕，江苏省委组织部部长亲赴现场慰问周维忠，称赞他在基层赢得了口碑，彰显了共产党员的形象，是全省为民办实事的楷模。

周维忠长年照顾孤寡老人，并为他们养老送终，老人们无以回报，纷纷留下遗嘱，要把生前用过的轮椅、电视、电风扇都留给他。2012年，77岁的孤老汉胡加平在弥留之际，频频用手指向屋顶的灯泡，示意叫周维忠来，临走也要见他一面。周维忠赶到后，老人紧紧握着他的手，直至合上眼也没有松开。

胡加平老人晚年高位截瘫，无人照顾。周维忠得知后，就隔三岔五过来照顾老人的起居生活。当老人身体不舒服时，他就是再忙，也要抽空到药店买了药给老人服下。久病床前无孝子，可周维忠这个非亲非故的陌生人却让老人感受到了人生最后的温暖。老人去世后，周维忠通知亲友、搭建灵堂、操办丧事，忙了三天三夜。料理完老人后事，他发现老人欠了两个多月800多元的电费，于是默默地为胡加平老人缴清了最后一笔欠款。

村里像胡加平这样的孤寡老人还有很多，他们都是周维忠平常最挂念的人。桂德九是村里的五保户。多年前，桂德九突发脑梗，躺在床上不省人事，是上班经过的周维忠发现情况不对，将老人送到医院，才挽救了老人的生命。老人康复出院后，周维忠就担负起了照顾桂德九饮食起居的责任。老人去世后，周维忠还以儿子的身份守孝，让老人体体面面地走完人生最后一程。

垫付电费、日常照料，处处都要花钱，每次拿到工资，除了必要的生活开支外，其余的他都用来资助村民百姓了。但他家中也是上有老母、下有幼子，日子总是紧紧巴巴的，屋里连一件像样的家具都没有。为了贴补家用，周维忠的妻子在外打工13年，却毫无怨言。在周维忠的心里，这些孤寡老人是他的帮扶对象，更是他的至亲。他们是他应该孝顺的人，他要把满腔的关爱送给他们，让他们老有所养，老有所依。

2010年农忙，从事粮食加工的村民周本来遇到了烦心事。因为路途不便，加上业务繁忙，他无法去城区缴纳电费，可他又担心欠费停电会影响生产，两难之中的周本来一筹莫展。这时，热心肠的周维忠站了出来，主动提出帮助周本来到城区缴纳电费。周本来二话没说就把自己的银行存折给了周维忠，这是周维忠收到的第一本存折。

周维忠帮村民"代办代缴"的好事渐渐被传开，他收到的存折也越来越

"中国好人"周维忠在十二圩敬老院关爱孤寡老人（詹宁宁／摄）

多。出于信任，全村有 700 多户村民把存折或银行卡主动交给周维忠，委托他代缴水电费、购买生活用品等，每年经手的金额超过 100 万元。

因为周维忠熟悉村里的情况，所以很多"分外事"他也会主动承担下来，迄今他帮助村委会协调解决村民矛盾 200 多起。不仅如此，周维忠和同事还义务为村里修整危桥 2 座、装设路灯 70 余盏。新冠肺炎疫情期间，周维忠既是"临时卫生员"，又是"突击队长"，还是"爱心大使"。他向村里 11 户贫困家庭捐赠口罩 200 余包，主动帮助村民登记信息、测量体温，教村民使用手机查询健康码和行程码；他第一时间为疫情检测点架设电线 4.8 公里，安装照明灯具 30 余盏；他自发捐款 5000 余元，资助疫情防控工作。

在村民心目中，为老百姓服务的共产党员，就应该是周维忠这样的，办的不是轰轰烈烈的大事，但乡亲们的每件小事都尽心尽力办好。在周维忠眼中，老百姓的每件"小事"，都是"天大的事"。

从一个人，到一家人，再到一支队伍，周维忠把爱的星星之火聚成了一束光。2011 年，国网仪征市供电公司党委成立以"周维忠"命名的共产党员服务队，由周维忠担任队长。在周维忠事迹的感召下，身边同事纷纷主动申请加入党员服务队。

2016 年夏天，长江大堤沿江村段出现险情，周维忠和服务队队员们在堤坝上驻扎了 45 天，哪里有险情他们就带着工具冲过去，而周维忠永远是冲在最前面的。当年的 6 月 30 号和 7 月 1 号两个晚上，一处用电设备出现了故障，必须把开关拉掉。可水势汹涌，面对已经没过肩膀的洪水，大家都犹豫了。然而周维忠却果决地抓起工具，跳进洪水，艰难地游到险情点，及时排除了故障，避免了事故发生。

沿江村的每个配电箱上，都有周维忠共产党员服务队"亮身份、亮职责、亮承诺"的铭牌，上面印着他和队员的姓名、电话以及服务承诺，铭牌上鲜红的党徽格外显眼。百姓用电有问题可以找他们，生活中遇到困难也可以找他们。工作之余，他们还主动帮助村民直播带货销售农产品，以实际行动助力村民增收超过 10 万元。

"不管是基层员工，还是驻村第一书记，我首先是一名共产党员，第一条就是要为群众办实事。"作为群众身边的模范，周维忠说，"现在每年我都要外出宣讲百场以上，其实就是讲讲自己的故事，讲讲村里的发展，讲讲作为党的二十大代表、全国道德模范去北京参会领奖的花絮，这些大家都爱听，沿江村也是我们国家发展越来越好的一个缩影。"

苏华：龙城良心

人文是一个地方的亮名片，软实力。千年运河蜿蜒穿城，毗梁灯火，文亨穿月，古老的龙城常州，群星璀璨，人文荟萃。这里曾走出瞿秋白、张太雷、恽代英等革命英才，走出周有光、华罗庚、刘海粟等各界巨匠。

今天，和平年代虽然不是一个英雄辈出的时代，但在常州的寻常陌巷、繁华市井，老百姓却在津津乐道地传颂着一个年轻的电力抢修工人，亲切地称他为最帅电力抢修哥。

金杯银杯，不如老百姓口碑。一个普通的电力抢修工人，能在龙城 400 万老百姓口碑中传颂，莫非神话？

情景回放一：

零点的钟声已经敲响，央视春晚直播大厅，在《难忘今宵》的歌声中，交织成一片欢乐海洋。

龙城的大街小巷也骤然喧嚣起来。尽管政府三令五申，禁止燃放烟花鞭炮，但燃炮除旧迎新，驱邪纳财却是古城老百姓千百年来的传统习俗。

一束束烟花在深邃的城市夜空绚丽绽放，一声声刺耳的鞭炮穿梭在街巷楼宇。

躲进停在角落的抢修车，苏华习惯掏出手机，拨通爱人电话，话语里满含歉意："老婆，新年好！"电话那头，半天无语哽咽。

苏华还想说句什么，耳畔已传来了"嘟嘟"忙音。

苏华收了电话，朝同伴尴尬地笑了笑，驱车驶入夜色。

除夕是团圆之夜，但因为居民偷偷燃放烟花爆竹，也是电力故障频发之夜，为了龙城老百姓能过上一个祥和欢乐的除夕之夜，为了同事能和家人多一刻温馨团聚，苏华已经连续16年没有在家和亲人一起吃个除夕团圆饭了。他爱人赵莺说，人家团圆饭是年三十晚上吃，我们家每年要拖到年初三之后。

情景回放二：

7月20日，一场突如其来的大雨突袭郑州。短时间、高强度的降雨使得郑州绝大多数地区淹在了水下，郑州地区的电力供应受到了巨大影响，很多居民陷入没水没电的困难境地。7月22日15时，国网常州供电公司苏华共产党员服务队紧急集结出发，驰援郑州。

"这个小区的配电房虽然布置在地下一层，但是整个配电房只是轻微被淹，配电设备经过抢修，试验合格后是可以继续使用的……"在工程车的机盖上，苏华和勘察人员施亮在完成现场查勘工作后，对小区的抢修方案进行编制修改。

郑州市龙翔嘉苑小区。闷热的室内温度达到了40摄氏度，经过雨浸后的配电室内湿度也非常大。短短3分钟，苏华他们的背上已经潮湿了一片，脸上的汗珠不断滴落。

3个小时后，苏华在完成龙翔嘉苑小区的抢修任务后，又马不停蹄地进入北大花园小区。

由于小区地下配电所进水失电，接入的应急发电机发出阵阵轰鸣。

23时20分，北大花园小区在历经4天的黑暗后终于迎来光明。

7月25日16时，苏华接受了进郑的第六个抢修任务——锦雍西花园小区抢修。

苏华，就是那个穿梭奔波于大街小巷，攀爬无数电杆的电力抢修工人。就是赢得400万龙城百姓好口碑，被誉为龙城良心的电力抢修哥。

了解供电行业的人都清楚，供电抢修是这个行业中最前沿、最脏、最累、最苦，也是最不讨好的工种。这里的每一个工人，都必须像临战状态的士兵，时时绷紧神经，时时处在待命之中。他们没有白天黑夜，不论电闪雷鸣，冰雪风霜，只要冲锋的"号角"一响，他们都会义无反顾踩冰雪、迎闪电、潜黑夜，投入电力故障抢修现场。他们中有的同志由于长期精神高度紧张，夜不成寐而神经衰弱，有的同志无法承受巨大的压力，而坚决调离了岗位。

苏华，却在这个岗位上一干就是25年，正是一个青春少年步入不惑之年的人生最美岁月。他，用9000多个白天黑夜丈量了一座城市；他，让这座英雄之城、人文之城的400多万老百姓，感受到了供电人的温暖、温情、温馨。

2008年冬，百年一遇的雪灾侵袭常州，数万户居民失电，苏华连续20多天坚守岗位，圆满完成抢修任务。2012年夏，常州经历史上最强台风"海葵"，电网告急！整整48小时，他没有离开工作岗位一步。2015年，苏华任职配电工区副主任，成为常州配网运行的管理决策者，他带队完成各类保电任务2000余次，无一例差错；完成12万多次各类抢修，无一例投诉。

2019年9月，苏华在北京参加一次能源演练时了解到当地使用的"离网供电"技术可以使用移动发电车，像"充电宝"一样在故障抢修时临时为用户供电。经过不断摸索、实操、演练、培训，2020年9月1日，10千伏发电车迎来了"开学第一课",在湖塘镇丰乐公寓的设备抢修时第一次投入实战,原本计划 6 小时完成的抢修,由于这台"充电宝"的使用,让居民在停电 1 个半小时后就重新"亮起了灯"。他说,让老百姓少受停电带来的困扰,才是供电人的良心。2020 年年初,苏华率配电抢修班全体班员吃住单位,始终坚守岗位,处理一起起配电故障,开展一次次线路特巡,为居民客户、防疫单位筑牢安全用电防护网。复工复产后,又对黑牡丹纺织、华利达服装、顶呱呱彩棉、蓝豹股份等多家企业进行保电特巡、红外普测,保证重点企业的可靠用电。

2011 年 11 月,国网常州供电公司成立"苏华共产党员服务队",以志愿服务为载体,主动融入地方新时代文明实践中心建设,创建了常州市清凉社区、西新桥社区等多个志愿实践基地,与常州市一加爱心社结成公益服务爱心团队。选派优秀的服务队成员在社区挂职,对社区内困难家庭、孤寡老人等群体无偿开展志愿服务,同时为小区居民提供现场咨询、义务检修、用电常识和简单故障排除技巧讲座等各项"进社区"活动。

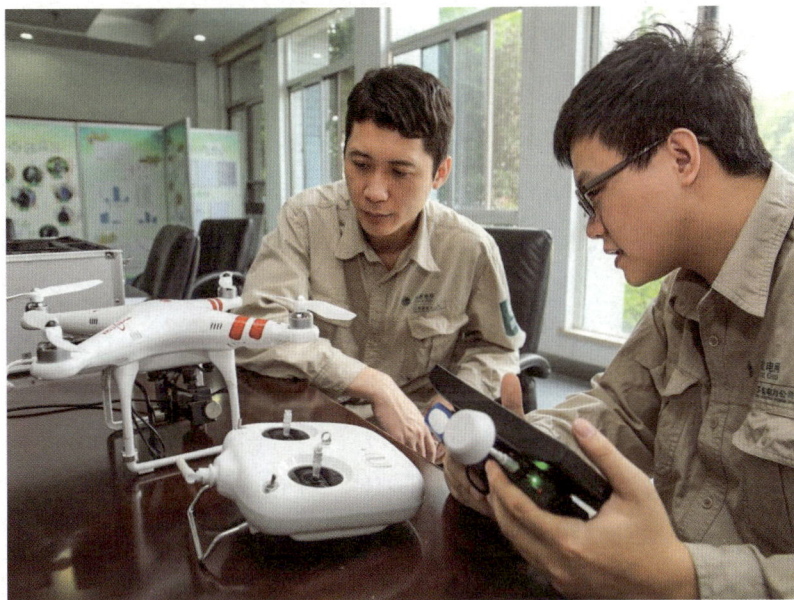

苏华(左)与创新工作室成员探讨项目研发(邱麟/摄)

苏华荣获全国劳动模范、江苏省青年五四奖章、江苏省"最美青工"、江苏省青年岗位能手、国家电网公司优秀班组长等荣誉称号；他带领的"心服务"QC小组获全国优秀质量管理小组、江苏省电力科学进步奖等荣誉称号。

老兵序守文的新传奇

他不是明星，也不是网络红人，可他的事迹被中央电视台、《人民日报》、新华社等数十家媒体报道后，全网累计关注量超1个亿，高热度传播长达两周时间，在社会各界引发强烈反响。

从人民子弟兵，到人民电业为人民，他是人民军队培养的硬朗铁汉，他也是国家电网锤炼的顽强铁军；他是两度重返第二故乡抗洪的"英雄老兵"，他也是长年奋战在电网建设一线的优秀员工，他还是热心帮扶困难群众的"中国好人"。

他就是序守文，1977年1月出生，1998年1月，从武警九江支队浔阳区中队复员回到徐州。1998年9月，成为国网沛县供电公司一员。

2009年6月中旬，沛县110千伏周庄变电站进入设备安装施工阶段。虽是初夏，但35摄氏度以上高温频繁出现，加上暴风雷雨恶劣天气造访，施工进展异常艰难。当时序守文是变电检修工区一名施工人员。他用身上那股子军人的干劲、军人的拼劲，与酷暑抗争，与时间赛跑。近两个月时间，他没有回过一次家。高温天气热得他6月天发起了高烧，他还是不肯撤离"战场"。

那天下午，时任工区主任发现序守文脸色不对，问他怎么样。他还推说只是一点低热，没啥大问题。主任当即找来急救包，翻出温度计，监督着序守文量完体温——39.8摄氏度。这还了得。主任再不听序守文辩解，马上调来皮卡车，找来现场两名员工，立即把他"押"往医院。可谁料一转眼工夫，他又揣着退烧药跑回了施工现场。

新安装的变压器都经过长途运输，在投运之前必须要进行滤油，确保油里的杂质含量不会超标。由于滤油需要花费数小时甚至十几小时，一般都放在夜间进行。而且滤油一旦开始，中间就不能中断或暂停。滤油既是个力气活，又是个缠人的活。因为全过程需要专人全程值守，中间每隔两三分钟还要更换盛油的油桶，一晚上几乎不能睡觉。所以每次碰到滤油时，大家伙都直皱眉头。可序守文不。越是人家不爱干的活他越是冲在前头。每次要滤油时，他总是主动申请值班。

那是10年前的一个冬夜，魏庙变电站主变压器滤油过程中，油管忽然脱落。站在一旁值守的序守文一把将同事陈峰推开，变压器油如爆了消防水泵一样喷溅出来，把序守文淋成了落汤鸡。怎么办？来不及多想，序守文本能地用双手去堵，没用。他一扭头，抓起一条毛巾塞进出油口，还是堵不住。他顾不上许多，干脆用肚子死死顶在出油口上，就像黄继光堵枪眼一样，这才把喷射的油控制住。喷油堵住了，放油阀才能关得掉。现场顿时安静下来，只剩两个人粗重的喘息声。这时再看序守文，头上，脸上，身上，全是黏滞的变压器油。不一会儿，他就在寒风中禁不住直打冷战。陈峰让他赶紧回家洗洗，可序守文担心再出问题，怕陈峰一人应付不了，便一直坚持到滤油结束。拖着凝固在头发上身上的变压器油，序守文先在变电站浴室里用洗衣粉洗了一遍，凌晨3点多回到家。妻子马晶见他狼狈的样子吓了一跳，平时他身上也常带油污，都没有这次严重。他只说一句"油管掉了"就钻进浴室，用洗衣液，用小苏打，用牙膏，用盐，洗了两小时才处理干净。早上5点半，他又准时回到了施工现场！

2020年6月起，我国发生全流域多轮强降水，给江西九江等地造成洪涝灾害。眼看九江水位一次次告急，远在千里之外的序守文坐不住了。他的三年军旅生涯就在九江。他跟九江、跟九江人民有着一段生死情缘。那天饭桌上，平常最爱吃的回锅肉他夹起一块，又送回碗里。他放下筷子，斟酌再三，终于向妻子马晶摊牌了："我要去九江，去抗洪。"

马晶一愣，好半天才回过神来："你发什么神经啊！都退伍多少年了，还整天九江九江的。你忘了那年上九江抗洪，差点把命搭上！九江有多少恩情也报完了吧。都40多了，不是小伙子，不是光棍汉。你要真有个好歹，我和俩孩子怎么办？怎么办啊？"

"九江是我的第二故乡。1998年我掉进洪水，要不是九江人民救了我，今天我能坐在这里跟你讲话？我过着好日子，不能看着他们身陷险情无动于衷。我做不到。再说，单位也非常支持我，有组织在，我向你保证，一定平安回来！"

马晶哭了。

水火无情。她不愿意丈夫再去冒险！

22年前，长江流域暴发特大洪水，九江地区10多万群众受灾。1998年8月1号建军节那天，刚刚退伍半年的序守文毅然返回部队，参加抗洪抢险。

8月4日晚9时15分，九江县江洲围堤决口，序守文和战友驾驶冲锋舟挨家挨户搜救群众，连续将29人转移到安全地带。全洲断电，四野漆黑，他和指导员，还有一名新兵，三个人只能靠手电光，循着呼救声搜寻。

江心洲正处在决口下方，水流汹涌，浊浪翻滚。洪水已没到瓦房屋顶，裹挟着各种杂物，如狂怒暴龙一般乱冲乱撞。冲锋舟在树冠、房屋的空当间艰难前行。突然，冲锋舟底下不知撞到了什么，猛地一翻，将舟上三人掀入混浊的江流之中。指导员和那名新兵都穿着救生衣，费一番工夫后终于把冲锋舟翻转过来，又爬了上去。可是序守文呢，因为他早已把自己的冲锋衣脱给了受灾老乡，他一头没入浊浪，耳边只听见"序守文""序班长"两声呼叫，就只剩嘈杂的洪浪旋滚。眼前一晃而过的是圆的、方的、长的、短的、乱七八糟的漂浮物。顺着水流，他突然看到下游有一棵大柳树，洪水已淹到树杈，水面上只剩巨大的树冠。他瞅准时机，一把抓住一根树枝，摞在了树冠上。

这时已经爬回冲锋舟的两名战友，距离柳树大约有五六米远。他们尝试多少次，终于把一根救援绳扔到序守文手上。他们大声呼喊，可是序守文听不真切。看着他们又喊又比画，序守文把救援绳绑在了腰上。可是指导员拼命地摆手，序守文反应过来了。水流太猛，如果腰系绳索，跳入水中，有可能会把腰椎拉断。他连忙解下绳索，系牢在柳树的一根粗壮枝干上，他想拽着绳索游回冲锋舟上。可就在这时，脚下的大树渐渐歪斜，随后猛地轰然倒下。连树带人一起没入水中。什么也看不见了。序守文陷入无边的黑暗，陷入极度的恐惧、无助和绝望。一瞬间，父母、亲友在脑中闪现。"不行，还要拼一把。"他连喝几大口污水，拼尽全力向上扑腾，终于让自己露出水面。四周还是一片漆黑，水声喧嚣，远处仿佛有人呼喊，也听不太真。他努力使自己不被洪水吞没，身边还是不断有大大小小的杂物漂过，如果被树棍撞晕，在这浑水激流之中必将性命不保。他左躲右闪，随波逐流，尽量节省体力，有时还抓住一块木板趴在上面。不知漂了多久，直到天色微微发亮，才终于被下游村民发现救起。身上的迷彩服已被撕得稀烂，还有好些划伤淤青。后来他才知道，他在水中浸泡了 5 个小时，顺着洪水整整漂流了 8 公里。两名战友也一直随江而下追寻，以为序守文凶多吉少，可他们始终没有放弃。从那以后，序守文洗澡的时候再也不敢闭上眼睛。一闭眼，那种洪水没顶的黑暗和恐惧就席卷全身。

劫后余生的序守文没有被洪水吓倒。在短短半个月里，他又参加了 15 次抢险，解救群众 160 余人。

当年，序守文成为九江抗洪英雄，他的事迹经中央电视台报道后，一批又一批热血青年备受鼓舞，纷纷慕名来到武警九江支队，积极参加抗洪抢险。8 月 19 日，一支以序守文名字命名的抗洪抢险班正式成立，"序守文班"这个特殊战斗小组成为飘扬在长江大堤上的一面旗帜。10 月，在全国抗洪表彰大会上，序守文被授予"抗洪先进个人"，受到党和国家领导人的亲切接见。

时隔 22 年，他又要去九江，又要去抗洪。

但马晶知道，丈夫跟她说这事，不是商量，更不是请示，而是告诉。她到底拗不过序守文，最后只得点了头。

"我请求去抗洪救灾一线，不怕牺牲、不怕困难，为了人民的生命和财产，愿付出一切！"2020 年 7 月 15 日晚，序守文郑重写下请战书。当国家和人民发出召唤，序守文以共产党人和军人的赤诚作出回应："无论何时何地，若有战，召必回。"他请了工休假，在国网沛县供电公司大力支持下，紧急募集 6 万余元善款，筹措 1000 余套生活用品。两天后带着满满一车物资连夜赶往九江。

到达九江江洲镇，他想，自己的老部队也在前线抗洪，此时此刻不能再给老部队添麻烦。于是就在江洲镇新洲垦殖场的驻地找了间会议室，序守文打了个地铺，暂时住下。

每天一大早，他与老部队会合，赶往大堤抗洪抢险。

江洲镇四面环江，北岸比南岸的堤防大约矮了 2 米。这里是汛情最严峻、最危险的地方。北岸大堤绵延数公里，序守文他们承担 153 号哨所的堤防加固。烈日之下，堤坝之上，洪水近在咫尺，犹如一只大气不喘、伺机而动的猛兽。43 岁的序守文，面庞渐显沧桑，奔跑在一群青春激荡的年轻官兵之间，显得特别抢眼。他发现自己体力有点跟不上了，可是他咬紧牙关，装沙袋、扛土方、固圩埂、筑子堤，在圩堤上大步流星的样子却毫不逊色，他身上的泥水、脸上的汗水显得更加闪亮。

其实，序守文不仅是迎难而上的英雄，也是心系孤残的"好人"。

共产党员不能欺骗群众，可序守文却哄骗一名孤寡无依的老人，这一骗就是 10 多年。

2011 年，序守文参与志愿服务时，认识了五段镇彭尧村的孤寡老人朱开元。朱大爷自幼得过小儿麻痹症，留下终身残疾。家里又穷，没人愿意嫁

2020 年 7 月 19 日，曾参与 1998 年抗洪的江苏徐州退伍老兵、国网沛县供电公司职工序守文，22 年后重返江西九江参与抗洪抢险（李堃 / 摄）

给他。就这么个孤寡老汉，性格还特别倔强，事事不愿求人。邻里关系不远也不近。他不太关心别人家的事，也没有人太关心他。他常常念叨自己"是个多余的人"。

序守文自从认识这个"多余的"老汉，他心里面总有意无意地想起他，头脑中经常浮现一个孤单的身影，背着双手，佝偻着身子，眼神空茫地不知望着什么，悲叹自己也许就不该来到这个世上。他放不下朱大爷，他想帮他。

怎么办呢？序守文先是找到村委会干部，想帮他找一份力所能及的事情，既能挣点钱改善生活，更能找一份寄托，增加人际交往，打开他自我封闭的心结。村委会先是不肯："他这个老头啊，不是我们不帮他，他觉得人家是可怜他，给他找事做，他从来都不肯屈就的。""他那头我去说。"不知序守文是怎么跟朱大爷说的，这一次，朱大爷竟然没有回绝，在村委会干起了日常打扫的事情。这一干倒好，每天接触的人多了，他也不那么抗拒别人的招呼问候了。

迈出了第一步，还得做点什么。序守文对朱大爷的生活又有了一个"小规划"。

那天镇上逢集，序守文买来20只小鸡小鸭，用纸箱装着，绑在摩托车后面，慢慢悠悠地一路骑到朱大爷家。

"大爷，你看我给您送什么来了？"一下车，序守文就亮着嗓门喊开了。

"送什么？送什么我也不要。我什么都不缺。守文哪，别瞎操心了。"朱大爷一听说送东西，那本能的抗拒心理又来了。

"大爷，等您看了东西再说嘛。"

一边说着，序守文一边解下摩托车上的纸箱，抱着轻轻放到地上，轻快地打开箱盖——叽叽叽，喳喳喳，一窝毛茸茸的小鸡仔、小鸭仔在箱子里歪歪倒倒、挤来挤去。

"这，你这是？"大爷一看到这帮小家伙，脸上的皱纹好像一下少了许多。

"这个呀，是我外甥女送给我们家养的。可是我也不会侍弄这玩意啊。想求您老人家先帮我养着。等养大了，这鸡鸭算我的，下的蛋呢算您的。

这回，您好歹得帮帮我，要是放在我们家呀，迟早被我家淘气包给摆弄死了。"

就这样，序守文他一个共产党员"睁着眼睛说瞎话"，骗得朱大爷喜滋滋地把小鸡小鸭养在了屋后空地上，开启了他的微型"养殖场"。鸡鸭下蛋后，序守文又骗朱大爷，说他有个亲戚在城里开超市，这乡下的土鸡蛋土鸭蛋吃香得很，把鸡蛋鸭蛋的销路全包了。实际是他自己掏腰包全部买下来，一小部分转让给同事，绝大部分自己"消化"了。

可朱士元大爷呢，全然不知，被"骗"了还乐颠颠、喜滋滋呢！

序守文家的柜子里，全国抗洪抢险先进个人、"中国好人"、江苏省优秀共产党员、江苏抗洪模范基干民兵、江苏省最美退役军人……他的荣誉好似长长的一串珍珠，闪耀着柔和的光泽。这一粒粒珍珠，是由一根爱的长线串起。正是这份对祖国的爱，对家乡和第二故乡人民的爱，对电网事业的爱，连起了这串明珠，熠熠生辉，永不褪色。

潘灵敏："问诊"百万电压

他能在百米线塔上灵敏地攀爬，丝滑地行走，就像他的名字"潘（攀）灵敏"一样。仿佛有人说过，每个人的名字里，都藏着他的气质和命运。

潘灵敏，1989年生，他很瘦，个头儿在一米七左右，留着紧贴头皮的超短寸头，配上黝黑的脸庞，提前后退的发际线，他属于那种掉进人堆里毫不起眼的一类人。他好像也知道这一点似的，所以他要爬到高处，爬到60多米、上百米，甚至300多米高的超高压铁塔、特高压线路上。站在巨人的肩膀鸟瞰大地，满目青山绿水，河道纵横交错，高速公路笔直地伸向远方，碧绿的田野无限铺展。远望是园区的厂房屋顶，近看有村舍的农家小院，都掩映在绿树田畴。随便一框就是一张照片、一幅图画……那一瞬，潘灵敏觉得自己无比高大，不仅是因为站在高处，更因为他所从事的是一份高尚的事业，不仅仅是高空、高电压、高风险，更是与百姓生活密切相关、为家乡建设贡献才智的高难度事业。

2012年入职时，他是一只战战兢兢的"菜鸟"。10余年的不断努力与付出，他成长为一名超高压、特高压输电线路带电检修的"全科医生"。他与他的团队负责江苏共 1.7 万多公里超高压及特高压输电线路的检修维护。像他们这样从事带电作业的人数，在全国也不足 2000 人，其技术难度和稀有程度堪比国宝大熊猫。

现代生产生活离不开电，可是谁也不敢跟电有任何的"亲密"接触。安全电压是不超过 36 伏。可潘灵敏的带电作业，是用双手紧紧抓住 100 万伏电压的导线。100 万伏，这个平常人难以想象的世界上最高电压，要把它紧紧攥在手心，能不紧张？能不害怕？能不脊背冒冷汗？稍有差池，不但是瞬间殒命，而且是灰飞烟灭，连个渣渣都难剩。就连保险公司都拒绝为这个工种承保。如果不是风险太高，保险公司能看着钱不挣？

电力系统的线路施工上，许多的"蜘蛛侠"如高空舞者，并不算少见。可跟潘灵敏他们相比，带电作业人员不但要克服高空的恐惧，闯过体能关、技术关，还要穿着 10 斤重的屏蔽服，就像宇航员那笨重的宇航服一样，从头到脚裹得严严实实。数九寒冬，百米高空，冷风如刀，寒彻骨髓；盛夏酷暑，屏蔽服密不透气，下到地面，屏蔽服、屏蔽靴往下一倒，能倒出一摊汗水来。这还都不是最难的，难的是要克服心理障碍，克服对 100 万伏高压电的恐惧。

一开始的时候，潘灵敏对自己的具体工作总是含糊其词，不敢如实告诉家人。

"儿子，你在单位里具体干啥的？"妈妈不止一次地问他。

"干检修。"

"修啥呢？"

"就是一般的线路检修。"

可是有一次，当电视上直播他们带电处理故障时，看着火蛇般的电弧在儿子面前蹿起，潘妈妈的心揪到了嗓子眼，她再也坐不住了。

"这太危险了，这活说什么也不能干了，这是玩命啊！"

手握 100 万伏的特高压电线，究竟是怎样的感受？

带电作业的秘籍是"稳、准、狠"，出手要快，抓得要准、要紧，绝不能拖泥带水。在手抓电线的过程中，空气会被击穿，产生耀眼的电弧，场面惊心动魄。只有快速抓牢电线，才能减少电弧的产生，避免人身伤害。每个带电作业人的第一次"触电"，他们都记忆犹新，终生难忘。

"脸上感到刺痛，全身都有疼痛感。抓住导线的那一瞬，感觉脸上的汗毛全都站起来了。"初次带电作业后，会不住地跟人描述感受，有点像祥林嫂逢人就说她家的儿子阿毛被狼吃了，可老师傅们却听得很平静。这惊心动魄的感受，对潘灵敏他们而言，早已是家常便饭。

潘灵敏在进行带电作业（张佳伟/摄）

潘灵敏是带电作业班里首屈一指的"8亿元大户"。8亿元？他是富二代？不是。到2024年，潘灵敏已经在带电作业班干了12年，他参加带电作业近600次，累计减少主网停电1400余小时，增加电量输送14亿千瓦·时，避免因停电产生的经济损失达8亿元以上。原来是这么个"8亿元大户"，虽然意外，但这样的财富却格外地与众不同，格外让人钦佩。

如果走进潘灵敏的办公室，他工位旁的一对哑铃显得有点突兀，那哑铃片磨得亮光光的。他练哑铃可不是为了健身什么的，他这是"工作需要"。高空带电作业不只是一个技术活，首先它是一项重体力活。攀爬软梯，要有足够的臂力。一片超高压绝缘子有20多斤重，更换绝缘子的卡具又有

40多斤，还要穿着笨重的屏蔽服，这身上凭空多出来七八十斤重量，还要在百米高空的导线上晃来荡去，根本站不稳脚跟，使不上力气。若是没有足够臂力，没有过硬的体能，即使爬了上去，也无法完成任务。潘灵敏小巧的个头，瘦削的身材，有利于攀爬上塔，可也制约了他的肌肉力量。因此，那对哑铃就成了他锻炼体能、增强臂力的"掌中宝"。一天不练都不行。

2013年8月9日凌晨4时许，潘灵敏的电话骤然响起，在这寂静时分犹如警铃大作。潘灵敏从床上一跃而起。原来，徐州地区遭遇一场巨大龙卷风袭击，超高压东三线跳闸停电，急需故障排查抢修。潘灵敏没有一秒钟耽搁，穿衣套鞋下楼。那个时点没有出租车，他也没有别的交通工具，幸好他离高速路口不远，跑步前进，十几分钟后在路口与抢修车碰头。

赶到徐州时，灾情出乎预料。路上横七竖八歪倒着断树与电杆，有的被拦腰折断，有的被连根拔起，原本宽敞整洁的大道一片狼藉。超高压东三线是电力供应大动脉，线路跳闸后虽然已强行送电，但是跳闸原因必须查明，必须排除。低压配电网抢修也已全面铺开。

当时受技术条件限制，无法准确定位东三线故障点，划定的故障区域大约在50公里长的一段超高压线路上，需要逐一登塔上线，一段一段地排查。

没有二话，潘灵敏自告奋勇立即登塔。

一基塔查完下来，他不感到疲惫，又马不停蹄地奔向下一座铁塔。200多座铁塔，他们就这样爬上爬下，一个人至少要爬七八基塔。尤其是两基塔之间还要步行三五百米。这三五百米在平常不算什么，可是在龙卷风过后特别难走。

经过14小时的连续奋战，傍晚6时，超高压输电线路上故障排除，配电网抢修也基本完成，重新恢复供电。刹那间，如同一声令下，万家灯火齐刷刷点亮。那灿若星河的灯火，拂过潘灵敏他们汗水晶莹的脸庞，也抚慰了他们14个小时连续作战的疲惫与奔忙。

其实，潘灵敏并不是天生的"攀灵敏"。入职第一天上塔训练，他自我感觉良好，可在老师傅眼里，都跟自己当年一样是不折不扣的"菜鸟"。那天训练结束，班长问他"小潘。感觉怎么样啊，爬了几遍啊？""6遍。"30

米高的铁塔，第一天就上下爬了 6 遍，他对自己很满意。"才 6 遍？"老师傅一句反问，前面还有个"才"字，虽然没说什么不满意的话，但这话外音已经显而易见了。这句话深深触动了潘灵敏。"我不能给班组丢脸，不能给团队丢脸。"第二天，同样的训练，潘灵敏带上一块秒表，一遍遍地爬，一遍遍地计时，一遍遍地加快脚步。

手酸、腿疼、屁股疼，脚踝磕肿了、大腿淤青了，他咬牙坚持着。第 13 次快要爬到塔顶的时候，他的腿在颤抖。人生第一次，他感到双腿好重，好像那腿已经不归自己管了，想抬都抬不起来。师傅在一旁看到了，板着的脸终于放了下来。但师傅没让他下塔休息，而是顺势带他拆除绝缘子串，示范走线技巧。

半天时间登塔 13 次，相当于半天爬了 13 趟 11 层楼。艰苦训练一天接一天，就这样，他从最初的"爬塔"，到后来变成了"跑塔"。半个月登塔训练结束，他做到 30 米高塔 30 秒到位，几乎与一般步行的速度相当，让人不由得想到那个成语"如履平地"。

凭着这股子拼劲儿，他一举夺得国网新员工培训班技能竞赛一等奖，为自己的带电事业开了一个响亮的好头。10 余年不懈努力，他成长为带电作业的绝顶高手。他能独立完成带电 ±800 千伏输电线路管母发热缺陷处理、整串悬垂绝缘子更换、耐张单片绝缘子更换等，多项作业为当时国内或省内首次开展。同事还为他写了一首打油诗："飞身上塔身轻如燕，进出电场凌波微步，四两千斤举重若轻，排除隐患手到病除。"

这就完了吗？不，潘灵敏远不满足于这些。

他还要攻关，要创新。他先后完成"自主越障式检修飞车""坦克轮式越障"等各类创新项目 20 余项，获得授权专利 14 项，发表论文 13 篇，出版著作 1 部，修订行业标准 1 项。他的创新项目有效解决传统飞车无法越过障碍运输物资，以及人力背负间隔棒效率低下、体力耗费大、危险性高等弊端，先后荣获中国电力企业联合会职工技术创新成果一等奖，全国能源化学地质系统优秀职工技术创新成果二、三等奖，江苏省机械工业科技进步奖一等奖等多项荣誉。他自己也先后被评为国网青年岗位能手，江苏省技术能手，五一劳动奖章和苏电工匠、劳模、岗位能手、优秀共产党员等。

可是潘灵敏也有遭受误解、情绪失落的时候。有一回他正要上塔检修，恰巧有位家长带着孩子路过。就听到大人跟小孩说："看到没有，你不好好学习，以后就跟他一样，爬这铁架子，干苦力。"

不错，整天爬这"铁架子"，在高电压"禁区"中求生存，不但苦，而且危险。可当看见万家灯火时，他释然了："我们身体是苦的，心里却是乐的。"

陈昊的诗情人生

在 500 千伏变电站内悠然遛狗，谁能做到？

陈昊做到了，而且名正言顺。

只不过，那是一条不食人间烟火的机器狗，是他发明创造的产物。

把"坐井观天"由贬义词变成褒义词，谁能做到？

陈昊做到了，而且名正言顺。

"'坐井观天'这个成语，我觉得它并不是一个贬义词。搞科研更像在井中观天，心知海天之大；人在井里，慢慢地耕耘自己的一小方地，在一个点上不断地钻研，自得其乐。"

陈昊，1980 年 8 月生，国网南京供电公司 500 千伏变电运检中心变电二次运检师，国际电工委员会（IEC）中国专家，国家电网首席专家，江苏大工匠，研究员级高级工程师，享受国务院政府特殊津贴。

IEC、国网首席、大工匠、研究员级、国务院政府特殊津贴，这几个生猛的标签一旦组合在一起，打包亮出，你会不会立马想到两个词："神话"与"传奇"？走近陈昊，你才会了解到，陈昊其实是一个极富诗情的人，他做每项科研都以诗意的心情去愉悦完成。

2005 年 5 月，陈昊走上工作岗位的第一站就是国网南京供电公司变电检修工区的继电保护班。那时江苏电力事业蓬勃发展，正值江苏南京第二座、第三座 500 千伏变电站投运前夕，千头万绪的 500 千伏继电保护装置调试验收是刚刚成为一名继电保护工的陈昊面临的第一个挑战。他的工作对象是当时代表着高端技术水平的 ABB、ALSTOM 等国外继电保护保护装置，对继电保护工在技术和技能上有着很高的要求。

他第一次走进 500 千伏龙王山变电站保护室，望着一排排钢筋铁骨的屏柜上星罗棋布的仪器、仪表、装置、设备，竟如刘姥姥进大观园，一时间眼花缭乱，不知如何是好。常言道"理论联系实际"，没想到"实际"与"理论"云泥之别，之前的所学根本用不上。前路漫漫，他心里鼓声隆隆。

有人拍了拍他的肩。是田班长。这位国网南京供电公司 500 千伏继保专业的领军人物对他微微一笑，和蔼地说："新官上任三把火，新兵上阵抖三抖。没关系，只要你能静下心来，肯钻研，别人努力十分，你努力十二分，定会早日实现三级跳。"

班长简短的一席话，将徘徊在迷茫地带的陈昊一把拉回。陈昊不知道田班长说的"三级跳"的真实含义，但他以三级跳的劲头，开始跟着田班长勤学苦练。晚上一张一张图纸、一本一本专业书籍秉烛夜读，仿佛一位"运筹帷幄之中，决胜千里之外"的军师。白天工作间隙，不忘勤观察多记录，不懂就问，不会就学，又化身为一只"纷纷穿飞万花间，终生未得半日闲"的小蜜蜂。

2005 年那个火热的夏天，在孤峰突起的龙王山下，陈昊参与验收的 500 千伏龙王山站迎来投运时刻。看着保护室里那一排排经过自己双手验收过的继电保护装置，尤其是 ABB 的那些曾经让自己觉得纷繁复杂、无从下手的国外保护装置，陈昊意识到只要肯钻研，没有啃不下的技术骨头。

通过在生产中磨练，在实践中创新，陈昊迅速成长为技术骨干。"在一批进公司的同事里，我肯定不是最有天赋的，但我可能是在一线持续钻研最久的，才能取得今天的成绩。"

让陈昊最为难忘的一件事，是在国际舞台上"舌战群儒"。

IEC 国际电工委员会是制定有关电气工程和电子工程领域国际标准的权威。陈昊作为中国代表队的成员，最重要的任务便是在制定国际标准过程中，替中国把握主动权。

2018 年 4 月，在挪威举行的 IEC 工作小组会议上，欧洲专家对中国现有的智能化变电站采用合并单位定义提出不同观点，论点争执不下，而局势逐渐被对方掌控。欧洲电力的现状与陈昊在国内预估的有一定差距，导致现有的技术数据准备不足。陈昊和其他成员在台下，一面懊悔准备不够充分，一边群策群力地想着如何加以反击。

在千钧一发之际，陈昊突然想到中国现有的智能化变电站国际占有率达到95%以上，如果用现有智能化变电站的实际应用状况举例，对方在现场实践方面的数据肯定有所逊色。在想到这一点后，他和中国队的其他代表们交换了意见。当陈昊最终拿着图纸上台，就中国智能化变电站设定模式现场应用的优势展开论述后，经过几个回合的针锋相对，最终，偌大的国际会场内再没有人发出任何声响。

彼时无声胜有声。没想到"谈笑间，樯橹灰飞烟灭"。会议不得不承认中国智能站的应用模式，并修改 IEC 国际标准的定义。这不仅仅是一场争辩对决的胜利，更是让中国制造的保护装置不再受制于人，使国网在海外经营的大型项目有了更好的防守保障，也为国家实施电力产能输出战略提高了控制力和主导权。在这场没有硝烟的战争里，陈昊依靠着在一线的实际工作数据和这些年扎实的理论知识，让中国声音回响在国际舞台上。

而陈昊最为拼命的一件事，是在国内舞台上的"跳闸试验"。

2016 年，陈昊带领项目团队在断路器厂家模拟断路器底座螺钉松动故障，收集离线故障数据。在完成所有规定组合类型的故障实验后，考虑到数据的完整性，他提出将 A、B、C 三相同时松脱两个螺钉的试验。厂方人员当时以为他疯了，两次问他该试验的必要性。在陈昊一再的坚持下，他们让配合的年轻员工全部让开，而此时断路器本体振动已非常明显。

该项目完成后，陈昊发现解 2 个螺钉的振动信号特征和解一个螺钉特征相比不很明显，在和随行的东南大学老师讨论后，他提出加做 3 相 4 个螺钉全松动的开关跳闸试验。厂方人员这一次更是提出激烈的反对，断路器底座螺钉全解，相当于断路器垛在地上，在跳闸瞬间的振动下，断路器随时有倾倒的可能，即使采取了防止断路器倾倒的安全措施，收集信号的人仍具有较高的危险，厂家没有人愿意配合试验。

但陈昊考虑到这个实验数据对故障特征信号本身有研究意义，同时也是前期 14 种故障情况的组合，对其他故障有印证作用，坚持将试验进行到底。

　　陈昊强烈坚持的结果就是，他独自一人站在断路器前，做跳闸试验。试验跳闸瞬间，断路器本体晃动剧烈，陈昊知道此次机会宝贵，他思路飞快，迅速找到传感器收集信号的最佳位置，收集该故障的振动信号。

　　由于无人配合，一共跳了3次开关才完成。事后想想，自己也颇为后怕，尤其是最后一次，振动瞬间，断路器晃动剧烈。断路器振动的声音在空空荡荡的车间里经久不息，断路器声音刚止歇，四周一片寂静。

　　寂静过后，陈昊听到一声钟声，他的思路才回到现实中来，当天是平安夜，早已过了下班时间。

　　那天晚上，陈昊坐着汽车从南通回南京，一路能听到教堂的钟声，思路深深陷在断路器振动信号中，耳边总是恍惚有断路器最后一次振动声，然后紧接钟声的声音。

　　一花独放不是春，百花齐放春满园。工作得风生水起的陈昊在各级领导的大力支持下，组建攻关团队。在生产圈子叫国网首席专家柔性团队，在工会圈子叫陈昊创新工作室。团队主要包含三个工作组：一是国网首席专家工作支撑工作组，二是科技项目与成果应用工作组，三是标准化工作组。

陈昊（中）带领工作室成员在500千伏东善桥变电站测试新型电力设备（杜懿/摄）

依托团队作战模式，围绕智能运检的技术主线，陈昊和他的团队成员策马扬鞭，攻城拔寨，在科技项目、专利申报、技术改造、标准编写、成果报奖等方面过关斩将，收获满满。

"我们利用项目为平台进行技术练兵和专业培训，我们鼓励团队成员尤其是青年同志们跟进创新项目，创新工作都是有技术土壤的，一个创新项目跟下来，即使没有个人见解，对他本人的专业技术水平提升也是大有裨益。这也是我们工作室人才培养的一点经验吧。"

陈昊的经验之谈朴实无华，是啊，现场生产工作中其实有很多可以创新的点，但肯定不是岁月静好，自然而然就能来的，需要我们首先去发现问题，再去琢磨解决办法，用自己的智慧和双手把一个个想法变成创新的成果，再进一步把创新的成果变成实实在在可以应用推广的技术，把工人创新做好做实。

若是以为这位"技术大拿"是位不食人间烟火的"技术控"那就大错特错了！陈昊的能耐不仅体现在专业上，他在专业之外也是干得别有洞天。无数耀眼的光环下，他还顶着不为人知的双重光环：中国音韵学会会员，明史研究会会员。

有次去500千伏三汊湾变电站做线路保护校验，车在江边抛锚。司机师傅换胎的工夫，陈昊信步走上江堤，眺望滚滚长江东逝水，心潮澎湃，即兴作诗一首——

左衽逐秦鹿，衣冠渡大江。
新亭图克复，柳木问兴亡。
顾盼闲挥麈，吟哦醉抚觞。
桃枝随逝水，旧燕向斜阳。

这首《建康怀古》，后来在"诗意名城——世界微型诗歌大赛"斩获优秀奖，并在南京地铁二号线的车厢把手上长期展示。

陈昊爱好广泛，不仅有诗词歌赋，他还是中国象棋的"一级裁判"，以诗为证——

檀杆问道寄神游，渊岳开襟散我愁。

不系舟中邀冷月，傲天石上笑潮头。

干戈鼙鼓空狼燧，楚汉江山一转眸。

陟岵停车穷睇盼，半湾闲水送扁舟。

这是他曾经写过的一首和象棋有关的旧体诗：《闲咏》。"不系舟""傲天石"这些比喻让人眼界大开。

也许，文艺范十足的陈昊有做思想家、哲学家、文学家的潜质；也许，沉醉于为电网排忧解难的陈昊有当刑警、神探、便衣的天赋。但最终，他义无反顾地选择了电力，选择了国网江苏。一路走来，誉望所归。唯有感叹：得陈昊，电力幸甚，国网江苏幸甚。

童充：逐雷追电惊天宫

"童充博士我认识他 10 年了，他是一个友好亲切的人，他总是对所有人都很友好，所有人都对他赞不绝口，所以他在全球有很多国际友好的关系，有很多国际朋友，他是参与国际学术讨论的常客，他的学术观点非常有帮助。"

这是意大利那不勒斯大学教授 Prof. Amedeo Andreotti 讲的一席话，也代表了众多国际友人的心声。

童充，男，汉族，1976 年出生，中共党员，国网苏州供电公司科技互联网部科技管理专职，2022 年 6 月 2 日，他当选"2022 年联合国可持续发展目标全球先锋"，是当届 10 名先锋人物中唯一的中国人，也是中国企业员工首次获此荣誉。

童充为我国首位国际防雷"杰出青年科学家奖"获得者，我国首个国际防雷"科学技术成就奖"完成人，世界首套大型地区电网"动态防雷系统"的研制者，世界首个"动态防雷"国际标准主导者，史上最年轻"国际大电网雷电大会科学委员会"副主席。曾获感动中国·江苏创新人物、江苏省电

童充与工作团队进行雷电传感器调试（谢鹏／摄）

力年度科技人物奖、江苏省五一劳动奖章、江苏省劳动模范、国家电网优秀共产党员、江苏省青年五四奖章集体等荣誉。

从电网防雷技术"拓荒者"到"全球先锋"，童充一战"封神"。他始终在逐雷追电，开展研究工作。

"封神"这一历程的背后，是他超乎常人想象的勤奋与汗水。

有一年的暮春时节，苏州供电公司的一位门卫师傅发现了怪异的事：童充经常会在下班后迟迟不出门，而是猫在办公室里不知捣鼓什么。有一次门卫师傅忍不住好奇，悄悄走到办公室门口想一探究竟。透过门缝，看到童充在打私人电话，侧耳细听，居然一句听不懂——说的全是洋文！

门卫师傅头脑里的一根弦瞬间就紧绷了，《秘密图纸》《黑三角》《东港谍影》《林中谜案》……这些曾经看过不止一遍的老电影飞速在脑海里掠过。他赶紧跑回值班室，把看到听到的重要情况报告给单位领导。领导高度重视，经过了解获知，当时童充请了一位英语外教，教学的方式便是远程电话英语陪聊，人家在恶补英文呢！

另外一位同事证实，他们俩曾一起出差，空闲时，童充会打开电脑看上几部英语电影，配的还是英文字幕。他这样做就是为了练好英语能力，为将来把动态防雷技术推向世界而"打前站"。

童充对于动态防雷技术努力钻研，同时他也极具开放性思维与国际化视野。他在提出动态防雷理论后，多次积极参与防雷领域国际学术会议并获得国际防雷领域专家的一致认可，与众多国际专家建立良好深厚的友谊。在2023年10月团队组织国际防雷大会期间，童充以他深厚的专业素养和卓越的人际交往能力，与国际防雷科学委员会主席、国际大电网组织前秘书长等业内专业人士展开雷电防护的技术探讨。他们围坐在会议桌旁，谈笑风生，仿佛多年的老友重逢，共同分享和讨论着防雷领域的前沿技术成果和最新研究。

而在随后的国际会议晚宴上，童充更是展现了其独特的魅力和组织才能。他表演了中国传统舞剑，并热情地邀请国外专家以及所有与会人员走上舞台，一同载歌载舞，享受这难得的欢聚时光。现场气氛热烈而欢快，每一个与会者都被这份欢乐所感染，留下了难以忘怀的美好回忆。

2023年9月组织策划国际会议时，童充敢想敢做的拼劲与事无巨细的过问让同事们叹服。白天忙科研、赶会议，晚上和国外专家连线互动，头脑风暴，常年的平均睡眠时间也就四五个小时。他心脏的老毛病又犯了，听医生说到要住院治疗后，他又一次不听劝地拒绝了。

不同于常人的是，他的夜晚似乎比白天还要忙碌。每当夜幕降临，大多数人都在准备休息的时候，童充却常常坐在电脑前，熬夜到很晚。他坐在电脑前，屏幕上闪烁着各种国际专家的邮件和消息。作为一个追求卓越、热衷于国际合作与交流的人，童充经常与国际专家进行深入的沟通交流。这些国际专家来自不同的国家和领域，他们的时差与童充相差甚远。因此，童充常常需要在凌晨时分与他们进行联系，讨论各种事务。尽管这样的生活节奏让他备感疲惫，但他却从未抱怨过一句。

童充还经常在凌晨两三点钟将相关文件发送给同事，而同事第二天早上回复他后，往往又能在短时间内收到他的回复信息。而这也是他过去数年来工作的常态，而且与其当面讨论时丝毫感觉不到他的疲态，让人不禁感叹其旺盛的精力。

在国际会议筹备期间，会议沟通、联系与布置工作时间紧、任务重，童充经常凌晨与国外专家联系后，白天再进行与国内专家领导的沟通对接。此外，童充是一个完美主义者，会议舞台布景、美术设计等也要亲自过目调整。会议开幕前一周，有时在白天日程排满后，他会在深夜联系会务公司修改设计，会务公司设计人员戏称："童博士一个人干了十个人的活。我们会务公司要安排三个人三班倒，和童博士实时对接会议信息。"

童充在科普中经常会分享 2010 年在罗马竞选"青年科学家奖"的那次失败经历。从口袋里仅剩 11 欧却要生活七天的艰难，到单枪匹马孤军奋战在一群权威科学家中感到的渺小，再到满怀期待能获奖最后却失意而归的心酸，他的经历深深牵动并震撼着每个被科普的人们。"科技也好，创新也罢，都是需要经过无数的积累、经历无数的失败后，慢慢诞生的。"童充说道。

他的这段励志故事教会人们：任何成就都不是一蹴而就的，当积累到一定量时就会发生质的变化；要抱着自己的执着追求，不受他人影响；失败不可怕，最可怕的是丧失继续前进的动力和勇气。即使前方道路坎坷，也要义无反顾地走下去。努力不一定能有好结果，不努力一定没有好结果。

在科研的殿堂里，童充像一颗超级闪亮的星星，照亮着团队的前行之路。

童充，这位在科研领域有着卓越成就的学者，在工作之余，却是一位钟爱舞剑的儒雅之士。每当闲暇时刻，他便会手持一柄长剑，悠然舞动。

随着他手腕的轻轻转动，长剑仿佛有了灵性，在空中划出一道道优美的弧线。剑光闪烁间，他的身姿矫健而优雅，每一个动作都充满力量和韵律。那一刻，他仿佛化身为一位古代的侠客，在江湖中挥剑斩妖除魔。

舞剑对于童充来说，不仅仅是一种爱好，更是一种放松和调节的方式。在紧张的工作之余，他会通过舞剑来释放压力，调整心态。大家敬佩童充的多才多艺，更敬佩他那份从容不迫、儒雅的气质。童充不仅是一位卓越的学者，更是一位值得尊敬和学习的榜样。他的舞剑之道，不仅展现了他个人的风采和魅力，也传递了一种积极向上、追求卓越的精神。

四海翻腾云水怒，五洲震荡风雷激。童充，这位国际舞台的善舞者，必将成就根植于江苏电力的非凡人生。

张晓琴：十年苦心一滴油

江苏电科院有这样一位姑娘，外表靓丽、身材高瘦，看上去略显柔弱，然而工作起来却是名副其实的"女汉子"。变电站现场她身手干练、搬拿扛跑不在话下；项目创新时她思维活跃、攻关创新敢想敢拼；各项活动中她热情参与。她便是国网江苏电力的青年员工——张晓琴。

"我们是验油的，更要擅长给自己加油！"

时隔多年，师傅的这句话依然时不时在耳边回响。张晓琴的师傅是全国劳动模范朱洪斌。她工作以来，师傅身上的"匠心"一直指引着她一步步实现自己的职业理想。

张晓琴，共产党员，高级工程师、高级技师，国网江苏电力科学研究院输变电技术中心五级专家兼油气检测专职，曾获第七届全国职工技术优秀创新成果一等奖（国网唯一）等省部级及以上科技奖励 10 项，被授予全国五一劳动奖章、江苏省五一劳动奖章、江苏好人、江苏青年五四奖章、江苏省杰出青年岗位能手、国家电网公司青年岗位能手等荣誉。

国网江苏电科院的张晓琴在油气实验室利用现场一体化检测装置开展绝缘油水分分析工作（江艺／摄）

这，就是张晓琴在 10 年的职业生涯中交出的亮丽答卷。

也许是爱屋及乌吧，张晓琴喜爱高大威猛的变压器，更喜爱深藏不露的绝缘油，她觉得，就像人体的血液一样，变压器的"血液"——绝缘油——同样是有生命的，只不过是有颜色的区别，血液是红色，绝缘油是浅黄色。其实，绝缘油由石油精炼而成，是石油的一种分馏产物，而石油是亿万年前海洋或湖泊中的动物尸体在高温高压的自然条件下腐化演变形成的。每次面对绝缘油，她就感觉面对的是古代生命，敬畏之心油然而生。

"既然绝缘油是有生命的，所以它的检测项目也像化验血一样，特别地多：凝固点、含水量、界面张力、酸值、水溶性酸碱度、击穿电压、闪点……"张晓琴一口气讲了十几条，"看似一滴油，投入的设备、时间、精力还是挺大的，不比去现场做电气试验轻松。"

2014 年 7 月，张晓琴从南京大学毕业进入国网江苏电科院，被分配到朱洪斌劳模创新工作室。对于学化学专业的她来说，虽然对自己所学的专业知识掌握得特别扎实，但对电力行业专业的"油气检测"却一无所知，甚至连变压器都还不认识。

入职第一天，朱洪斌带着徒弟参观实验室，详细地介绍每一样装置以及用途。张晓琴除了熟悉几个试剂瓶外，对其他的东西完全不了解。她下定决心，从什么是变压器开始学习。电科院有座 220 千伏实训变电站，每到中午或下班时间，她都会去看一看，不懂的地方拍下来请教同事。遇到书本难以理解的原理，她就从网上找视频学习或问师傅。

实践是最好的老师。入职头三年，她跑遍 60 余座超、特高压变电站，开展设备试验及故障分析，支撑电网设备运行维护。

电力一线工作非常辛苦，别的女孩子不愿去，张晓琴却当作提升自己的宝贵机会。2016 年，特高压泰州站首批六氟化硫气体进站时正值 7 月，现场地表温度 40 摄氏度以上。张晓琴负责六氟化硫气体验收，五大三粗的糙汉子中间常能看到她滚着 100 多斤重的钢瓶的身影，她提前两天就将该批次气体验收任务顺利完成。特高压东吴站启动调试时，处在梅雨季节，凌晨 5 点钟，她在现场取样，暴雨如注，雨水顺着她的安全帽不断流下，她丝毫不顾及身上已湿透，第一时间完成试验，为设备提前投运抢得时间。

正是在这样的工作热情下，张晓琴从生产支撑、技术监督、故障分析等多维度工作中迅速入行、成熟，两年时间便成长为江苏电网油务员培训老师，获得行业内专家的高度评价。她还是团队国家科技进步奖申报团队的核心成员，助力师傅收获了油气检测专业首个国家级科技奖励，这也为她后续开展各项职工创新打下扎实基础。

张晓琴从事的是电力两大绝缘介质——绝缘油和六氟化硫气体的检测工作，绝缘介质是电网的"血液"，她的工作就相当于医院的"验血师"，及时发现设备健康问题，保障电力能源的可靠供应。

在对全国绝缘油检测能力的普查中，张晓琴发现各实验室油色谱检测的比对误差高达 ±30%，这就导致对同一台设备"验血"，甲实验室结果是正常的，乙实验室结果却是有问题的，让专业人员无法准确获知设备的健康状态。为了解决这个难题，她带领团队成员从样品采集、气体分析、仪器校验等全流程进行改进和规范，并且实现全过程自动化分析、避免人为误差，大大提高各实验室的检测精度。国际电工委员会公布的油色谱比对误差为 ±20%，在她的努力下，江苏全省将这个偏差缩小到 ±8% 以内，检测精度真正做到国际领先水平，充分保证设备"验血"的准确性，避免设备发生严重故障意外停电。

面对各项现场工作，张晓琴常带着"三个耳朵"不断思考："为什么要这样设计步骤？标准方法有不足之处吗？还有没有更好的解决方案？"工作方法的不断改进，让她更快、更准地发现电网设备异常。同行业的试验人员经常说"张工的检测结果就是标准答案"，这是对她工作的最大肯定。她累计为 7000 余台变压器做过检测，检测样品累计超过 10 万件，及时发现各类异常缺陷上千起，保障全社会的可靠用电。

"六氟化硫气体同样是有生命的。人活一口气，树活一层皮。你可不能小看气的作用。"张晓琴说，"和绝缘油一样，六氟化硫气体也是我一直打交道的'老相识'。六氟化硫是一种人工合成的工业气体，因其优越的绝缘性能，是气体绝缘断路器、组合电器和 GIL 管廊等不可或缺的'血液'。当我详细了解六氟化硫的性质后，总觉得心里也沉甸甸的。"

让她感到沉甸甸的，是六氟化硫的温室效应是二氧化碳的 2.35 万倍。

张晓琴决心通过科技创新，推动六氟化硫气体精细化管理和回收利用。

她遇到的第一道关卡，是六氟化硫的现场自动检测。2018 年，在建的苏通 GIL 综合管廊工程两回 1000 千伏 GIL 共需使用 800 吨六氟化硫气体作为绝缘介质。按照国家相关标准要求，至少需抽检六氟化硫气体 640 瓶。

而在当时，需要用运输危险品的专用车辆将钢瓶运回实验室检测。同时，检测涉及的酸度、六氟乙烷、八氟丙烷 3 项指标，由于没有自动化仪器，只能像化学课上那样，吸附分离、在玻璃仪器中滴定化验，这使得验收时间预估需要一年以上。

能否实现六氟化硫现场检测，这个已困扰行业 40 多年的难题激发了张晓琴的斗志。2018 年，她几乎天天住在实验室，带领团队将这 3 项指标逐一拆解、分别攻关。

其中，酸度指标的检测，必须精确到 0.02 的 pH 值变化量，但当时已有的传感器精度只有 0.1pH。这时，化学专业毕业的张晓琴跳出思维定式，提出自己的解决思路，发明了 pH 值浓度平移分析技术，成功实现酸度的自动化检测。

最终，第四代六氟化硫气体质量一体化检测装置研制成功。这一创新成果将单个样品检测时间由 18 小时降到 40 分钟，并规避钢瓶在实验室与现场之间来回运输的泄漏风险。得益于此，800 吨六氟化硫气体的验收，仅用不到一个月时间就顺利完成。更重要的是，检测所需气样仅为原来的五分之一，减少了六氟化硫排放。

目前，该检测技术已在 18 个国家重点工程中应用，并推广至瑞士、新加坡、韩国、印度等国家，已创造经济效益 2 亿余元。

从老旧设备中回收六氟化硫，也是减排的重要一环。

"在设备检修和退役时，以往是采用抽气的方式回收六氟化硫气体，但会有至少 3.5%~5% 的气体残留。"张晓琴和团队紧盯这个"窟窿"，研发现场氮气循环洗脱回收处理作业车载装置，现场回收率可达 99.8%。该装置还能净化气体，配合此前研发的现场检测装置，可以当场检测、直接回充至设备，最大限度避免六氟化硫逸散。

2023 年 1 月，在张晓琴的推动下，国网江苏电力六氟化硫气体智慧管控中心投运。至 2024 年 3 月，该中心已验收六氟化硫气体 680 瓶，回收再利用六氟化硫气体 75 吨。

在第七届全国职工优秀技术创新成果交流活动中，张晓琴的创新成果"高温室效应气体六氟化硫减排技术及应用"是获一等奖的 3 项成果之一。

新的检测设备与检测手段出来了，规程与规范自然要跟上。张晓琴又着手开始自己写标准，将先进技术更快推广给行业内人员。2022 年，她主持制定国家标准《六氟化硫气体现场循环再利用导则》用于规范六氟化硫气体的重复利用，将"江苏经验"推广至全国，避免超强温室气体六氟化硫排放。此外，她制定、修订电力行业标准 15 项，指导电力行业及上下游仪器生产制造、技术服务企业更好发展，带动全行业共同进步。

"看到大家能够应用到我的创新技术，我觉得一切努力都是值得的，我做的还远远不够，要继续加油。"张晓琴如是说。

作为优秀共产党员的她，是单位电博士党员攻关团队的积极分子，热心参加各类公益。针对儿童触电意外事故频发的情况，她化身志愿老师，为江宁一所小学的同学们送去一堂堂生动有趣的"电力科普课堂"，帮助小朋友们更好地学会安全用电。南京市江宁区的"婷婷幼儿园"是一所特殊学校，每当单位组织送温暖活动，都会看到张晓琴的身影，为小朋友们表演节目，跟他们一起做游戏，给他们带去爱心礼物……她用自己的怀抱给予小朋友们关爱与温暖。

在电力事业的康庄大道上，张晓琴——这位新时代的电力工作者——披荆斩棘，再创辉煌！

何光华的光华人生

一头利落短发、一副框架眼镜、一身卡其色工装，没有多余的装饰，却如清水出芙蓉，朴实中显出干练、睿智，这是许多人见到何光华的第一印象。

街头巷尾，深埋地下，隧道尽头，潮湿幽暗……提到电缆技术工作，人们脑海里便会浮现出艰苦险恶的环境。

似乎很难将何光华这个出身江南水乡的清秀女子和被业界尊称的电缆

"掌门人"联系到一起，先别急，且先听听她的故事。

将时间的发条拨回到 2000 年。那时刚刚进入国网无锡供电公司变电检修工区电气试验班工作的何光华遇到了她人生的导师之一——女班长金梅。

那个年代的工作条件很是艰苦，乘坐的是没有空调的货车，出入的是灰尘漫天的施工现场，采用的是比较原始的测试仪器和繁琐的人工记录方式，每天要做 6 至 8 小时的露天试验检测，女班长金梅总是身先士卒，每每遇到抢修，金班长凭借着专业的技术水平镇定指挥，很快就能找出故障发生部位，顺利解决问题。

金班长说，我们就是电力医生，要敢于吃苦、善于学习、勤于积累。这给何光华上了职业"第一课"。

在师傅们"传帮带"的影响下，何光华总是直面逆境、迎难而上。一次，无锡新区湘江路十多条电力电缆线路发生故障，她所在的工作小组连续作战，累了就在车子上眯一会，吃饭就在马路边糊上几口，全体成员在闷热潮湿的电缆沟里一待就是半天、弯腰操作一干就是数小时，艰苦奋战五天四夜，终于顺利让线路送上电。

这样不怕苦、不怕累、踏实肯干、认真钻研的品质被何光华带到了她所热爱的电缆事业中，在工作中发现问题、解决问题，是何光华多年来始终如一的习惯。

2009 年，无锡开始敷设 2500 毫米的大电缆，截面有碗口粗，每米重 38 公斤，电缆隧道在地下 15 米处。在狭小的空间里敷设电缆，电缆接头需要毫米级的精细化处理，蹲在隧道里接电缆一蹲就是七八个小时，腰肌劳损成了施工者的职业病。

"那段时间我一直在思考：怎么能更省时省力地将电缆敷设到位？有一次，工程车在半途爆胎，使用千斤顶更换轮胎时，我突然想到，可以研制一个轻巧灵便、专用于电缆敷设的起重设备！"何光华兴奋地说。

她迅速设计出图纸，并和团队进行了可行性研究。最终，一个崭新的创新成果——电缆输送液压升降平台诞生了。而与之相配套，适用于电缆敷设、安装的新型电缆弯曲机等一批工器具或设备，都在何光华的"头脑风暴"中诞生。这些成果投入运营后，一组地下电缆施工平均节省成本 78 万元、可缩短 10 天施工时间，综合作业效率提升 55%。

"在创新道路上绝不能放慢脚步。"这句话看似平实无华，却凝结了何光华经年累月的心血与汗水。

2011 年，何光华劳模创新工作室成立，旨在培育更多知识型、技术型人才。有时候，为了获得研发关键数据，何光华和团队成员们一起加班加点、探讨计算，不敢有半点马虎、半分懈怠。

春风化雨，润物无声，她把自己的学识经验与青年员工分享，用实际行动将"创新"二字铭刻在更多年轻人的心里。在工作室成员齐金龙看来，"何老师这种严谨认真的态度和孜孜以求的精神让我钦佩不已"。

让何光华记忆犹新的是在 2020 年 1 月 10 日，她凭借"高落差高压电缆线路无损施工技术创新及应用"成果，登上了国家科技最高领奖台，获得了国家科学技术进步奖二等奖。

"我永远也忘不了那一天，那是我和我们团队的毕生荣耀。"

这项成果的创新攻关起步于 2009 年。"随着进入新世纪后我国经济社会快速发展，城市用电量不断增加，高架桥、轨道交通、地铁等急剧增多，高压电缆逐渐成为城市的'电力主动脉'。而高压电缆又粗又硬，传统施工方式会给其带来多种损伤，且常规检测难以发现。"何光华解释说，电缆施工损伤当时已经成为大面积停电的重要隐患。尤其是在城市高落差、几字形电缆施工中，接头是最薄弱环节，故障占比高达 50.8%。而故障损失巨大，检修耗时耗力，国内外都缺乏有效解决方案。

"电缆非得要累人恼人、后患无穷的接头吗？"何光华琢磨着问题，脑袋里冒出了一个大胆的想法，她决定带领团队向破解电缆整段无损敷设这一世界难题发起冲击！

"既然电缆无损施工是块难啃的硬骨头，那我们就想办法先把它打碎，再逐个击破，把每个技术难题的问号拉直！"研讨会上，何光华提出了自己独特的破解思路。

没有数据积累，没有模型公式，更没有国际先例，何光华随即带着团队成员在工地搭起工棚实地分析，泡在图书馆查找资料，深入其他行业开展调研。

国网无锡供电公司电缆运检中心主任何光华在指挥电缆铺设工作（许阳／摄）

2011 年 8 月 23 日，为解决现场非贯穿性缺陷的无损诊断，何光华召集电缆、X 光领域技术人员组成攻关小组挑灯夜战。"何主任，明天优化方案就得拿出来，可还有那么多数据要演算，怎么办？"团队成员徐雅惠犯了难。何光华看了看手机显示的时间，哑着嗓子说："很晚了，你们先回去吧，接下来的任务交给我。"次日一早，一份优化方案报告准时出现在讨论会上。

整整 8 年中，一项项技术难点在四面透风的工棚里、在激烈讨论的会议室内、在深夜寂静的办公桌前被一一攻克。2014 年，何光华团队完成了全球首创的"高落差高压电缆线路无损施工技术"攻关，实现了高落差高压电缆由"分段再接"向"整段敷设"的重大变革，单段电缆长度从原本的三四百米延长至几公里。

如今，这项填补世界空白的创新技术成果不仅在全国电力、石油、钢铁、化工等各行业得到广泛应用，还成功输出到德国、俄罗斯、新加坡及"一带一路"沿线共 10 多个国家，让中国智造走向了世界！

这些年，何光华带领着她的团队深耕电力电缆行业施工运维技术，创造了一个又一个奇迹：先后主持、参与攻关科技项目 60 余项，研发出多个国内外领先的新技术、新工艺、新装备，如隧道"三智六全"新型技术研发应用，将以"天"计的电缆隧道运维、抢修效率提升至"分钟级"甚至"秒级"；参与高容量可回收环保新材料电缆关键运维技术等"卡脖子"难题研发应用，为低碳新型电力系统建设贡献了智慧和力量……

对同是电力人的何光华的父亲何有钧而言，看到女儿这些年的拼搏奋斗，深感欣慰。

在他的印象里，女儿在电缆一线工作的那些年上天钻地是家常便饭，8点之前回家都算是早的，常常是一到了家就又钻到电脑前面，一待就到半夜，眉头紧锁，思考着创新问题。

印象最深刻的一次是一天晚上，雨下得特别大，何光华的神色很紧张，电话一个接一个地打个不停，饭都没吃上几口就套上雨披去工地了。

"她一走，我这心也和噼里啪啦的雨声那样，揪得很。"

到了晚上8点多钟，门铃响了，是何光华回来了，整个人像是刚从水里爬出来，全身上下没有一处是干的，湿答答的头发粘在额头上，还不停地往下滴着雨水。

她脸上却是笑盈盈的："今天的雨太大了，电缆沟里的水没过了膝盖，幸亏我们平常工作做到位，提前疏通了下水管道，不然，我今天可能就在沟里面练习游泳了。"

何光华的儿子第一次见到这样子的妈妈，担心了，一直追着问："妈妈，你冷不冷啊？那么大的雷，你怕不怕啊？"

何光华摆了摆手，像没事人似的，摸摸儿子的头笑眯眯地说："放心，没事。"

"她妈妈边给她洗换下来的湿衣服边在那抹眼泪，我心里也不是滋味，想和她说两句也不知道怎么开口，想想还是算了。别人不了解我还能不了解嘛，她要是不带头去干，怎么带团队啊。"想起那天晚上的场景，何有钧至今仍被女儿身上那股不服输、不怕苦的劲儿深深感染。

他曾经同女儿谈起自己年轻时候的求学之路和工作经历，再拍拍女儿的肩膀，满脸都是笑意："给你取名叫光华，是希望你能够学有所成，感恩国家。这，就是我们两代供电人，携手传家风，共追创新梦的故事。孩子，你做到了，还要继续走下去，为了理想能坚持、不懈怠，才能创造无愧于时代的人生。"

"坚毅专注、精益求精、一丝不苟、追求卓越"，何光华身上所折射出的优秀品质让许多人都对她这个电缆"女掌门"称赞不已。面对他人称赞，何光华谦逊地表示，是团队共同努力的结果，更是因为自己身处伟大祖国大力实施创新驱动发展战略、大众创业万众创新的好时代。

时光流转、乡音未改，何光华骨子里的坚毅与执着散发出耀眼光芒，她用行动践行着"人民电业为人民"的质朴初心，绘就了奉献国家、服务百姓的"坚定底色"，书写着一名新时代产业工人爱岗敬业的时代答卷，而她的成长历程，更是千千万万江苏电力的劳动者们奋进新征程的缩影。

"紫苏叶"妈妈朱惠琴

从电力职工到"爱心妈妈"，20余载光阴荏苒，她始终扎根基层一线，用心打造"暖心用电"服务品牌；从1个人到1500多人，她用大爱凝聚更多力量，让"紫苏叶"的公益清香从家乡姑苏飘向更远的他乡；从一个儿童到万千家庭，她把象征着温暖与光明的种子播撒开去，等春来时，所过之处皆为芬芳。

她，就是国网苏州供电公司浒墅关供电所党支部书记朱惠琴。

1998年，19岁的朱惠琴电校毕业进入国网苏州供电公司，成为一名营业员。也是那一年，她报名加入公司刚成立的亲情电力服务队，成为最年轻的志愿者。那时还是个小姑娘的朱惠琴凭着热爱选择成为志愿者，她还没能预料到"志愿服务"就这样在一次又一次的服务工作中内化成一种使命与责任，融入她今后的工作和生活。

朱惠琴是带着思考做志愿服务工作的。营业厅的窗口服务总会让她碰到一些困难户，特别是那些独居老人。

他们会使用电器吗？家里存在用电隐患吗？生活上有没有什么困难？朱惠琴望着老人佝偻的背影总是放心不下，她会悄悄把聊天过程中听到的老人的所需记下来并顺手提供帮助，比如要买点药、要带点菜或是要换个零钱。

　　"一个电话就到，100% 处理，争取 100% 满意"，2007 年，朱惠琴在担任一线营销员的时候给自己定了这个目标。那时的她负责处理全国供电服务热线 95598 报送到辖区内的用电投诉，进行工单回访。处理矛盾纠纷是一份极其需要细心耐心和沟通技巧的工作，她总是想方设法、千方百计，只为让客户满意，让每一单投诉都顺利得到解决。

　　一路见证朱惠琴成长的"老搭档"赵卫明师傅回想起她刚走上工作岗位的时候，还是一个话不多很腼腆的小姑娘，朱惠琴笑言："电力服务千万家，从事电力工作在我的心里一直是非常自豪和神圣的，对待工作和单位，我始终有一颗感恩的心，于是时刻要求自己把事情做到最好。"

　　把服务做到极致，尽全力帮助群众，朱惠琴得到了同事们的一致认可。"她是个非常热心的人！"朱惠琴的入党介绍人张培元说，但凡有谁需要帮忙，朱惠琴总是第一个站出来。

　　志愿服务要做就做一辈子，年轻的朱惠琴暗暗下定决心。

　　从立足工作岗位做公益，到关注困境儿童，朱惠琴公益之路的"拓宽"，源自一场特殊的相逢。2010 年，刚刚做了母亲的朱惠琴开始和 3 名贫困儿童开启长期结对，并深入福利院、敬老院、环卫所等地展开志愿服务。

朱惠琴带领党员服务队来到惠丰社区小广场，向居民详细讲解安全用电的重要性以及日常节电小技巧（朱清华／摄）

第一次到培智学校做志愿服务时，她就看到许多孩子由于长期缺乏陪伴，显得怕生甚至孤僻，这深深触动了她。

如何让这些孩子同样感受到爱的温暖？朱惠琴开始行动。2010年，她组织单位女性员工成立"爱心妈妈团"，定期看望残障、留守、贫困儿童。

其中，最让朱惠琴记忆深刻的是一个名叫小涛的孩子。小涛的父亲因事入狱，母亲离家出走，爷爷奶奶也先后去世，只留下他一人独自生活。

初春的第一次探访并不顺利，正在洗衣服的小涛头也不抬，冷硬地对朱惠琴说："阿姨，我很好，我可以自己照顾自己。"

眼前男孩瘦瘦小小的身子缩在门背后的阴影里，朱惠琴更感揪心，只想尽快抚慰孩子的心灵，她说："这孩子只是心里太苦才会故作坚强，他越是这样，我越是心疼。"

那一天，朱惠琴搬了小板凳陪着小涛一起洗衣服，小涛没说话，却也没有再拒绝。

此后两年间，朱惠琴同团队里的"爱心妈妈"们轮流照顾小涛的生活，给他买衣做饭、陪他作业复习、带他出门玩耍……

就像暖阳升起时料峭春寒终将融解，小涛戒备而坚硬的外壳也被爱与温暖烘烤得一点点融化。

小涛11岁生日那天，朱惠琴与爱心妈妈们共同为他庆生，小涛夹起最爱的蛋黄南瓜放到朱惠琴的碗中，对她说："妈妈，你吃……"朱惠琴当即泪流满面，含泪将南瓜放进嘴里，抱紧了这个懂事又让人心疼的孩子。

面对着孩子们灿烂的笑颜，朱惠琴意识到，要想帮助更多困难儿童，让公益事业走得更远，让志愿者更团结、更有序，她需要成立一个正规的社会组织。2015年2月，专注于妇女儿童公益事业的"紫苏叶爱心育儿社"应运而生。

紫苏，一种南方常见植物，茎、叶、果实均可入药，裨益人们。"我希望，我们的公益组织也像紫苏叶一样，每一个成员都能给社会带去温暖，每一次活动都能让更多人被治愈、被帮助。"这，是朱惠琴的初心。

2015年11月，"紫苏叶爱心育儿社"到贵州一所山区小学开展扶贫活动。在经历了十几个小时的跋涉之后，风尘仆仆的一行人站在了一所破败不堪的教学楼里，十几个孩子挤坐在教室里仅有的两三张长凳上，冻得瑟瑟发抖。

朱惠琴鼻子一酸，问年轻的"80后"校长："你们最需要什么？"

瘦弱的年轻人回答："书，请给我们更多的书。"

双脚刚一踏上苏州的土地，朱惠琴立即开始募集图书——发动 QQ 群志愿者，联系中小学校团委，呼吁企业捐款，争取机构支持……2016 年 5 月，满载着希望与爱心的 40 箱 2 万册图书，被寄往遥远的贵州山区。在那里，它们将为 200 多个贫困的孩子打开知识的大门，带他们认识山外精彩的世界。

就像一棵树摇动另一棵树，一朵云推动另一朵云，爱会相互传递，彼此感染。在朱惠琴志愿精神的感召下，越来越多的电力人加入志愿服务事业，一条条爱心的淙淙溪流，汇聚成善意的汪洋大海。

2019 年，由她号召发起、以党员服务为引领的"暖心用电"服务品牌上线，服务团队奔走在千家万户，坚持定期上门免费进行用电检修，全力保障他们的用电安全。"我们不仅是电力工人，还是共产党员。今后遇到任何用电、生活上的困难，欢迎随时来找我们！"这是朱惠琴在服务中常挂在嘴边的一句话。如今，"暖心用电"已在苏州市 19 个供电所全面推广，成了苏州供电服务一块闪亮的招牌。

仅 2022 年一年，"暖心用电"团队就累计上门走访帮扶困难群众 129 人次、开展志愿服务 239 次。

岁月见证了朱惠琴的善良、坚持与那一颗火热滚烫的赤诚之心。她获得了许多荣誉称号——"中国好人"、全国学雷锋志愿服务"最美志愿者"、"全国巾帼建功标兵"、"最美人物"等，但在她的心中，还是"爱心妈妈"这个称呼最动人。

2023 年 2 月 21 日，朱惠琴带着理发师来到姑苏区特殊教育学校，为 30 多个孩子理发。在看到孩子紧张害怕时，朱惠琴上前拉起他们的小手，耐心温柔地安抚情绪，轻声地鼓励，顺利完成了任务。临走时，孩子们纷纷围过来，追着问"妈妈什么时候再来"。

从她建立组织到如今 10 余年光景，这样的场景一次次出现在朱惠琴组织的志愿活动中，每当听到孩子们叫"妈妈"，总是让她十分感动。

朱惠琴深知，母亲这一角色对于孩子的重要意义。这一次，她将关注的视角投向家庭。

2016 年，朱惠琴关注儿童福祉的公益行动再次"扩容"。为了从根源上为少年儿童营造良好的成长环境，朱惠琴和她的姐妹们成立了"家和婚姻家庭公益辅导社"，通过与政府合作，从家庭调解入手，搭建起区域家庭维稳的第三方平台。

"一个温馨有爱的家庭，对于孩子的成长至关重要，保护孩子，根本上要从家庭做起。"朱惠琴如是说。

为了提高志愿者们的调解成功率，朱惠琴自掏腰包，每年两次邀请法律、心理学方面的专家来为志愿者们授课、培训；定期组织"家和"志愿者相互之间进行交流，既分享一些成功案例，也对一些疑难案例进行探讨和分析，共同提高调解水平；她还经常放弃周末的休息时间，跟踪随访被调解家庭，陪伴调解对象就诊，为其解开心结。

在为一对因产后抑郁将要离婚的小夫妻做完调解后，女方对朱惠琴说："在我人生最黑暗的日子里，是您给了我一盏明灯，照亮了我希望之路，您是我的恩人呐！"

多年来，"家和"已经帮助了 800 多个家庭重归于好，让近千名儿童拥有了幸福完整的家庭，这个辅导社也走出了 8 平方米的调解室，走向市民，走向全苏州，把江苏电力人充满爱与温情的声音扩散出去，把电力行业服务的概念扩展到为社会各阶层的服务，给更多的人带去心灵的慰藉。

做一件好事并不难，难的是一辈子做好事。朱惠琴用她的热心、细心和责任心点燃了江苏电力人传承发扬志愿精神的火种，无数微光汇聚成新时代暖流，将文明新时代的内在气质和幸福底色渲染得格外生动亮眼。

后　记

在浩瀚的人类文明史上，从黑暗走向光明，从原始走向文明，电力无疑是连接黑暗与光明、原始与文明的一条魔法纽带；电力，是现代文明的奠基石；电力，是第二次工业革命的里程碑；电力，是社会发展的启明星。电力改变了人类文明史。

为记录江苏电力 10 年来统筹发展和安全，全力保障电力可靠供应、积极助力能源绿色转型，服务"强富美高"新江苏现代化建设的责任担当，彰显江苏电力人牢记初心使命、胸怀"国之大者"，忠诚担当、感恩奋进、奉献光明的奋斗之姿，2023 年 4 月，在国网江苏省电力公司领导高度重视下，专门成立长篇报告文学《光明之路》创作班子，由王啸峰同志总统筹，抽调张俊、缪红芹、包玉树、汪奕彤四位电力作家，并组织公司办公室、工会、宣传部、营销部、建设部、科技部、配网部、设备部、数字化部、调控中心、省送变公司、方天公司、电科院等相关部室对长篇报告文学《光明之路》写作大纲进行仔细推敲、集体会诊。

创作班子根据创作大纲，采取先集中办公、集体采访，后单独采访、独立写作、线上线下交流探讨等形式，序时开展采访和创作。

在前后 9 个多月的采访过程中，张俊、缪红芹、包玉树、汪奕彤四位创作人员登上 385 米高的世界最高输电铁塔，潜入长江底 70 余米深的世界最深过江输电通道，从江南新能源小镇，到苏北火力发电现场，从海上最大风电场，到江心绿色能源岛，足迹踏遍海上、陆地、高空、江底。采访对象包括电力施工一线的建设者、实验室里科技攻关的领头雁、特高压换流站的守护者、电力调控运营的幕后指挥、城市乡村的服务窗口、田间地头的帮扶书记、抗灾保电的先锋队伍，先后采访近 200 人，翻阅资料 500 余万字，采访笔记 300 余万字。2023 年 10 月初，四位创作人员在短时间内完成近 40 万字文稿。

之后，创作人员利用业余时间，通过多次线上交流、线下循环改稿、面对面改稿，邀请外部专家点评、内部专业部门审核把关、外部专家评审等多种形式改稿，并结合内外部专家意见，对有关内容和章节进行大量调整和增删。

《光明之路》的策划与创作，不仅得到了国网江苏电力各部门、单位的有力支撑，还得到了国家电网公司工会、中国电力作家协会、江苏省作家协会，以及政府相关部门和社会各界的高度关注、充分肯定和大力支持，先后被江苏省作家协会确立为"2024 年重点扶持文学创作与评论工程"，被中国电力作家协会确立为"2024 年度重大题材立项的长篇报告文学"。

展望未来，国网江苏电力将以更快更优的行动回馈党和政府以及社会各界的关心关注，坚定不移地高标准构建新型电力系统和数智化坚强电网，更加重视电力保障、能源转型发展、统筹发展和安全，进一步加快推进坚强主干网建设、智慧配电网建设、智能微电网建设、全域信息网建设，强化政策、科技、调度"三个支撑"，持续推进改革创新，持续增强高质量发展的动力与合力，在国家电网公司全面推进具有中国特色国际领先的能源互联网企业建设中展现更大作为，在服务"强富美高"新江苏现代化建设中创造更大价值！

长篇报告文学《光明之路》只是掬了 10 年来江苏电力建设、发展、创新浪潮中的一泓清流，难免遗珠弃璧。放下《光明之路》，抚卷长思：走在光明之路，大步向前，向着远方，向着更远的远方，再创辉煌！

向在本书成稿过程中，大力支持和无私帮助，并提出了许多宝贵意见和建议的各界人士表示衷心感谢！